ULLSTEIN

Das Buch

In Edinburgh nimmt sich ein junger irakischer Student der Molekularbiologie das Leben. Einen Monat später wird im Grenzgebiet zwischen Saudi-Arabien und dem Irak ein todkranker Iraker aufgegriffen, der kurz darauf an einer seltenen Reaktion auf eine Pockenimpfung stirbt. Doch warum werden im Irak Menschen gegen eine Krankheit geimpft, die vor über zwanzig Jahren ausgerottet wurde? Mit dieser Frage beschäftigt sich auch die WHO, bei der der Fall schließlich heiß diskutiert wird. Der Verdacht steht im Raum, die Iraker könnten das gefährliche Pockenvirus als biologische Waffe einsetzen. Adam Dewar, ein Spezialist in Sachen Mißbrauch von medizinischer Forschung, wird beauftragt, dem Vorfall auf den Grund zu gehen. Doch während Dewar noch ermittelt, bricht in Edinburgh plötzlich eine Pockenepidemie aus. Da zunächst kein Impfstoff zu beschaffen ist, steigt die Zahl der Todesfälle Tag für Tag, und die Bevölkerung gerät in Panik. Für Dewar beginnt ein Wettlauf um Leben und Tod ...

Der Autor

Der schottische Wissenschaftler und Bestsellerautor Ken McClure erhielt mehrfach Auszeichnungen für seine medizinischen Forschungen. Seine Medizinthriller wurden in 18 Sprachen übersetzt. McClure lebt in Edinburgh.

In unserem Hause sind von Ken McClure bereits erschienen:

Dialyse
Exitus
Plasma
Serum
Trauma

Ken McClure

Das Todesvirus

Roman

Aus dem Englischen
von Franziska Wirth

Ullstein

Ullstein Taschenbuchverlag 2000
Der Ullstein Taschenbuchverlag ist ein Unternehmen der
Econ Ullstein List Verlag GmbH & Co. KG, München
Deutsche Erstausgabe
2. Auflage 2000

Published by Arrangement with
Simon & Schuster UK Ltd.
Titel der englischen Originalausgabe:
Resurrection (Simon & Schuster UK Ltd., London)
Übersetzung: Franziska Wirth
Redaktion: Nicolai Blank
Umschlagkonzept: Lohmüller Werbeagentur GmbH & Co. KG, Berlin
Umschlaggestaltung: Bauer + Möhring, Berlin
Titelabbildung: Image Bank/Stev Allen
Gesetzt aus der Sabon, Linotype
Satz: Josefine Urban – KompetenzCenter, Düsseldorf
Druck und Bindearbeiten: Elsnerdruck, Berlin
Printed in Germany
ISBN 3-548-24809-8

Prolog

Edinburgh, Schottland
August 1997
Die Kinder verstummten plötzlich. Ihre Mutter, die bis dahin im Sonnenschein auf der Wiese gesessen und glücklich den neuen Roman von Virginia Andrews gelesen hatte, schaute über den Rand ihrer Brille zu Boden und lauschte einen Moment lang angestrengt. Die beruhigenden Hintergrundgeräusche – das Gelächter und Geschrei ihrer Kinder – waren verschwunden, daher rief sie nach ihnen.

»Jemma? Graham? Wo seid ihr? Was macht ihr?«

Als sie keine Antwort erhielt, drehte sie sich in Richtung der Bäume um und rief erneut. Dieses Mal kam eine Antwort.

»Mami«, rief Jemma leise. »Hier ist ... ein Mann.«

Die Frau ließ das Buch fallen, sprang unbeholfen auf und lief auf Strümpfen auf die Bäume zu, voller Sorge, ihre Kinder könnten gerade einem abscheulichen Verbrechen zum Opfer fallen. Als sie die Lichtung erreichte, von der Jemmas Stimme gekommen war, hielt sie inne und sah die beiden nebeneinanderstehen und in einen Baum hinaufschauen.

Als auch sie nach oben blickte, wich ihre Erleichterung jedoch blankem Entsetzen, denn vor ihr, auf Augenhöhe, baumelten langsam zwei hellbraune Schuhe. Zunächst schoß ihr der verrückte Gedanke durch den Kopf, ein Mann sei in den Baumwipfel entschwebt, doch dann mußte sie sich der Realität stellen.

»O mein Gott«, rief sie. »Kommt her, ihr beiden!«

Die Kinder liefen auf sie zu, und sie zog sie an sich, damit sie ihre Gesichter auf der Suche nach Sicherheit und Geborgenheit in ihrem Rock verbergen konnten. Ihr Blick blieb im Baum hängen.

Zunächst vermeinte sie, nicht viel von ihrem Standort aus erkennen zu können, doch als sich der Tote im Wind etwas drehte, sah sie schließlich mehr, als sie sich hätte vorstellen können. Eine braune Kordhose und eine grünbraune Jacke sorgten unabsichtlich für gute Tarnung. Sie schaute zu der Stelle, wo sein Gesicht sein mußte, und wartete, bis sich der Körper so weit gedreht hatte, daß sie es sehen konnte. Als sie von einem zur Seite hängenden, lila angelaufenen Gesicht mit hervorquellenden Augen und heraushängender Zunge durch die Blätter angestarrt wurde, mußte sie nach Luft schnappen.

»Mami, ist er tot?« fragte Jemma.

»Ich fürchte, ja, Jemma. Am besten, wir rufen die Polizei.«

Eine Viertelstunde nach dem Anruf traf die Polizei mit einem Streifenwagen ein, und gut zehn Minuten später folgten drei weitere Fahrzeuge, ebenfalls mit Blaulicht und Sirene. Das Gelände wurde mit Plastikband abgeriegelt; und noch bevor sich die Frau versah, hatte sie der Polizei bereits alles erzählt, was sie wußte – nicht daß es besonders viel gewesen wäre. Für den Fall, daß sie noch gebraucht wurde, mußte sie Namen und Anschrift angeben, aber man bezweifelte, daß das notwendig sein würde.

Mit einem Kind an jeder Seite verließ sie den Tatort und fühlte, wie Ärger und Enttäuschung in ihr aufkamen. Sie war für den Alarm verantwortlich gewesen und hatte die ganze Sache ins Rollen gebracht; und nun wurde sie plötzlich behandelt, als sei sie völlig unwichtig. Sie wollte mehr wissen, wollte erfahren, wer der Mann war und warum er es getan hatte, aber sie gaben ihr keine Auskunft. Nach einem kurzen Auftritt in einem Alptraum war sie wieder eine Randfigur. Die Tür war wieder verschlossen worden. Sie und die Kinder waren überflüssige Requisite.

Während sie davongingen, warfen die Kinder ängstliche Blicke zurück zu den Bäumen und hielten dabei die Hand der Mutter. Bis an ihr Lebensende würden sie sich an dieses Picknick erinnern. In regelmäßigen Abständen würde der Mann im Baum zurückkehren und die Bäume ihrer Träume zieren.

»Nun?« fragte der diensthabende Inspektor seinen Untergebenen, nachdem der Tote auf den Boden heruntergelassen und eine erste Untersuchung durchgeführt worden war. »Wie sehen Sie die Sache?«

»Ordinärer Selbstmord würde ich sagen, Sir. Er ist Ausländer. Student. Er trägt einen Studentenausweis der hiesigen Universität auf den Namen Hammadi, Ali Hammadi, bei sich.«

»Ist ein Photo auf dem Ausweis?«

»Ja, er ist es mit Sicherheit.«

Der Sergeant reichte den Ausweis weiter und untersuchte den Inhalt des Portemonnaies des Toten. »Fünfunddreißig Pfund Bargeld, zwei Kreditkarten, ein paar Namen und Telefonnummern, eine Telefonkarte, eine Partyeinladung und ein elektronischer Schlüssel zu einem Universitätsgebäude, dem Institut für Molekularbiologie.«

Der Gerichtsmediziner, ein kleiner, übergewichtiger, glatzköpfiger Mann war bereits außer Puste, als er mit seiner Tasche den Leichenfundort erreichte.

»Das ist ja mal eine nette Abwechslung«, sagte er.

»Nette Abwechslung?«

»Normalerweise klingeln mich Lothians Leute mitten in der Nacht raus, und dann regnet es meist auch noch in Strömen.«

»Sehr komisch.«

Der Pathologe kniete neben der Leiche nieder und begann mit seiner Untersuchung. Zwischendurch fragte er: »Weiß man irgend etwas über ihn?«

»Ein Student, wahrscheinlich der Molekularbiologie.«

»Mit Sicherheit kein Physiker«, meinte der Pathologe, während er den Nacken des Toten untersuchte. »Er ist falsch gesprungen. Der Nacken ist nicht gebrochen. Er hat sich stranguliert.«

Das Gesicht des Inspektors drückte Verachtung aus. »Studenten«, schnaubte er. »Warum müssen sie allen anderen Probleme machen, wenn sie ihre verdammten Prüfungen nicht schaffen?«

»Wir wissen nicht, ob er irgendwelche Prüfungen nicht bestanden hat, Sir«, sagte der Sergeant bissig, aber immer noch respektvoll. Vom Alter her war er dem Toten wesentlich näher als sein Vorgesetzter.

Der Inspektor warf ihm einen bösen Blick zu. »Normalerweise ist das doch der verdammte Grund, oder etwa nicht? Die Zeitungen werden ihn wahrscheinlich als brillanten Kopf beschreiben. Wie immer.«

1. Kapitel

Saudi-Arabien
September 1997
Die Räder des Land Rovers gaben es auf, im Sand nach Halt zu suchen, der Motor starb ab, und der Wagen kam in einer tiefen Mulde zwischen zwei Dünen zum Stehen. Die vier männlichen Insassen wickelten sich die *Keffiyeh* aus den Gesichtern und stiegen aus, um den Sand aus ihrer Kleidung zu schütteln und die samtene Stille der Nacht zu genießen. Über ihnen am wolkenlosen Himmel leuchteten die Sterne. Sie fühlten sich dadurch in dieser Mondlandschaft winzig klein und kamen sich vor wie die einzigen Bewohner eines fremden und fernen Planeten.

»Zeit, sich umzusehen«, sagte der Anführer. Trotz seiner arabischen Kleidung sprach er wie die anderen Englisch. Ein Mann blieb beim Fahrzeug, während die anderen drei eine Düne in Richtung Norden hochkletterten, sich kurz unterhalb der Kuppe flach in den Sand warfen, die letzten paar Meter weiterrobbten und die Wüste mit den Augen absuchten. Dazu benutzten sie erstklassige Nachtsichtgeräte, die der Ausrüstung einer Eliteeinheit der britischen Armee entsprachen. Offiziell gehörten sie als »Berater« den Streitmächten der Saudis an. Inoffiziell trugen sie arabische Kleidung, besaßen keinerlei Ausweise und arbeiteten auf eigene Rechnung. Derzeit gehörten sie zu den Einheiten, die die Grenzregion zwischen Kuwait, Saudi-Arabien und dem Irak überwachten. Sollte Saddam in dieser Gegend irgend etwas im Schilde führen, wollten sie als erste darüber Bescheid wissen.

»Still wie ein Grab«, murmelte einer der Männer.

»Sand, Sand und nichts als verdammter Sand«, flüsterte ein anderer.

Ihr Anführer schaute auf das GPS-Navigationssystem in seiner Hand und dankte im stillen den amerikanischen Satelliten über ihm dafür, daß sie ihm auf drei Quadratmeter genau seine Position durchgeben konnten. Er trug sie in sein Logbuch ein und warf einen Blick auf die Uhr, um auch die Uhrzeit einzutragen.

»Skip, da drüben passiert irgend etwas«, sagte einer der Soldaten. Er sagte es leise und ruhig. Understatement gehörte zum professionellen Gehabe dieser Soldaten. Die anderen schauten in die angegebene Richtung und sahen, daß sich auf der irakischen Seite zwei Fahrzeuge bewegten.

»Konvoi aus zwei Fahrzeugen, sie fahren genau auf die Grenze zu.«

»Glaub' nicht, daß das ein Konvoi ist ... sieht mehr nach 'ner Jagd aus.«

»Stimmt. Das behalten wir besser im Auge.«

Zwei der Soldaten ließen ihre Fernsichtgeräte auf die näher kommenden Fahrzeuge gerichtet, während der Kommandant der Einheit sorgfältig die Umgebung inspizierte und nach einer geeigneten Stelle suchte, um die näher kommenden Fahrzeuge abzufangen, falls diese die Grenze nach Saudi-Arabien überqueren sollten.

»Militärfahrzeuge«, präzisierte einer der Soldaten, der das Geschehen beobachtete.

»Ein Mann im ersten, drei im zweiten«, fügte sein Kollege hinzu.

»Dann jagen sie also einen Mann, der über die Grenze will. Schätze, daß ihn das automatisch zu unserem Freund macht. Auf geht's.«

Die drei Männer packten eilig ihr Gerät zusammen und rollten beziehungsweise rutschten die Düne hinab bis zum Land Rover. Der Soldat, der beim Wagen geblieben war, bemerkte ihre Eile und ließ den Motor an.

»Rutsch rüber!« Der Anführer übernahm das Lenkrad, gab Vollgas und schaffte es, das Fahrzeug trotz durchdrehender Räder aus den Dünen herauszumanövrieren. Die anderen drei überprüften ihre Waffen und banden sich die *Keffiyehs* wieder vors Gesicht.

»Wenn sie ihren Kurs beibehalten, werden sie die Grenze im Norden einer ebenen Fläche überqueren, die etwa achthundert Meter westlich von hier zwischen zwei felsigen Ausläufern liegt. Die natürlichen Gegebenheiten werden sie durch die Felsen führen. Wir beziehen auf beiden Seiten Stellung.«

Der Kommandant hatte die Anweisungen über den Motorenlärm hinweg gebrüllt, aber die drei anderen Männer gaben mit einem Nicken kund, daß sie verstanden hatten.

Der Land Rover kam zum Stehen, und die vier Männer teilten sich auf, um sich auf die beiden felsigen Begrenzungen des schmalen Korridors zu verteilen, der landeinwärts führte. Da der Paß zu Beginn sehr steil war, würde jedes Fahrzeug abbremsen müssen, um hindurchzukommen. Während die vier Soldaten mit ihren Waffen im Sand eine bequeme Stellung suchten, konnten sie bereits die Motoren der näher kommenden Fahrzeuge hören.

Das erste kam in Sicht und beunruhigte die beobachtenden Soldaten durch seine scheinbar unberechenbare Zickzackfahrt. Ohne ersichtlichen Grund schleuderte es hin und her und erlaubte dem nachfolgenden Lastwagen dadurch, den Abstand zwischen ihnen zu verringern.

»Der Kerl ist voll«, meinte einer der Soldaten.

»Dachte, die trinken nicht.«

»Komm schon«, drängte ihr Anführer, ohne auf die Kommentare der anderen zu achten; er war sich bewußt, wie schnell das Verfolgerfahrzeug aufholte. »Komm schon! Du schaffst es, wer immer du bist.«

»Gütiger Gott!« entfuhr es ihnen, als der erste Lastwagen auf einen großen Felsbrocken stieß und mit einer Seite vom Boden abhob. Einen Moment lang sah es so aus, als würde er umkippen, doch dann kam er mit einem so gewaltigen Schlag wieder auf die Räder, daß die Soldaten zusammenzuckten, und schlingerte weiter auf sie zu. Der zweite Lastwagen war jetzt nur noch hundert Meter entfernt.

Als das erste Fahrzeug den Paß erreichte, wurde es dramatisch langsam, und seine Räder sanken tief in den weichen Sand am Fuß der Steigung ein. Der Motor heulte auf, und die Räder drehten durch. Es bewegte sich immer noch vorwärts, allerdings nur noch im Zeitlupentempo. Der andere Lastwagen hatte es beinahe eingeholt, als es endlich den höchsten Punkt der Steigung erreichte und wieder beschleunigte. Doch der Fahrer konnte die durch die Beschleunigung entstehenden schlingernden Bewegungen des Wagens nicht ordentlich abfangen. Plötzlich brach der Wagen nach einer Seite hin aus, so als hätte der Fahrer nun endgültig die Kontrolle verloren. Unmittelbar unter den wartenden Soldaten krachte er gegen einen Felsen.

Die Soldaten blickten zu ihrem Kommandanten. Er hob seine Hand als Zeichen, erst einmal abzuwarten. Zunächst sollten sie Zuschauer bleiben. Er wartete, bis die Verfolger den höchsten Punkt der Steigung erreichten. Ein paar Augenblicke später war es soweit, und der zweite Lastwagen hielt in der Mitte des schmalen Passes an. Drei irakische Soldaten stiegen aus und bewegten sich mit gezückten Waffen vorsichtig auf das Unfallfahrzeug zu. Sie schienen zu zögern; fast sah es so aus, als hätten sie Angst, zu nah an das Gefährt heranzugehen. Die beobachtenden Soldaten waren verwirrt. Schließlich konnten sie deutlich sehen, daß der Fahrer des ersten Lastwagens bewußtlos über dem Lenkrad hing. Wovor hatten seine Verfolger Angst? Glaubten sie, daß er sie zum Narren hielte?

Die irakischen Soldaten kamen vorsichtig näher und hielten ihre Waffen im Anschlag. Als sie nur noch etwa fünf Meter von dem Fahrzeug entfernt waren, blieben sie stehen und legten die Waffen an. Den Männern über ihnen wurde plötzlich klar, daß sie vorhatten, ihr Opfer ohne weitere Umschweife zu exekutieren. Der Anführer der Soldaten sprang auf und brüllte auf arabisch: »Stop! Waffen runter!«

Die Iraker waren völlig überrumpelt. Sie schauten auf und erkannten, daß ihre Lage hoffnungslos war. Auf beiden Seiten des Passes hielten je zwei Soldaten die Waffen auf sie gerichtet. Der gesunde Menschenverstand riet ihnen zwar, der Aufforderung nachzukommen, doch Panik bestimmte ihr Handeln. Einer der Iraker fiel auf die Knie und eröffnete das Feuer. Die anderen beiden folgten ihm instinktiv. Alle drei starben im Kugelhagel. Eine unheimliche dunkle Stille kehrte wieder ein.

»Scheiße. Ich bete zu Gott, daß sie wirklich auf unserer Seite der Grenze waren«, sagte einer der Soldaten.

»Waren sie«, erwiderte der Anführer. »Aber die hohen Militärs werden trotzdem nicht begeistert sein.«

»Das kannst du zweimal sagen.«

»Grenzverletzungen gefährden den Frieden im Mittleren Osten«, fiel einer der anderen ein.

»Mist, was machen wir jetzt?«

»Laßt uns den Kerl überprüfen, den sie verfolgt haben. Wenn wir herausfinden, warum er geflohen ist, kommen wir vielleicht heil davon.«

Sie versuchten die Fahrertür des zerstörten Lastwagens zu öffnen, aber sie klemmte; die Wucht des Aufpralls hatte sie eingedrückt.

»Zieh ihn aus dem Fenster raus.«

Einer der Soldaten griff durch das Fenster und schaffte es, seine Arme um den zusammengesackten Körper zu legen. Er zog den Mann vom Lenkrad weg und bis ans Fenster heran. Die anderen beiden halfen ihm beim Ziehen, während der erste Soldat dirigierte. Sie legten den Verletzten auf den Rücken in den Sand und nahmen seinen *Keffiyeh* ab.

»Großer Gott!« rief der erste Soldat, als er den Mann sah. Er wich zurück und fiel geschockt zu Boden. Die anderen schauten hin, um zu sehen, was los war.

»Himmel«, sagte ein anderer. »Schau dir den an.«

»Das hat uns noch gefehlt«, sagte der Anführer, während er auf den Mann im Sand blickte, dessen Gesichtszüge vom Mondlicht beschienen wurden. Kleine, nässende Pusteln bedeckten jeden Zentimeter seiner Hautoberfläche, und seine Augen waren zu schmalen Schlitzen in einem total vereiterten Gesicht zusammengeschrumpft. Das erklärte seine Zickzackfahrt. Er war so gut wie blind.

»Was zur Hölle ist mit ihm?«

Der Anführer schüttelte langsam den Kopf. »Das weiß nur Gott, aber offensichtlich hat er geglaubt, daß er auf dieser Seite der Grenze mehr Hilfe bekäme.«

»Ob Saddam mit seinem Chemiebaukasten gespielt hat?«

»Könnte biologisch sein.«

»Armer Kerl.«

»Himmel, und was heißt das für uns?«

»Nun, das ist die Preisfrage des Abends«, sagte der Kommandant. »Wenn es irgend etwas Biologisches ist, zum Beispiel ein Virus, dann haben wir uns ihm bereits ausgesetzt. Wir alle.«

»Herrgott, hat Saddam deswegen die UNO-Inspektionen gestoppt?« rief einer der Soldaten. »Sind sie ihm zu sehr auf die Schliche gekommen?«

»Irgendwie habe ich das Gefühl, daß du nicht der einzige bist, der sich noch heute nacht diese Fragen stellen wird«, meinte der Anführer.

»Also, was sollen wir tun?«

»Ich bin dafür, daß wir den armen Kerl hier erlösen und uns dann so schnell wie möglich aus dem Staub machen«, sagte der dritte Soldat, der inzwischen neben dem Bewußtlosen hockte, als ziehe ihn dessen entstelltes Gesicht magisch an.

»Wir werden nirgendwo hingehen«, erwiderte der Kommandant scharf. »Wir alle sind diesem … was immer es ist … ausgesetzt worden. Möglicherweise übertragen wir es. Wir werden es melden müssen.«

»Wenn du das tust …«

»Dann?«

Der Soldat machte eine Pause, bevor er fortfuhr: »Glaubst du nicht, daß irgendeiner der Typen es für das Sicherste halten wird, uns alle mit einem sauberen Streich zu erledigen?«

»Das kommt einem von denen vielleicht in den Sinn, aber sie werden es nicht tun«, sagte der Anführer.

»Warum nicht?«

»Weil wir zu den Guten gehören, schon vergessen?«

Das Schweigen seines Gegenübers sprach für sich und zwang den Anführer hinzuzufügen: »Abgesehen davon, werden sie wissen wollen, was hier gespielt wird.«

»Das Argument gefällt mir besser.«

»Wie du willst. Schafft die drei hier zurück in den Lastwagen und übergießt ihn mit Benzin.«

»Und was ist mit ihm?« fragte der neben dem Kranken hockende Mann.

»Mach es ihm so bequem wie möglich.«

Der Anführer kehrte zum Land Rover zurück, um über Funk mit der Basis Kontakt aufzunehmen.

Das war etwas, das er nie vorgehabt hatte: Funkkontakte waren unerwünscht, aber die Umstände geboten es in dieser Nacht einfach. Wie erwartet, wurde er aufgefordert, in der Leitung zu bleiben. Er hatte die Scheiße angezettelt, und nun mußte sie ausgelöffelt werden.

»Sollen wir ihn anzünden?« fragte einer der Soldaten, der den irakischen Lastwagen mit Benzin übergossen hatte.

»Noch nicht. Macht, daß ihr wieder rauf kommt und haltet die Augen auf. Kann sein, daß sie Nachschub schicken, wenn sich diese hier nicht mehr melden. Sobald es irgendwelche Anzeichen für mehr Ärger gibt, zünden wir den Wagen an. Solange die Militärs Nabelschau halten, wollen wir sie davon abhalten, noch mehr über die Grenze zu schicken.«

Zehn Minuten verstrichen, ohne das irgend etwas passierte. Die vier Soldaten saßen eng beieinander, um sich gegen die Kälte der Wüstennacht zu schützen und um auf weitere Anweisungen zu warten. Der kranke Iraker lag neben seinem Lastwagen. Sie hatten ihn in Decken gewickelt und ihm ein provisorisches Kissen unter den Kopf gelegt.

»Was ist, wenn die Militärs darüber bereits Bescheid wissen?« fragte einer der Soldaten. »Was, wenn sie diesen Kerl hier gar nicht brauchen, um herauszufinden, was es ist? Je mehr ich darüber nachdenke, desto sicherer bin ich, daß sie uns erledigen werden. Das macht Sinn.«

»Schnauze!«

Es knackte im Funkgerät, und dann ertönte das Funkzeichen ihrer Gruppe Sierra Mike Zulu durch die nächtliche Luft. Der Kommandant ging zum Land Rover und setzte sich auf den Beifahrersitz, um die Anweisungen entgegenzunehmen.

»Ich glaube, er bewegt sich«, sagte einer der anderen und sah zu dem Araber. »Vielleicht sollten wir ihm irgendeine Spritze geben.«

»Ich glaube nicht, daß du irgendeine Stelle findest, an der du eine Spritze setzen kannst. Wahrscheinlich sieht sein gesamter Körper so aus wie sein Gesicht.«

»Armer Kerl.«

»Wenn das ein Virus ist, dann sind wir die nächsten, die arm dran sein werden.«

»Wir sind geimpft.«

»Dann laß uns hoffen, daß es die richtigen Impfungen waren.«

»Ich werde ihm etwas Wasser geben.«

»Hast ein gutes Herz, Charlie Brown. Ich gehe nicht in seine Nähe.«

Der Anführer kehrte vom Land Rover zurück. »Sie schicken einen Hubschrauber.«

»Für ihn?«

»Für uns alle. Treffpunkt ist vier Meilen südlich von hier um drei Uhr. Wir haben also noch 75 Minuten Zeit. Schafft im hinteren Teil des Land Rovers etwas Ordnung, damit wir unseren Freund hier reinlegen können, und dann los.«

Der Kommandant ging zu dem Soldaten, der aus seiner eigenen Wasserflasche Wasser in den Mund des Irakers laufen ließ. Der Mann schien halb bewußtlos zu sein, aber seine Lippen und die Zunge spürten die Feuchtigkeit. »Wie geht es ihm?«

»Er lebt, aber ich würde nicht einen Pfifferling drauf wetten, daß das auch in einer Viertelstunde noch der Fall sein wird.«

»Wir brechen auf. Ein Hubschrauber ist unterwegs. Tu in der Zwischenzeit für ihn, was du kannst.«

Der Kommandant band einen Benzinkanister vom Unfallwagen los, goß den Inhalt über das zweite irakische Fahrzeug und warf den Kanister dann durch ein Fenster in den Wagen hinein.

Nachdem der Iraker auf der Ladefläche des Land Rovers auf ein behelfsmäßiges Lager gelegt worden war und sie abfahrbereit waren, zündete der Anführer zwei Lumpen an und warf sie auf die irakischen Fahrzeuge. Als das Benzin Feuer fing, schlugen orange Flammen in den Nachthimmel. Einen Moment lang schützte er sein Gesicht vor der Hitze, dann drehte er sich um, rannte zum Land Rover zurück und kletterte auf den Beifahrersitz.

»Fahr los!«

Sie hörten den Hubschrauber, lange bevor sie ihn sahen.

»Ein verdammter Chinook«, sagte einer der Männer, nachdem er den Himmel abgesucht hatte. Die Verwunderung in seiner Stimme war nicht zu überhören.

»Warum, zum Teufel, schicken sie uns einen Chinook?« fragte ein anderer.

»Du hast ihnen doch wohl gesagt, daß es sich lediglich um einen Typen handelt und nicht um ein ganzes verfluchtes irakisches Regiment, oder, Skip?«

»Das wissen sie. Bleib ruhig, ich schick' ein Leuchtsignal hoch.«

Die Signalrakete zischte wütend in den nächtlichen Himmel und zerbarst über ihren Köpfen wie ein Miniatursonnenuntergang. Ein paar Minuten später erhellten die kräftigen Suchscheinwerfer auf der Unterseite des riesigen Großraumhubschraubers die Szenerie, und die beiden Rotoren drehten sich mit ohrenbetäubendem Lärm über dem Land Rover und den am Boden stehenden Zuschauern.

Nach einer kleinen Ewigkeit schwenkte der Hubschrauber ein paar Hundert Meter nach Süden ab und landete. Seine Rotorblätter drehten sich weiter. Der Fahrer des Land Rovers ließ den Motor an, doch der Kommandant legte eine Hand auf seine Schulter, um ihn zurückzuhalten.

»Laß uns auf Anweisungen warten.«

Kaum hatte er diese Worte ausgesprochen, machte sich mit knackenden Geräuschen der Lautsprecher auf dem Hubschrauber bemerkbar.

»Sierra Mike Zulu, hier spricht Hubschrauber Tango Charlie. Bleiben Sie, wo Sie sind. Unternehmen Sie nichts, bis unsere Männer bei Ihnen sind. Geben Sie ein Lichtsignal, wenn Sie uns verstanden haben.«

Der Anführer nickte, und der Fahrer blendete die Scheinwerfer des Land Rovers auf.

»Das gefällt mir nicht«, flüsterte der Soldat, der sich um den Iraker kümmerte.

Langsam öffneten sich die Türen des Chinooks, und mehrere Männer, die aussahen, als trügen sie Raumanzüge, stiegen aus. Sie luden mehrere Kisten aus und gingen damit langsam auf den Land Rover zu.

»Entschuldigen Sie diese Vorsichtsmaßnahmen«, fuhr die Stimme aus dem Lautsprecher fort. »Aber ihr Männer steht bis auf weiteres unter Quarantäne. Ist außer dem Gefangenen jemand krank? Falls ja, blenden Sie einmal auf, falls nein, zweimal.«

»Warum benutzen die nicht einfach das Funkgerät, um Himmels willen?« beschwerte sich einer der Soldaten.

»Die Iraker hatten inzwischen genug Zeit, herauszufinden, daß ihnen eine Patrouille abhanden gekommen ist, und werden jetzt alles überwachen«, erwiderte der Anführer, während der Fahrer zweimal aufblendete.

»Gut. Bleibt einfach ruhig.«

Die Männer in den Schutzanzügen erreichten den Land Rover und gingen um ihn herum.

»Heilige Scheiße«, flüsterte einer der Soldaten. »Ich weiß,

daß unser Hygienestandard nach einer Woche Wüste nicht mehr astrein ist, aber das hier ist einfach lächerlich.«

»Biologische Schutzanzüge«, sagte der Anführer. »Absolut dicht. Niemand will ein Risiko eingehen.«

Der Befehlshaber der Raumfahrer gab ihnen ein Zeichen, auszusteigen. Sie gehorchten, und während sie draußen standen und darauf warteten, daß die Kisten, die die Männer in den Anzügen mitgeschleppt hatten, geöffnet wurden, fühlten sie sich sehr verwundbar.

»Sieht aus, als kriegten wir auch Anzüge«, meinte einer der Soldaten, als der Inhalt der Kiste, die ihnen am nächsten stand, sichtbar wurde.

»Der Unterschied ist nur, daß die sie tragen, um sich nach außen zu schützen, während wir sie tragen werden, damit nichts nach außen dringt.«

»Hebt nicht gerade das Selbstbewußtsein, findet ihr nicht?«

Während die Soldaten die orangefarbenen Anzüge anzogen, die man ihnen gegeben hatte, wurde der Iraker von der Ladefläche des Land Rovers gehoben, kurz medizinisch durchgecheckt und ebenfalls – mit erheblichen Schwierigkeiten, da er nicht mithelfen konnte – in einen Anzug gesteckt. Nachdem schließlich alle Soldaten die orangenen Anzüge angezogen und die Männer des Hubschraubers die Verschlüsse kontrolliert hatten, wurden sie von außen gründlich mit einer Desinfektionsflüssigkeit besprüht, bevor sie zum wartenden Hubschrauber geführt wurden. Dort angekommen, drehten sich die Soldaten um und beobachteten, wie ein Brandgeschoß ihren Land Rover in ein flammendes Inferno verwandelte.

»Ich glaube, der ist gerade durch den TÜV geflogen«, flüsterte einer.

Das Innere des Chinooks war so eingerichtet, daß es für die

einsteigenden Männer einen Plastikkokon mit eigener Luftzufuhr und separatem Filtersystem gab, der vom Rest hermetisch abgeriegelt war. Im Inneren befanden sich Nahrungsmittel und Wasser. Ihre Quarantäne hatte also bereits begonnen.

Keiner redete viel auf dem Flug. Sie schwiegen und hingen ihren eigenen Gedanken nach.

Im Basiskrankenhaus in Dhahran hatte man bereits eine Isolierstation für sie eingerichtet, ohne daß dazu große Vorbereitungen notwendig gewesen wären – seit dem Kuwaitkrieg existierte sie bereits als Vorsichtsmaßnahme, war allerdings noch nie benutzt worden. Dies war ihre erste wirkliche Bewährungsprobe.

Für die Soldaten war es eine Erleichterung, die sperrigen Anzüge auszuziehen, eine ausgiebige Dusche zu nehmen und sich frische Sachen überzustreifen. Als sie damit fertig waren, wurde über Monitor eine Einsatzbesprechung abgehalten. »Man könnte meinen, wir seien gerade vom Mars zurückgekehrt«, sagte einer der Männer. »Ich erwarte jeden Moment den amerikanischen Präsidenten.«

Aus ihrer Sicht klang die Geschichte recht simpel. Zwei irakische Fahrzeuge hatten die Grenze überquert und waren auf saudi-arabisches Gebiet vorgedrungen, daher hatten sie eingegriffen. Die Iraker hatten sich geweigert, der Aufforderung, die Waffen niederzulegen, nachzukommen und statt dessen das Feuer eröffnet. Sie hatten drei irakische Soldaten getötet und einen kranken Mann, der Behandlung bedurfte, mitgebracht. Die beiden irakischen Fahrzeuge waren durch Feuer zerstört worden.

»Und die toten Iraker?«

»Mit den Fahrzeugen verbrannt.«

Der Offizier, der die Befragung durchführte, zog hörbar Luft zwischen den Zähnen ein.

Der Anführer der Soldaten hatte das Gefühl, sein Handeln verteidigen zu müssen. »Unter den gegebenen Umständen und der Tatsache, daß wir die Ursache nicht kannten, hielt ich es für das beste, alles zu verbrennen«, sagte er.

»Nun, bis jetzt haben sich die Iraker noch nicht gemeldet«, sagte der Offizier. »Wir haben keinen Pieps von ihnen gehört.«

»Ist das gut oder schlecht, Sir?«

»Meiner Meinung nach schlecht. Schweigen impliziert in der Regel Schuld. Falls eine ihrer Patrouillen einfach aus Versehen die Grenze verletzt hätte, dann hätten sie mit Sicherheit bereits ein Riesengeschrei veranstaltet und die UNO zu einer Sondersitzung einberufen.«

»Wie geht es dem Iraker, den wir mitgebracht haben, Sir?«

»Dem Vernehmen nach lebt er immer noch. Wir warten auf die Ankunft von Experten.«

»Also weiß bis jetzt niemand, was ihm fehlt?«

»Fürchte nein. Wir halten Sie auf dem laufenden. In der Zwischenzeit muß ich Sie alle bitten, Geduld zu haben.«

»Ja, Sir.«

»Fühlen Sie sich immer noch gut?«

»Ja, Sir. Uns geht's gut.«

Die vier Soldaten wurden ermuntert, etwas zu schlafen, aber es fiel ihnen schwer. Sie waren es zwar gewohnt, auch unter erschwerten Bedingungen wo und wann immer möglich zu schlafen, niemand hatte sie jedoch auf den Fall vorbereitet, allein mit quälenden Gedanken über ihre unangenehme Lage auf sauberen, bequemen Pritschen zu liegen. Diesmal war der Feind nicht faßbar, sondern etwas, das man sich nicht vorstellen konnte. Er war unsichtbar und tödlich und nach allem, was sie verstanden hatten, war er bereits in sie eingedrungen; wahrscheinlich hatte er den Kampf bereits gewonnen. Sie wurden sich plötzlich jeder Faser ihres Körpers bewußt. Nieste einer der Soldaten, gefror den anderen das Blut in den Adern. War das bereits ein Anzeichen? Ein noch so leichtes Stechen in den Gliedern oder auch nur der Anflug von Steifheit gewann eine völlig neue Bedeutung.

»Dieses Warten macht mich verrückt«, sagte einer der Männer am Morgen des dritten Tages, der auch wieder nur aus Kaffeetrinken und Kartenspielen bestehen würde.

»Mit Sicherheit finden sie heute irgend etwas heraus«, meinte ein anderer. »Gestern sind immerzu Experten eingeflogen worden. Porton Down, CDC Atlanta, ein Team aus Schweden.«

»Schweden?« fragten die anderen im Chor.

»Scheinbar haben die eine ganze Menge Erfahrung mit mobilen Isoliereinrichtungen bei Seuchengefahr. Nachdem eine ihrer Städte vor ein paar Jahren vom Ausbruch des *Filo Virus* bedroht worden war, haben sie ein Expertenteam zusammengestellt. Die sind Spitzenklasse.«

»Dann glauben sie also, daß es ein Virus ist?«

»So, wie sie sich verhalten, ist das anzunehmen«, stimmte der Kommandant zu.

»Himmel, dann müssen wir es auch haben«, sagte einer der Soldaten, stand auf und begann, auf und ab zu gehen.

»Es ist jetzt drei Tage her, und wir sind alle immer noch o.k.«, entgegnete einer der anderen.

»Ich weiß, aber ... Himmel, wir müssen es haben. Was wäre das wohl für ein biologischer Kampfstoff, wenn wir es noch nicht hätten?«

»Ich wette, daß es ein Scheißerreger ist«, sagte der Anführer. »Das paßt zu Saddams Scheißmissiles. Statt dieser SCUDS hätten sie genausogut Reisfladen auf die Israelis werfen können, erinnert ihr euch?«

»Oder vielleicht helfen unsere Impfungen. Wir könnten immun sein.«

»Ja, immer positiv bleiben.«

Daraufhin stimmten sie im Chor »Always Look on the bright side of life« an, was sich in diesem Fall aber eher tapfer als lustig anhörte. Sofort wurden sie von ihren arabischen Betreuern gefragt, ob sie sich immer noch wohl fühlten.

»Es ging uns nie besser«, erwiderte ihr Anführer, ohne sich um weitere Erklärungen zu bemühen.

Um 19 Uhr am Abend ihres dritten Tages in Quarantäne öffneten sich plötzlich die Türen der Isolierstation, und die vier Soldaten bekamen Gesellschaft von britischen und arabischen Offizieren. »Gentlemen, Ihre Haft ist beendet«, verkündete einer der Besucher. »Es steht Ihnen frei zu gehen.«

Die Männer waren überrascht. »Dann ist der Iraker wieder o.k.?«

»Nein, leider ist er gestorben, glücklicherweise jedoch nicht an einem furchtbaren neuen Pestvirus.«

»An was dann?«

»Unser internationales Expertenteam hat uns mitgeteilt, daß er an einem sogenannten entarteten Impfpockenvirus gestorben ist; er hatte einfach Pech.«

»Es tut mir leid, Sir, aber ich glaube, ich verstehe Sie nicht ganz«, sagte der Anführer.

»Offensichtlich litt der Kerl an einer ungünstigen Reaktion auf eine Schutzimpfung gegen Pocken.«

»Eine Impfung?«

»Man hat mir erklärt, daß es in jedem Land einen gewissen Prozentsatz von Menschen gibt, die auf den Impfstoff, den man als Schutz gegen diese Krankheit benutzt, hypersensitiv reagieren. Der arme Kerl war einer davon.«

»Dann sind wir also o.k.?«

»So ist es, ja.«

»Dem Himmel sei Dank, Sir.«

»Das dürfen Sie laut sagen, Sergeant.«

2. Kapitel

Weltgesundheitsorganisation
International Disease Monitor
Genf
September 1997

Es war ein heißer Nachmittag. Draußen knallte die Sonne auf die sommerlichen Menschenmassen, die sich auf den Bürgersteigen drängten, aber im Inneren des Raumes war es dank der Klimaanlage sowie der halbgeschlossenen Rolläden angenehm kühl und schattig. Als die Türen geschlossen wurden und der Vorsitzende die Versammlung zur Ordnung rief, waren vierundzwanzig Menschen zusammengekommen.

»Ladies und Gentlemen, vielen Dank, daß Sie gekommen sind. Ich habe dieses außerordentliche Treffen der Forschungsgruppe für Viruserkrankungen einberufen, um einem Gerücht entgegenzuwirken, das man mir zugetragen hat, und um einen Bericht weiterzugeben, den mir unsere Kollegen vom UN-Disease Monitor gesandt haben.

Dies sind die Fakten: Vor zwei Wochen wurde in der Wüste Saudi-Arabiens nahe der Grenze ein kranker irakischer Soldat von einer Routinepatrouille aufgegriffen. Es ist nicht sicher, mit welcher Absicht er die Grenze überschritten hat, aber scheinbar wurde er von der irakischen Seite verfolgt, weshalb wir annehmen dürfen, daß er Hilfe, wenn nicht sogar Asyl suchte. Er war zu krank, um den Männern, die ihn aufnahmen, irgendwelche Informationen geben zu können, aber einer dieser Männer mit einer Spezialausbildung in biologischer Kriegsführung erkannte die möglichen Gefahren der Situation und bat über Funk um Unterstützung. Daraufhin wurde der Kranke zusammen mit der Patrouille in das Krankenhaus von Dhahran geflogen, das eine Isolierstation besitzt, und alle wurden in Quarantäne genommen. Die Regierung fürchtete natürlich sofort, der Iraker könne ein Opfer eines Unfalls mit biologischen oder chemischen Waffen gewesen sein. Einer der Ärzte, ein über sechzigjähriger Mann, meinte jedoch, daß Pocken die Ursache für den Zustand des Mannes seien.«

Im Raum entstand eine leichte Unruhe.

»Jawohl«, räumte der Vorsitzende ein. »Die höchste Alarmstufe wurde ausgerufen.«

»Als die Spezialisten vom CDC Atlanta und das Niklasson-Team aus Schweden eintrafen, stellten sie fest, daß es sich nicht um Pocken, sondern um eine abnorme Reaktion auf eine Impfung *gegen* diese Krankheit handelte. Tatsächlich litt der Mann an einer generalisierten Aussaat des Impfpockenvirus. Er gehörte zu den wenigen, extrem bedauernswerten Menschen, die das Impfvirus nicht vertragen – ich kann mich an die genaue Prozentzahl nicht erinnern.«

»Eins zu hunderttausend«, sagte ein Mann, der rechts etwa in der Mitte des Tisches saß und einen starken schwedischen Akzent hatte.

»Danke, Sven«, sagte der Vorsitzende. »Natürlich war die Erleichterung groß, als feststand, daß man es nicht mit dem echten Pockenvirus zu tun hatte. Mit einem Schlag war der drei oder vier Tage dauernde Alptraum vorüber. Unglücklicherweise starb der Iraker, ohne uns irgendwelche Einzelheiten über die Umstände berichten zu können. Die Mitglieder der Patrouille, die sich natürlich Sorgen um ihre eigene Sicherheit gemacht hatten, wurden aus der Quarantäne entlassen und durften ihren Dienst wieder aufnehmen. Doch für alle Betroffenen war dies eine sehr beängstigende Zeit.«

Ein zustimmendes Murmeln ging durch den Raum. Der Vorsitzende fuhr fort.

»Angesichts der Gerüchte über das Auftreten von Pockenerkrankungen, die in gewissen professionellen Kreisen sowohl hier als auch im UNO-Gebäude kursieren, dachte ich, es sei besser, die Sachlage schnell zu klären. So habe ich Dr. Jacques Lang von der Pockenschutzgruppe der Weltgesundheitsorganisation und der UNO gebeten, heute zu uns zu kommen und uns die neusten Zahlen zur weltweiten Situation dieser Krankheit zu liefern.«

Ein großer Mann mit gebeugten Schultern und schwarzem, störrischem Haar, das er immerzu aus seiner Stirn wischen mußte, stand auf und sortierte seine Notizen, die vor ihm auf dem Tisch lagen. Bevor er anfing, trank er einen Schluck Wasser.

»Meine lieben Kollegen, wie Sie alle wissen, ist auf diesem Planeten seit 1977, als ein Mann aus Somalia an dieser Krankheit starb, kein natürlicher Pockenfall mehr bekanntgeworden. Gute zwei Jahre später erklärte die Weltgesundheitsorganisation, daß die Welt von dieser Krankheit befreit sei. Zugegeben, es gab nach dem Tod des Patienten aus Somalia noch weitere Todesfälle, aber das lag daran, daß der Geist wieder aus der Flasche – oder sollte ich besser Reagenzglas sagen – entwich, und zwar bei einem Unfall in einem Forschungslabor in Birmingham in England.

Ich glaube, aus dieser Tragödie haben wir alle etwas gelernt. Es war eine tragische Demonstration der Fähigkeit eines Virus, aus sicherer Verwahrung zu entweichen. Seit diesem Unfall wurde die Lagerung von lebenden Pockenviren streng kontrolliert. Zur Zeit wird es nur an zwei Orten auf der Welt gelagert, im Zentrum für Seuchenkontrolle in Atlanta/Georgia, USA, und im russischen Forschungszentrum für Virologie und Biotechnologie in Koltsovo in der Nähe von Novosibirsk. In beiden Einrichtungen geht Sicherheit über alles, und für eben diese Sicherheit der Lagerbedingungen wird das Menschenmöglichste getan.«

»Selbst in Rußland?« fragte eine etwas zynische amerikanische Stimme.

»Ich verstehe Ihre Skepsis«, erwiderte Lang. »Auch heutzutage läßt die russische Infrastruktur noch einiges zu wünschen übrig, aber das Koltsovo-Institut ist über jeden Zweifel erhaben.«

»Wenn das Virus also an lediglich zwei Orten auf der Welt sicher aufbewahrt wird, warum wurde der irakische Soldat dann überhaupt gegen diese Krankheit geimpft?« fragte eine der anwesenden Frauen, eine knapp fünfzigjährige Deutsche. Aus dem allgemeinen Gemurmel ließ sich entnehmen, daß sie mit dieser Frage den anderen aus der Seele sprach.

Lang schnitt eine Grimasse und antwortete: »Frau Dr. Lehman hat in der Tat eine interessante Frage gestellt. Offen gesagt, wir wissen es nicht. Vielleicht handelte es sich um eine Routinemaßnahme, die einfach nie geändert worden ist. In Militärkreisen, wo Leute nicht gerade ermutigt werden, Fragen zu stellen, ist so etwas keine Seltenheit. Routine wird zur Tradition. Verwunderlich ist vielmehr, daß, soweit ich informiert bin, die Iraker bis jetzt weder den Grenzübertritt ihres Mannes noch den Tod der drei anderen Soldaten bei dem Grenzzwischenfall, der zu der Flucht des Mannes geführt hatte, bestätigt haben.«

»Was genau ist passiert?« fragte Frau Lehman.

»So weit ich weiß, hatten die Soldaten die Absicht, ihren kranken Landsmann zu töten, als die Grenzpatrouille intervenierte. Weitere Einzelheiten sind mir nicht bekannt«, fuhr der Vorsitzende dazwischen.

»Warum hätten sie einen kranken Mann töten wollen, der lediglich an einer abnormen Reaktion auf eine Routineimpfung litt?« hakte Frau Lehman nach.

»Vielleicht kannten sie die Ursache für die Erkrankung nicht«, meinte der Vorsitzende. »Vielleicht sahen sie nur, wie er an einer furchtbaren Krankheit einging, und hatten Angst, daß sie sich ebenfalls anstecken könnten. Daher nahmen sie die Angelegenheit selbst in die Hände.«

»Im Falle einer Entscheidung der Grenzposten wäre das eine Möglichkeit«, sagte Lang, »sollte der Befehl jedoch von oben gekommen sein, dann wollten die Iraker vielleicht verhindern, daß irgend jemand von seiner Impfung erführe.«

»In diesem Fall müßten wir die Möglichkeit in Betracht ziehen, daß sie das Virus besitzen und vorhaben, es als Waffe einzusetzen«, sagte eine amerikanische Stimme.

Frau Lehman nickte heftig.

»Das ist ein bißchen weit hergeholt, Hank«, sagte der Vorsitzende.

»Ich sehe einfach keine Möglichkeit, wie sie an das Virus herangekommen sein sollten«, meinte Lang. »Bei keinem der beiden Institute, die im Besitz des Virus sind, ist es zu einer Verletzung des Sicherheitssystems gekommen, und im Tierreich kommt das Virus nicht vor. Es ist eine rein menschliche Krankheit – zum Teil ist das der Grund dafür, warum wir es so erfolgreich vernichtet haben. Das und die Verfügbarkeit über einen effizienten Impfstoff. Ich denke, wir machen uns unnötige Sorgen.«

»Nur interessehalber, wie ließen sich die Pocken als biologische Waffe einstufen?« fragte ein Asiate.

»Das gehört wirklich nicht zu meinem Gebiet«, erwiderte Lang. »Persönlich jedoch finde ich die Vorstellung viel zu beängstigend, um darüber nachzudenken. Das Pockenvirus ist einer der schlimmsten Killer, den die Welt je gesehen hat. Es wütet seit über zweitausend Jahren. Bevor es von der Impfung ausgelöscht wurde, hat es einen ägyptischen Pharao, mehrere gekrönte Häupter Europas und unzählige Millionen gewöhnlicher Menschen getötet.«

»Schlimmer als Milzbrand?«

»Genauso tödlich und dabei einfacher in der Handhabung. Milzbrand ist ein extrem aggressiver Erreger, aber es ist schwierig, die eigenen Streitkräfte davor zu schützen. Außerdem ist dieser Bazillus verdammt schwer wieder loszuwerden, wenn er erst mal eingesetzt wurde. Er bleibt jahrzehntelang im Boden. Vor den Pocken kann man seine eigenen Leute mit einer sehr effizienten Impfung schützen, die so gut wie keine Nebenwirkungen hat. Man kann den Feind damit töten, doch sobald das Virus keinen menschlichen Wirt mehr hat, stirbt es aus. Nur die flächendeckende Impfung gegen Pocken hat bisher den Einsatz des Virus als Waffe verhindert.«

»Aber die hat längst aufgehört«, sagte die deutsche Frau, worauf sich ein allgemeines Schweigen im Raum ausbreitete.

»Das stimmt«, sagte der Amerikaner. »In den USA gibt es seit 1971 keine Pockenimpfung mehr.«

»Das gleiche gilt für England«, fügte eine englische Stimme hinzu.

»Dann sind bereits zwei Generationen ohne Impfschutz aufgewachsen«, sagte der Vorsitzende.

»Aber es gibt kein Virus, gegen das man sich schützen müßte«, insistierte Lang. »Die Pocken wurden ein für allemal ausgelöscht.«

Wieder herrschte Stille im Raum. Niemand stritt mit Lang, aber er bekam auch keine Zustimmung. Die Leute waren beunruhigt.

»Ich wünschte, wir hätten das Zeug komplett vernichtet,

als es 1995 die Möglichkeit dazu gegeben hatte«, sagte eine englische Stimme.

»Nun, in diesem Fall ist die Chance vertan worden«, sagte der Vorsitzende. »Man wird den nächsten veranschlagten Vernichtungstermin abwarten müssen. Tritt keine weitere Verzögerung ein, wird der verbleibende Rest an Pockenviren im Juni 1999 komplett vernichtet werden.«

»Was haben denn all die Wissenschaftler, die 1995 gegen die Virusvernichtung waren, in der Zwischenzeit getan, wenn, wie Sie sagen, das lebende Virus nur an zwei Orten auf der Welt aufbewahrt wird?«

»Ich versichere Ihnen«, sagte Lang, »daß sämtliche Forschungsprogramme, die mit dem Virus zu tun hatten, sehr strengen Kontrollen unterworfen waren. Man hat die DNS-Sequenz des Virus entschlüsselt, daher kennen wir inzwischen sein genetisches Muster. Nunmehr konnte man die DNS in bestimmte lineare Fragmente zerschneiden. Forschungslaboratorien ist der Zugriff auf einzelne Fragmente der Virus-DNS gestattet, nie aber auf das gesamte Virus oder auch nur auf mehr als zwanzig Prozent der zerlegten DNS auf einmal.«

»Was nützt einem ein Teil des Virus?« fragte eine andere englische Stimme.

Lang lächelte gequält und antwortete: »Als wir uns daran machten, das Virus zu zerteilen, erwarteten wir die übliche Routine. Wie bei allen Viren nahmen wir an, daß auch hier die Gene nur für die Zellstruktur und die Fortpflanzung bestimmend seien. Doch das trifft nur auf die eine Hälfte zu. Die andere Hälfte stellte sich als menschliches Genmaterial heraus.«

Obwohl es sich in der Runde hauptsächlich um renommierte Wissenschaftler handelte, hoben die meisten erstaunt die Augenbrauen.

»Es handelt sich um Gene, die das menschliche Immunsystem betreffen«, fuhr Lang fort. »Kurz gesagt, das Pockenvirus weiß mehr über das menschliche Immunsystem als die medizinische Wissenschaft. Das ist der Grund, warum seine komplette Zerstörung hinausgezögert wurde. Wir können eine Menge von ihm lernen.«

»Ich fühle mich unwohl bei dem Gedanken, daß überall kleine Virusstückchen herumschwirren.«

Lang zuckte mit den Schultern und sagte: »Es ist nicht so, daß irgend jemand aus den Einzelteilen ohne weiteres ein lebendes Virus wiederherstellen könnte. Dazu wäre schon ein erstklassiger Molekularbiologe nötig, jemand, der das gesamte Genom studiert hat, und selbst der oder die bräuchten viel Glück. Gäbe es irgendeinen Hinweis darauf, daß jemand so etwas auch nur in Betracht zöge, würden wir sofort einschreiten und dem Ganzen ein Ende bereiten. Mit Sicherheit müßte er mit einer Strafverfolgung rechnen.«

»Und das mit Recht«, sagte der Vorsitzende. »In der Zwischenzeit können wir jedoch nicht einfach nichts tun.«

Er machte eine Pause, und die anderen warteten schweigend darauf, daß er fortfuhr.

»Sicherlich sind wir nicht erfreut über den geimpften Mann, aber ich glaube nicht, daß wir die Rückkehr zu einer flächendeckenden Impfung empfehlen können. Jedes Impfprogramm birgt Risiken, die wir den Menschen gegenüber rechtfertigen müßten, die eventuell an Nebenwirkungen leiden.«

»Vielleicht wäre eine begrenzte Wiedereinführung nicht schlecht«, schlug ein Mann vor. »Nur um auf Nummer Sicher zu gehen.«

»Das wäre eine Möglichkeit, aber ich glaube, diese Entscheidung müssen wir den einzelnen Regierungen überlassen.«

Jeder dachte dabei sofort an Israel.

»Doch bevor wir das tun oder etwas anderes empfehlen, schlage ich vor, daß wir die Iraker ganz direkt fragen, warum ihr Mann gegen Pocken geimpft wurde, und dann ihre Reaktion abwarten.«

Dieser Vorschlag fand allgemeine Zustimmung.

»Dann ist das hiermit beschlossen«, sagte der Vorsitzende. »Ich werde eine Delegation aus UNO- und WHO-Mitgliedern beauftragen, diese Frage vorzutragen. Sobald ich eine Antwort habe, werden wir wieder zusammenkommen. In der Zwischenzeit könnten Dr. Lang und seine Kollegen vielleicht noch einmal die beiden Institute überprüfen, die im Besitz des lebenden Virus sind, und außerdem die Kontrollvorkehrungen über diese Fragmente unter die Lupe nehmen.«

Lang nickte. »Natürlich, Sir.«

Acht Tage später
Gleicher Ort

»Ladies und Gentlemen, wir haben eine Antwort aus Bagdad erhalten«, gab der Vorsitzende bekannt. »Sie behaupten, bei einem Routineimpfprogramm eines ihrer Truppenteile habe man statt eines Hepatitisimpfstoffes versehentlich einen alten Bestand an Pockenimpfstoff verwendet. Offensichtlich sehen die gefrorenen Pakete mit den Impfstoffen sehr ähnlich aus, und das junge, mit den Impfungen betraute Ärzteteam konnte sie nicht auseinanderhalten. Sie entschuldigen sich für den Grenzzwischenfall und die damit verbundene Aufregung.«

»Sie haben sich entschuldigt?«

»Das kommt mir verdächtig vor.«

Der Vorsitzende nahm seine Brille ab und wartete, bis die Kommentare verhallten, dann sagte er: »Es ist durchaus denkbar, daß sie die Wahrheit sagen. Im Gegensatz zu anderen Impfstoffen ist der Pockenimpfstoff in gefrorenem Zustand lange Zeit haltbar. Eine derartige Verwechslung kann vorkommen.«

»Die Frage ist nur, ob es tatsächlich so war.«

»Ich glaube, daß wir sehr auf der Hut sein sollten«, sagte die deutsche Frau.

»Dr. Lang, haben Sie irgend etwas Neues für uns?« fragte der Vorsitzende.

»Wir haben sowohl das CDC als auch das russische Institut befragt. Beide berichten, daß es keinerlei Zwischenfälle im Sicherheitssystem gegeben habe und die Virusmenge nachweislich unverändert sei.«

»Gut, und was ist mit den Fragmenten?«

Lang rutschte unbehaglich auf seinem Stuhl hin und her. »Das war etwas schwieriger«, gab er zu. »Viele Laboratorien auf der ganzen Welt haben Virusfragmente für ihre Forschungsprojekte angefordert. Die Aidsforschung läuft auf Hochtouren. Es herrscht ein reger Wettbewerb.«

»Und da ist eine Menge Geld im Spiel!« kommentierte eines der Mitglieder zynisch.

»Sorgt das Überwachungssystem dafür, daß kein Labor mehr als zwanzig Prozent des gesamten Virus erhält, oder nicht?« bohrte der Vorsitzende weiter.

»Ja ...« erwiderte Lang, aber er klang unsicher.

»Lassen Sie es mich anders ausdrücken«, sagte der Vorsitzende. »Ist es auch nur im entferntesten denkbar, daß ein Versuch unternommen worden ist, das lebende Pockenvirus aus diesen Fragmenten herzustellen?«

»Ich würde eigentlich denken ... nein.«

»Aber Sie sind nicht absolut sicher?«

»Man kann nie absolut sicher sein. Wenn jemand wirklich zu etwas entschlossen ist, wer weiß?«

Der Vorsitzende wollte augenscheinlich nicht lockerlassen. Er sagte: »Angenommen ein Wissenschaftler fordert von einem Labor aus ein paar Fragmente an und wechselt dann in ein anderes. Wäre es für ihn – oder für sie – möglich, weitere Fragmente zu bestellen, ohne daß Sie das nachvollziehen können?«

»Unsere Aufzeichnungen beziehen sich auf Institute«, räumte Lang ein. »Fragmente werden nicht einzelnen Personen zugerechnet.«

»Dann können also einem Universitätslabor oder einem Forschungsinstitut drei Fragmente genehmigt werden, während in der Praxis ein einzelner Wissenschaftler drei weitere von seinem letzten Job mitgebracht haben könnte und nun Zugang zu insgesamt sechs Fragmenten hat?«

»Ich schätze, ja.«

Langs Antworten erzeugten viel Unruhe. Der Vorsitzende mußte seine Hand heben, um wieder Ruhe herzustellen.

»Ladies ... Gentlemen ... ich bitte Sie. Ich schlage vor, daß wir trotz des eben Gehörten den Bezug zur Realität nicht verlieren. Ich habe absichtlich versucht, ein Bild des schlimmstmöglichen Falls zu zeichnen. Lassen Sie uns innehalten und über die tatsächlichen Fakten nachdenken.« Es wurde wieder ruhig im Raum. »Ich denke, daß wir verhältnismäßig sicher sein können, daß der Bestand an lebenden Viren weder angetastet worden ist noch daß es einen strafbaren Versuch gegeben hat, an diesen Bestand heranzukommen.« Die anderen nickten zustimmend. »Was das Problem der Fragmente betrifft, so könnte dies ein Grund zur Beunruhigung sein, muß es aber nicht. Um in diesem Punkt sicherzugehen, müssen wir mehr darüber wissen.«

»Ich stimme dafür, daß wir zunächst einen völligen Umlaufstopp dieser Fragmente empfehlen«, sagte die deutsche Teilnehmerin, Frau Lehman. Diese Ansicht fand erhebliche Zustimmung bei den anderen, allerdings fühlte sich der Vorsitzende dabei sichtlich unwohl.

»Meiner Meinung nach sprechen zwei Dinge gegen diese Vorgehensweise«, sagte er. »Zum einen würden wir zweifellos weltweit die laufenden Projekte zur Aidsforschung unterbrechen. In welchem Ausmaß, läßt sich nicht sagen – vielleicht ist es angesichts des langsamen Fortschritts auf diesem speziellen Gebiet kaum von Gewicht –, doch es wird sicherlich zu Unannehmlichkeiten führen und innerhalb des Wissenschaftsbetriebs auf einen gewissen Grad von Ablehnung stoßen. Sowohl für die Weltgesundheitsorganisation wie für die Vereinten Nationen ist ein weltweit guter Ruf sehr wichtig. Ich möchte nichts unternehmen, was diesen schädigen könnte.«

»Herr Vorsitzender, andererseits behauptet man, wir seien zu sehr auf unser Image bedacht und daher handlungsunfähig. Ich möchte die Aufmerksamkeit dieser Versammlung auf den letzten Bericht der UNO-Inspektoren im Irak lenken, bevor deren Arbeit unterbrochen wurde. Sie entdeckten bei Wadi Ras eine Fabrik, von der sie annahmen, daß sie der Herstellung biologischer Waffen diene. Die Iraker haben erfolgreich dagegengehalten, daß sie für die Produktion von Impfstoffen genutzt werde. Angesichts des eben Gehörten glaube ich nicht, daß wir beruhigt sein können ...«

Eine hitzige Diskussion entbrannte, bis der Vorsitzende schließlich sagte: »Kollegen, lassen Sie uns darüber abstimmen.«

Stimmzettel wurden herumgereicht, schweigend ausgefüllt und dem Vorsitzenden zurückgegeben, der sie vor sich auf zwei Haufen legte. Es sah nach einer knappen Entscheidung aus. Als der letzte Zettel einem Haufen zugeordnet worden war, stand der Vorsitzende auf und verkündete: »Mit einer Mehrheit von zwei Stimmen haben Sie sich für den sofortigen Stopp des Umlaufs von Pockenvirusfragmenten entschieden.«

Einige zuckten mit den Schultern, andere lächelten.

»Dr. Lang? Möchten Sie dem etwas hinzufügen?«

»Vielleicht sollte ich noch erwähnen, daß einzelne Länder bereits gebeten worden sind, eine Bestandsaufnahme der in ihren Forschungseinrichtungen befindlichen Fragmente durchzuführen.«

»Gut, das könnte sehr hilfreich sein«, sagte der Vorsitzende. »Lassen Sie uns jedoch hoffen, daß nichts von alledem wirklich notwendig ist. Freuen wir uns lieber auf die Erkenntnis, daß unsere Angst völlig unbegründet und unsere Verdächtigungen nichts als Verfolgungswahn waren.« Das war eine geeignete Bemerkung, um die Sitzung zu schließen.

Innenministerium
London
Oktober 1997
Adam Dewar erreichte das Innenministerium nur zwei Minuten vor dem vereinbarten Treffen. Er hatte geglaubt, jede Menge Zeit für die Fahrt von seiner Wohnung am Fluß bis hierher einkalkuliert zu haben, doch er hatte die enorme Zahl der Nachsaisontouristen in der Hauptstadt unterschätzt. Als er endlich die letzte Gruppe umschifft hatte, war seine gute Laune verflogen.

»Videokameras! Es gibt in ganz London keinen einzigen Hundehaufen, der nicht aufgezeichnet wird«, beschwerte er sich bei Jean Roberts, der Sekretärin seines Chefs, nachdem er etwas außer Atem ihr Büro betreten hatte.

»Der Tourismus ist gut für die Wirtschaft, Dr. Dewar«, erwiderte sie lächelnd. »Schön, Sie in so guter Form zu sehen. Sie können sofort reingehen.«

Dewar arbeitete für Sci-Med, eine Regierungsbehörde, die gebildet worden war, um potentielle Straftaten in Hi-Tech-Gebieten der Wissenschaft und der Medizin aufzudecken, Gebieten, in denen die Polizei wenig oder gar keine Erfahrung hat. Der Mitarbeiterstab bestand aus einer gewissen

Anzahl von medizinisch oder wissenschaftlich geschulten Fachleuten, deren Aufgabe es war, diskrete, gelegentlich auch verdeckte Ermittlungen in den häufig verschwommenen Randzonen zwischen Inkompetenz und offener Kriminalität durchzuführen. Hochqualifiziertes Fachpersonal reagierte ausgesprochen sensibel und betrachtete es als ungerechtfertigte Einmischung, wenn sich jemand von außen für ihre Arbeit interessierte, daher war Diskretion bei dieser Tätigkeit besonders wichtig, zumindest solange, bis die Fakten feststanden.

Adam Dewar hatte sich als Arzt auf medizinische Ermittlungen spezialisiert. Er war sich völlig bewußt, daß die medizinischen Fachkreise zu den sensibelsten und konservativsten überhaupt zählten. Wurden von außen Fragen gestellt, schloß man fast reflexartig die eigenen Reihen. Selbst am Ende des 20. Jahrhunderts kursierten immer noch mystische Vorstellungen vom Zauberdoktor. Je weniger der Patient weiß, um so besser.

Dewar hatte die letzten vier Wochen frei gehabt. Das gehörte zu den Besonderheiten seines Jobs. Die Ermittlungen waren oft anstrengend, forderten lange Arbeitseinsätze und konnten ungemein nervenaufreibend sein. Gelegentlich waren sie sogar gefährlich, eventuell sogar lebensgefährlich. Waren sie abgeschlossen, gab es einen großzügigen Freizeitausgleich. Dewar hatte die freien Tage in einem kleinen Dorf in Südfrankreich zugebracht, das er seit seiner Kindheit kannte, und sich dort am Wein, am Essen und an der provenzalischen Sonne erfreut. In der letzten Woche hatte er sich jedoch mit harten sportlichen Übungen auf seine Rückkehr vorbereitet. Täglich war er drei Meilen vor San Raphael im Meer geschwommen und hatte die kühlen Abende dazu genutzt, durch die Weinberge der Nachbardörfer zu joggen, und dabei recht respektable Entfernungen zurückgelegt. Er fühlte sich wieder ganz gut in Form, wobei ihm sein letzter Auftrag nicht gerade viel Kraft gekostet hatte.

Er hatte die Arbeit eines Chirurgen in Lincolnshire überprüfen müssen, dessen Operationsstatistik, verglichen mit anderen Landesteilen, eine auffallend hohe Todesrate aufwies. Tatsächlich hatte dieser Fall keinen kriminellen Hintergrund gehabt. Der fragliche Chirurg war einfach alt geworden und sich seiner schwindenden Kräfte nicht bewußt gewesen. Seine dominante Persönlichkeit – bei Chirurgen keine Seltenheit – hatte seine Kollegen davon abgehalten, etwas an der Situation zu ändern. Es war eine Sache, den Fehler zu kennen, eine andere, ihn anzusprechen. Zudem hatte der Mann in medizinischen Fachkreisen großen Einfluß, Kreise, die eine Karriere fördern, aber auch zerstören konnten. Alles wäre im gleichen Trott weitergegangen, hätte nicht der Sci-Med-Computer die Aufmerksamkeit auf die alarmierende Statistik gelenkt.

Dewar stand weder unter der Fuchtel noch unter dem Einfluß dieses Mannes, zudem hatte auch er eine starke Persönlichkeit. Als Mitarbeiter von Sci-Med besaß er die Autorität, das Problem zu lösen – und hatte entsprechend gehandelt. Der Chirurg wurde in den Ruhestand versetzt. Glücklicherweise und dank des gesunden Menschenverstandes aller Beteiligten konnte diese Lösung ohne Skandal oder Aufruhr erzielt werden.

Dewar klopfte an die Tür und kam der Aufforderung einzutreten umgehend nach.

Ein großer, grauhaariger Mann erhob sich hinter seinem Schreibtisch und streckte die Hand aus. Es handelte sich um John Macmillan, Dewars Vorgesetzten und Direktor von Sci-Med.

»Schön, Sie zu sehen, Dewar. Wie fühlen Sie sich nach der Pause?«

»Sehr gut, danke, Sir.«

»Gut. Was wissen Sie über Pocken?«

Dewar zuckte mit den Schultern. »Nicht viel, fürchte ich. Seinerzeit war es eine fürchterliche Seuche, aber sie ist bereits vor vielen Jahren ausgerottet worden. Ein Triumph der Weltgesundheitsorganisation, wenn ich mich recht entsinne. Während meines Studiums wurde es als Beispiel für die Wirkung von Impfprogrammen angeführt. Fast wie ein Märchen, wenn man bedenkt, daß die allerersten Impfversuche gegen diese Krankheit im 18. Jahrhundert unternommen wurden und auf der Arbeit von Edward Jenner basierten. Es hat kaum zweihundert Jahre gedauert, um etwas auszulöschen, das seit Anbeginn der Menschheit existiert hat.«

»Ausgelöscht ist vielleicht ein bißchen übertrieben«, sagte Macmillan.

»Sie meinen, sie ist wieder ausgebrochen?« fragte Dewar ungläubig.

»Das zwar nicht, aber dieses Schreiben wurde uns von einer gemeinsamen Sitzung der WHO und der UNO geschickt. Sie bitten uns um Hilfe.«

Macmillan reichte Dewar das Dokument, der es überflog und schnell feststellte, daß er mehr Zeit brauchen würde, um es wirklich zu erfassen.

»Wenn Sie bereit sind, möchte ich Sie bitten, die Sache in die Hand zu nehmen«, sagte Macmillan.

3. Kapitel

Institut für Molekularbiologie
Edinburgh, Schottland
Oktober 1997

Die Tür des Labors 512 öffnete sich und ein großer, distinguiert aussehender Mann trat ein. Er ignorierte die dort arbeitenden Leute, durchquerte den Raum und öffnete auf der anderen Seite eine Bürotür. Da er dahinter niemanden vorfand, drehte er sich um und fragte knapp in den Raum hinein: »Dr. Malloy nicht hier?«.

»Gebt dem Affen Zucker«, flüsterte einer der anwesenden Männer seinem neben ihm arbeitenden, jüngeren Kollegen zu.

»Haben Sie etwas gesagt, Mr. Ferguson?« fragte der große Mann.

»Ich habe lediglich Ihre Beobachtung bestätigt, Professor Hutton«, erwiderte der Mann, der den Kommentar abgegeben hatte. Einen Moment lang schauten sich die beiden Männer in die Augen, wobei der große Mann aus seiner Abneigung keinen Hehl machte, während die Miene des älteren Mannes eine offenbar langgehegte und unerschütterliche Mißachtung ausdrückte.

»Erwarten Sie ihn heute noch?«

»Er hat nicht gesagt, daß er nicht kommen würde«, erwiderte ein junger, eifrig wirkender Mann mit einem schwarzen T-Shirt, auf dem der Name einer Popgruppe stand. Sein weißer Laborkittel war offen.

»Ich glaube, daß er nach den Ergebnissen der gestrigen Impfversuche ziemlich aufgebracht war«, fügte eine junge, rothaarige Frau Anfang Zwanzig hinzu. »Ich denke, das hat nach Alis Tod das Faß endgültig zum Überlaufen gebracht.«

»In der Forschung müssen wir alle mit Rückschlägen rechnen. Das ist Teil unseres Jobs«, sagte der große Mann. Er betrachtete die Arbeitstische des Labors und murmelte: »Leute, schaut mal, wie es hier aussieht. Ihr solltet euch mal ein Beispiel an Dr. Pearsons Labor nebenan nehmen. Seine Mitarbeiter sorgen für absolute Sauberkeit, da liegt nicht so viel Zeug rum wie hier.«

»Vor allem keine neuen Ideen«, murmelte Ferguson.

Die Nasenflügel des großen Mannes bebten vor Zorn, und er holte tief Luft, erwiderte jedoch nichts auf diese Beleidigung. »Sagen Sie Dr. Malloy, daß ich ihn sprechen möchte, wenn er kommt.«

Nachdem die Tür wieder geschlossen worden war, sagte der junge Mann im T-Shirt zu Ferguson: »Du treibst es ganz schön weit mit ihm.«

»Das ist doch ein aufgeblasener Gockel«, erwiderte der ältere Mann.

»Peter hat recht, George«, sagte die junge Frau, Sandra Macandrew. »Du setzt dein Glück aufs Spiel. Er kann dieses Labor wirklich nicht ausstehen.«

»Viel mehr kann er mir doch nicht mehr anhaben«, sagte der Ältere. »Wenn Steve kein neues Forschungsstipendium erhält, bin ich sowieso noch vor Weihnachten raus aus dem Laden. *Herr Direktor* hat mich für den vorzeitigen Ruhestand ausersehen.«

»Aber die Chancen, daß Steve ein neues Stipendium erhält, stehen doch gut«, sagte sie.

»Wirklich? Betrachten wir es nüchtern. Die gestrigen Versuchsergebnisse werden uns keine große Hilfe sein.«

Niemand widersprach.

»Trotzdem ist es blöd, sich mit Hutton anzulegen«, insistierte sie. »Er könnte dir immer noch deine Rente vermasseln.«

»Vielleicht, aber das ist nun mal mein einziges Vergnügen«, sagte der ältere Mann grinsend.

»Er *ist* ein arroganter Pinsel«, meinte Peter Moore, der Doktorand mit dem schwarzen T-Shirt.

»Die Universität ist voll von diesen Kerlen«, fügte Macandrew, ebenfalls Doktorandin, hinzu. »Damit müssen wir leben.«

»Etwas, das die Briten so gut beherrschen«, ergänzte Pierre Le Grice, ein Gastwissenschaftler vom Pariser Pasteur-Institut. »Wenn du entsprechend aussiehst und die richtige Krawatte trägst, kannst du es in diesem Land weit bringen.«

»Vielleicht aber auch, weil die Universität als ›egalitärer‹ Arbeitgeber allen die gleichen Chancen bietet«, meinte Ferguson, der Cheflaborant der Gruppe. »Selbst ein hirnloses Monstrum zu sein, ist kein Hinderungsgrund.«

Die Tür ging auf, und ein Mann mit dunkler Brille und schwarzer Kleidung trat ein. Anstelle eines Grußes klagte er: »O Gott, mein Kopf fühlt sich an, als würde darin gerade eine ganze Blechbläserkapelle spielen.«

»*Herr Direktor* hat nach dir gesucht«, sagte Ferguson. »Sah nicht gerade glücklich aus, aber es ist uns gelungen, ihn beim Weggehen noch ein bißchen weniger glücklich aussehen zu lassen.«

»Du hast ihn hoffentlich nicht wieder geärgert, oder?« fragte der Neuankömmling halb resigniert, halb gereizt.

»Er hat uns eine Nachhilfestunde über die Sauberkeit in Labors gegeben, wir sollten uns ein Beispiel an Pearsons Leuten nehmen.«

»So weit kommt's noch«, schnaubte Steven Malloy, der Teamchef. »Aber er hat ja nicht unrecht. Wie wär's, Leute, vielleicht räumen wir tatsächlich mal ein bißchen auf?«

»O.k., machen wir, während du zu ihm gehst.«

»Aber erst brauche ich einen Kaffee!«

»Und eine Aspirin?« fragte Sandra Macandrew.

»Du bist ein Engel«, sagte Malloy und wartete, bis die Frau ein paar Aspirin aus ihrer Handtasche hervorgekramt hatte und sie ihm reichte.

»Gut, ich schau schnell noch an der Maschine vorbei und besorg mir 'ne Ladung Koffein, bevor ich zu Hutton gehe.«

»Komm wieder, egal, ob mit Kopf oder ohne«, sagte Peter Moore lächelnd.

»Und, was auch immer er sagt, leg dich nicht mit ihm an. Peter und ich würden gern noch unseren Doktor zu Ende machen«, fügte Sandra hinzu.

»Und *dann* kannst du ihn fertigmachen«, ergänzte Peter.

Steven Malloy ging eine Treppe hinunter und den Flur entlang bis zum Gemeinschaftsraum des Personals. Zwischen dem morgendlichen Kaffeeansturm und der Mittagspause war er gewöhnlich leer. Er schmiß ein paar Münzen in den Kaffeeautomaten und wählte Schwarz, extra stark.

Den Plastikbecher in beiden Händen, ging er hinüber zum Fenster. Dort stellte er ihn auf die Fensterbank, packte die beiden Aspirin aus und schluckte sie. Anschließend spülte er mit dem Kaffee nach und zuckte etwas zusammen, weil er sich dabei ordentlich den Mund verbrannte. Nach zwei weiteren Schlucken schmiß er den Becher in den Mülleimer und machte sich auf den Weg zum Zimmer des Direktors.

Die Sekretärin des Direktors, Hyacinth Chisolm, die in

ihrem fliederfarbenen Kostüm makellos wie immer aussah und nach teurem Parfüm roch, musterte ihn von oben bis unten, als er eintrat. Sie sah einen mittelgroßen Mann, Mitte Dreißig, der ein schwarzes Poloshirt und schwarze Kordhosen trug. Da sein eines Ohr geringfügig höher als das andere war und er eine krumme Nase hatte, saß die Brille etwas schief. Seine schwarze Lockenpracht ließ ihn jünger erscheinen. Er erinnerte sie an einen Wischmop, der verkehrt herum steht.

»Guten Morgen, Dr. Malloy«, sagte sie und schaute dabei demonstrativ auf ihre Armbanduhr, so als müsse sie die Tageszeit noch einmal überprüfen.

»Morgen, Hyacinth. Er wollte mich sehen.«

»Ich schaue mal, ob der Professor Zeit hat.«

Hyacinth drückte einen Knopf ihrer Sprechanlage und sagte betont förmlich: »Dr. Malloy ist hier, Herr Professor.«

Es entstand eine kurze Pause, in der Hyacinth wie festgefroren an ihrer Sprechanlage verharrte. Es sah aus, als würde sie jeden Moment einer Erleuchtung teilhaftig werden. Doch dann ertönte lediglich ein »Bitten Sie ihn herein«.

»Ah, Steven, ich dachte, es sei an der Zeit, daß wir zwei mal miteinander reden. Ich habe heute morgen schon nach Ihnen gesucht, aber Sie waren nicht da.«

»Nach den Versuchsresultaten habe ich gestern abend wohl ein bißchen viel getrunken und bin deshalb heute Morgen nicht so gut aus den Federn gekommen.«

Professor Paul Hutton, der Direktor des Institutes für Molekularbiologie, zuckte bei Malloys Erklärung etwas zusammen und sagte: »Es muß für Sie und Ihr Team eine herbe Enttäuschung gewesen sein.«

»Seit achtzehn Monaten arbeiten wir Tag und Nacht an diesem Projekt, und wir dachten wirklich, daß wir es diesmal geschafft hätten. Es sollte die erste wirksame Schutzimpfung gegen Aids werden, und mit den Ergebnissen der Tierversuche fällt plötzlich alles in sich zusammen. Kein Schutz. Absolut nichts. Es war alles umsonst, und ich habe absolut keine Ahnung, warum.«

»Vielleicht hätten sich die Dinge anders entwickelt, wenn Sie sich in der Entwicklungsphase mehr mit Ihren Kollegen beraten, ihre Schwierigkeiten offengelegt und mehr mit Ihnen zusammengearbeitet hätten. Gruppentreffen, Seminare, derlei Dinge sind bei Problemen wirklich nützlich.«

»Sicher. Dann hätten wir statt achtzehn Monaten sechsunddreißig gebraucht, um nichts zu erreichen«, erwiderte Malloy.

»Diskussionen sind ein wichtiger Bestandteil des wissenschaftlichen Alltags«, sagte Hutton scharf.

»Manche Leute diskutieren so viel, daß sie zu nichts anderem kommen«, meinte Malloy. »Sie verbringen ihre gesamte Zeit mit verdammten Diskussionen.«

Hutton verlor die Geduld. Er beugte sich in seinem Sessel nach vorne. »Lassen Sie mich Ihnen etwas sagen, Doktor, Ihre Haltung und die Ihres Forschungsteams ermüden mich langsam. Ihr fehlender Respekt gegenüber Regeln und Ordnung. Sie weigern sich beharrlich, den Papierkram zu erledigen; Sie liefern nie die Berichte, um die Sie gebeten werden. Wir sehen so gut wie nie jemanden von Ihnen bei Seminaren, und ich kann mich nicht daran erinnern, Sie je bei einer Mitarbeiterbesprechung gesehen zu haben.«

»Wenn ich das alles tun würde, bliebe keine Zeit mehr für die Forschung.«

»Andere Teams schaffen das scheinbar locker und haben immer noch Zeit für ihre Forschungsprogramme. Dr. Pearson –«

»Ein paar Pünktchen und Kreuzchen an anderer Leute Arbeiten anfügen, das nenne ich nicht gerade Forschung.«

»Seine Arbeit ist sehr anerkannt –«

»Unter Wissenschaftlern, die genau das gleiche machen. Such dir ein gemachtes Nest, breite dich darin aus, finde gleichgesinnte Freunde und krault euch gegenseitig den Buckel. Du schreibst eine gute Besprechung über meine Stipendiatsarbeit, und ich tue das gleiche für dich. Yeah!«

»Das ist ungeheuerlich! Ich weiß nicht, warum ich Sie nicht auf der Stelle –«

»Drei Besprechungen in *Nature* letztes Jahr und Stipendien für insgesamt dreihunderttausend Pfund, von denen das Institut vierzig Prozent als ›Unkosten‹ einkassiert, noch bevor wir überhaupt angefangen haben. Das ist der Grund, warum Sie mich nicht auf der Stelle ...«, rief Malloy ebenfalls verärgert aus.

Hutton schaute zur Seite und nahm sich absichtlich viel Zeit, um sich zu sammeln. Er schien sich auf die Zunge beißen zu müssen. Als er Malloy schließlich wieder anblickte, sagte er mit kontrollierter Stimme: »Ich weiß, daß Sie in letzter Zeit sehr unter Druck standen, Steven. Alis Selbstmord muß ein großer Schock für Sie gewesen sein, und jetzt die Versuchsergebnisse mit dem Impfstoff, die belegen, daß er vielleicht weniger effektiv ist, als wir gehofft haben ...«

»Warum sagen Sie nicht gleich ›nutzlos‹.«

»Wie dem auch sei, manchmal müssen wir eben Rückschläge einstecken, aus unseren Fehlern lernen und uns zusammenreißen.«

Malloy mußte sich bremsen, um das Gespräch nicht in ein Rollenspiel ausarten zu lassen – »und wieder von vorn beginnen«. Er schwieg.

»Ich schlage vor, wir vergessen unsere kleine Auseinandersetzung, begraben die Meinungsverschiedenheiten und fangen neu an. Ich bin der letzte, der aus seinen Mitarbeitern willenlose Roboter machen möchte, aber es gibt bestimmte Regeln, an die wir uns halten müssen, sonst verfallen wir in Anarchie.«

»Ich weiß das zu schätzen«, sagte Malloy ruhig.

»Gut. Vielleicht könnten Sie einen Blick auf den ausstehenden Papierkram werfen, vor allem die Mitarbeiterbeurteilungen sind längst überfällig.«

»Früher sagte man, das Leben vergeht, während man noch seine Zukunft verplant. Heute vergeht es, während man Formulare ausfüllt.«

»Ich verstehe Sie ja bis zu einem gewissen Grade, aber das Institut besteht darauf, daß jeder Mitarbeiter mindestens einmal pro Jahr von seinem direkten Vorgesetzten beurteilt und ein genauer Bericht über seine Leistungen und seine Zukunftspläne angefertigt wird. Das nennt man moderne Betriebsführung.«

»Modern heißt nicht unbedingt gut«, murrte Malloy. »Was passiert überhaupt mit diesen Beurteilungen? Wohin schicken Sie sie?«

Hutton rutschte auf seinem Sessel hin und her. »Eigentlich nirgendwohin.«

»Sie schicken sie nicht weg?«

»Wir legen hier Dateien damit an.«

»Sie speichern sie?«

»Das ist nützlich, um den Fortschritt jedes Mitarbeiters akkurat belegen zu können.«

Malloy wollte losbrüllen, »aber ist das notwendig?«, hielt sich jedoch zurück. Im Interesse der Harmonie, auch wenn diese nur vorgetäuscht war, schwieg er.

»Außerdem möchte ich Sie bitten, mit Ihrem Labortechniker Ferguson zu reden. Er hat nicht an den vorgeschriebenen Übungskursen über die Sicherheit beim Umgang mit infektiösem Material teilgenommen.«

»George Ferguson hantiert seit über dreißig Jahren mit infektiösem Material«, hob Malloy hervor. »Er hat schon mit Typhus und Tuberkulose in einem offenen Labor gearbeitet, da habe ich noch mit meiner Modelleisenbahn gespielt.«

»Darum geht es nicht.«

Erneut biß sich Malloy auf die Zunge, doch Hutton entging dieser Gesichtsausdruck nicht. »Die Vorschriften machen da keine Ausnahme. Alle Laboranten werden aufgefordert, an den Auffrischungskursen teilzunehmen. Offen gesagt, verstehe ich sowieso nicht, warum Sie ihn ausgewählt haben. Den Mitarbeitern der Verwaltung ist er ein ständiger Dorn im Auge.«

»Ich habe ihn genommen, weil man ihn nach der Schließung seines Krankenhauses von Pontius zu Pilatus geschoben hat; ich brauchte einen guten Labortechniker. Die Stiftung hat die Laborantenstelle gestrichen, die ich auf dem Stipendiumsformular beantragt hatte, den Rest jedoch bewilligt. Das war, als erhielte ich ein Auto mit drei Rädern.«

»Ich bin sicher, daß sie ihre Gründe hatten.«

»Nur, daß die keinem einleuchten, außer ihnen selbst. Aber wie auch immer, George hat eine Menge Erfahrung. Vielleicht ist er nicht gerade der diplomatischste, aber ich brauche keinen Diplomaten. Ich brauche jemand, der mit Viren umgehen kann.«

»Einigen wir uns darauf, daß wir uns über die Vorzüge von Mr. Ferguson nicht einigen können«, sagte Hutton. »Worüber ich heute morgen eigentlich mit Ihnen sprechen wollte, ist die Verwendung von Fragmenten des Pockenvirus. So weit ich weiß, benutzen Sie welche.«

»Natürlich, wir haben versucht, hinter die Kniffe zu kommen, die dieses Virus benutzt, um das menschliche Immunsystem auszutricksen. Ist ein ziemlich faszinierendes Kerlchen.«

»Nun, wir sind von offizieller Seite darüber informiert worden, daß die Beschaffung und Weiterleitung dieser Fragmente bis auf weiteres verboten ist.«

»Was?« rief Malloy aus. »Aber ich wollte doch gerade die Fragmente der DNS beantragen, die oberhalb von den Teilen liegen, an denen wir gearbeitet haben. Wir haben den Verdacht, daß die Gene, nach denen wir gesucht haben, bei der Fragmentierung zerstört worden sind.«

Hutton zuckte mit den Schultern und sagte: »Tut mir leid, aber es handelt sich um eine Empfehlung der WHO und der UNO, die die Regierung mit sofortiger Wirkung umgesetzt hat.«

»Verdammter Mist, warum nur?«

»Keine Erklärungen, aber sie fordern uns gleichzeitig auf, alle Fragmente, die wir besitzen, aufzulisten und zu deklarieren. Klingt, als ob jemand etwas gemacht hat, was man besser nicht hätte tun sollen.«

»Die Fragmente zusammensetzen, meinen Sie? Großer Gott, man müßte es schon bitter nötig haben, um es so weit zu treiben. Wenn man bedenkt ...«

»Ja?«

»In mancherlei Hinsicht kann ich die Leute verstehen, die lieber mit dem kompletten Virus arbeiten würden. Die Probleme bei unseren Experimenten lagen hauptsächlich darin, daß wir mit den Fragmenten arbeiten mußten und nicht mit dem gesamten Genom. Zu Beginn dachte man, es ginge genausogut, aber das stimmt nicht. Eine Menge wichtiger Gene sind zertrennt worden, als man die DNS in Stücke geschnitten hat. Daher ist wahrscheinlich jeder, der wissen will, wie das Ding funktioniert, versucht, sich die Fragmente zusammenzusuchen. Es ist vielleicht bekloppt und verstößt gegen die Vorschriften, aber es ist durchaus nachvollziehbar.«

»Vielleicht war es gar keine wissenschaftliche Neugier«, sagte Hutton.

Malloy sah ihn fragend an, bis ihm dämmerte, was Hutton

meinte. »Großer Gott, das meinen Sie doch nicht ernst. Jemand versucht, ein lebendes Pockenvirus zu rekonstruieren? Der kann doch nicht mehr alle Tassen im Schrank haben.«

Hutton stimmte ihm schulternzuckend zu. »Aber wie dem auch sei, könnten Sie mir eine Liste der Fragmente geben, die Sie derzeit besitzen?«

»Natürlich.«

»Außerdem habe ich noch einen Brief von Ali Hammadis Eltern erhalten.«

Malloys Gesicht verdüsterte sich. »Ja«, sagte er leise.

»Sie würden gerne ihm zu Ehren eine Doktorandenstelle stiften. Als bleibendes Andenken. Was halten Sie davon?«

»Ich finde es immer noch schwer zu begreifen, daß Ali tot ist. Er war ein guter Student, locker und umgänglich. Jeder mochte ihn. Seine Arbeit lief außergewöhnlich gut, und dann veränderte sich plötzlich innerhalb weniger Wochen sein ganzes Verhalten. Er wurde mürrisch, zog sich zurück, wollte mit niemandem mehr sprechen und nahm sich schließlich das Leben. Ich verstehe es einfach nicht.«

»Wir müssen davon ausgehen, daß es sich um eine Art geistige Verwirrung gehandelt hat. Jeden Menschen kann jederzeit eine klinische Depression treffen, ohne daß es für Außenstehende erklärbare Gründe gibt.«

»Und intelligente Leute sind besonders anfällig, ja, ich kenne diese ganzen Ausflüchte. Ich habe sie ja selbst in den vergangenen Wochen benutzt, trotzdem fühle ich mich schuldig. Ich hätte bemerken müssen, wie ernst sein Zustand war. Ich habe einfach darauf gehofft, er werde sich schon wieder einkriegen, wenn man ihm etwas Zeit ließe. Probleme mit Frauen oder so was in der Art.«

»Das ist nicht Ihre Schuld. Doktoranden sind erwachsene Menschen. Wir können nicht auf sie aufpassen wie auf kleine Kinder. Nun, was halten Sie von dem Stipendium?«

»Von meiner Seite spricht nichts dagegen. Ich finde es eine schöne Idee.«

»Gut. Ich werde ihnen schreiben, daß wir erfreut sind, und dann soll die Verwaltung schon mal die nötigen Papiere vorbereiten. Das Ali-Hammadi-Forschungsstipendium in Molekularbiologie. Klingt gut.«

Malloy kehrte in sein Labor zurück und erzählte den anderen, worüber sie geredet hatten, angefangen mit dem Verbot, das die Regierung über die Pockenvirusfragmente verhängt hatte.

»Aber das ist doch verrückt«, protestierte Le Grice. »Wenn wir den Teil nicht testen können, der an unser Stück angrenzt, können wir nicht herausfinden, was an unserem System falsch ist. Das wird unsere Forschung komplett lahmlegen.«

»Na ja, ein Unglück kommt selten allein, paßt doch gut zum Rest dieses Monats«, seufzte Malloy und klang erschöpft und deprimiert.

»Aber warum?« hakte Le Grice nach. »Warum machen die das?«

Malloy zuckte die Schultern. »Das hat man Hutton nicht gesagt, aber du weißt, wie vorsichtig die da oben mit dem Pockenvirus sind. Irgendwo muß Panik ausgebrochen sein.«

»Wahrscheinlich hat irgendein Knirps in der äußeren Mongolei etwas zu heftige Windpocken bekommen, und die Weltgesundheitsorganisation macht sich deshalb in die Hose. Kapieren diese Leute nicht, was sie anrichten, wenn sie plötzlich so idiotische Verbote verhängen?« gab Le Grice wütend zurück.

»Laßt uns unsere Zweifel zu ihren Gunsten auslegen und davon ausgehen, daß sie in diesem Fall nicht anders handeln konnten und vielleicht gute Gründe für das Verbot haben«, sagte Malloy.

»Nun, wenn wir die Fragmente, die wir brauchen, von offizieller Seite nicht mehr kriegen können, könnte ich doch ein bißchen rumtelefonieren? Vielleicht hat Beatson in Glasgow das, was wir brauchen, oder die Typen in Manchester.«

Malloy schüttelte den Kopf. »Das Verbot gilt für die Versendung sämtlicher Fragmente, nicht nur für die aus offiziellen Quellen.«

»Klar, aber wenn sie es gar nicht erfahren ...«

Malloys Blick reichte aus, um Le Grice zum Schweigen zu bringen.

»Ich weiß, daß das für uns alle hart ist, aber diesmal halten wir uns an die Spielregeln. Von allem anderen mal abgesehen, gibt es in diesem Institut gewisse Fraktionen, die nichts dagegen hätten, wenn wir so richtig tief in der Scheiße stecken würden, und etwas Schlimmeres als eine mutwillige Mißachtung eines WHO/UNO-Verbots gibt es nicht.«

»Irgendeine Vorstellung, wie lange dieses Verbot dauern soll?« fragte Sandra Macandrew.

»Nein.«

»Das könnte unsere ganze Doktorarbeit zunichte machen«, sagte Sandra und schaute dabei zu Peter.

»Man muß keine Erfolge vorweisen, um seinen Abschluß zu kriegen. Man muß lediglich zeigen, daß man sein Forschungsprojekt wissenschaftlich und methodisch einwandfrei durchgeführt hat. Demonstrieren, daß man die Dinge durchdacht und entsprechend gehandelt hat. Die Arbeit, die ihr an dem ersten Impfstoff gemacht habt, reicht wahrscheinlich aus.«

»Aber das ist doch nicht das gleiche, oder?«

»Nein. Ein erfolgreicher Impfstoff wäre schöner gewesen«, gab Malloy zu.

Le Grice schnaubte ob dieser Untertreibung. »Also, was sollen wir in der Zwischenzeit machen?«

»Wir holen die Daten der DNS-Sequenz des Pockenvirus wieder hervor und untersuchen sie. Schauen, ob wir rausbekommen können, was auf dem Abschnitt, der uns interessiert, vor sich geht, ohne wirklich damit zu arbeiten.«

»Das wäre nicht das erste Mal«, meinte Le Grice.

»Ich weiß, daß wir das schon mal gemacht haben«, sagte Malloy kühl und mit aufkeimender Ungeduld. »Aber wir werden es noch mal machen. Verstanden?«

»Klar.«

»George, in der Zwischenzeit müssen wir eine Liste der Pockenvirusfragmente erstellen, die wir derzeit besitzen. Vielleicht könntest du das übernehmen?«

»Mach' ich.«

»Da ist noch etwas. Alis Eltern wollen irgendwas zu seinem Andenken tun. Sie denken an ein Forschungsstipendium für einen Studenten.«

»Das ist nett«, sagte Sandra. Die anderen lächelten und nickten, unsicher, was sie sagen sollten.

»Es ist schön zu wissen, daß sie uns keine Schuld geben«, sagte Malloy leise.

»Dann wird es Zeit, daß du aufhörst, dir selbst die Schuld zu geben«, sagte Sandra. »Wir alle sind ebenso schuldig wie unschuldig. Wir werden wahrscheinlich nie wissen, warum er es getan hat, weil er uns nie gesagt hat, was los war, und keiner fragen wollte. Wir alle mochten ihn. Wir haben uns alle Sorgen um ihn gemacht. Er wollte sich uns einfach nicht anvertrauen.«

»Noch nicht mal nach ein paar Bierchen«, sagte Peter.

»Ali hat Bier getrunken?« fragte Malloy.

»George hat ihn an McEwans 80-Schilling-Ale gewöhnt.«

»Er war ein guter Schüler«, sagte Ferguson. »Er genoß es. Ali war ein helles Köpfchen. Er meinte, daß Allah ihm das wahrscheinlich nicht übelnehmen würde.«

»Wie oft seid ihr beide denn einen trinken gegangen?« fragte Malloy.

»Interpretier da bloß nicht zu viel hinein«, lachte Ferguson. »Ali war weder Alkoholiker, noch bekam er Depressionen. Deswegen hat er sich nicht aufgeknöpft. Wir haben Freitag abends ab und zu mal ein paar Bier zusammen getrunken, das ist alles.«

»Und er ist nie so redselig geworden, daß er dir erzählt hätte, was los ist?«

»Fürchte, nein.«

4. Kapitel

Sci-Med-Aufsichtsbehörde
Innenministerium
London

»Jean hat Ihnen eine Akte vorbereitet«, sagte Direktor John Macmillan zu Adam Dewar, während er ihn zur Tür brachte. Ich glaube, daß sich die WHO mit dem Verbot der Weitergabe dieser Fragmente vertan hat, soweit man sich in solch einen Fall überhaupt vertun kann. Ich habe mir die Freiheit genommen, heute nachmittag für Sie einen Termin bei dem leitenden Virenbeauftragten des Londoner Instituts für Hygiene und Tropenmedizin zu vereinbaren, einem Mann namens Hector Wright. Er wird Ihnen einen Crashkurs in Seuchenkunde geben; er erwartet Sie um drei.«

»Da haben Sie gut dran getan, Sir«, sagte Dewar.

»Wahrscheinlich ist dieser Fall reine Schreibtischarbeit, aber trotzdem viel Glück.«

Auf dem Rückweg zu seiner Wohnung aß Dewar in einem Pub am Fluß zu Mittag. Die herbstliche Sonne erlaubte es ihm, mit seinem Pint Guinness draußen zu sitzen, den Verkehr auf dem Fluß zu beobachten und darüber nachzusinnen, daß es für dieses Jahr das letzte Mal sein könnte. Er war angenehm überrascht, wie ruhig es in dem Pub war. Das bewog ihn dazu, seinen Aktenkoffer zu öffnen und den Ordner herauszuholen, den man ihm gegeben hatte. Während er auf seinen Krabbensalat wartete, blätterte er den Inhalt durch.

Er bestand hauptsächlich aus einer Liste der Universitäten und Forschungslaboratorien, die derzeit im Besitz von DNS-Fragmenten des Pockenvirus waren. Insgesamt waren es zwölf, zwei in Schottland, der Rest in England. Acht waren der Aufforderung nach Bestandsaufnahme bereits nachgekommen, vier mußten ihre Liste noch einreichen. Die beiden schottischen Institute gehörten zu den vieren. Von den acht Listen, die bereits eingetroffen waren, stimmten sieben mit den Unterlagen der Zentrale überein. Lediglich das Institut für Biowissenschaften in Manchester schien zwei Fragmente mehr zu haben, als in den offiziellen Unterlagen stand. Das könnte ein guter Ausgangspunkt sein, dachte Dewar, steckte den Ordner wieder weg und trank einen Schluck Bier.

Hector Wright entpuppte sich als ein dicker, kleiner Mann Ende Fünfzig. Er hatte dichtes, weißes Haar, einen kampflustigen Gesichtsausdruck und Augen, die ständig in Bewegung waren und alles um sich herum aufnahmen. Egal, was er tragen mochte, er würde nie elegant oder vornehm aussehen, allerdings würde es auch nie jemandem gelingen, ihm gegen seinen Willen einen Staubsauger zu verkaufen.

»Also, Sie möchten, daß ich Ihnen alles über das Pockenvirus erzähle«, sagte Wright, nachdem sie sich die Hand gegeben hatten und er wieder in den Sessel hinter seinem Schreibtisch geplumpst war. Dewar entnahm der Körpersprache des Mannes, daß er einige Fragen vom Stapel lassen wollte. »Warum?«

»So weit ich weiß, sind Sie der führende Experte auf diesem Gebiet«, erwiderte Dewar und gab damit vor, die Frage falsch verstanden zu haben.

Wright nickte nachdenklich. Er wußte, daß Dewar seiner Frage ausgewichen war. Ferner vermutete er, daß es nichts bringen würde, weiter nachzuhaken. »Ich weiß nicht so recht, ob jemals irgendwer von sich behaupten kann, ein Experte zu sein, was diesen kleinen Bastard betrifft«, sagte er entgegenkommend. »Als ich vor all den Jahren mit ihm gearbeitet habe, schien er immer wieder neue Tricks auf Lager zu haben. Man dachte, jetzt hätte man ihn verstanden – ich weiß, im Zusammenhang mit einem Virus klingt das blöd: Es ist so ziemlich die einfachste Lebensform, die es gibt, und manche sagen sogar noch weniger – aber es war fast so, als hätte er seinen eigenen, böswilligen Kopf, wenn Sie wissen, was ich meine, als wolle er einen mutwillig umbringen.«

Dewar sah, daß der Mann meinte, was er sagte; daß es keineswegs reine Effekthascherei war.

»Ich kann Ihnen ruhig sagen, wie sauer ich war, als 1995 einige Leute gegen den Vorschlag der WHO protestierten, die restlichen Viren zu vernichten«, fuhr Wright fort. »Der ganze Mist, von wegen Gottes Schöpfung und was für ein interessantes kleines Kerlchen das doch sei. Himmel! Die einzige Funktion, die das Pockenvirus je auf dieser Erde gehabt hat, war, Menschen zu töten. Es gibt keine Zwischenwirte, keine tierischen Überträger, keinen eigenen Lebenszyklus; es greift nur uns an, und bei Variola major sprechen wir von einer fünfzigprozentigen Sterberate.«

»So hoch?«

»Und das heißt nicht, daß die anderen fünfzig Prozent ungeschoren davonkommen. Ein Großteil der Überlebenden behält Hirnschäden zurück, manchmal werden sie verrückt, häufig blind, immer entstellt. Wenn man von der Krankheit lediglich ein Gesicht zurückbehält, das aussieht, als sei man von einer Granate getroffen worden, kann man sich in der Tat zu den außergewöhnlich glücklichen Personen rechnen.«

»So schlimm?«

»Noch schlimmer.«

»Und Sie haben damals tatsächlich vor Ort geforscht?«

»1975, Somalia. Ich gehörte zum WHO-Team, das den letzten Ausbruch eingekreist hat. Wie Apachen um eine Wagenburg haben wir den Kreis dichter gezogen und alles geimpft, was sich bewegte, damit sich die Seuche nicht von ihrem Epizentrum aus ausbreiten konnte.«

»Es muß ein unglaubliches Erfolgserlebnis gewesen sein, festzustellen, daß sie es tatsächlich geschafft haben, eine Seuche auszulöschen, die die Menschheit seit Beginn der geschichtlichen Überlieferung und wahrscheinlich auch noch früher heimgesucht hat.«

»Da haben Sie verdammt recht. Ich und ein paar andere, hauptsächlich Amerikaner, haben uns eine Woche lang betrunken, aber hier war es kaum eine Zeitungsnotiz wert.«

»Wirklich?«

»Die Leute hier hatten bereits vergessen, was das Pockenvirus anrichten kann. Damals gehörte es bereits zu den Krankheiten, die nur noch in entlegenen Ländern vorkommen. Wenn wir etwas vernichtet hätten, was Cheltenham betroffen hätte, dann hätte die Geschichte anders ausgesehen – aber Afrika? Im besten Fall standen wir gerade noch unten auf Seite fünf. Natürlich nur, bis der Unfall passierte.«

»Unfall?«

»Birmingham. Jeder dachte, es sei in Ordnung, unter Laborbedingungen an dem Virus zu arbeiten. Schließlich weiß man ja in einem Labor immer genau, wo das Virus ist. Glasbehälter sind wesentlich berechenbarer als Menschen: Sie husten, spucken oder übergeben sich nicht und hauen auch nicht einfach nach Mallorca ab, wenn ihnen gerade danach ist. Es gab damals weder diese modischen Sicherheitsbehälter, die es heute gibt, noch die ganzen Regeln und Vorschriften, die dazugehören, trotzdem waren wir auf unsere Art auch sehr vorsichtig. Jedes Labor tat sein Bestes; natürlich waren einige besser als andere. Es lag an einzelnen Beratern, ihre eigenen Vorschriften durchzusetzen, aber Birmingham war uns allen eine Lehre.

Das verdammte Ding ist aus einem Labor entwischt, das jeder für sicher hielt. Fast noch bevor wir es wußten, hatte es bereits eine weibliche Wissenschaftsphotographin getötet, und wissen Sie, was das Schlimmste war? Bis heute wissen wir nicht, was wirklich schiefgelaufen ist. Wir wissen nicht, wie es herausgekommen ist.«

Dewar lernte eine Menge von Wright. Der Mann plauderte zwar lediglich mit ihm, dennoch bemerkte er, wie er bereits mehr als nur einen gesunden Respekt vor dem Virus entwickelte.

»Danach wurde in Krankenhauslaboratorien und ähnlichen Einrichtungen nicht mehr mit lebenden Pockenviren gearbeitet. Gott sei Dank. Es hätte noch jede Menge weitere Unfälle geben können.«

»Soweit ich informiert bin, gibt es auf der ganzen Welt nur zwei Orte, an denen das lebende Pockenvirus verwahrt werden darf«, sagte Dewar.

»Das stimmt, Atlanta und Koltsovo, allerdings glauben einige Pessimisten, daß es in den Leichen der Menschen, die an der Seuche starben, überlebt haben könnte.«

»Sie scherzen«, sagte Dewar.

»Ich spreche nicht von Leichen, die dem normalen Verwesungsprozeß ausgesetzt wurden«, meinte Wright. »Ich spreche von Leichen, die besonderen Umwelteinflüssen unterliegen. Es gibt die Annahme, daß es in den Dauerfrostregionen Rußlands Tote gibt, die vor hundert Jahren beerdigt wurden, und die immer noch lebende Pockenviren in sich tragen. Die Grundvoraussetzungen wären gegeben.«

»*Requiescat in pace*«, meinte Dewar.

»Amen«, fügte Wright hinzu.

»Mir wurde erklärt, daß das gesamte Pockengenom in einzelne DNS-Sequenzen zerteilt wurde«, sagte Dewar.

»Das stimmt. Wir kennen jedes Basenpaar von diesem bösen kleinen Ding. Eine Buchstabenfolge, aus der man noch nicht mal ein Wort machen kann und trotzdem hat es Millionen getötet.«

»Heißt das, daß man es in einem Labor nachbauen könnte, wenn man wollte?«

Wright lächelte, als hätte er gerade den wahren Grund für Dewars Interesse erkannt. »Welcher normale Mensch sollte das tun wollen?« fragte er unschuldig.

»Ich habe nicht von normalen Menschen gesprochen.«

»Habe verstanden. Nein, es gibt einfachere Wege, Gott zu spielen. Das Genom ist in Fragmente zerschnitten worden, damit die Forscher an einzelnen Stücken des Virus arbeiten können.«

»So habe ich das auch verstanden.«

»Und gerade habe ich von einem Verbot der Weitergabe dieser Fragmente gehört«, sagte Wright, der nun zwei und zwei zusammenzählte. »Heißt das, daß Sie jemanden verdächtigen, die Fragmente wieder zusammenfügen zu wollen?«

»Dafür gibt es keinen ernstzunehmenden Beweis. Es handelt sich um eine reine Vorsichtsmaßnahme«, antwortete Dewar. Er wollte nicht einen Mann von Wrights Intelligenz beleidigen, indem er vorgab, es sei alles in bester Ordnung.

»Aber Sie überprüfen es?« Dewar nickte. »Ich wünsche Ihnen viel Glück und hoffe aufrichtig, daß es nur eine reine Vorsichtsmaßnahme bleibt.«

»Allein aus Interesse, Herr Doktor, wie würden *Sie* vorgehen, wenn Sie etwas derartiges planen würden?«

»Das Virus zu rekonstruieren? Da würde ich nicht im Traum drauf kommen.«

»Aber wenn Sie gezwungen wären.«

»Ich würde die Fragmente wieder miteinander verbinden oder ein ähnliches Pockenvirus nehmen, zum Beispiel ein Kuhpockenvirus, und versuchen, es mit entsprechenden Veränderungen auf der DNS in das Variola major zu verwandeln.«

»Wäre das nicht einfacher?«

»Nicht unbedingt, aber da ich es noch nicht versucht habe, kann ich es auch nicht mit Sicherheit sagen.«

Dewar bewunderte die Wissenschaftlichkeit der Antwort. »Wenn ich recht verstehe, müßten die Behörden über die Möglichkeiten Bescheid wissen, ein ähnliches Virus in das Variola major zu verwandeln.«

»Natürlich«, erwiderte Wright. »Es ist nicht nur allen Institutionen verboten, mehr als zwanzig Prozent des Pockengenoms in Form von DNS-Fragmenten zu besitzen, es existiert auch ein Verbot, gleichzeitig andere Pockenviren in der gleichen Institution aufzubewahren.«

»Wenn ich Ihnen erzählen würde, daß ein englisches Labor zugegeben hat, zwei Virenfragmente mehr als erlaubt zu besitzen, fänden Sie das verdächtig?«

Wright warf seinen Kopf zurück und lachte. »Gott, nein«, rief er aus. »Sie wissen doch, wie es in Universitätslaboren zugeht. Die einzigen Schreibarbeiten, die dort interessieren, sind Veröffentlichungen, die die Karrieren vorantreiben und höhere Forschungsgelder einbringen. Alles andere gehört zu dem lästigen Kram, den jemand anders erledigen soll und der daher liegenbleibt. Wenn Beschwerden kommen, schreien sie ›Beschneidung der akademischen Freiheit‹, und das funktioniert wie ein magisches Mantra. Politiker schrecken davor zurück wie Vampire vor dem Kreuz, weil sie nicht für spießig gehalten werden wollen.«

»Das kenne ich«, stimmte Dewar zu.

Wright öffnete eine Schreibtischschublade und nahm einen Papierstoß heraus. »Ich habe das hier für Sie zusammengestellt«, sagte er. »Alles, was Sie immer schon über das Pockenvirus wissen beziehungsweise nicht wissen wollten.«

»Danke. Ich bin Ihnen sehr verbunden.«

»Schon gut. Sie haben mir das als Beratung vergütet. Außerdem haben Sie mich um noch etwas gebeten.«

»Worum denn?«

»Ich soll sie impfen.«

Institut für Molekularbiologie
Edinburgh

»Hier ist die Liste, die du haben wolltest«, sagte George Ferguson.

»Gut«, erwiderte Malloy. »Alles überprüft?«

»Klar. Ich hab' alle Kühlschränke und Gefriertruhen nach Vorräten der Fragmente überprüft. Zwischen Alis Kram waren noch eine ganze Menge Reagenzgläser und Flaschen, deren Inhalt ich nicht kenne. Ich weiß nicht, was du damit machen willst.«

»Ich werde Pierre bitten, einen Blick drauf zu werfen, um zu sehen, ob er davon etwas wiedererkennt, vielleicht schmeißen wir dann weg, was wir nicht mehr brauchen«, sagte Malloy. »Die Verwaltung hat mir die offizielle Liste des Fragmentbestands in diesem Labor geschickt. Vielleicht könntest du die beiden Listen noch miteinander vergleichen, bevor wir sie einreichen. Ich kann im Moment nicht noch mehr Ärger gebrauchen.« Malloy wühlte in seiner Schreibtischschublade und kramte schließlich einen braunen Hauspostumschlag hervor. Er öffnete ihn, um nachzusehen, ob er das Gesuchte enthielt, und reichte ihn an Ferguson weiter. »Hier. Hast du Pierre heute morgen schon gesehen?«

»Er ist im Computerraum und arbeitet an den Daten der DNS-Sequenz.«

Malloy nickte. Er wollte gerade noch etwas anderes sagen, als der ohrenbetäubende Ton einer Sirene den Raum erfüllte. Ferguson und Malloy sahen einander an, aber Sprechen war sinnlos, solange die Sirene heulte. Als sie endlich verklang, wurde der Krach durch eine tödliche Stille ersetzt. Die Klimaanlage und die Abzüge waren ausgeschaltet worden. Das ständige Summen, das sonst niemandem auffiel, wurde plötzlich ernsthaft vermißt.

»Biosicherheitsalarm«, sagte Malloy. »Der erste, den wir hatten. Hoffentlich falscher Alarm.«

Bei einem Alarm aufgrund eines biologischen Unfalls mußte das gesamte Personal genau dort verharren, wo es sich gerade befand und auf weitere Anweisungen warten. Die Türen wurden automatisch verriegelt, damit keiner hinaus- oder hineingelangen konnte; die Fenster ließen sich in diesem Gebäude ohnehin nicht öffnen. Das Hauptziel war es, Infektionsmaterial zumindest innerhalb des Gebäudes zu halten.

Fünf Minuten vergingen, bevor das Telefon klingelte. Noch nie hatte es so schrill geklungen.

»Malloy.«

»Hier spricht Paul Hutton. Wir hatten einen HIV-Unfall auf der dritten Etage. Im Sicherheitslabor ist etwas ausgelaufen.«

»Und wo ist das Problem, wenn es im Sicherheitslabor passiert ist?«

»Die Luftschleuse war auf.«

»Was?« rief Malloy.

»Zwei von Cairns Leuten haben dort drinnen gearbeitet. Als sie gerade gehen wollten, hat sich einer aus irgendeinem Grund noch mal umgedreht – vielleicht hatte er etwas vergessen oder wollte nur noch mal was nachsehen –, auf jeden Fall hat er dabei zwei Glasbehälter mit lebenden Viren umgeschüttet, und zwar genau in dem Moment, als der andere die Luftschleuse öffnete.«

»So ein Pech«, sagte Malloy. »Aber dann ist es durch das Außenlabor begrenzt worden?«

»So weit wir wissen, ja. Cairns Leute wußten scheinbar, was sie angerichtet haben. Sie blieben drinnen, wo sie waren, und lösten den Alarm aus.«

»Haben Sie ein Team für die Dekontamination zusammengestellt?«

»Da liegt der Haken.« Malloy schloß die Augen. »Malcolm Cairns und seine Postdocs sind auf der Aids-Tagung in Chicago. Von Cairns Leuten sind nur noch ein paar Studenten da.«

Malloy seufzte. »Sie meinen, jemand anders muß den Scheiß wegwischen?«

»So könnte man es auch ausdrücken«, sagte Hutton und legte mit seinem Tonfall nahe, daß er es so nicht ausdrücken wollte.

»Ich schätze, Sie können sich vor Freiwilligen gar nicht retten!« sagte Malloy.

»Nun, da Sie das einzige andere Aids-Labor sind, dachte ich, daß Sie vielleicht bereit wären, hier auszuhelfen.«

Nach einem kurzen Schweigen antwortete Malloy: »O.k., ich mach's, und ich werde noch einen Freiwilligen suchen, aber ich werde keinen meiner Leute unter Druck setzen ...«

»Du kannst auf mich zählen«, sagte George Ferguson, der mitbekommen hatte, worum es ging, weil er unmittelbar neben Malloy stand.

Malloy sah ihn an, als brauche er eine zweite Bestätigung.

»Schon o.k., Du kannst auf mich zählen.«

Malloy, der immer noch den Hörer in der Hand hielt, sagte: »Ich hab' meinen Freiwilligen. George Ferguson hat sich gerade bereit erklärt.«

»Ferguson?« rief Hutton aus. »Ich bin nicht sicher, ob das richtig –«

»Unter den gegebenen Umständen zählt, was *ich* für richtig halte«, sagte Malloy nachdrücklich. »Es sei denn, natürlich, Sie erklären sich bereit, George Fergusons Platz einzunehmen, Professor?«

»Sie wissen sehr wohl, daß ich schon seit vielen Jahren nicht mehr mit lebenden Viren gearbeitet habe und schon gar nicht mit diesen besonderen.«

Ferguson, der dem Gespräch in der ungewöhnlichen Stille des Raumes lauschte, lächelte zynisch und flüsterte: »Noch so 'n Trockenschwimmer, der das Schwimmen nur aus Büchern kennt. Trockenschwimmer ertrinken, sobald sie mit Wasser in Berührung kommen.«

»Also, George und ich sind dabei. Vielleicht könnten Sie dafür sorgen, daß die Schutzanzüge und die Flüssigkeit zur Dekontamination auf der dritten Etage bereitstehen, bis wir eintreffen. Oh, und klappt die Telefonverbindung zu den beiden da drinnen noch?«

»Ja, ich habe Kontakt zu ihnen.«

»Vielleicht könnten Sie aus der Leitung gehen, damit ich mit ihnen reden kann?«

»Natürlich.«

»Wer sind sie überhaupt?«

»Simone Clary und Gregor White.«

»Eine wissenschaftliche Mitarbeiterin und ein Student im sechsten Semester. O.k., wenn Sie bereit sind, bin ich es auch.«

Die Telefonverbindung brach ab, und Malloy gab Hutton zehn Sekunden zur Unterbrechung der anderen Telefonverbindung, bevor er die Nummer des Labors auf der dritten Etage wählte. Bereits nach dem ersten Klingeln antwortete eine weibliche Stimme.

»Hallo, Simone. Hier spricht Steve Malloy. Wie sieht die Situation bei euch aus?«

»Ich glaub' nicht, daß es so schlimm ist, Gregor allerdings …«

»Was ist mit ihm?«

»Er ist völlig durcheinander.«

Simone hatte für die Antwort ihre Stimme gesenkt. Malloy nahm an, daß White sie so nicht hören konnte. Plötzlich hörte er im Hintergrund einen wimmernden Laut und erfaßte die Situation.

»O.k., Simone. Ich muß dir ein paar Fragen stellen, bevor George und ich die Clownsanzüge überstreifen und bei euch saubermachen kommen. Ist das Zeug in einem bestimmten Bereich verschüttet worden?«

»Ja, eine Ampulle ist auf dem Boden zerbrochen, die andere ist heil geblieben.«

»Dann ist also auf dem Fußboden des Sicherheitslabors eine Pfütze?«

»Ja.«

»Ist einer von euch mit der Pfütze in Berührung gekommen?«

»Nein, ich glaube nicht.«

»Hast du gesehen, wie der Glasbehälter aufgeschlagen ist?«

»Nicht genau. Als ich mich umdrehte, hatte Gregor die Ampullen bereits umgeschmissen, aber mutigerweise hat er versucht, sie aufzufangen, bevor sie auf dem Boden aufschlugen. Es ist ihm nicht ganz gelungen, aber eine hat er erwischt und die andere fast, so daß ihr Aufprall gemindert wurde.«

»Gut, vermutlich hat es nur wenig gespritzt und die Zerstäubung ist minimal. Ich leg' jetzt auf, Simone. George und ich werden gleich bei euch sein.«

Malloy legte den Hörer nieder und wandte sich zu Ferguson. »Hast du mitgehört?« Ferguson nickte. »Was meinst du?«

»Glück im Unglück. Eine Pfütze auf dem Boden, keine Zerstäubung. Das läßt sich mit 'nem Mop und etwas Dettol bereinigen.«

Malloy lächelte. »Vermutlich, aber für unsere Pappenheimer ziehen wir besser eine Show ab. Eine beunruhigende Sache gibt es schon. Klang, als ob der junge White das große Zittern hat. Wir müssen verhindern, daß er zur Tür rausbechtet, sobald wir reingehen.«

»Vielleicht kannst du Simone dazu bringen, ihn solange in Schach zu halten, bis wir das Nötigste getan haben.«

Als Malloy und Ferguson die dritte Etage über das Treppenhaus erreichten, wirkte sie beinah wie ausgestorben. Ihre Schritte hallten zwar nicht gerade wider, aber klangen dennoch ungewöhnlich laut, während sie zum Vorraum und zur Außentür gingen, die zum Hochsicherheitsbereich führte. Man hatte die beiden Schutzanzüge und einen druckfesten Behälter mit Dekontaminierungsflüssigkeit, an dem ein Schlauch und eine Düse befestigt waren, draußen abgestellt. Das Telefon auf dem Flur klingelte; Ferguson, der näher dran war, nahm ab.

»Verbinden Sie mich mit Doktor Malloy«, ertönte Huttons Stimme.

»*Herr Direktor*«, sagte Ferguson und reichte den Hörer weiter.

»Steven, die Techniker haben den Luftdruck auf der dritten Etage erhöht, damit nichts ausströmen kann.«

»In Ordnung«, sagte Malloy.

»Was für eine Beruhigung«, flüsterte Ferguson.

»Viel Glück für Sie beide.«

»Danke«, erwiderte Malloy.

Ferguson schnitt eine Grimasse.

Malloy wählte Simones Nummer, bekam aber ein Besetztzeichen. »Mist!« sagte er.

»Wird der *Herr Direktor* sein, der noch ein paar typisch britische Phrasen drischt«, meinte Ferguson. »Wir sind alle bei euch, Simone, obwohl ich mich drei Stockwerke tiefer gerade beeile, ein Taxi zu erwischen.«

Malloy überlegte, ob er jemand anders anrufen sollte, um Hutton sagen zu lassen, er möge aus der Leitung gehen, aber er entschied sich dagegen. Statt dessen klopfte er von außen gegen die Tür und hoffte, daß Simone ihn verstehen würde.

Das Freizeichen ertönte.

»Simone, wir kommen jetzt rein. Kannst du dafür sorgen, daß ihr beide weit genug von der Tür entfernt seid?« Er betonte das Wort »beide«.

»Klar.«

Schweigend zogen die beiden Männer die Schutzanzüge an und überprüften sie gegenseitig, bevor sie das Kopfteil aufsetzten und erneut alle Verschlüsse kontrollierten. Malloy besprühte die Tür von außen und drückte die Klinke herunter.

Der leichte Luftzug, der in das Labor hineinströmte und einige Zettel zum Flattern brachte, war ein beruhigendes Zeichen. Wenn Luft in das Labor hineinströmte, konnte nichts hinaus gelangen.

Simone Clary und der Student White saßen nebeneinander am anderen Ende des Labors. Simone hatte ihren Arm um die Schultern des jungen Mannes gelegt, der dort vornübergebeugt hockte und auf den Boden starrte. Offensichtlich machte ihn Simone auf das Eintreten der beiden Neuankömmlinge aufmerksam, denn er schaute auf und starrte Malloy und Ferguson an wie ein Kaninchen die Scheinwerfer eines näher kommenden Fahrzeugs.

»Es kommt alles wieder in Ordnung«, rief Malloy und

versuchte, sich über die geräuschschluckende Schutzhaube verständlich zu machen. Er bemerkte, wie schwierig es war, jemanden davon zu überzeugen, der nicht in solch einem Schutzanzug steckte. »Bleibt einfach ruhig und wartet, bis wir hier saubergemacht haben.«

Simones Griff um Whites Schultern wurde fester, um ihn am Aufstehen zu hindern. Ferguson blieb vor der Tür stehen, um eine panikartige Flucht zu verhindern. White schien sich zu beruhigen, daher folgte Ferguson Malloy in das Sicherheitslabor, wo sie sofort den nassen Fleck und die Glasscherben auf dem Boden erblickten.

»No problemo«, verkündete Ferguson. Er schüttete eine konzentrierte Desinfektionslösung auf die Pfütze und besprühte anschließend die Umgebung mit dem Desinfektionsspray. »Geben wir noch 'ne Zugabe?« fragte er.

»Schätze, das sollten wir tun«, erwiderte Malloy.

»Eine oder zwei Granaten?«

»Besser zwei. Jedem das Seine.«

Ferguson bereitete zwei desinfizierende Gasgranaten vor und wartete, bis Malloy das Innere des BL3-Labors überprüft hatte, sich zum Ausgang begab und ihm zunickte. Dann zog er die Verschlüsse an beiden Gasgranaten, trat, während die erste Gasspirale entwich, vorsichtshalber zurück und stellte sich neben Malloy. Sie schlossen die Luftschleuse hinter sich, damit das Gas den gesamten Innenraum des Labors füllen konnte und so jeglichen bösartigen Virus zerstörte, der vielleicht der Dekontaminierungslösung entkommen war.

»Zeit zum Duschen, Leute«, rief Malloy, als sie wieder bei Clary und White waren. »Alle eure Sachen bleiben hier, damit sie dekontaminiert werden können. Wir werden die Operationskittel aus dem Schrank rechts neben dem Duschraum benutzen. Mach du den Anfang, Simone.«

Simone schien es zu widerstreben, White alleine zu lassen, aber Malloy nickte ihr aufmunternd zu, daher ließ sie White langsam los und ging in die Dusche.

»Du bist der nächste, Gregor«, sagte Malloy.

»Wozu das Ganze?« murmelte White. »Wir waren einer konzentrierten Lösung von HIV-Viren ausgesetzt, Himmel noch mal!«

»Es ist nichts auf deine Haut gespritzt, und du hast keine sichtbaren Schnittverletzungen oder Kratzer, durch die es eingedrungen sein könnte, also, wo liegt das Problem? HIV ist ein Teufelszeug, aber ihn sich unter Laborbedingungen einzufangen, ist nicht ganz so einfach. Dank lieber dem Himmel dafür, daß du nicht gerade mit Typhus, Pocken oder ähnlichem gearbeitet hast.«

»Ihr habt gut reden mit euren Anzügen, oder?«

»Wir bauschen so einen kleinen Zwischenfall gerne zu einem Drama auf«, meinte Ferguson, während er seine Schutzhaube und das Visir abnahm. »Falls du Aids kriegst, dann nicht wegen dieser Pfütze dort drinnen, sondern wegen dem, was du mit deinem Schwanz angestellt hast, Junge.«

Dieser Kommentar erzeugte ein vages Lächeln auf Whites Gesicht.

»Geh unter die Dusche«, sagte Ferguson, als er sah, wie Simone, nur mit einem weißen Operationskittel bekleidet, aus dem Duschraum kam. Ihr nasses, schwarzes Haar hing ihr ins Gesicht und ließ sie noch jünger und verletzlicher aussehen als vorher.

»Wie geht's jetzt weiter?« fragte sie.

»Wenn wir alle geduscht haben, werden wir diesen Raum auch noch bombardieren und ihn eine Weile in Ruhe lassen. Du und Gregor, ihr werdet vom Gesundheitsdienst der Universität untersucht werden und bekommt wahrscheinlich als Vorsichtsmaßnahme ein paar Monate lang ein Virusstatikum. Vermutlich bekommt ihr auch eine Beratung angeboten.«

»Heutzutage bekommt man das schon, wenn im gleichen Raum jemand furzt«, warf Ferguson ein.

»Euer Blut wird auf HIV untersucht und dann in ein paar Monaten noch mal, aber ich würde mein Geld darauf verwetten, daß ihr absolut in Ordnung seid.«

»Danke, Steve, und dir auch danke, George«, sagte Simone.

5. Kapitel

Es regnete, als Dewar in Manchester aus dem Zug stieg, aber das hatte er auch nicht anders erwartet. So war das, wenn etwas einen bestimmten Ruf hatte: ob berechtigt oder unberechtigt – einmal erworben, blieb er haften. Dieser Gedanke ließ ihn an den Dekan einer Universitätsfakultät denken, den er einst kennengelernt hatte und der inzwischen im Ruhestand war. Man erinnerte sich nicht an ihn aufgrund seiner wissenschaftlichen Arbeiten, sondern nur deshalb, weil er sich im Aufenthaltsraum lieber den Tee mit gebrauchten Teebeuteln anderer Leute aufgegossen hatte, als ein paar Pence pro Woche in die Gemeinschaftskasse einzuzahlen. Dewar war überzeugt, daß Manchester die ersehnten olympischen Spiele nie bekommen würde, nicht aus örtlichen oder logistischen Gründen, auch nicht, weil es nicht genügend sportliche Einrichtungen gab, sondern einzig aus dem Grund, daß die Menschen dabei das Bild von durch Pfützen und Regen laufenden Leichtathleten vor Augen hatten.

Der Taxifahrer fragte ihn, ob er gestern abend ›das Spiel‹ im Fernsehen gesehen habe. Seine verneinende Antwort hatte zur Folge, daß er jeden einzelnen Ballwechsel beschrieben bekam, bis sie zehn Minuten später die Universität erreichten. Draußen im Regen zu stehen war nun plötzlich wieder eine willkommene Erfahrung.

»Ich bin mit Professor Kelman verabredet«, sagte er dem Mann hinter dem Empfangspult, nachdem er sich den Regen aus den Haaren geschüttelt hatte.

»Dritter Stock.«

Da es offensichtlich sinnlos war, auf weitere Informationen zu hoffen, nahm Dewar den Fahrstuhl in den dritten Stock und fand dort alles, was er wissen mußte, auf einer Informationstafel dem Fahrstuhl gegenüber. Es hingen daran sogar die Photos der einzelnen Mitarbeiter. Er suchte nunmehr nach einem glatzköpfigen Mann in Zimmer 317/18.

»Kann ich Ihnen helfen?« fragte eine Frau im Vorzimmer zu 317, deren strenge Gesichtszüge nahelegten, daß das so ziemlich das letzte war, was ihr vorschwebte.

»Ich bin mit Professor Kelman verabredet.«

»Und Ihr Name?«

»Dr. Dewar.«

»Ah, ja. Von ...«, sie rückte ihre Brille auf die Nasenspitze und bog den Kopf leicht zurück, um den vor ihr liegenden Terminkalender besser lesen zu können, »... der Sci-Med-Aufsichtsbehörde.«

Dewar wurde in einen für universitäre Verhältnisse gut ausgestatteten Raum geführt und von Kelman begrüßt, einem großen, hageren Mann mit nach vorne hängenden Schultern und einer Universitätskrawatte, die seinen Hemdkragen etwas zu eng zusammenzog. Er hatte sehr große Hände und Füße und trug hellbraune Stoffhosen, die ein paar Zentimeter früher aufhörten als nötig. Das wiederum eröffnete den Blick auf gemusterte Socken, von denen Dewar annahm, daß es sich dabei nur um das Weihnachtsgeschenk eines nahen, aber farbenblinden Verwandten handeln konnte.

»Ich habe gehört, daß wir unartig waren«, sagte Kelman.

Daß Kelman gleich zu Anfang versuchte, das Vergehen zu verniedlichen, machte ihn in Dewars Augen nicht gerade sympathischer. Von allem anderen einmal abgesehen, rückte es ihn selbst in die Rolle eines pingeligen, kleinen Beamten, der gekommen war, um einen wichtigen Mann, der bessere Dinge zu tun hatte, zu nerven.

»Sie scheinen gegen die Vorschriften der WHO und der UNO verstoßen zu haben, denen sich das Gesundheitsministerium angeschlossen hat, Herr Professor«, erwiderte er, um die Fronten wieder richtigzustellen.

»O mein Gott«, entgegnete Kelman jetzt, unsicher, welche Haltung er an den Tag legen sollte. Es war zu spät, den Reumütigen zu spielen, und den Verstoß zu banalisieren, hatte eindeutig nicht funktioniert. »Was genau wird uns denn vorgeworfen?«

Das Beste, was er unter diesen Umständen tun konnte, dachte Dewar. Das Vergehen ignorieren. Vor dem Gesetz ohne Bestand, aber immer ein guter erster Schritt, um unschuldig zu erscheinen.

»Sie stehen im Verdacht, zwei Pockenvirusfragmente mehr zu besitzen, als Sie in Ihrem letzten Rechenschaftsbericht aufgeführt haben. Damit liegen Sie zwanzig Prozent über dem Limit, das die WHO empfiehlt.«

»Empfiehlt?« fragte Kelman in der Annahme, ein linguistisches Schlupfloch gefunden zu haben.

»... und die Gesetze dieses Landes vorschreiben«, fügte Dewar hinzu, um diesen Punkt klarzustellen.

»Verstehe«, seufzte Kelman. »Nun, offenbar scheint die Angelegenheit ernster zu sein, als ich angenommen habe; ich fürchte nur, daß es den Bereich von Dr. Davidson betrifft.«

Natürlich mußte es jemand anderes sein, dachte Dewar. Wie auch immer, für ihn und die hinter ihm stehenden Autoritäten lag die Verantwortung beim Dekan der Fakultät. Es war jetzt lediglich die Frage, wie viele andere Kelman mit runterziehen würde.

»Vielleicht könnte ich kurz mit Doktor Davidson sprechen?«

»Natürlich. Möchten Sie, daß ich dabei anwesend bin?«

»Da die Verantwortung letztendlich bei Ihnen liegt, Herr Professor, überlasse ich das Ihnen«, erwiderte Dewar.

Kelmans Lächeln fehlte die überzeugende Kraft.

Ein kleiner, schmächtiger Mann in Levis Jeans und einem zerknitterten, grauen T-Shirt trat ein. Dewar war dieser Typus vertraut. Er war in Universitätskreisen stark vertreten: klein, mit Brille, Muttis Liebling, schlechte Verlierer, unsportlich, für Frauen unattraktiv, Typen, die mehr Komplexe hatten, als sich an beiden Händen abzählen ließ, Typen, die schließlich in der institutionalisierten akademischen Welt eine sichere Bleibe fanden, in der sie sich entspannen konnten und sich mit Mike oder Steve anreden ließen, während sie draußen immer Michael oder Steven gewesen waren. Jetzt konnten sie Jeans tragen und sich ›Teamleiter‹ nennen, während sie vorher immer diejenigen gewesen waren, die niemand in seinem Team haben wollte, schon gar nicht als Anführer. Für sie war jeder akademische Termin eine Spritze fürs Ego.

»Alison hat mir gesagt, daß es irgendein bürokratisches Problem gibt«, sagte Davidson barsch und sah dabei unablässig auf seine Uhr. Dewar bemerkte, daß es eine dieser hypermaskulinen Uhren war, die einem wahrscheinlich noch zweihundert Fuß unter der Oberfläche des baltischen Meeres anzeigen konnte, wie spät es gerade in Tokio war. An Davidsons schmächtigem Handgelenk wirkte sie wie ein Suppenteller.

»Es gibt ein Problem mit dem Rechenschaftsbericht über die Pockenvirusfragmente, die Sie benutzt haben, Mike«, sagte Kelman.

»Himmel«, rief Davidson aus. »Warum stoppen wir nicht sämtliche Forschungsberichte und füllen statt dessen Fragebögen aus? Eines Tages wird es soweit kommen.«

Falls er eine entschuldigende Antwort von Dewar erwartet hatte, wurde er tief enttäuscht. »Falls Ihnen keine gute Erklärung für die Unstimmigkeiten in Ihrer Aufstellung einfällt, werden Sie genau das für den Rest Ihres Lebens tun, Doktor Davidson«, sagte Dewar trocken.

Davidson wirkte erschrocken. »Wer ist dieser …? Was zum …? Darf er das?« flehte er Kelman an.

Kelman zuckte mit den Schultern. »Wenn ich richtig informiert bin, besitzt die Sci-Med-Aufsichtsbehörde einen enormen Einfluß, sollte sie davon Gebrauch machen.«

»Schauen Sie, es handelt sich wahrscheinlich nur um einen Schreibfehler«, sagte Davidson, den Rückzug vorbereitend.

Du mußt dich schon etwas mehr anstrengen, dachte Dewar.

»Vielleicht könnten wir einfach den Bericht durchgehen, und Sie zeigen mir die Stelle, an der der Fehler aufgetreten ist, Doktor.«

»Ich nehme an, das könnte ich versuchen.«

Und du wirst dich noch bedeutend mehr anstrengen müssen.

Davidsons Labor lag eine Etage tiefer. Er ging vor und bewegte sich dabei, als sei jeder Schritt eine ungebührliche Inanspruchnahme seines Tages und als wolle er Dewar dies wissen lassen. Als sie schließlich vor dem »Davidson Labor« standen, wie es auf einem Schild an der Tür hieß, stießen sie auf einen großen blonden Mann, der das Labor gerade mit einem Ständer voller Reagenzgläser in der Hand verließ.

»Eric, ich brauche die Liste mit den Pockenfragmenten, die du für mich erstellt hast«, sagte Davidson barsch.

»O.k., aber laß mir einen Moment Zeit.«

»Sofort, Eric!«

Der große Schwede, der Davidson bei weitem überragte, zuckte irritiert zusammen und betrat umgehend wieder das

Labor. Er stellte den Ständer ab und machte sich auf die Suche nach der Liste. Als er zurückkam, lächelte Dewar ihn beruhigend an, was sofort erwidert wurde. »Gibt es ein Problem?«

»Anscheinend besitzen wir mehr Fragmente, als die Vorschriften es erlauben.« Davidson sprach das Wort ›Vorschriften‹ voller Abscheu aus. »Dieser Herr ist gekommen, um uns zu überprüfen.«

Dewar streckte seine Hand aus und sagte: »Adam Dewar, Sci-Med-Aufsichtsbehörde.«

»Eric Larsen. Ich bin einer der Assistenten hier.«

Zwischen den beiden großen Männern sah Davidson aus wie die Fleischeinlage eines ärmlichen Sandwichs.

»Offensichtlich hast du bei dem Papierkram einen Fehler gemacht, Eric«, sagte Davidson verdrießlich.

»Das glaube ich nicht«, erwiderte der Schwede. »Soweit ich weiß, hast du die Liste selbst noch überprüft, nachdem ich fertig war.«

»Ich habe sie nicht *überprüft*: Ich habe sie unterschrieben. Himmel noch mal, muß ich hier denn alles selber machen?«

Larson trat sichtlich unwohl von einem Fuß auf den anderen. Dewar verspürte Sympathie für den großen Mann, beschloß aber, distanziert zu bleiben. Es erwies sich stets als unklug, sich in derartige Situationen einzumischen. Er öffnete seinen Aktenkoffer und holte eine Kopie der offiziellen Aufstellung der Fragmente dieser Abteilung hervor. »Vielleicht könnten Sie Ihre vorlesen, damit wir die überzähligen Teile identifizieren können.«

»Klar«, sagte Larsen. Er fing an, seine Liste durchzugehen.

Nach der Hälfte sagte Dewar: »Nein, dieses Fragment habe ich nicht.«

Larsen las die Ziffern noch einmal vor. »Nein, definitiv nicht.«

Davidson riß Larson den Bogen aus der Hand und fragte: »Bist du dir bei diesem Fragment absolut sicher?«

»Natürlich. Ich hab' den ganzen Kühlschrank kontrolliert, genau wie du es wolltest. Das hier war da drin. Ich erfinde doch keine Ziffern«, sagte Larsen unmutig.

Dewar bemerkte plötzlich, daß sich Davidson an etwas erinnerte, das ihm gar nicht so lieb war. Irgend etwas in seinen Augen verriet ihn. Es entstand eine kurze Pause, während der – so nahm Dewar jedenfalls an – Davidson versuchte, einen Weg aus seiner mißlichen Lage zu ersinnen. Schließlich sagte er einfach: »Oh, du meine Güte.«

Zeit, Abbitte zu leisten, dachte Dewar.

»Jetzt erinnere ich mich«, erklärte Davidson und räusperte sich, um seine Verlegenheit zu kaschieren. »Vor sechs Monaten sprach ich mit einem französischen Wissenschaftler auf dem Kongreß der Virologen in Birmingham. Erinnerst du dich, Eric?«

Larsen nickte. Genau wie Dewar freute es ihn, daß sich Davidson sichtlich unwohl in seiner Haut fühlte.

»Er arbeitete als wissenschaftlicher Assistent in Malloys Labor in Edinburgh. Vielleicht ist er immer noch dort. Er arbeitete an ungefähr der gleichen Sache wie wir und hatte sich die DNS von ein paar Pockenvirusfragmenten besorgt, von denen ich annahm, daß sie auch für uns nützlich sein könnten. Er erklärte sich bereit, mir davon etwas zu schicken, um mir die bürokratische Laufarbeit zu ersparen. Ich muß gestehen, daß ich das völlig vergessen hatte.«

»Sonst hätten Sie sie in Ihrer Aufstellung nicht angegeben«, sagte Dewar. Davidson schwieg. »Aber so wie es aussieht, haben Sie den Job an jemand anderen delegiert, der die Wahrheit aufdeckte und sie mitauflistete.«

»Was passiert jetzt?« fragte Davidson so reumütig, wie es ihm möglich war.

»Vor sechs Monaten wäre ein derartiger Vorfall nur ein formeller Verstoß gegen die Bürokratie gewesen«, sagte Dewar. »Aber die Dinge haben sich geändert. Das Verschicken dieser Fragmente, ob offiziell oder inoffiziell, ist mittlerweile strikt untersagt, und die Zwanzigprozentregel wird unnachgiebig verfolgt. Entscheiden Sie, welche Fragmente Sie nicht mehr brauchen, und ich nehme sie mit, damit sie wieder unter das Limit kommen. Damit wäre die Angelegenheit für dieses Mal erledigt. Allerdings werden Sie in Zukunft natürlich von Zeit zu Zeit unangekündigt überprüft. Außerdem muß ich Sie um den Namen des französischen Wissenschaftlers bitten, den Sie erwähnt haben.«

»Ist das wirklich notwendig? Er wollte mir lediglich einen persönlichen Gefallen tun.«

»Auch er kannte die Gesetze.«

»Pierre Le Grice. Er arbeitet am Institut für Molekularbiologie in Edinburgh.«

Als Dewar wieder Richtung Süden fuhr, betrachtete er seine Mitreisenden im Erste-Klasse-Abteil und fragte sich, ob wohl einer von ihnen auch so etwas Merkwürdiges im Aktenkoffer mit sich führte wie zwei Fragmente einer Pockenvirus-DNS. Eher unwahrscheinlich, andererseits konnte man nie mit absoluter Gewißheit Aussagen über das menschliche Verhalten machen.

Der Vorfall in Manchester war kein gutes Omen für seinen derzeitigen Auftrag. Ein Labor war lediglich deswegen erwischt worden, weil jemand die Wahrheit gesagt hatte. Wie viele andere besaßen sie illegale Mengen und fälschten ihre Listen, damit die Beamten zu sehen bekamen, was sie sehen wollten? Aus Erfahrung wußte er, daß Wissenschaftler ehrgeizig und egoistisch waren. Regeln waren primär dazu da, damit andere ihnen gehorchten, es sei denn, sie paßten ihnen gerade in den Kram oder machten keine weiteren Umstände. Nichts und niemand durfte sich ihren geliebten Projekten in den Weg stellen, und dementsprechend verhielten sie sich. Dagegen ließ sich schwer etwas machen. Es zeugte auch nicht von Intelligenz, gegen die Strömung der menschlichen Natur schwimmen zu wollen. Unter diesen Umständen mußte er pragmatisch vorgehen. Wenn er auch nicht die Zustände im wissenschaftlichen Gefüge verändern konnte, so konnte er zumindest mit Nachdruck auf die Konsequenzen einer Nichteinhaltung der WHO/UNO-Verordnung hinweisen. Die Aussicht, daß ihre Labore geschlossen werden und ihre Karrieren Schaden erleiden könnten, würde Wirkung zeigen. Wenn es etwas gab, worüber sich Wissenschaftler noch mehr Sorgen machten als um ihre Forschung, dann war es ihre Karriere. Jedes gute Forschungsergebnis war fast ausnahmslos das Nebenprodukt eines ehrgeizigen Kampfes, die Karriere voranzutreiben und den persönlichen Ruhm zu mehren.

Als er seine Wohnung erreichte, fühlte er sich müde. Er zog die Schuhe aus, nahm ein kaltes Stella Artois aus dem Kühlschrank und genoß den ersten eiskalten Schluck. Danach »weckte« er seinen IBM-Aptiva-Computer und rief die Voicebox ab. Er hatte zwei Nachrichten, eine von Sci-Med und eine von Karen. Letztere hörte er zuerst ab.

»Adam, ich werde den ganzen Abend im Labor verbringen müssen. In Kensington sind Salmonellen gefunden worden. Wir versuchen den Ursprungsort zu ermitteln. Ruf mich an, wenn du wieder da bist. Ich liebe dich.«

Dewar konnte sich bei der Vorstellung von Salmonellen in Kensington ein kleines Lächeln nicht verkneifen. Dann hörte er die Sci-Med-Nachricht ab. Eine Stimme sagte: »Fax für Sie auf Code neun.«

Dewar runzelte die Stirn, setzte sich hin und rief die Fax-Software auf, um dann mit Hilfe seines Paßwortes den verschlüsselten Code zu übersetzen. Der Drucker wurde lebendig und spuckte eine einseitige Nachricht aus. Es handelte sich um ein Update der Institutionen, die der Aufforderung zur Registrierung ihrer DNS-Fragmente nachgekommen waren. Inzwischen waren sämtliche Rückantworten eingegangen, und alle hatten angegeben, nur das zu besitzen, was genehmigt war. Es gab jedoch noch einen Zusatz – der Grund, warum die Nachricht codiert war. Der Sci-Med-Computer hatte eine Information gefunden, die man mit seinem neuen Auftrag in Verbindung gebracht hatte. Ein Doktorand des Instituts für Molekularbiologie in Edinburgh hatte vor kurzem Selbstmord verübt. Ein Iraker.

Dewar starrte auf den Namen Ali Hammadi. »Nun, ich frage mich, woran du wohl gearbeitet hast, Ali?« murmelte er laut vor sich hin.

Er schaute auf die Uhr und rief Karen im Labor an, bevor es noch später wurde. »Wie läuft's?«

»Hier geht's zu wie auf einem Rummelplatz. In den letzten vierundzwanzig Stunden wurden siebzehn Fälle gemeldet, und wir haben weitere neun, die wir gerade überprüfen.«

»Und keine Idee, woher es kommen könnte?«

»Acht haben im gleichen griechischen Restaurant gegessen, die anderen nicht. Also muß es etwas sein, das von einem größeren Zulieferer kommt. Es ist nur die Frage welcher und welches Produkt. Wie war's in Manchester?«

»Scheiße.«

»Mir wär's lieber, du würdest dieses Wort momentan nicht benutzen.«

»Tschuldigung. Kommst du später noch vorbei?«

»Ich glaube, ich werde direkt zu mir fahren. Bis ich hier loskomme, wird es spät werden, und ich bin völlig k.o.«

»Soll ich dich morgen anrufen?«

»Du weißt, wo du mich findest«, seufzte Karen.

Dewar legte den Hörer zurück und lächelte zärtlich. Er und Karen, eine bodenständige Schottin aus einem Fischerdorf in North Berwick, waren nun schon fast zwei Jahre lang zusammen. Sie hatten zwar die gleiche Universität besucht, sich dort aber kaum zur Kenntnis genommen, bis sie sich etwa vier Jahre nach seinem Examen wiedergetroffen hatten. Karen arbeitete damals schon seit drei Jahren beim öffentlichen Gesundheitsdienst, und Dewar hatte gerade bei Sci-Med begonnen, nachdem er festgestellt hatte, daß die Forschung nichts für ihn war. Er hatte nach dem Examen einen unglücklichen Versuch als wissenschaftlicher Assistent gemacht und schließlich die Nase voll gehabt, vorzutäuschen, ein Teamarbeiter zu sein, obwohl das einfach nicht der Fall war. Er war von Natur aus ein Einzelgänger und wollte sich nicht länger verstellen. Bei Sci-Med hatte er eine Arbeit gefunden, bei der er die Dinge auf seine Weise erledigen konnte.

Er und Karen wohnten immer noch getrennt, ein teures Arrangement, aber es widerstrebte ihnen, ihre Beziehung durch ihre stressigen Jobs aufs Spiel zu setzen. Beide gingen sie anstrengenden Tätigkeiten nach, die in Dewars Fall ab und zu sogar lebensgefährlich sein konnten.

Dewar setzte sich ans offene Fenster, von dem aus er den Fluß beobachten konnte. Seine Wohnung befand sich nicht direkt am Ufer – das konnte er sich nicht leisten – aber sie lag eine Straße dahinter im ersten Stock einer umgebauten Lagerhalle. Sie war sehr klein, aber wenn er am linken Rahmen des großen Fensters saß, konnte er den Fluß durch eine Lücke zwischen den Häusern gegenüber sehen. Erneut las er das Fax von Sci-Med durch. Wenn Hammadi tatsächlich Iraker gewesen war, sollte er so viel wie möglich über ihn herausfinden, angefangen mit der Polizeiakte über seinen Tod – und dann, natürlich, über sein Forschungsprojekt. Worüber genau hatte er geforscht? Er hatte zwar an einem Institut gearbeitet, das Zugang zu den DNS-Fragmenten des Pockenvirus besaß, aber schließlich war es ein riesiges Institut. Er konnte sich mit etwas völlig anderem beschäftigt haben.

Als ausländischer Student war Hammadi sicherlich in einigen offiziellen Karteien registriert. Das Stipendium für seine Promotion war vermutlich von außerhalb bezahlt worden, aber wahrscheinlich besaß er einen britischen Studentenausweis. Dewar benutzte seinen Zugang zum Sci-Med-Computer, um ins Internet zu gelangen. Anschließend bediente er sich des Joint Academic Network (JANET), um die Webpage des Institutes für Molekularbiologie in Edinburgh aufzurufen. Er klickte die Rubrik ›laufende Forschungsprogramme‹ an und fand dort siebzehn Forschungsgruppen aufgeführt. Zwei davon arbeiteten am HIV-Virus und an der Entwicklung eines Impfstoffes. Eine von beiden, Doktor Steven Malloys Team, führte einen Ali Hammadi als Doktoranden auf.

»Scheiße«, rutschte es Dewar heraus. Hammadi *hatte* in einem Team gearbeitet, das einen möglichen Grund besaß, Pockenvirusfragmente zu benutzen. Beim Weiterlesen der Namensliste fluchte er erneut. Pierre Le Grice, derjenige, der die Fragmente an Davidson in Manchester geschickt hatte, war im gleichen Team.

Dewar trank den letzten Rest seines Biers und schmiß die leere Dose in den Papierkorb neben dem Kamin. Sie traf genau und wahrte damit seine achtzigprozentige Trefferquote, doch an diesem Abend konnte er sich nicht so recht darüber freuen. Die prophezeite ›reine Schreibtischarbeit‹ schien keineswegs mehr nur Routine zu sein. Statt dessen fühlte er ein unbestimmtes Gefühl von Unbehagen in sich aufsteigen. Zwei Forschergruppen, die sich nicht an die Regeln hielten, und ein toter irakischer Doktorand, der Zugang zur Pockenvirus-DNS besaß, bedeuteten, daß er morgen früh im Flieger nach Edinburgh sitzen würde. Er hinterließ Sci-Med eine Nachricht mit der Mitteilung, wohin er flog und in der er sie bat, das Edinburgher Institut offiziell von seinem bevorstehenden Besuch zu unterrichten. Außerdem fragte er nach einer Kontaktperson bei der dortigen Polizei.

6. Kapitel

Mit nur wenigen Minuten Verspätung erreichte der Linienflug der British Airways den Flughafen von Edinburgh. Dewar stellte den Kontakt zu Sci-Med her, indem er den Service der Business Lounge auf der ersten Etage nutzte. Er erfuhr, daß das Institut für Molekularbiologie ihn erwartete und daß die örtliche Polizei informiert worden war. Ein Polizeibeamter, Inspektor Ian Grant, war beauftragt worden, ihm auf dem Polizeipräsidium eine Zusammenfassung der Ereignisse zu geben. Er wurde um halb elf dort erwartet.

Das Flughafentaxi kam trotz des Berufsverkehrs so schnell voran, daß Dewar befürchtete, er komme viel zu früh zur Verabredung mit Grant. Er bat den Fahrer, ihn über die Princes Street zu fahren. Die Stadt war ihm nicht unbekannt – er war mehrfach mit Karen zu Besuchen ihrer Mutter hochgefahren – aber er erfreute sich jedesmal wieder am Anblick der Burg.

»Ihr Geld, Junge«, antwortete der Taxifahrer trocken.

Das Polizeipräsidium in der Fettes Avenue stellte sich als ein großer, weißer, moderner, zweckbetonter Bau im Norden der Stadt heraus, der gegenüber der eindrucksvollen, wesentlich älteren Fassade des Fettes College stand, der renommiertesten schottischen Privatschule, die auch Premierminister Tony Blair besucht hatte.

Ian Grant war ein stämmiger Mann Ende Dreißig, dessen

buschiger schwarzer Schnurrbart seine dunklen Augen unterstrich. Er trug ein Sportjackett und dunkle Hosen. Seine Krawatte saß locker, und der oberste Knopf seines Hemdes war geöffnet, was ihm das Aussehen eines Hollywood-Journalisten verlieh, der gerade eine Story in die Tasten haut. Grant goß sich einen Kaffee aus einer silberfarbenen Kanne ein und hielt sie in Dewars Richtung. Dewar schüttelte den Kopf.

»Ausländischer Student erhängt sich. Was gibt's dazu zu sagen? Was uns betrifft, ist der Fall abgeschlossen«, sagte Grant, während er sich hinter seinen Schreibtisch setzte.

»Kein Abschiedsbrief?«

»Nichts.«

»Haben Sie irgendein Motiv für seine Tat entdecken können?«

»Fürchte, nein. Wir hatten Geschichten über Examensdruck, Versagensängste, den üblichen Scheiß erwartet, aber in seinem Fall war da nichts. Sein Tutor war der Meinung, daß alles hervorragend lief. Das zeigt, wieviel Ahnung er hatte.«

»Universitäten können ein ganz schön einsamer Ort sein«, sagte Dewar. »Das kann den Kids ziemlich zu schaffen machen, vor allem, wenn sie aus dem Ausland kommen.«

»Kann ich nicht beurteilen«, sagte Grant. »Hab' nie 'ne Universität von innen gesehen.«

»Gibt es in dieser Stadt noch andere Studenten aus dem Irak?«

»Tatsächlich gibt es eine ganze Menge.« Grant holte einen Bogen Papier hervor und fuhr fort: »Sie sind alle bei uns registriert; das ist Pflicht. Sie haben ihre eigene Studentenverbindung in der Forest Road, nahe dem Royal-Krankenhaus. Die Adresse steht hier drauf. Ich schätze, eine Menge von ihnen studieren Medizin.«

Dewar nickte. »Haben Sie mit irgendeinem von ihnen gesprochen?«

»Haben uns drum gekümmert. Keiner wußte was. Ich hab' den Eindruck, die machen sich lieber in die Hose, als mit der Polizei zu reden, wenn Sie mich fragen.«

»Warum?«

»Hat mit ihrer Herkunft zu tun, schätze ich«, sagte Grant. »Wenn man in einem Polizeistaat lebt, denkt man wahrscheinlich, daß eine Polizei wie die andere ist.«

»Haben Sie den Eindruck, daß sie von zu Hause überwacht werden, während sie hier sind?« fragte Dewar.

»O ja. Da hingen ein paar Typen herum, die ich ein bißchen zu alt für Studenten fand, aber ich hab' mir nicht die Mühe gemacht, nachzufragen. Wenn man's tut, dann sind sie fast immer kulturelle Berater oder so 'n Zeugs.«

Dewar nickte und stand auf. »Danke für die Hilfe. Ich werde mich mal mit den Leuten unterhalten, mit denen er zusammengearbeitet hat, und dann werde ich vielleicht auch in der Forest Road vorbeischauen.«

»Recht haben Sie, ich wünsche Ihnen viel Spaß. Warum interessieren Sie sich überhaupt für den ganzen Kram?«

»Routinearbeit des Innenministeriums«, Dewar zuckte mit den Schultern. »Ausländer verlangen immer noch eine Portion mehr Schreibarbeit.«

»Wem sagen Sie das«, meinte Grant.

»Ach, übrigens, haben Sie eine Kopie des Berichts der Gerichtsmedizin?«

»Nicht direkt zur Hand«, erwiderte Grant. »Aber er war ziemlich eindeutig.« Er blickte Dewar an, um zu sehen, ob dieser mit der Antwort zufrieden war. Dewar blieb abwartend. »Möchten Sie, daß ich Ihnen eine Kopie schicke?«

»Wenn Sie so freundlich wären.«

Das Institut für Molekularbiologie beziehungsweise »der Wissenschaftspark«, wie er auch gerne genannt wurde, befand sich an der südlichen Stadtgrenze der Stadt. Als Dewar die letzten zweihundert Meter bis zum Haupttor ging, konnte er sehen, wie eng die Universität inzwischen mit der Industrie zusammenarbeitete. Viele Gebäude schienen pharmazeutischen oder chemischen Unternehmen angegliedert zu sein. Er erinnerte sich daran, daß ihm ein Kollege erst kürzlich erzählt hatte, daß man in Forschungslaboratorien heutzutage genauso viele Wissenschaftler wie Patentanwälte anträfe. Die Hochfinanz hatte dort Einzug gehalten, um die Verheißungen der Molekularbiologie in großem Umfang auszubeuten.

Dewar traf sich kurz mit Paul Hutton, dem Leiter des Institutes, der ihm ein Mann der alten Schule zu sein schien. Jeder bekommt einen Platz, und jeder hat an diesem Platz zu bleiben – das Ergebnis einer Schulerziehung, in der man lernt, sogar einem Pappkarton unerschütterliche Loyalität entgegenzubringen, so lange dieser Pappkarton nur eine offizielle Stellung einnimmt. Diese Tugend der Berechenbarkeit machte den Umgang mit ihm relativ einfach. Mit angemessen gedämpfter Stimme sprach er kurz über Ali Hammadis tragischen Tod, anschließend erzählte er Dewar von dem Stipendium, das Hammadis Eltern einzurichten gedachten.

»Wir werden es das Ali-Hammadi-Forschungsstipendium nennen.«

Daran ist nichts auszusetzen, dachte Dewar. Er bat darum, mit Alis Vorgesetztem und seinen ehemaligen Kollegen sprechen zu dürfen.

»Doktor Malloy erwartet Sie. Alis Tod hat ihn sehr getroffen, fürchte ich. Er fühlt sich mitschuldig. Das ist natürlich lächerlich. Ich werde jemanden bitten, Sie hinaufzugeleiten.«

Dewar war sich nicht sicher, was er von Malloy halten sollte, als er ihn jetzt zum ersten Mal in T-Shirt und Jeans sah. Er war versucht, ihn für eine dieser Nervensägen der Mike-Davidson-

Schule zu halten, einen dieser Freigeister, losgelöst von Zeit, Raum und Gravitation und nur durch ihren Universitätsstatus und die umfassende Altersversorgung mit der Erde verbunden. Aber er beschloß, mit seinem Urteil noch zu warten.

Malloy war seinerseits genau so unsicher, was Dewar betraf, als er seinen exakten Haarschnitt, den teuren dunklen Anzug, die glänzenden Schuhe und den Aktenkoffer sah. Einer dieser Beamten, die es sich im Ministerium bequem gemacht haben, war sein erster Gedanke, aber auch er beschloß, mit seinem Urteil nicht voreilig zu sein.

Sie sprachen in Malloys Büro miteinander. Als Einstieg nutzte Dewar das Poster des amerikanischen Tenorsaxophonisten Stan Getz, das dort an der Wand hing.

»Sind Sie ein Fan?« fragte er.

»Und wie.«

»Ich auch. Ich habe ihn letztes Jahr noch live in Kansas City erlebt, bevor er starb. Spielte dort 'ne Menge vom brasilianischen Kram der frühen Sechziger. Einfach toll.«

»Die Richtung mag ich auch sehr«, stimmte Malloy ihm zu. »Sein Gitarrist Charlie Byrd war vor ein paar Jahren in Edinburgh, da bin ich hingegangen. Klang wie das wahre Leben. Ein kleiner Typ im Anzug, der aussah wie ein Bankmanager, spielte einfach sein Ding und verschwand wieder, nachdem er es allen Möchtegern-Gitarristen im Publikum so richtig gezeigt hatte.«

»Spielen Sie selbst?«

»Nicht in der Öffentlichkeit«, sagte Malloy. Dewar lächelte. Das Eis war gebrochen. »So weit ich informiert bin, sind Sie wegen Ali hier.«

»Es ist Alis Zugang zu den Pockenvirusfragmenten, der mich interessiert«, erwiderte Dewar und legte damit seine Karten offen auf den Tisch.

Malloy schien völlig verblüfft. »Das verstehe ich nicht.«

»Sie kennen das derzeitige Verbot, Fragmente in Umlauf zu bringen?«

»Das ist verfluchter Mist. Wir kommen mit unserer Arbeit nicht weiter.«

»Es gibt einen Grund dafür.«

»Aber ist es auch wirklich ein triftiger Grund?«

»Das denken zumindest die WHO und die UNO.«

»Das allein ist noch nicht überzeugend. Bürokraten halten es immer für den sichersten Weg, einfach den Stecker rauszuziehen. Die beste Methode, den eigenen Arsch zu retten.«

»Sei es, wie es wolle, aber es gibt nun mal dieses Verbot«, sagte Dewar, der keine Lust auf eine derartige Diskussion hatte.

»Oh, verstehen Sie mich nicht falsch, wir halten uns daran. Aber das heißt nicht, daß wir damit einverstanden sind.«

»Es ist völlig ausreichend, sich daran zu halten.«

»Und was hat das mit Ali zu tun?«

»Ich hoffe, nichts, aber er stammte aus dem Irak«, sagte Dewar.

Malloy sah ihn lange und intensiv an, bevor er sagte: »Man muß nicht gerade Albert Einstein sein, um zu dem Schluß zu gelangen, daß die Iraker Ihrer Ansicht nach mit Pockenviren herumsauen.«

»Nennen wir es lieber eine Vermutung, und keiner geht ein Risiko ein.«

»Falls Sie annehmen, daß Ali mit etwas Derartigem zu tun hatte ... nun, das ist einfach lächerlich«, sagte Malloy.

»Es freut mich, das zu hören«, meinte Dewar. »Aber er war Iraker, er war Wissenschaftler, er hatte Zugang zum Genbestand des Pockenvirus, und ... er hat Selbstmord begangen.«

»Verstehe«, stimmte Malloy widerwillig zu. »Dennoch sind Sie auf der falschen Spur. Wir haben hier nur wenige Virusfragmente. Damit läßt sich nichts Irrsinniges anstellen.«

»Ich habe Ihre Kontrolliste gesehen«, sagte Dewar und wahrte den Blickkontakt zu seinem Gegenüber.

»Oh, ich verstehe. Sie glauben, wir hätten mehr als wir angegeben haben.«

»Vielleicht nicht absichtlich«, meinte Dewar. »Aber derlei Dinge können an Orten wie diesem durchaus passieren. Ich komme gerade von einer Stelle, wo sie mehr hatten, als sie hätten haben sollen. Nicht in krimineller Absicht, sondern einfach ... Universitätsalltag.«

»Wenn Sie wollen, sind Sie herzlich eingeladen, unsere Labore und Lagermöglichkeiten zu inspizieren«, sagte Malloy.

»Danke«, erwiderte Dewar. »Es ist immer schön, auf volle Kooperationsbereitschaft zu stoßen. Aber zunächst würde ich gerne einen Eindruck von Ihrem Team bekommen. Wie wäre es, wenn Sie mir erzählen, wer für Sie arbeitet und was die einzelnen genau tun?«

»Ich habe einen wissenschaftlichen Gastassistenten, einen Franzosen namens Pierre Le Grice vom Pasteur-Institut in Paris; er ist seit zwei Jahren hier und hat noch ein weiteres Jahr vor sich. Ich habe zwei Doktoranden, Sandra Macandrew – sie ist im zweiten Jahr und wird von der Medizinischen Forschungsgesellschaft unterstützt – und Peter Moore, er ist im ersten Jahr und hat ein Stipendium von der Wellcome-Stiftung. Ali war mein dritter Doktorand. Er war fast fertig und wollte gerade damit beginnen, seine Doktorarbeit niederzuschreiben. Er wurde von der irakischen Regierung finanziell unterstützt.«

Dewar hob eine Augenbraue.

»Daran ist nichts Außergewöhnliches. Ausländische Studenten haben keinen Zugang zu englischen Stipendien. Sie müssen die Universitätsgebühren und ihren Unterhalt selbst finanzieren, und normalerweise übernimmt das deren Regierung.«

»Sonst noch jemand?«

»George Ferguson, mein erster Laborant. Er ist Labortechniker und kam an die Universität, als das alte städtische Krankenhaus geschlossen wurde und man versuchte, die Leute irgendwo unterzubringen. Er hatte noch nichts gefunden, und ich brauchte jemanden, der mit Viren umgehen kann, also war ich bereit, ihn für eine Überbrückungszeit zu nehmen. Falls ich einen neuen Zuschuß bekomme, werde ich ihn behalten.«

»Sonst noch jemand?«

»Das war's.«

»Hat Ali alleine gearbeitet?«

»Es hat ihm niemand über die Schulter geguckt, wenn Sie das meinen. Er war bereits examiniert und auf seinem Gebiet ausgezeichnet worden, also wußte er, was er tat. Aber jeder weiß natürlich mehr oder weniger, was der Nachbar tut, und die Leute reden ja auch die ganze Zeit über ihre Projekte. Wenn also Ali versucht hätte, ein komplettes Pockenvirus herzustellen, dann hätte das jemand bemerkt«, sagte Malloy, um diesen Verdacht ad absurdum zu führen.

Dewar nickte. »Klingt logisch.«

»Würden Sie die Gruppe gerne kennenlernen?«

»Wo ich schon mal hier bin«, sagte Dewar lächelnd.

»Welchen Anlaß soll ich ihnen nennen?«

»Routinebesuch des Innenministeriums nach dem Tod eines ausländischen Studenten.«

Sandra Macandrew war die erste. Dewar fand sie angenehm und freundlich. Sie konnte weder Alis Tod verstehen noch die Veränderung, die er in den letzten Wochen seines Lebens durchgemacht hatte.

»Offensichtlich haben Sie eine Veränderung seiner Persönlichkeit bemerkt«, sagte Dewar. »Ist Ihnen auch eine Veränderung in seinem Arbeitsverhalten aufgefallen?«

Sandra dachte einen Moment nach. »Er kam immer noch ins Labor und arbeitete scheinbar wie gewöhnlich an seinem Projekt. Ich schätze, Steve müßte aus seinen Notizbüchern entnehmen können, ob die Dinge liefen oder nicht. Zu diesem Zeitpunkt hatte er bereits aufgehört, mit uns zu reden.«

»Aber Sie haben nicht bemerkt, daß er im Labor irgend etwas anderes als sonst machte?«

»Etwas anderes? Nein.«

»Danke für Ihre Hilfe, Miss Macandrew. Falls Ihnen noch irgend etwas einfällt, können Sie mir unter dieser Nummer eine Nachricht hinterlassen.« Dewar reichte ihr eine Visitenkarte mit seiner Kontaktnummer bei Sci-Med.

Peter Moore war der nächste. Er konnte ihm auch nicht mehr erzählen als Sandra. Hammadis Tod war ihm völlig rätselhaft. Ja, und auch er hatte Ali gemocht.

Pierre Le Grice war aus anderem Holz geschnitzt. Er wirkte aggressiv und beschwerte sich bitterlich über die Unterbrechung seiner Forschung durch das Verbot der Weitergabe von Virusfragmenten.

»Es ist einfach lächerlich, den Umlauf der Fragmente komplett zu stoppen. O.k., Sie sorgen für die Einhaltung der zwanzig Prozent, selbst das ist lächerlich. Was kann man mit fünfzig Prozent anstellen, was mit zwanzig Prozent nicht geht? Das müssen Sie mir erklären.«

»Doktor Le Grice, ich habe diese Vorschriften nicht gemacht. Falls Sie dagegen Einspruch erheben wollen, müssen Sie das über Ihre Regierung und die Vereinten Nationen tun.«

»Leute wie Sie übernehmen nie Verantwortung für irgendwas«, fuhr Le Grice fort. »Immer wird die Schuld jemand anderem in die Schuhe geschoben.«

»Ich übernehme die Verantwortung für das, was ich tue, Herr Doktor. Ich kann nur wiederholen, ich mache die Vorschriften nicht, aber man erwartet von mir bzw. man hat mich befugt, ihre Einhaltung zu überwachen.«

Dewar ließ absichtlich eine Pause entstehen, um das Gesagte wirken zu lassen. Dann fuhr er fort: »Sollte ich also herausfinden, daß jemand von ihnen Pockenfragmente inoffiziell an ein Forschungsinstitut nach Manchester verschickt hat, könnte es gut sein, daß ich seine berufliche Zukunft zum Teufel jage.«

»Sie wissen Bescheid?« fragte Le Grice nur.

Dewar nickte. »Ich weiß, daß es schon einige Zeit her ist, und ich werde es im Moment auch dabei bewenden lassen, aber inzwischen hat sich die Lage verändert. Sollte das noch einmal vorkommen, können Sie Ihrer Karriere auf Wiedersehen sagen, Monsieur.«

George Ferguson war nicht im Labor. Sandra erklärte, daß er und Malloy »gestern zwei richtige Helden gewesen seien«. Im Moment bedanke man sich von »offizieller Seite« bei George. Dewar fragte, was vorgefallen sei, und bekam eine kurze Zusammenfassung dessen, was Malloy und Ferguson getan hatten.

»Besser die als ich.«

»Sehe ich auch so«, stimmte Sandra zu. »Möchten Sie sich im Labor umschauen?«

»Gerne.«

Das Labor erschien Dewar unordentlich. Zum Teil lag das am mangelnden Platz – die Menschen wetteiferten mit den Gerätschaften um freie Arbeitsfläche. Auf der Fensterbank lagen stapelweise Notizhefte. Ständer mit Reagenzgläsern standen dreifach übereinander, und die Wände waren mit Fotografien von Elektrophoresen bedeckt. »Wie schafft man es, hier etwas zu finden?« fragte er und bemühte sich, seine Worte witzig klingen zu lassen.

»Es *sieht* nur so aus, als sei es ein totales Durcheinander«, erwiderte Sandra. »Wir wissen schon, wo was ist. Ein aufgeräumtes Labor ist unproduktiv – das sagt zumindest Steve ständig. Wenn man seine Arbeitsplatte poliert, heißt das, daß einem gerade kein neues Experiment einfällt.«

»Auch ein Argument, schätze ich«, sagte Dewar.

Nachdem Dewar ungefähr zehn Minuten mit Sandra und Peter verbracht hatte – Pierre Le Grice beschloß, die eigene Gesellschaft vorzuziehen, und machte sich im Labor zu schaffen –, kehrte Ferguson unter den lauten Rufen der anderen, wo denn seine Medaille sei, zurück.

Ferguson lachte. »Es gibt keine Medaille«, sagte er. »Der *Herr Direktor* hatte lediglich ein paar warme Worte für mich, um mich anzuspornen und um dem Ganzen Gewicht zu verleihen.«

»George, das hier ist Doktor Dewar. Er untersucht Alis Tod«, sagte Steven Malloy.

Dewar reichte Ferguson die Hand und stellte ihm die gleichen Fragen über den toten Studenten wie den anderen. Seine Antworten waren nahezu identisch. Genau wie alle im Labor hatte er Ali sehr gemocht. Sein Tod war ein absoluter Schock gewesen.

»Wissen Sie, woran Ali gearbeitet hat?«

Ferguson zuckte mit den Schultern und sagte: »Nur vage. Ich bin nur ein Krankenhauslaborant, dem man das Krankenhaus weggenommen hat. Ich überwache die Virusbestände und kümmere mich um die Kulturen. Dieser neue molekulare Kram ist zu hoch für mich; man kann einem alten Hund keine neuen Tricks mehr beibringen.«

»Es muß ein ziemlicher Wechsel für Sie gewesen sein, hierherzukommen.«

Ferguson lächelte über die offensichtliche Untertreibung. »Ich war zweiunddreißig Jahre am städtischen Krankenhaus«, erwiderte er.

»War die Versuchung nicht groß, es dabei zu belassen und vorzeitig in Ruhestand zu gehen?«

»Mein Bankberater war anderer Ansicht«, sagte Ferguson.

Dewar lächelte. »War wohl gerade kein goldenes Abschiedsgeschenk im Angebot?«

»Vom Nationalen Gesundheitsdienst? Der Witz ist gut.«

»Sie scheinen sich hier gut in die Gruppe eingelebt zu haben.«

»Es ist zeitlich begrenzt. Steve hatte eine freie Stelle, aber ob er einen neuen Zuschuß bekommt, steht noch nicht fest. Falls nicht, stehe ich Weihnachten vor der Tür. Außerdem paßt mein Gesicht nicht besonders gut in dieses Institut.«

»Warum nicht?«

»Die Zeiten ändern sich. Inzwischen gibt es zehnmal mehr Studienabsolventen als freie Stellen. Die Abschlußnoten müssen schon wirklich im oberen Drittel liegen, um einen Job zu bekommen, den vor zehn Jahren noch ein einfacher Laborant gemacht hätte. Falls der Job auch noch Teekochen beinhaltet, brauchen wir schon einen Doktoranden.«

Dewar lächelte und meinte: »Ich hoffe für Sie, daß sich noch irgendwelche Mittel finden werden.«

Abschließend traf sich Dewar erneut mit Paul Hutton, um ihm förmlich für seine Kooperationsbereitschaft zu danken.

»Heißt das, Sie sind mit uns durch?« fragte Hutton.

»Ich denke, ja«, erwiderte Dewar. »Wenn es nicht wieder irgendwelche neuen Entwicklungen gibt.«

»Kehren Sie heute noch nach London zurück?«

»Ich werde mich noch bei dem irakischen Studentenverband blicken lassen – von dort aus mache ich mich dann auf den Weg.«

7. Kapitel

Der irakische Studentenverband saß im ersten Stock eines viktorianischen Gebäudes in einer Straße, in der ein Restaurant neben dem anderen Speisen aus aller Welt anbot. Es war eine enge Straße mit hohen Gebäuden, und Abgase hingen in der Luft wie Novembernebel. Während Dewar die schlecht beleuchteten Stufen hochstieg und an der Tür mit einem Messingschild in arabischer Schrift klopfte, stieg ihm der Geruch von ausländischer Küche, von Katzen und von feuchten, muffigen Wänden in die Nase.

Der junge Mann an der Tür war offensichtlich überrascht, einen Westeuropäer zu sehen. »Was wünschen Sie?« fragte er in abgehacktem, aber ansonsten perfektem Englisch.

»Mein Name ist Dewar. Ich würde gerne mit Ali Hammadis Freunden sprechen.«

»Er ist tot.«

»Ich weiß, daß er tot ist. Deswegen würde ich ja gerne mit ihnen reden.«

»Sind Sie Polizist?«

»Nicht so richtig.« Dewar zeigte ihm seinen Sci-Med-Ausweis. Der Mann verglich eingehend das Ausweisphoto mit der Person vor ihm, bevor er entschied, daß eine gewisse Ähnlichkeit vorhanden sei. »Doktor Adam Dewar«, sagte er und betonte dabei jede Silbe.

»Der bin ich«, stimmte Dewar ihm zu.

»Treten Sie ein«, sagte der Mann, drehte sich plötzlich auf dem Absatz um und überließ es Dewar, die Tür hinter sich zu schließen. Sie gingen einen schmalen Flur entlang, vorbei an mehreren grau gestrichenen Türen, die, soweit es Dewar beurteilen konnte, in schlechtbeleuchtete Zimmer führten. Dann und wann diente eine nackte Glühbirne als Lichtquelle, daher gab es in den fast vier Meter hohen Räumen mehr Schatten als Licht.

Etwa zwölf Leute befanden sich in dem Raum, in den Dewar schließlich geführt wurde. Sie saßen in Gruppen von dreien oder vieren zusammen und waren dem Alter nach offensichtlich alle Studenten. Die Möbel in dem Raum wirkten alt, und die schweren Vorhänge sahen aus, als seien sie seit der Jahrhundertwende nicht mehr gewaschen worden. Sie hingen hinter mehreren verschlissenen Samtsofas, die jeweils eine einzelne geschwungene Holzlehne besaßen. Die Szenerie erinnerte Dewar an viktorianische Illustrationen einer Opiumhöhle. Einige Studenten saßen vor geöffneten Notizheften und schienen Semesterarbeiten zu besprechen.

Der Mann, der die Tür geöffnet hatte, sagte etwas auf Arabisch zu ihnen. Dewar verstand lediglich das Wort Hammadi.

Alle schwiegen und schauten Dewar mit unbeweglichen Mienen an. Schließlich stand einer der Studenten auf und kam zu ihnen herüber. Er lächelte und zeigte dabei seine perfekten Zähne. »Ich heiße Tariq Saadi – Ali war mein Freund«, sagte er. »Vielleicht würden Sie gerne einen Kaffee trinken?«

Dewar nippte an dem bitteren Kaffee, während Tariq, ein Doktorand der Mathematik, ihm erzählte, was er über Ali wußte. Er und Ali stammten aus Dörfern im Irak, die keine zwanzig Kilometer voneinander entfernt lagen, hatten sich aber nur flüchtig gekannt, bevor sie in Bagdad mit dem Studium begannen und Freunde wurden. Beide waren hocherfreut darüber gewesen, daß es ihnen gelungen war, im Rahmen eines studentischen Austauschprogrammes gemeinsam ins Ausland zu gehen.

»Wir hatten nicht geglaubt, daß es für uns möglich sei, ins Ausland zu reisen, aber die Wissenschaft steht über politischen Schwierigkeiten«, sagte Tariq. »Politiker können anderer Meinung sein, aber die Universitäten fördern den Austausch.«

»Gut«, meinte Dewar. »Wie kommen Sie mit Ihren Studien voran?« fragte er in der Hoffnung, das Vertrauen des Mannes zu gewinnen.

Tariq zuckte die Schultern und lächelte. »Manchmal muß ich mich ganz schön abstrampeln.«

»Galt das auch für Ali?«

»O nein«, lächelte Tariq. »Ali war sehr schlau und so ...« – er suchte nach dem richtigen Wort – »in seinem Fachbereich.«

»Enthusiastisch?« schlug Dewar vor.

»Ja, genau, enthusiastisch und außerdem ... voller Hingabe ist wohl der richtige Ausdruck. Die Wissenschaft bedeutete für Ali einfach alles; sie war alles, was ihn interessierte. Der Himmel war die einzige Grenze, und eines Tages hätte er große Dinge vollbracht. Er sagte, es sei möglich, für alle Menschen dieses Planeten genug Nahrung zu produzieren. Durch die Molekularbiologie und das Klonen von Genen werde es möglich, den Hunger auf der Welt auszumerzen.«

Dewar lächelte angesichts dieses jugendlichen Idealismus. Vielleicht befähigte die Molekularbiologie Wissenschaftler sogar zu derartigen Dingen, sie würden indessen nicht in die Tat umgesetzt werden. Sie würden nicht in die Tat umgesetzt werden, weil niemand Geld in Dinge investiert, aus denen sich kein Profit ziehen läßt, und das Füttern von Hungernden war kein geeigneter Vorschlag, um Geld zu verdienen. Ali

Hammadi würde diese schreckliche Wahrheit nicht mehr erfahren, aber es gab keinen Grund, Tariq darauf hinzuweisen.

»Warum hat sich Ali dann umgebracht?« fragte Dewar leise.

Tariq schwieg, seine Augen verdunkelten sich bei dem Gedanken an seinen Freund, dann sagte er schlicht: »Es war so traurig.«

Dewar brauchte mehr. »Ja«, sagte er. »Aber niemand scheint eine Erklärung dafür zu haben, warum er es getan haben könnte. Es muß aber eine geben. Etwas in seinem Leben muß entsetzlich schiefgelaufen sein. Alis Institutskollegen haben mir erzählt, daß er wegen irgend etwas offensichtlich sehr durcheinander war. Sie sagten, er sei in den Wochen vor seinem Tod fürchterlich deprimiert gewesen. Sie waren sein Freund; er muß sich Ihnen doch anvertraut haben, oder?«

Tariq fühlte sich sichtlich unwohl, und Dewar hatte den Eindruck, daß diese Reaktion nicht nur durch das eben Gesagte hervorgerufen worden war. Er blickte über die Schulter und sah, daß ein Mann eingetreten war und zu ihnen hinüberblickte. Er wirkte älter als die anderen – ein großer, bärtiger Araber mit dunkel eingefaßter Brille. Er erinnerte sich, daß Inspektor Grant etwas über ältere Männer erzählt hatte, die Teil der Organisation seien.

»Nein, Ali hat mir nichts erzählt«, sagte Tariq, augenscheinlich nervös durch das Eintreten des Neuankömmlings, obwohl er außer Hörweite stand. »Ich weiß nicht, warum er es getan hat. Es ist ein Rätsel. Vielleicht war er krank. So etwas gibt es, wissen Sie.«

Dewar sah ihm direkt in die Augen und wußte, daß er log. Die Gegenwart des bärtigen Mannes schüchterte ihn ein.

»Schauen Sie, Tariq, vielleicht ist das hier nicht der beste Ort, um miteinander zu reden«, schlug er leise vor.

»Ich glaube nicht, daß es noch irgend etwas zu besprechen

gäbe«, entgegnete der Junge, allerdings sprach er die Worte wie ein Roboter.

»Das glaube ich doch«, insistierte Dewar, beließ es aber bei dem leisen Tonfall. »Vielleicht sind Sie es Ihrem Freund einfach schuldig, mir genau zu sagen, was passiert ist. Ich verstehe Ihre schwierige Lage, daher werde ich Sie jetzt verlassen, aber ich lasse meine Karte auf dem Stuhl liegen. Rufen Sie mich an, wenn Sie sich sicher fühlen. Falls ich nicht da bin, hinterlassen Sie mir eine Nachricht.« Der Junge nickte unsicher. »Also, danke für Ihre Hilfe, Tariq. Ich bedaure den Tod Ihres Freundes sehr. Es tut mir wirklich sehr leid«, sagte Dewar mit lauter Stimme, die zum Lauschen einlud.

Er stand auf und wurde von Tariq zur Tür gebracht. Um dorthin zu gelangen, mußten sie an dem älteren Mann vorbeigehen, der keine Kenntnis von ihnen zu nehmen schien, aber Dewar sah ihn sich genau an. Vielleicht besaß Inspektor Grant ein paar Fotos. Es wäre schön zu wissen, wer und was er in Wirklichkeit war. Als er wieder auf die Straße hinaustrat, beschloß er, vorerst in Edinburgh zu bleiben.

Dewar nahm sich ein Zimmer in einem zentral gelegenen Hotel und wählte sich mit seinem Laptop über sein Mobiltelefon bei Sci-Med ein, um seinen Bericht abzugeben. Es gab nicht viel zu berichten, nur daß er mit der Situation in Edinburgh nicht so recht glücklich war. Er wollte solange bleiben, bis er mehr herausgefunden hatte. Nachdem er sein Laptop wieder zugeklappt hatte, rief er Karen an. Sie war im Labor.

»Wo bist du?«

»Edinburgh«, wiederholte Dewar. »Ich werde mindestens noch einen weiteren Tag hier brauchen. Wie steht's in Kensington? Geht der Welt immer noch der Hintern auf Grundeis?«

»In Kensington kennt man derlei Probleme nicht«, lachte

Karen. »Hier hat man einen ›unruhigen Magen‹. Ich glaube, es ist uns gelungen, einen Ausbruch zu verhindern. Wir haben die Spur des Problems bis zu einem Fleischlieferanten zurückverfolgt, der jetzt erst mal dichtmachen mußte. Theoretisch sollte alles unter Kontrolle sein, aber ich verschrei' es lieber noch nicht zu laut.«

»Ich wünschte, ich könnte das gleiche behaupten«, sagte Dewar.

»Das klang, als käme es von Herzen«, erwiderte Karen.

»So, wie die Dinge hier stehen, habe ich ein total schlechtes Gefühl.«

»Also besteht keine Chance, dich vor dem Wochenende wiederzubekommen?«

»Ich glaube kaum, aber mit Sicherheit läßt sich das nicht sagen. Ich handele hier nur auf Verdacht. Ich bin überzeugt, daß einer von Ali Hammadis Freunden mehr weiß, als er sagt. Das muß nicht unbedingt etwas Wichtiges sein, aber ich würde wirklich gerne verstehen, warum sich dieser Hammadi das Leben genommen hat, wo er offensichtlich noch so viel im Leben vorzuhaben schien.«

»Vielleicht hatte er das nicht.«

»Die Polizei ist überzeugt, daß es Selbstmord war, und sein Verhalten hat sich in den letzten Wochen vor seinem Tod stark verändert.«

»Wenn sein inneres Gleichgewicht gestört war ...«, begann Karen.

»Die Frage ist, wodurch wurde es gestört?« sagte Dewar.

Nach einer Pause sagte Karen versuchsweise: »Warum schaust du nicht in North Berwick vorbei, während du dort oben bist, und sagst meiner Mutter hallo? Das wird dich für ein Weilchen ablenken.«

»Könnte ich machen«, stimmte Dewar zögernd zu.

»Keine gute Idee?«

Die Aussicht, einen Abend mit Karens verwitweter Mutter zu verbringen, stimmte Dewar nicht gerade enthusiastisch. Ein paar Drinks und ein wenig oberflächliche Konversation in der Hotelbar erschienen ihm bei weitem angenehmer. Wie auch immer, er wollte Karen nicht verletzen. »O.k.«, sagte er. »Kann ich machen.« Er hoffte, daß er enthusiastischer klang, als er sich fühlte. »Soll ich irgendwas ausrichten?«

»Eigentlich hatte ich gehofft, dieses Wochenende selbst hochfahren zu können, um sie zu besuchen, aber ich bin nicht sicher, wie lange wir noch brauchen, bis diese Salmonellengeschichte vorbei ist. Theoretisch untersuchen wir morgen die letzten Fälle. Vielleicht sollte ich lieber am nächsten Wochenende fahren. Ich schätze allerdings, du wirst nicht so schnell nach Edinburgh zurückkehren wollen.«

»Warum nicht? Es wäre nett, hier oben etwas Zeit zusammen zu verbringen«, sagte Dewar. »Vielleicht könnten wir einen Tag oder so in die Highlands flüchten.«

»Das wäre schön. Natürlich könnte es passieren, daß du immer noch dort bist!« sagte Karen lachend.

»Wenn dem so sein sollte, dann habe ich wirklich in ein *riesiges* Wespennest gestochen und dann flüchten alle in die Highlands«, meinte Dewar.

»Sag Mutter viele Grüße und daß ich sie übernächste Woche besuchen komme.«

Dewars Laptop blinkte, als er die Modemverbindung wiederherstellte und auf Standby schaltete. Eine Nachricht von Sci-Med wartete auf ihn. Ein Mann namens Tariq Saadi hatte angerufen. Er wollte sich mit ihm treffen und hatte als Treffpunkt die Buchhandlung *James Thin* in der South Bridge vorgeschlagen und als Uhrzeit zwanzig Uhr noch am selben Abend.

Dewar fragte sich, warum Saadi die Sci-Med-Nummer gewählt hatte, schlußfolgerte aber, daß er es wahrscheinlich zuerst auf seinem Handy versucht hatte, und als dieses wegen des Gesprächs mit Karen besetzt gewesen war, hatte er die andere Nummer auf der Karte gewählt, anstatt zu warten und es noch einmal zu probieren. Das sprach für eine gewisse Dringlichkeit; ein beschränkter Zeitraum, der ihm für den Anruf zur Verfügung gestanden hatte.

Dewar sah auf die Uhr. Es war kurz nach halb acht. Karens Mutter würde warten müssen.

Das Taxi ließ ihn in der South Bridge vor dem Eingang zu den alten Universitätsgebäuden von Edinburgh aussteigen, die der Thin-Buchhandlung genau gegenüberlagen. Er überquerte die Straße, wobei er dem abendlichen Berufsverkehr ausweichen mußte, und betrat den angenehm ruhigen Laden. Dieser war überraschend groß und ging über mehrere Etagen eines alten Gebäudes, das im Laufe der Zeit viele Male umgebaut worden war und daher aus einem Gewirr von Räumen, Fluren und Treppen bestand. Dewar bewegte sich langsam durch das Erdgeschoß, um ein Gefühl für die Örtlichkeit zu bekommen. Ab und zu hielt er an und blätterte in einem Buch. Um diese Uhrzeit war nicht einmal mehr ein Dutzend Besucher da, die die Regale durchstreiften. Saadi war nicht unter ihnen.

Dewar beschloß, es im Untergeschoß zu versuchen und glaubte sich dort allein mit einer Mitarbeiterin – vermutlich eine studentische Teilzeitkraft –, die neben der Kasse in einem Lehrbuch las. Plötzlich klopfte ihm jemand völlig überraschend auf die Schulter, und als er sich umdrehte, erblickte er Saadi, der aus dem Schatten einer Nische hervorgetreten war. »Danke fürs Kommen«, flüsterte er nervös.

»Also war da *doch* mehr im Zusammenhang mit Alis Tod?« fragte Dewar leise.

Tariq nickte. »Ich weiß nicht alles, aber er sollte etwas für sie machen. Ali wollte damit nichts zu tun haben, doch sie bedrohten ihn. Sie sagten, es würde schlimme Folgen für seine Familie haben.«

»Sie?«

»Unsere ... Berater.«

Der Mann im Haus des Studentenverbandes?« Tariq nickte. »Sie kommen von der Regierung?« Tariq nickte wieder. »Wie viele sind es?«

»Zwei. Professor Siddiqui und ein Mann namens Abbas, der, den Sie gesehen haben.«

Dewar versuchte sich die Namen zu merken. »Haben Sie irgendeine Idee, was Ali für sie tun sollte?« fragte er.

»Er wollte es nicht sagen, aber er hatte große Angst. Er sagte ...«

»Was sagte er?« fiel ihm Dewar ins Wort.

»Er hatte Angst, daß viele Menschen sterben würden.«

Dewar spürte, wie ihm kalt wurde und der Puls in seinen Schläfen heftiger schlug. Er erfuhr gerade, daß ein Alptraum Realität wurde. »Sind Sie sicher, daß er Ihnen nicht mehr gesagt hat?«

Tariq schüttelte den Kopf. »Nichts. Er sagte, es sei zu fürchterlich, aber ich weiß, daß sie ihm etwas gegeben haben.«

»Wissen Sie, was es war?«

»Teile von irgendwas. Irgendwann habe ich zufällig ein Gespräch mitangehört. Ali war außer sich. Er wollte die Teile nicht. Er sagte, es sei zu gefährlich.« Tariq zuckte die Schultern, um anzudeuten, daß er damit nichts anzufangen wußte. »Er sagte, die Teile müßten vernichtet werden, aber Siddiqui erwiderte, er müsse tun, was sie von ihm verlangten, oder es würde ihm und seiner Familie sehr schlechtgehen.«

»Teile?«

»Ja ...«

Plötzlich wirkte Tariq wie versteinert. Dewar beobachtete, wie der Iraker vor seinen Augen leichenblaß wurde und mit vor Schreck geweiteten Augen an ihm vorbeistarrte. Er drehte sich um und sah ein Gesicht, das sie durch eine Lücke, die in einer Bücherreihe hinter ihnen entstanden war, beobachtete. Es war der Mann aus dem arabischen Studentenverband – sein schwarzer Bart wischte über das Regal, und hinter der Brille blickten seine Augen Tariq unverwandt an. Ein kleiner, etwas akademischer aussehender Araber tauchte am Ende der Bücherregale auf.

Tariq sah aus, als fiele er jeden Moment in Ohnmacht. »Ich muß gehen«, stotterte er.

»Sie müssen mit denen nirgendwo hingehen«, flüsterte Dewar eindringlich. »In diesem Land können sie Ihnen nichts anhaben. Falls Sie Angst haben, kann ich Ihnen helfen. Wir bringen das in Ordnung. Bleiben Sie hier bei mir. Sagen Sie mir, was die von Ali wollten.«

»Sie verstehen nicht ... meine Familie ...«

Unterwürfig und ohne sich umzublicken, machte Tariq ein paar Schritte auf die beiden Araber zu. Dewar fühlte sich hilflos, doch er hatte das Gefühl, eine Szene würde für Tariq alles nur noch schlimmer machen. Er fing den Blick des bärtigen Arabers ein und hoffte, ihm so suggerieren zu können, daß er einen wirklich schwarzen Tag erleben würde, sollte Tariq etwas zustoßen, doch der Mann blieb völlig unbeeindruckt. Nach einem kurzen und leisen Wortwechsel auf Arabisch wurde Tariq eilig die Treppen hochgeführt. Dewar schlug frustriert mit der Handfläche gegen das eine Ende des Bücherregals, worauf ihn das Mädchen an der Kasse scharf anguckte. »Sollten wir das, wonach Sie suchen, nicht vorrätig haben, können wir es jederzeit für Sie bestellen«, sagte sie hilfsbereit.

Dewar blickte sie an, realisierte, was er getan hatte, und

entschuldigte sich. Er ging die Treppe hinauf und verließ die Buchhandlung. Er begann zu Fuß zurück zum Hotel zu laufen, denn er wußte, daß er etwas Zeit brauchen würde, bis er sich wieder beruhigt und seine Gedanken geordnet hatte. Er lief die Chambers Street hoch und folgte der George IV. Bridge bis zur Royal Mile, die von der Burg zum königlichen Holyrood-Palast führte. Er überquerte die Straße und hielt auf dem Mound an, dem großen Hügel, der zwischen der Altstadt und der sogenannten georgianischen Neustadt lag. Die Lichter der Princess Street reihten sich unter ihm wie Perlen aneinander. Zu seiner Linken saß die in Flutlicht getauchte Burg hoch auf ihrem alten Felsen. Eine so schöne Stadt konnte doch nicht der Tatort eines so höllischen Planes sein.

Dewar war klar, daß Tariq ein arabisches Wort mit »Teile« übersetzte, obwohl »Fragmente« zutreffender gewesen wäre, aber Tariq war kein Biologe. Er hatte keine Ahnung, worüber sie gesprochen hatten. Die »Teile« mußten die DNS-Fragmente des Pockenvirus sein. Eine andere plausible Erklärung gab es nicht. Die Frage war nun, zu wie vielen Fragmenten die Männer der irakischen Regierung Zugang hatten und was damit passiert war.

Als Ali protestierte, daß das, was von ihm verlangt wurde, zu gefährlich sei, hatte er da allgemein von einem ganzen Plan gesprochen oder präzise von dem, was er dabei erledigen sollte? War man an Ali herangetreten als an einen unter vielen in einer Kette von Handlangern, denen alle eine Aufgabe beim Zusammensetzen des Virus zukam? Oder war er das letzte Glied in der Kette gewesen, der Wissenschaftler, der schließlich alle Fragmente zusammenfügen sollte? Wie auch immer die Dinge lagen, es hatte jedenfalls gereicht, um ihn in den Selbstmord zu treiben. Waren die Iraker wirklich schon so weit? Stand die Rückkehr des Pockenvirus so kurz bevor?

Eine weitere beunruhigende Frage schlich sich in Dewars Gedanken. Hatte Ali Selbstmord begangen, weil er es nicht ertragen konnte, etwas so Entsetzliches tun zu müssen oder weil er es bereits getan hatte? Schließlich konnte auch Schuldgefühl die Tat ausgelöst haben. Er versuchte, sich einzureden, daß es jemanden in Malloys Labor aufgefallen wäre, wenn er daran gearbeitet hätte, gesetzt den Fall, er hätte es in dem offenen Labor getan. Aber die Wahrheit sah anders aus. DNS, egal welcher Herkunft, war eine farblose Flüssigkeit, über die sich bei bloßem Hinsehen nichts Genaues sagen ließ. Man mußte ihre Sequenzen analysieren, um zu erkennen, um was es sich handelte. Und selbst dann mußte man den Code in einen Computer eingeben und ihn mit den vielen bekannten DNS-Sequenzen einer internationalen Datenbank vergleichen. Erst danach ließe sich seine wahre Identität ermitteln.

Hätte es Hammadi wirklich riskiert, neben seinen Kollegen in einem offen zugänglichen Labor lebende Pockenviren zu rekonstruieren, wo er doch wußte, welchem Risiko er die anderen dadurch aussetzen würde? Andererseits: Hätte er die sterilen Sicherheitslabors des Institutes benutzt, in denen mit gefährlichen Viren hantiert wird, wäre man auf ihn aufmerksam geworden und hätte ihm Fragen gestellt. Vielleicht hatte ihn das dazu bewogen, solch ein Risiko einzugehen. Kein beruhigender Gedanke. Wie auch immer, es war die schlimmste aller Möglichkeiten. Vielleicht hatte sich Hammadi auch geweigert, irgend etwas in der Art zu tun. Das einzige, was sich mit Sicherheit sagen ließ, war, daß er Selbstmord begangen hatte. Schuld oder der tapfere Versuch, seine Familie vor möglichen Repressalien zu schützen?

Als sich Dewar noch einmal ins Gedächtnis rief, was Tariq gesagt hatte, bevor sie unterbrochen worden waren, erinnerte er sich an den Satz, »Ali habe die Teilchen nicht nehmen wollen«. Tariq hatte jedoch nicht gesagt, daß Ali sich *gewei-*

gert hatte, sie anzunehmen. Falls er sie angenommen hatte, dann hatte er sie mit Sicherheit im Institut gelagert. Mit etwas Glück befanden sie sich immer noch dort – vermutlich unschuldig aussehende kleine Plastikbehälter auf irgendeinem Gestell in irgendeinem Kühlschrank.

Es mußte eine gründliche Untersuchung von Ali Hammadis Lagerschränken in Malloys Labor vorgenommen werden und außerdem eine detaillierte Analyse der einzelnen Substanzen.

Dewars erster Gedanke war es, die höchste Alarmstufe auszulösen, aber dann dachte er noch einmal darüber nach und entschied anders. Bis jetzt ließ sich weder die Existenz illegaler Virusfragemente nachweisen, noch war klar, wie weit die Iraker mit der Zusammensetzung der Pockenviren überhaupt schon gekommen waren. Vielleicht bewies die Tatsache, daß sich die irakischen ›Berater‹ immer noch in der Stadt aufhielten, daß sie bislang noch nicht hatten, was sie wollten, ansonsten wären sie doch längst in ihre Heimat zurückgekehrt. Genau das war der Punkt: Warum waren sie immer noch hier? Sicherlich hofften sie nicht darauf, jemand anderes für die Aufgabe zu rekrutieren.

Dewar beschloß zunächst mehr über diese »Berater« herauszufinden. Er wollte Grant danach fragen. Im Augenblick ließe er den Alarmknopf noch unangetastet. Er wollte kein Aufsehen erregen und abwarten, womit Grant und natürlich auch Malloy aufwarten konnten. Als er zurückkam, rief er Karen in ihrer Wohnung an, um sich zu entschuldigen, daß er ihre Mutter nicht besucht hatte, weil etwas dazwischengekommen war.

»Ich glaube dir, auch wenn's mir schwerfällt«, sagte Karen.

»Du mußt mir glauben«, erwiderte Dewar. »Ich hätte viel lieber den Abend mit deiner Mutter verbracht, als das zu erleben, was gerade passiert ist.«

»Dann bewahrheiten sich deine Befürchtungen?«

»Es sieht nicht gut aus«, meinte Dewar.

»Also wirst du morgen abend nicht zurückkommen?«

»Ich bezweifle es.«

8. Kapitel

Grant sah Dewar lange und intensiv an, bevor er fragte: »Sind Sie sich absolut sicher, daß es notwendig ist, sich mit diesen Kerlen einzulassen?«

»Ja, da bin ich mir sicher. Wo liegt das Problem?«

»Ich weiß, daß wir zur Zeit keine vollen diplomatischen Beziehungen zum Irak unterhalten, aber mit Ausländern, egal welchen diplomatischen Status sie besitzen, ist es immer schwierig, und diese beiden müssen irgendeinen Deal gemacht haben. Ich erlebe das nicht zum erstenmal. Diese Bastarde können einfach tun und lassen, was sie wollen, und kommen damit durch. Vielleicht bekommen wir irgendwann mal eine Regierung, die zumindest kapiert, daß nicht alle Länder ihre diplomatischen Vertretungen mit unterbelichteten Nieten aus öffentlichen Schulen füllen. Wir sind da eher die Ausnahme als die Regel. Es gibt da draußen eine Menge richtiger Mistkerle, die sich hinter ihren Diplomatenschildern verstecken.«

»Da stimme ich Ihnen zu. Es ist schwierig, und ich bin mir über deren Status auch nicht im klaren, aber ich muß so viel wie möglich über sie in Erfahrung bringen. Ihre Namen sind Siddiqui und Abbas. Die beiden haben auf Ali Hammadi Druck ausgeübt, etwas für sie zu tun. Ich kann mir denken, was es war, aber ich muß herausfinden, ob er es getan hat oder nicht.«

»Und Sie können mir nicht sagen, um was es geht, richtig?«

»Noch nicht.«

Grant nickte und zog langsam Luft durch die Zähne ein. »Und wenn ich nein sage?«

»Dann muß ich mich über Ihren Kopf hinwegsetzen.«

»Wundert mich, warum Sie das nicht gleich getan haben«, meinte Grant.

Dewar beugte sich zu ihm vor und sagte: »Ich dachte, wir könnten zusammenarbeiten. Ich möchte in dieser sehr delikaten Angelegenheit zunächst keinen Staub aufwirbeln. Wenn ich einen Fehler mache und Gefahr schreie, wo gar keine ist, könnte es unangenehme, internationale Mißtöne zur Folge haben. Es könnte sein, daß ich am Ende als Tellerwäscher auf der Straße stehe.«

»Aber Sie wollen mir nicht sagen, worum sich das Ganze dreht?«

»Offiziell bin ich hier, um zu überprüfen, ob ein paar Routinevorschriften eingehalten werden. Ali Hammadis Tod hat das Ganze etwas verkompliziert und läßt mich vermuten, daß sie nicht eingehalten wurden. In welchem Ausmaß diese Vorschriften übertreten worden sind, muß ich noch herausfinden. Offiziell sollten Sie mir dabei helfen.«

»Vorschriften«, wiederholte Grant. »Über was für Risiken sprechen wir bei diesen ›Vorschriften‹?«

»Auf der einen Seite ist es vielleicht nichts, worüber man sich Sorgen machen müßte. Auf der anderen Seite könnten wir es hier mit etwas zu tun haben, das die ganze verdammte Welt betrifft, einen neuen Krieg auslösen und Millionen von Menschen vernichten kann.« Grant stieß einen leisen Pfiff aus. »Sind Sie dabei?«

»Bin ich. Kann mir nicht vorstellen, wie ich anders Polizeidirektor werden sollte, so wie ich die Leute hier üblicherweise behandel.«

»Gut. Versuchen Sie so viel wie möglich, über Siddiqui und Abbas in Erfahrung zu bringen. Ich lasse Ihnen die Nummern hier, unter denen Sie mich erreichen können. Melden Sie sich, sobald Sie etwas haben. Ich fahre jetzt wieder ins Institut für Molekularbiologie.«

Dewar machte sich diesmal nicht die Mühe, die offiziellen Wege zu benutzen. Er betrat das Gebäude einfach hinter einer Gruppe von Studenten und ging so autoritär dreinblickend an dem Mann am Empfangspult vorbei, daß diesem sofort der Wind aus den Segeln genommen wurde. Großer Gott, dachte er, als der Aufzug nach oben fuhr. Da war ja der Kohlenkeller meiner Großmutter sicherer als dieses Gebäude.

Er klopfte an die Tür zu Malloys Labor und trat ein.

»Hallo«, sagte Sandra Macandrew. Sie war allein. »Ich hatte nicht erwartet, Sie wiederzusehen. Haben Sie etwas vergessen?«

»Ist Steve in der Nähe?« fragte Dewar und ignorierte damit absichtlich ihre Frage.

»Er arbeitet heute morgen zu Hause. Er hat seine Disketten mitgenommen. Er muß für Professor Hutton einigen Schreibkram erledigen, außerdem wird heute sein Gaszähler abgelesen. Möchten Sie, daß ich ihn anrufe?«

Dewar zögerte einen Moment, bevor er sagte: »Vielleicht schaue ich lieber bei ihm zu Hause vorbei. Könnten Sie mir seine Adresse geben?«

Sandra zögerte einen Moment, und Dewar erkannte, in welchem Dilemma sie sich befand. Er sagte: »Wenn es Ihnen lieber ist, frage ich offiziell bei Professor Hutton nach. Ich dachte nur –«

Sandra lächelte und sagte nachdrücklich: »Nein, nicht nötig. Ich mache mich lächerlich. Wir kennen Sie, und außerdem sind Sie ja so eine Art Polizist. Steve wohnt in einer umgebauten Kirche in Temple, einem Dorf südlich von Edinburgh. Haben Sie ein Auto?«

Dewar schüttelte den Kopf. »Ich wollte mir ein Taxi nehmen. Ist es sehr weit?«

»Ungefähr acht Meilen, also so weit nun auch wieder nicht.«

»Das ist schon o.k. Könnten Sie mir das aufschreiben?«

Sandra schrieb Malloys Adresse auf und fragte: »Möchten Sie, daß ich Ihnen von hier aus ein Taxi rufe?«

»Ja, danke.«

Sandra nahm den Hörer zur Hand, rief die Verwaltung an und bat um ein Taxi für einen Besucher des Labors, der gerade gehen wolle. »In sieben Minuten wird es hier sein«, sagte sie zu Dewar. »Wir benutzen immer das gleiche Taxiunternehmen.«

»Vielen Dank«, sagte Dewar.

»Ist es Ihnen gelungen, mehr über Alis Tod herauszufinden?«

»Bruchstücke«, erwiderte Dewar. »Nichts, was wirklich weiterhilft. Ich schätze, Ihnen ist auch nichts Hilfreiches mehr eingefallen?«

»Was hat das Pockenvirus damit zu tun?« fragte Sandra, seine Frage ignorierend und Blickkontakt herstellend.

»Pocken?« wiederholte Dewar, der so überrascht war, daß er Zeit schinden wollte.

»Nach Ihrem letzten Besuch hat Steve angefangen, uns alle möglichen Fragen über die Pockenvirusfragmente zu stellen, die wir benutzen. Deshalb dachte ich, daß es einen Zusammenhang zwischen Ihnen, Alis Tod und den Pockenvirusfragmenten geben muß.«

»Jetzt verstehe ich, warum Sie ein Stipendium erhalten haben«, sagte Dewar. »Was genau hat Steve erzählt?«

»Er hat George mit Nachdruck klargemacht, wie wichtig

es für den Fall einer nicht angekündigten Inspektion ist, daß unser Vorrat an Fragmenten genau aufgelistet wird. Uns wurde gesagt, daß wir uns an die Vorschriften zu halten hätten und das Labor besser aufräumen sollten. Er hat sich über Pierre aufgeregt, der Alis Zeug weggeräumt hat, um mehr Platz im Kühlschrank zu haben.«

Dewar unterbrach sie mit einer Handbewegung. Er fragte: »Wollen Sie sagen, daß Alis Zeug gar nicht überprüft worden ist, bevor die Aufstellung gemacht wurde?«

Sandra sah unsicher aus. »Nein, das will ich damit überhaupt nicht sagen. George hat es auf Pockenfragmente hin überprüft. Steve hatte ihn darum gebeten«, verteidigte sie sich. »Aber natürlich gab es verschiedene Reagenzgläser und Flaschen mit Etiketten, die er nicht entziffern konnte, und Ali kann man ja schließlich nicht mehr fragen. Steve hat Pierre gebeten, sich das Zeug anzugucken, um festzustellen, ob er irgend etwas entziffern kann, bevor wir es wegschmeißen.«

»Scheiße«, sagte Dewar.

»Was macht das für einen Unterschied? Ali hatte nichts, wozu der Rest von uns nicht auch Zugang gehabt hätte.«

»Wie wollen Sie das wissen?« fragte Dewar matt.

»Sie wollen doch wohl nicht behaupten, daß Ali an irgendeinem geheimen Projekt gearbeitet hat?« Dewar erwiderte nichts. »O mein Gott«, rief Sandra aus. »Das also glauben Sie, nicht wahr? In Wirklichkeit geht es Ihnen gar nicht um Alis Selbstmord. Deswegen sind Sie gar nicht hier. Es hat irgend etwas mit dieser Pockensache zu tun, irgend etwas, das das Verbot über die Weitergabe von Fragmenten verursacht hat.«

Dewar beschloß, daß es wenig Sinn machte, das abzustreiten. Er fühlte sich wie ein Regierungssprecher, der zugeben muß, daß es eine neue Variante der Creutzfeldt-Jakob-Krankheit gibt – es war in Ordnung, die Worte zu schlucken, solange sie kein Rindfleisch enthielten. Auf der anderen Seite wollte er keine Diskussion anfangen. Statt dessen fragte er lediglich: »Hat Pierre Le Grice getan, worum Steve ihn gebeten hat?«

»Ich hatte noch keine Gelegenheit, nachzuschauen.«

»Könnten Sie das jetzt machen?«

Sandra schaute ihn überrascht an, doch sie durchquerte das Labor und öffnete die untere Tür eines großen Tiefkühlschrankes. »Ja«, sagte sie und ging in die Hocke, um den Inhalt genau zu prüfen. »Er ist ausgeräumt worden.«

Dewar sah besorgt aus.

Das Telefon klingelte und unterbrach die eingetretene Stille. »Ihr Taxi«, sagte Sandra.

»Hier sind wir«, sagte der Taxifahrer über die Schulter, als sie in dem kleinen Dorf Temple in Midlothian ankamen. Dewar sah, daß es sehr gepflegt war, hübsch, ohne kitschig zu wirken.

»Wo genau wollen Sie hin?«

»Zu einer umgebauten Kirche.«

»Kenne ich. Wird heutzutage häufig gemacht«, sagte der Fahrer. »Teppichlager, Büros, Fitnessclubs. Zeichen der Zeit.« Er hielt am Rande der Ortschaft neben einer Kirche. »Da wären wir.«

Dewar bezahlte ihn und schaute sich das Gebäude an. Von außen konnte man kaum erkennen, daß es sich nicht mehr um eine Pfarrkirche handelte. Der einzige Hinweis bestand darin, daß man die Vordertür verändert und einen Briefkasten angebracht hatte. Er öffnete das Eisentor und ging den Pfad zwischen den knorrigen Eiben entlang. Er bemerkte Haufen von Herbstlaub an der Mauer, die dem vorherrschenden Westwind ausgesetzt war. Er klopfte an der roten Tür und fragte sich, ob das wohl laut genug gewesen sei. Das Holz schien so dick zu sein, als würde es den Klang verschlucken, aber er konnte keine Klingel finden. Innen hörte er Musik. Die Tür öffnete sich, und vor ihm stand Steve Malloy. Im Hintergrund spielte Miles Davies.

»Sie?« rief Malloy aus. »Ich habe den Gasmann erwartet.«

»Vielleicht kommt der auch noch«, sagte Dewar.

»Kommen Sie rein. Das ist eine Überraschung.«

Dewar sah, daß das Innere der Kirche erheblich verändert worden war, um daraus eine attraktive, moderne, offene Wohnung zu machen. »Haben Sie das alles selbst gemacht?« fragte er.

»Das meiste. Nicht, weil ich so wild auf Heimwerkerei bin, sondern weil ich mir damals, als ich das Gebäude gekauft habe, niemanden leisten konnte, der es gemacht hätte.«

»Sieht ganz so aus, als wußten Sie, was Sie taten«, meinte Dewar.

»Sagen wir lieber, ich hab' dabei eine Menge gelernt. Kaffee?«

»Wenn es nicht zuviel Umstände macht, gerne.«

Malloy ging rüber in die offene Küche, während sich Dewar weiter umschaute. Alle wichtigen Bauelemente der einstigen Kirche waren beibehalten worden, von der Galerie bis zur steinernen Kanzel. Letztere beherbergte inzwischen jede Menge Lichtstrahler, die auf charakteristische Gegenstände gerichtet waren. Die Bänke waren entfernt und die Grundfläche so geschickt aufgeteilt worden, daß auch ohne Trennwände verschiedene Räume entstanden waren. Malloy hatte sich offensichtlich in der Arbeitszimmerecke aufgehalten, wo sich auf dem Computer gerade ein Bildschirmschoner eingeschaltet hatte, ein Fisch, der zum leise blubbernden Geräusch der Luftblasen, das aus den Lautsprechern klang, langsam über den Bildschirm glitt.

»Die Heizung muß ein Vermögen kosten«, sagte Dewar und hob dabei seine Stimme an, um gehört zu werden.

»Ja, wenn ich alles heizen würde«, erwiderte Malloy. »Aber ich habe mich daran gewöhnt, nur einzelne Zonen zu beheizen, ein bißchen so wie früher, als die Häuser mit Kohleöfen beheizt wurden. In einem Radius von drei Metern um das Feuer herum war es warm. Außerhalb dieses Halbkreises fror man. Ich mache die Heizung dort an, wo ich sie brauche und lebe innerhalb dieser Zonen.«

Malloy kam mit zwei vollen Kaffeebechern zurück und reichte einen davon Dewar. Sie setzten sich hin. »Was gibt es für ein Problem?« fragte Malloy.

»Es geht um Ali«, erwiderte Dewar. »Ich habe herausgefunden, daß die irakische Regierung Druck auf ihn ausgeübt hat, damit er etwas für sie tut.«

»Was?«

»Etwas, das mit Pockenviren zu tun hat.«

»Großer Gott«, meinte Malloy. »Ist das Ihr Ernst?«

»Einer von Alis Freunden hat ein Gespräch mitgehört, in dem es um ›Teilchen‹ ging, die er erhalten hat. Ich bin mir ziemlich sicher, daß sie über DNS-Fragmente gesprochen haben.«

Malloy schüttelte den Kopf, als wolle er nicht glauben, was er gerade hörte. »Aber wenn Ali irgend etwas in dieser Richtung gemacht hätte, hätten wir davon gewußt.«

»Wirklich?« fragte Dewar.

»Natürlich. Wenn man versuchen wollte, lebende Pockenviren zu konstruieren, müßte man permanent ein Sicherheitslabor mit Luftschleuse benutzen.«

»Oder auch nicht«, meinte Dewar.

Malloy sah ihn an. »Sie glauben doch nicht ernsthaft, daß er das in einem offenen Labor versucht hat?«

»Im Moment glaube ich überhaupt nichts. Ich weiß einfach noch nicht genug darüber, aber wir müssen es als eine Möglichkeit in Betracht ziehen.«

»Aber wir leben alle noch«, bot Malloy als Gegenargument an.

»Ich stimme Ihnen zu, daß es den Anschein hat, als sei es ihm nicht gelungen, ein lebendes Virus zu rekonstruieren«, sagte Dewar. »Ich hoffe sogar inständig, daß er es gar nicht versucht hat. Ich denke, daß er sich möglicherweise geweigert hat und schließlich Selbstmord beging, um seine Familie vor den Konsequenzen zu schützen. Doch Tatsache bleibt, daß diese Möglichkeit besteht. Was ich für viel wahrscheinlicher halte, ist, daß er die DNS-Fragmente erhalten hat, und ich würde gerne wissen, was mit ihnen geschehen ist.«

»Ich habe Pierre Le Grice gebeten, Alis Sachen zu überprüfen«, sagte Malloy.

»Ich weiß. Ich war im Labor und habe mit Sandra gesprochen.«

»Pierre hat nicht erzählt, daß er etwas Ungewöhnliches entdeckt habe.«

»Was wird er mit dem Zeug gemacht haben?«

»Kommt drauf an, was es war. Die Lösungen und Reagenzien, die eindeutig beschriftet waren und die wir noch verwenden können, hat er sicherlich aufgehoben. Alles, was nicht beschriftet oder offensichtlich verbraucht war, wird er in den biologischen Müll geschmissen haben, wo es sterilisiert und vernichtet wird.«

»Angenommen, die Fragmente befanden sich darunter?«

»Dann waren sie nicht beschriftet, sonst hätte Pierre etwas gesagt. Falls sie nicht beschriftet waren, konnte er nicht wissen, um was es sich handelt, und hat sie wahrscheinlich vernichtet.«

Dewar sah nachdenklich aus. Immer noch spielte Miles Davis im Hintergrund. »Sind die in Ihrem Labor verwandten Reagenzgläser und Behälter standardisiert bzw. werden die gleichen Behälter im ganzen Institut benutzt?« fragte er.

»Ich glaube, daß es da einige Unterschiede gibt. Kommt auf die Zulieferer an. Warum?«

»Die Fragmente, die Ali erhalten hat, müssen von außerhalb des Institutes gekommen sein. Ich habe gerade überlegt, ob Le Grice nicht vielleicht institutsfremde Behälter aufgefallen sind, selbst wenn sie nicht beschriftet waren.«

Jetzt sah Malloy nachdenklich aus. Schließlich sagte er: »Am besten, wir fragen ihn selbst.«

Als sie sich gerade in Richtung Institut aufmachen wollten, um ihn zu fragen, klopfte es an der Tür. Malloy öffnete und ließ den Gasmann hinein.

»Ein bißchen gespenstisch, in einer Kirche zu wohnen«, sagte der Mann, während er den Zählerstand ablas. »Denken Sie doch mal an die ganzen Beerdigungen und so.«

»Ich konzentriere mich lieber auf die Taufen«, sagte Malloy.

Der Gasmann ging wieder, und sie fuhren in Malloys Ford Escort zum Institut. Es herrschte wenig Verkehr, daher dauerte die Fahrt keine zwanzig Minuten.

Sandra Macandrew hob die Augenbrauen, als sie Dewar schon wieder im Labor auftauchen sah, aber sie sagte nichts. Malloy bat Le Grice in sein Labor und schloß die Tür hinter sich, ohne den anderen eine Erklärung dafür zu geben.

»Pierre, als du Alis Zeug aussortiert hast, ist dir da irgend etwas Ungewöhnliches aufgefallen?«

Le Grice schaute ihn erstaunt an. »Was meinst du mit ›ungewöhnlich‹?« fragte er.

»Hast du irgend etwas gefunden, das nicht hätte da sein dürfen. Etwas, das gegen die Vorschriften verstößt?«

»Nein.«

»Irgend etwas, das aussah, als käme es vielleicht aus einem anderen Labor – du weißt schon, andere Behälter, als wir sie benutzen, oder so etwas.«

»Nein, nichts dergleichen. Es gab eine Menge Röhrchen mit Etiketten, die mir nichts sagten, Sachen, die nur Ali verstanden hat, aber nichts Ungewöhnliches.«

»Was hast du mit den Behältern gemacht, die kein Etikett hatten?«

»Ich hab' sie in den Biomüll getan. Es gab keinen Grund, sie aufzubewahren. Ich bin sicher, daß auch sonst niemand in der Lage gewesen wäre, sie zu entziffern.«

Malloy hob seine Hand und beruhigte ihn. »Niemand behauptet etwas anderes, Pierre. Du hast genau das getan, worum ich dich gebeten hatte. Es gibt keinerlei Probleme damit.«

»Kann ich dann jetzt gehen? Ich habe sehr viel zu tun.«

»Klar.«

»Scheint hart zu arbeiten«, meinte Dewar, nachdem Le Grice die Tür geschlossen hatte.

»Er ist sehr ehrgeizig«, erwiderte Malloy. »Und sehr schlau. Nun, das wär's wohl. Hätte Ali illegale Fragmente des Virus besessen, oder wäre es ihm tatsächlich gelungen, das lebende Pockenvirus zu rekonstruieren, was ich einfach nicht glauben kann, dann ist der ganze Kram auf direktem Weg in den Sterilisator geflossen, und ich kann nicht behaupten, daß mir das leid täte.«

»Klingt beruhigend«, stimmte Dewar zu.

»Aus einem rein selbstsüchtigen Grund bin ich froh, daß Sie hierhergekommen sind«, sagte Malloy.

»Und der wäre?«

»Sie haben mir einen Grund für Alis Selbstmord geliefert. Seit das passiert ist, habe ich mir den Vorwurf gemacht, die Symptome einer manifesten Depression nicht erkannt zu haben. Jetzt klingt es so, als ob er gar nicht krank, sondern lediglich in einen Alptraum hineingeraten war. Ich nehme mal an, daß diese Mistkerle, die ihn unter Druck gesetzt haben, davonkommen werden?«

»Wenn es sich um Verbrechen handelt, die von einer Regierung gesponsort werden, kann man für gewöhnlich davon ausgehen. Alles ist drin, von Völkermord bis zu Flugzeugexplosionen.«

Auf dem Weg nach draußen blieb Dewar kurz an Sandras Arbeitsplatz stehen. »Ich glaube, dieses Mal bin ich fertig«, sagte er.

»Wirklich keine Probleme mehr?« fragte sie, wobei ihre Augen noch mehr Fragen stellten als ihre Worte.

»Es hätte welche geben können«, erwiderte er.

»Werden Ihre Ermittlungen hier dazu beitragen, daß das Verbot der Versendung von Pockenfragmenten aufgehoben wird?«

»Das wird sich schon irgendwann wieder einrenken, aber es könnte noch etwas dauern. Alles, was der Zustimmung mehrerer Länder bedarf, braucht Zeit. Machen Sie sich um Ihre Doktorarbeit Sorgen?«

»Nicht nur das. Ich glaube, daß dieses Labor eine echte Chance hatte, einen Impfstoff gegen Aids zu entwickeln. Ohne Zugang zu neuen Fragmenten bin ich mir da nicht mehr so sicher. Es wäre schön gewesen, mit so was in Verbindung gebracht zu werden, einem Beitrag in *Nature*, und so weiter.«

»Wenn Sie aufgehalten werden, geht es den anderen ebenso«, beruhigte sie Dewar. »Ich bin mir sicher, daß andere Labore genauso frustriert sind.«

»Ich schätze, da haben Sie recht«, stimmte Sandra ihm zu. »Wir müssen einfach das Beste daraus machen und auf einen glücklichen Durchbruch in einer anderen Richtung hoffen.«

»Nun, ich wünsche Ihnen jedenfalls viel Glück«, sagte Dewar.

»Danke«, erwiderte Sandra. »Brauchen Sie ein Taxi?«

»Ich werde erst mal ein Stück zu Fuß gehen. Ich brauche etwas Bewegung.«

Dewar begann Richtung Stadtmitte zu laufen. Der Himmel war wolkenlos, und die Herbstsonne schien auf die rot und golden belaubten Bäume herab. Die Luft war kühl – ideale Voraussetzungen für einen Spaziergang. Er holte sein Handy aus dem Aktenkoffer und schaltete es wieder ein. Eine weitergeleitete Nachricht wartete auf ihn. Es war Grant vom Polizeipräsidium, der ihn bat, zurückzurufen, falls er Zeit hätte. Dewar rief ihn an.

»Hab' was für Sie. Am besten, Sie kommen vorbei«, sagte Grant.

Dewar winkte das erste Taxi herbei, das er sah. Die Fahrt dauerte fünfunddreißig Minuten, vor allem deswegen, weil sie einmal quer durch die Innenstadt fahren mußten, da die Polizeidirektion im Norden der Stadt lag. An jeder roten Ampel wurde Dewars Ungeduld größer, und als sie schließlich ankamen, hatte er das Gefühl, gerade aus einem Gefängnis entlassen zu werden.

»Sie sind schwer zu erreichen«, sagte Grant.

»Ich hab' vorhin das Handy ausgeschaltet. Ich wollte nicht, daß es in einem unpassenden Moment klingelt«, erklärte Dewar.

»Ich habe bei allen Kontaktnummern, die Sie mir gegeben haben, eine Nachricht hinterlassen«, sagte Grant.

»Danke. Besser hätten Sie es nicht machen können. Was haben Sie herausgefunden?«

»Erkennen Sie irgendeinen dieser Typen?« Grant schob fünf Computeraufnahmen über den Schreibtisch.

»Diese beiden«, erwiderte Dewar. »Das sind die Iraker, die ich in der Buchhandlung gesehen habe. Siddiqui und Abbas. Gut gemacht. Ich bin beeindruckt.«

»Sind Computer nicht tolle Dinger?« fragte Grant.

»Gesetzt den Fall, sie funktionieren. Haben Sie irgend etwas über sie herausgefunden?«

Grant lehnte sich über den Schreibtisch und tippte mit der stumpfen Seite seines Bleistifts auf das Gesicht des bärtigen Mannes. »Abbas war einfach. Offiziell ein Ausbilder im Offiziersrang, allerdings vom Geheimdienst als ›Triple A‹ verdächtigt.« Dewar hob den Blick. »Die irakische Geheimpolizei.«

»Genau.«

»Der andere Kerl war allerdings wesentlich schwieriger, weil London offensichtlich nichts von einem Mann namens Siddiqui wußte, der sich im Land aufhält. Sie haben ihr irakisches Fotoalbum mit dem des FBI überprüft und schließlich drei Typen mit diesem Namen gefunden. Der, den Sie sich ausgesucht haben, ist ...« Grant prüfte die Ziffer auf der Rückseite des Fotos und las aus seinen Notizen vor. »Doktor Ismail Siddiqui von der Universität Bagdad. Er ist als wissenschaftlicher Berater der irakischen Regierung bekannt. Außerdem nimmt man in Militärkreisen an, daß er in das biologische Waffenprogramm Husseins verstrickt ist, obwohl es dafür keinerlei Beweise gibt. Hilft Ihnen das?«

Dewar spürte, wie seine Glieder schwer wurden. Er konnte nicht behaupten, daß dies ein absoluter Schock, geschweige denn überhaupt ein Schock für ihn war, aber es war einfach niederschmetternd, daß sich seine schlimmsten Befürchtungen bewahrheiteten.

»Und wie, leider«, erwiderte er. »Sie sagten, Siddiquis Anwesenheit in Großbritannien überrascht London?«

»Offensichtlich.«

»Wieso?«

»Das können die erst klären, wenn ich ihnen sage, wen Sie identifiziert haben.«

»Wissen Sie, was mir wirklich Sorge macht?«

»Was?« fragte Grant.

»Die Tatsache, daß er immer noch in Edinburgh ist. Wie lange ist es her, daß Hammadi gestorben ist?«

»Fast sechs Wochen«, meinte Grant nach einem Blick auf seinen Kalender.

»Also, Doktor Siddiqui«, sagte Dewar, nahm das Foto in die Hand und hielt es vor sich hin, »worauf warten Sie nur?«

9. Kapitel

»Noch irgend etwas, das wir für Sie tun können?« fragte Grant.

»Eine Menge, aber Sie werden mir sagen, daß Sie dafür keine Leute zur Verfügung haben«, erwiderte Dewar.

»Versuchen Sie es.«

»Ich möchte wissen, warum Siddiqui immer noch in Edinburgh ist. Ich möchte wissen, was er hier macht, was er unternimmt, wohin er geht, wenn er ausgeht – falls er ausgeht, wen er trifft, und so weiter.«

»Ich glaube nicht, daß Sie mich oder meine Leute dafür brauchen«, meinte Grant. »Von dem Moment an, in dem ich London mitteile, wen Sie identifiziert haben, werden die schneller hier sein als ein Jugendlicher bei seinem ersten Rendezvous. Ich wette, vor lauter Beschattern werden Sie an Siddiqui überhaupt nicht mehr herankommen. Irgend jemand in der Einwanderungsbehörde hat geschlafen, und jetzt wollen die anderen Pluspunkte sammeln, indem sie die Situation retten.«

»Er könnte ins Land geschmuggelt worden sein«, schlug Dewar vor.

»Möglich, aber er versteckt sich ja nicht gerade«, hob Grant hervor. »Meiner Meinung nach besitzt der Mann gültige Papiere.«

»Wer wird den Job machen? Der Geheimdienst?«

»Geheimdienst, MI5, Sie sagen es. Die werden ganz aus dem Häuschen sein. Heutzutage haben die nicht mehr allzuviel zu tun.«

»Sie haben recht. Daran hätte ich denken sollen«, sagte Dewar und überlegte, welche Auswirkungen die Einmischung anderer Abteilungen haben könnte, und ob er es riskieren sollte, Grant zu bitten, seinen Bericht hinauszuzögern. Sein erster Gedanke war, daß offensichtliche Anzeichen einer Überwachung Siddiqui verschrecken könnten, aber er änderte schnell seine Meinung.

Falls Grant recht hatte und Siddiqui das Land legal betreten hatte, dann mußte er darauf vorbereitet gewesen sein. Selbst wenn er keine Beschatter bemerkt haben sollte – was an einem puren Mißverständnis lag –, mußte er trotzdem davon ausgehen, daß er beobachtet werden würde, und sich dementsprechend verhalten.

»Noch was anderes im Sinn?« fragte Grant.

»Einer der irakischen Studenten aus dem Zentrum in der Forest Road, ein Freund von Ali Hammadi, gab mir Informationen über Ali. Siddiqui und Abbas haben mich mit ihm zusammen gesehen; der junge Bursche schien Todesangst zu haben. Ich konnte ihn nicht dazu überreden, Personenschutz anzunehmen. Sie haben ihn weggeführt. Ich mache mir Sorgen um ihn.«

»Name?«

»Tariq Saadi. Er ist Doktorand der Mathematik an der Universität von Edinburgh.«

Grant schrieb sich die Einzelheiten auf. »Ich will nichts versprechen, aber ich schaue, was ich herausfinden kann. Gehe ich recht in der Annahme, daß Sie weiterhin in der Stadt bleiben?«

»Vorläufig ja«, stimmte Dewar zu, obwohl er, wenn er ehrlich sein sollte, nicht genau wußte, warum. Man hatte ihm versichert, daß alles, woran Ali Hammadi gearbeitet hatte, entweder sterilisiert oder zerstört worden war, damit konnte kein Pockenvirus mehr aus Edinburgh entweichen. Aber er hatte trotzdem ein unangenehmes Gefühl, was offensichtlich mit der Tatsache zusammenhing, daß sich Siddiqui sechs Wochen nach Hammadis Tod immer noch in der Stadt aufhielt.

Als er die Stufen des Polizeipräsidiums hinunterschritt, beschloß er, den Rest dieses herrlichen Herbstnachmittags mit einem Spaziergang durch den nahe gelegenen Königlichen Botanischen Garten zu verbringen. Am späten Nachmittag besaß die Sonne die gleiche sattgoldene Farbe wie in den nordischen Mitsommernächten gegen zehn Uhr abends. Sie verbreitete eine angenehme, gelöste Stimmung und wärmte sogar noch. Er zog seine Jacke aus und hing sie sich beim Gehen über die Schulter.

Während er unter wundervollen Bäumen entlangschlenderte, versuchte er über mögliche Gründe für Siddiquis Verweilen in der Stadt nachzudenken. Könnten er oder die anderen einen Plan aushecken, um die Fragmente zurückzubekommen, die er Hammadi gegeben hatte? Das schien eher zweifelhaft zu sein. Es war zwar kein Problem, in das Institut zu gelangen – diese Erfahrung hatte er bereits selbst machen können –, aber Außenseiter würden gar nicht wissen, wo sie mit der Suche beginnen sollten, selbst wenn sie im Gebäude wären. Sie würden schnell auffallen und möglicherweise einen größeren Unfall verursachen. Dewar beruhigte sich mit dem Gedanken, daß es, selbst wenn sie verrückt genug wären, einen derartigen Plan in die Tat umzusetzen, nichts mehr gab, was sie sich holen konnten. Le Grice hatte Hammadis gesamten Vorräte zerstört. Aber warum fühlte er sich dabei immer noch so unwohl?

Er konnte die Antwort weder in einem der riesigen viktorianischen Gewächshäuser noch im plätschernden Wasser des Seerosenteiches finden, der zwischen den Trauerweiden glitzerte. Er fand sie auch nicht im Café, in dem er zu den leisen Klängen schottischer Tanzmusik einen Tee trank und ein Stück Schokoladenkuchen aß, nicht einmal in der kleinen Galerie, in der eine Ausstellung moderner Kunst gezeigt wurde – obwohl sie sich in einem der Bilder hätte verstecken können. Er konnte in ihnen einfach keine Antwort erkennen, geschweige denn einen künstlerischen Anspruch.

Den Abend verbrachte er damit, einen Bericht für Sci-Med zu schreiben. Er wies darauf hin, daß die Iraker seiner Meinung nach versuchten, lebende Pockenviren zu rekonstruieren. Ali Hammadi sei darin verwickelt gewesen, in welchem Ausmaß, sei bislang unklar. Ein Freund Hammadis sei Zeuge einer Übergabe an Hammadi geworden, bei der es sich mit an Sicherheit grenzender Wahrscheinlichkeit um illegale DNS-Fragmente des Virus handelte, aber es sei nicht bekannt, ob Hammadi mit diesen Fragmenten vor seinem Selbstmord noch irgend etwas gemacht habe.

Unter den Lösungen und Reagenzien, die er im Labor zurückgelassen habe, sei nichts Unerlaubtes gefunden worden, was zu der Annahme führe, er habe sich geweigert zu kooperieren und Selbstmord begangen, um seine Familie in der Heimat zu schützen. Alles, was Hammadi im Labor gehört habe, sei zerstört worden, doch aus irgendeinem beunruhigenden Grund machten die Iraker immer noch keine Anzeichen, die Stadt zu verlassen. Es sei nun an der WHO und der UNO zu entscheiden, was unternommen werden müsse, um einen weiteren Zugriff dieser Leute auf lebendes Virenmaterial zu unterbinden.

Dewar lobte die Kooperationsbereitschaft und hervorragende Arbeit von Polizeiinspektor Grant bei der Identifizierung der Iraker Abbas und Siddiqui.

Er las seinen Bericht zweimal durch und war nach ein paar kleinen Änderungen zufrieden. Er gab den Befehl SENDEN ein, und nachdem die Übertragung bestätigt worden war, schaltete er seinen Computer aus. Er nahm das Telefon und wählte die Nummer von Karens Dienststelle. Sie war da.

»Hast du immer noch ein ungutes Gefühl?« fragte sie.

»Ehrlich gesagt, ja«, antwortete Dewar. »Und es wird mit jedem Tag schlimmer.«

»Möchtest du darüber reden?«

»Vielleicht besser nicht am Telefon. Wie geht es den Einwohnern von Kensington?«

»Der Alltag kehrt langsam zurück«, sagte Karen. »Die Ergebnisse zeigen, daß wir kurz vor einer Salmonellenepidemie standen, aber da die Ursache beseitigt werden konnte, haben wir das gerade noch abfangen können. Ich freue mich auf einen freien Abend.«

»Wahrscheinlich werde ich irgendwann morgen zurückfliegen. Wir könnten zusammen essen gehen.«

»Mir ist mehr nach ausruhen. Warum kommst du nicht einfach vorbei, wenn du zurück bist? Ich hau' uns was Einfaches in die Pfanne, und du kannst mir deine Probleme erzählen, bevor wir uns einem starken Drink hingeben.«

»Und Sex?«

»Deine honigsüßen Worte könnten mich vielleicht dazu überreden.«

»Klingt gut.«

»Mmm«, meinte Karen. »Manchmal mache ich mir etwas Sorgen über die intellektuelle Seite unserer Beziehung.«

»Im Moment ist mir die horizontale auch recht.«

»Und manchmal frage ich mich, warum mich das stört«, seufzte Karen.

»Weil ich so liebreizend bin?« schlug Dewar vor.

»Muß doch noch etwas anderes geben«, stöhnte Karen.

Dewar hatte kaum aufgelegt, da klingelte das Telefon schon wieder. Es war Grant aus dem Polizeipräsidium. Dewar sah auf die Uhr. »Sind Sie immer noch im Dienst?« rief er aus.

»Ich könnte Ihre Frage bejahen, nur um einen guten Eindruck zu machen«, erwiderte Grant. »Aber wir hatten hier noch eine kleine Abschiedsparty für einen Kumpel, der uns verläßt. Auf dem Weg nach Hause habe ich noch mal kurz in mein Büro geschaut, und da lag eine Nachricht für mich. Ihr Freund Saadi.«

»Was ist mit ihm?« fragte Dewar.

»Er saß im Siebenuhrshuttle nach Heathrow. Er ist auf dem Weg nach Hause.«

»Scheiße«, entfuhr es Dewar. »Das ist mein Fehler. Ich hoffe inständig, daß er *nur* nach Hause geschickt wird und ihm nicht mehr passiert.«

»Man hätte diese Mistkerle niedermachen sollen, solange man während des *Desert Storm* die Möglichkeit dazu hatte. Nukin' Norman klingt genauso gut wie Stormin' Norman. Ist sogar 'ne ... wie nennt man das?«

»Alliteration«, sagte Dewar. »Es ist nur dieses lausige Regime, das nicht verschwinden will. Die Menschen sind eigentlich nicht anders als in anderen Ländern auch.«

»Ich werde Sie beim Wort nehmen«, sagte Grant bitter.

»Danke. Noch irgendwas über Siddiqui gehört?«

»Alle sind peinlich berührt. Er ist als Delegierter einer internationalen Wissenschaftskonferenz in Birmingham nach England eingereist. Es war ein ziemlich cleverer Weg, ins Land zu kommen, nur den akademischen Grad und keinen diplomatischen Status zu nutzen. Es heißt, daß er als Mitglied einer großen Gruppe Wissenschaftler, die sich alle für die Konferenz angemeldet hatten, über Zypern und Schippol per Charterflug nach Birmingham kam. Ich möchte nicht in der Haut des Typen stecken, der an diesem Tag für die Paßkontrolle zuständig war. Wahrscheinlich muß der jetzt Toiletten schrubben. Offensichtlich kam Siddiqui nach Ende der Konferenz unter dem Vorwand nach Edinburgh, die irakischen Studenten zu besuchen und zu schauen, wie sie vorankommen. Alles recht legal und unauffällig.«

Während der Nacht veränderte sich das Wetter. Wind kam auf und brachte von Nordwesten heftige, aber kurze Regenschauer. Gegen drei Uhr morgens wachte Dewar durch den Klang des Regens auf, der gegen die Fensterscheibe prasselte. Er stand auf und blickte auf die windgepeitschten, leergefegten Straßen, die in gelbes Neonlicht getaucht waren und in denen das Wasser in schnellen Strömen die Rinnsteine entlangfloß. Über den mit Herbstlaub verstopften Abflußgittern sammelte es sich in Pfützen und schuf so lauter kleine Seen, durch die gelegentlich ein Auto fuhr.

Aus irgendeinem Grund mußte er an Ali Hammadi denken und fragte sich, wo er wohl begraben worden war. Er vermutete, daß es in Edinburgh einen muslimischen Friedhof gab. Er erinnerte sich vage daran, daß Muslime nach dem Tod traditionellerweise so schnell wie möglich begraben werden mußten, aber er konnte sich nicht mehr daran erinnern, sofern er das je gewußt hatte, wie dieser Glaube mit Selbstmord umging. Er fragte sich, ob Hammadi dadurch von irgendeinem Versprechen für ein Leben nach dem Tode ausgenommen war und ob er kein Recht mehr auf eine rituelle Beerdigungszeremonie gehabt hatte. Hammadi tat ihm leid; so weit er es bis jetzt beurteilen konnte, schien sein Selbstmord eher ein Akt von Tapferkeit als ein Schuldgeständnis gewesen zu sein. Er hatte es vorgezogen, seinem Leben ein Ende zu bereiten, statt bei einer Sache mitzumachen, die vielleicht den Tod vieler Millionen Menschen verursacht hätte. Eines Tages käme die ganze Geschichte vielleicht ans Licht.

Momentan verstärkte der Gedanke an die Pfützen auf Hammadis Grab, Tausende von Meilen fern der Heimat in einem fremden Land, in Dewar den Eindruck der Unberechenbarkeit des Schicksals, das allen Sterblichen gemeinsam war.

Er schloß die Vorhänge wieder und ging zurück ins Bett, aber an Schlaf zu denken war illusorisch, solange der Regen weiter gegen die Scheibe prasselte. Dewar lag im Dunkeln und dachte darüber nach, was Grant über die Überwachung Siddiquis gesagt hatte und welche anderen Abteilungen darin verwickelt waren. Er beschloß, am nächsten Morgen Sci-Med zu kontaktieren und sie zu bitten, diesen Abteilungen das Interesse Sci-Meds an dem Mann und seinen Aktivitäten mitzuteilen. Damit verbunden sollte auch der Hinweis sein, die Überwachung möglichst unauffällig zu gestalten. Auf der anderen Seite sollten Siddiqui und Abbas unbedingt aufgehalten werden, sollten sie das Land verlassen wollen. Der Vorwand spielte dabei keine Rolle – es ging lediglich darum, sicherzustellen, daß sie kein biologisches Material bei sich trugen. Vielleicht hatten sie Hammadi nicht ihre gesamten Vorräte an DNS-Fragmenten des Pockenvirus ausgehändigt. Falls das zuträfe, wäre das eine gute Gelegenheit, das Zeug abzufangen und zu zerstören. Und falls Hammadi – entgegen aller Wahrscheinlichkeit – doch getan hatte, worum er gebeten worden war, falls er ihnen alles ausgehändigt hatte, bevor er Selbstmord beging, wäre das die beste Gelegenheit, den Schmuggel der DNS des Virus oder sogar der lebenden Viren außer Landes selbst zu verhindern. Mit entsprechenden Sicherheitsvorkehrungen würde er sich wesentlich besser fühlen.

Als er am nächsten Morgen Sci-Med anrief, wurde er darum gebeten, persönlich Bericht zu erstatten. Er erwischte einen Flug gegen Mittag und traf um halb drei im Innenministerium ein. Die Zeit war zu knapp, um einen Umweg über seine Wohnung zu machen, daher ließ er seine Reisetasche und seinen Computer in Jean Roberts Büro stehen, während er mit Macmillan sprach.

»Sie glauben also, daß diese Pockenfurcht doch berechtigt sein könnte?« fragte Macmillan.

»Ich fürchte, ja«, erwiderte Dewar. »Hammadi arbeitete mit Fragmenten dieses Virus und besaß die notwendigen Fachkenntnisse, dann die Anwesenheit von Siddiqui in der Stadt und schließlich Hammadis Selbstmord. Es paßt alles zusammen.«

Macmillan nickte verständnisvoll. »Aber Sie sind überzeugt, daß bis jetzt nichts dabei herausgekommen ist?«

»Ich bin so sicher, wie es die Umstände derzeit zulassen«, erwiderte Dewar. »Ich denke, wenn Hammadi das Geforderte geliefert hätte, dann wären Siddiqui und sein Komplize längst über alle Berge. Aber so sind sie immer noch da.«

Macmillan runzelte die Stirn, und Dewar meinte: »Ich weiß, das wirft die nächste Frage auf, aber alles, womit Hammadi gearbeitet hat, wurde nach seinem Tod entweder zerstört oder verteilt.«

»Schade, daß keine belastenden Beweise für das, was er tun sollte, gefunden wurden«, sagte Macmillan.

»Dem Wissenschaftler, der Hammadis Reagenzgläser beseitigt hat, ist mit Sicherheit nichts Ungewöhnliches aufgefallen«, meinte Dewar. »Aber er räumt ein, daß es unter Hammadis Sachen Behälter ohne Etiketten sowie Behälter, deren Etikette er nicht entziffern konnte, gegeben hat. Ich schätze, daß Hammadi unter den gegebenen Umständen weder Warnhinweise noch einen Zettel mit Totenschädel und gekreuzten Knochen draufgeklebt hätte.«

»Sie meinen, er hätte sich vielleicht eine besondere Bezeichnung ausgedacht, um den eigentlichen Inhalt zu verbergen?«

»Ich denke da nicht mal an etwas Ausgefallenes. Das Personal benutzt dort zum Beispiel häufig die eigenen Initialen in Verbindung mit aufeinanderfolgenden Ziffern, also hätte allein Hammadi gewußt, was sich hinter AH1, AH2 usw. verbirgt.«

»Ich verstehe. Und Sie sagen, daß alle vernichtet worden sind?«

»Sie sind alle in das Biomüllsystem des Institutes gewandert.«

»Was wird daraus?«

»Altglas. Der Inhalt wird in einem Dampfsterilisator keimfrei gemacht, dann werden die Gläser gewaschen und wieder in Umlauf gebracht. Auch Plastikbehälter werden dampfsterilisiert, doch bei den hohen Temperaturen schmelzen sie und können nicht wiederverwendet werden. Die verformten Plastikreste werden später verbrannt.«

Macmillan sah nachdenklich aus. »Warum mußten diese Mistkerle es ausgerechnet in England versuchen?« murmelte er. »Ich hatte voll und ganz damit gerechnet, der WHO berichten zu können, daß es bei uns keine Probleme gäbe.«

»Tut mir leid«, sagte Dewar.

Macmillan lächelte. »Sie haben Ihre Sache gut gemacht«, sagte er. »Solange wir sicher sind, daß der Versuch fehlgeschlagen ist.«

»Wir können zwar nicht hundertprozentig sicher sein, aber Siddiqui hat nicht das bekommen, was er wollte«, präzisierte Dewar.

»Gut.«

»Aber er ist immer noch vor Ort«, meinte Dewar. »Und das macht mir Sorge«, bekannte er.

»Sie halten es für möglich, daß er es weiterhin versuchen könnte?«

Dewar zuckte unsicher mit den Schultern. »Ich halte es für

naiv, anzunehmen, daß die Iraker ihren gesamten Vorrat an Virusfragmenten Hammadi gegeben haben sollen, daher denke ich, sollten wir davon ausgehen, daß sie zumindest immer noch dazu in der Lage sind.«

»Hat Siddiqui irgendwelche Aussichten, jemand anderen in Edinburgh zu überreden, Hammadis Platz einzunehmen?«

»Es gibt an diesem Institut keine weiteren Iraker. Das habe ich überprüft.«

»Wenn Zwang als Möglichkeit ausfällt, dann bleibt immer noch der Reizfaktor Geld«, sagte Macmillan.

»Ich kann mir nicht vorstellen, daß sich irgendein Wissenschaftler überreden ließe, für Geld etwas Derartiges zu tun. Viel zu riskant und absolut unmoralisch.«

»Wenn der Preis entsprechend wäre ...«, sagte Macmillan nachdenklich.

»Vielleicht.« Dewar kannte die menschliche Natur nur allzugut, um darüber zu argumentieren. »Aber selbst wenn sich eine solche Person finden ließe, gäbe es praktische Probleme«, hob er hervor. »Sie würde doch wahrscheinlich selbst überleben wollen, um das Geld ausgeben zu können. Das wiederum bedeutet, daß sie die Sicherheitslabore des Instituts benutzen müßte, was seinerseits Aufmerksamkeit erregen würde. Man würde es bemerken, selbst nachts. Forschung ist kein Achtstundenjob von 9 bis 17 Uhr. Dort schwirren immer irgendwelche Leute rum.«

»Nichtsdestotrotz – wenn die Geldsumme entsprechend hoch ist ...«, insistierte Macmillan. »Ich glaube, Sie sind zu Recht über Siddiquis fortdauernde Anwesenheit beunruhigt. Er könnte mit jemandem verhandeln oder bereits über dieses Stadium hinaus sein und auf das Eintreffen weiterer Fragmente warten.«

»Wenn ich richtig informiert bin, hat sich nach dem Aufruhr um seine Einreise der Geheimdienst eingeklinkt«, sagte Dewar.

»Er wird strenger überwacht als die Kronjuwelen«, meinte Macmillan.

»Was soll dann meine Aufgabe sein?«

Macmillan dachte einen Augenblick lang nach. »Lassen Sie uns auf der sicheren Seite bleiben. Fahren Sie nach Edinburgh zurück und harren bei Siddiqui aus. Sie kennen die Leute am Institut. Sie wissen, wer zu was in der Lage ist. Das könnte sich als äußerst wertvoll erweisen. Ich werde mit den anderen Abteilungen sprechen und fordern, daß diese nichts unternehmen, ohne Sie vorher davon in Kenntnis zu setzen.«

»Hoffen wir, daß die damit einverstanden sind«, meinte Dewar.

Macmillan lächelte über Dewars Vorbehalt. »Ich denke, daß die einsehen werden, daß es in diesem Fall sinnvoll ist«, sagte er. »Schließlich haben die nicht die leiseste Ahnung von Pocken.«

»Möchten Sie, daß ich heute abend noch zurückfliege?«

»Morgen reicht.«

Dewar besorgte sich ein Taxi, das ihn und seine Sachen zurück zu seiner Wohnung brachte. Er hatte nicht damit gerechnet, wieder nach Norden reisen zu müssen, daher hatte er jetzt ein Kleiderproblem. Die Zeit reichte nicht aus, die Sachen aus der Reisetasche und dem Wäschesack zu waschen; er würde sich ein paar neue Sachen kaufen müssen. Er schaute auf die Uhr: kurz nach halb fünf. Er hatte Karen gesagt, daß er um sieben bei ihr sein würde – genügend Zeit also. Er machte sich auf zu einer Marks & Spencer-Filiale und deckte sich mit dem Nötigsten ein. Auf dem Nachhauseweg hielt er kurz bei Oddbins und kaufte zwei Flaschen Wein. Es blieb gerade noch genug Zeit, um zu duschen, sich umzuziehen – wobei er ein gerade gekauftes, blaues Hemd wählte – ein Taxi zum Muswell Hill zu nehmen und noch vor sieben anzukommen.

Karen wohnte in der Erdgeschoßwohnung eines Bungalows im Norden Londons. Das Beste an der Wohnung war, daß sie nach Süden hin große französische Fenster und eine Terrasse hatte, an die sich ein hübscher, kleiner, ummauerter Garten anschloß. Der obere Teil des Hauses stand seit einiger Zeit leer – die alte Dame, die dort gewohnt hatte, war gestorben und ihre Hinterlassenschaft noch nicht geregelt.

Das bedeutete, daß niemand in den Garten sehen konnte; den ganzen Sommer über hatten sich Karen und Dewar dort alleine und unbeobachtet gefühlt. Wann immer es das Wetter erlaubte, hatten sie das genutzt, um ihren Papierkram zu erledigen und Hintergrundberichte für ihre Arbeit zu lesen. Ihre Beziehung war eng genug, um längere Zeitspannen des Schweigens zu ertragen, und so hatten sie dort bei Insektengesumm und leisen Chopinklängen, die aus dem Inneren des Hauses drangen, viele Sommerabende verbracht. Heute abend waren die Türen zum Garten geschlossen, denn ein kühler Herbstwind wirbelte bunte Blätter über den Rasen.

Karen hatte ein weißes T-Shirt und Jeans an. Außerdem trug sie eine gelbe Schürze, auf der eine große rote Weinflasche prangte. Darüber stand diagonal das Wort ›Ciao‹. Sie war barfuß und wirkte dadurch noch kleiner, als Dewar sie in die Arme nahm und küßte.

»Ich habe dich vermißt«, sagte er.

»Muß fast eine Woche her sein«, sagte Karen ironisch, aber nicht ohne Freude darüber, daß Dewar seine Gefühle zeigte.

»Acht Tage«, sagte er. »Wie geht es dir? Immer noch k.o.?«

»Müde, aber glücklich – wie Enid Blyton zu schreiben pflegte«, erwiderte Karen. »Ich bin einfach froh, daß es vorbei ist. Es ist immer das gleiche mit diesen urbanen Ausbrüchen: Man weiß genau, was zu tun ist, und macht alles nach Lehrbuch, aber wenn sich nach ein paar Tagen kein Erfolg einstellt, beginnt man sich auszumalen, daß man niemals in der Lage sein wird, den Infektionsherd ausfindig zu machen. Die Krankheit wird sich immer weiter ausbreiten, bis die ganze Bevölkerung in Gefahr ist, und man ist verdammt noch mal nicht in der Lage, irgend etwas dagegen zu tun.«

»Aber bis jetzt hast du nie versagt«, sagte Dewar.

»Ich weiß. Und das sage ich mir ja auch, aber das hilft nicht. Man hört trotzdem nie auf, so etwas zu denken, und das ist es, was einen wirklich schlaucht. Es ist ein mentaler Kraftakt. Man ist schon oft über diese Mauer geklettert, aber dieses Mal erscheint sie noch ein Stück höher. Man sieht, wie die blutigen Fingerspitzen am Stein abrutschen, und es gelingt einem einfach nicht, die Krone zu erreichen.«

Dewar nahm Karens Hände und küßte ihre Fingerspitzen. »Du hast die Krone erreicht«, sagte er.

Karen lächelte. »Und du?« fragte sie.

»Ich fliege morgen wieder nach Edinburgh.«

»Ich dachte, es wäre vorbei«, sagte Karen überrascht.

»Ich schätze, man könnte es eine reine Vorsichtsmaßnahme nennen. Es besteht immer noch die geringe Möglichkeit, daß die Iraker versuchen könnten, ihren Schatz doch noch zu bergen.«

»Wie?«

»Zum Beispiel, indem sie jemanden anders überreden, ihnen zu helfen.«

»Glaubst du das wirklich?« rief Karen aus.

»Wie ich sagte, reine Vorsichtsmaßnahme.«

»Warum kann man diese verdammten Kerle nicht einfach des Landes verweisen?« fragte Karen ärgerlich. »Immer werden alle mit Samthandschuhen angefaßt.«

»Das ist nicht die Art, wie Dinge in der diplomatischen Welt geregelt werden«, sagte Dewar.

»Sollten sie aber«, sagte Karen grinsend.

»Was gibt's zu essen? Alles, was ich heute zu mir genommen habe, war das Mittagessen der British Airways.«

»Pasta, weil's schnell und einfach geht«, sagte Karen und ging in die Küche. Dewar folgte ihr.

Während Karen die Soße umrührte, umarmte Dewar sie von hinten und legte seine Hände um ihre Brüste. Er küßte sie seitlich am Hals.

Karen kicherte und sagte mit ironischer Strenge: »Hör auf, ich muß mich konzentrieren, sonst brennt das Essen an.«

Dewar fuhr fort, sie liebevoll zu streicheln. Er fuhr mit seiner rechten Hand bis zum oberen Saum ihrer Jeans und öffnete den Knopf.

»Adam!«

Langsam öffnete er den Reißverschluß, bis er seine Hand in ihre Unterhose gleiten lassen konnte.

»Adam, du bist ... unmöglich«, murmelte sie, doch während Dewar mit seinen Liebkosungen fortfuhr, erlahmte ihr Widerstand. »Essen wir jetzt, oder soll ich das Gas abdrehen?«

Das Gas wurde abgedreht, und während sie sich langsam zum Schlafzimmer vorarbeiteten, widmete sich Dewar immer noch Karens Hals.

Später drehte sich Karen auf den Bauch und schob sich das verwuschelte Haar aus der Stirn. Vorsichtig fuhr sie mit einem Finger Dewars Augenbrauen entlang, während er mit geschlossenen Augen neben ihr lag. »Erstaunlich, wozu du nach einem Mittagessen der British Airways noch fähig bist«, sagte sie.

»Weißt du was?«

»Was?«

»Ich bin am Verhungern!«

10. Kapitel

Der Wind blies so heftig über den Flughafen von Edinburgh, daß sich Dewar richtig dagegenstemmen mußte, als er das Terminalgebäude verließ und sich auf den Weg zu den Taxiständen machte. Kurz vor dem Ziel hielt ein schwarzer Ford Scorpio in der Bucht neben ihm und ließ leise die elektronische Beifahrerscheibe hinuntergleiten.

»Doktor Dewar?« fragte eine männliche Stimme, die gegen den Wind ankämpfen mußte.

Dewar beugte sich hinunter, um den Fahrer sehen zu können. Er erkannte ihn nicht.

»Steigen Sie ein. Ich nehme Sie mit.«

»Wer sind Sie?« fragte Dewar kühl.

Der Fahrer lächelte und holte einen Ausweis aus der Tasche. Er öffnete seinen Sicherheitsgurt und lehnte sich rüber, um ihn hochzuhalten. »Mein Name ist Barron, Simon Barron.«

Wenigstens nicht Bond, dachte Dewar, während er die Zulassung des militärischen Abschirmdienstes auf der Karte erkannte. Er öffnete die hintere Tür und legte seine Reisetasche auf den Rücksitz, dann stieg er vorne ein und nahm seinen Computer auf die Knie. Er mußte zugeben, daß er froh war, nicht mehr dem Wind ausgesetzt zu sein. Er gab Barron die Hand und fragte: »Gehört das zur Politik der Regierung, die Taxikosten niedrig zu halten?«

»Eigentlich nicht«, erwiderte Barron lächelnd. »Ist aber ein interessanter Vorschlag. Man hat mir mitgeteilt, daß Sie in dieser Maschine sitzen, also dachte ich, ich könnte Sie hier abholen. Fürchterliches Wetter. Wir sollten miteinander reden, Visitenkarten austauschen, und so weiter.«

»Klingt sinnvoll«, stimmte ihm Dewar zu. »Wir wollen uns schließlich nicht gegenseitig im Wege stehen. Sind Sie alleine hier?«

»Nein«, erwiderte Barron ohne die Anzahl der Männer vor Ort zu verraten. »Nicht, daß wir wirklich überfordert wären. Siddiqui geht nirgendwohin, außer um die Ecke in eine Buchhandlung mit integriertem Café. Ansonsten hält er sich nur im irakischen Studentenzentrum auf.«

»Was ist mit dem anderen, dem Polizisten, Abbas?«

»Ähnlich. Ein paar Besuche in Geschäften um die Ecke und solche Dinge. So weit wir es beurteilen können, trifft er sich mit niemandem und sucht auch keine besonderen Orte auf. Seine Ausgänge folgen auch keinem bestimmten Zeitplan oder irgendeinem Muster. Ich finde, das sagt schon einiges aus.«

»Und das wäre?« fragte Dewar.

»Sie versuchen einfach, die Zeit totzuschlagen. Sie warten auf irgend etwas, darauf, daß etwas passiert.«

»Genau das fürchte ich auch«, meinte Dewar. »Wenn sie keinen Grund hätten, hierzubleiben, wären sie schon längst aus der Stadt verschwunden.«

»Und so weit ich weiß, könnte eben dieser Grund ein Virus sein«, sagte Barron.

»Sie sind gut informiert. Das wäre der schlimmste Fall.«

»Außerdem wurde mir gesagt, daß Sie in der Lage sind, uns eine Liste derjenigen Personen zu geben, die das Virus möglicherweise besorgen könnten«, sagte Barron.

»Stimmt nicht ganz«, korrigierte ihn Dewar. »Ich könnte

Ihnen eine Liste der Personen geben, die dazu die nötige Erfahrung besitzen, ich kann Ihnen allerdings niemanden nennen, der fähig wäre, so etwas auch nur in Betracht zu ziehen.«

»Die in Frage kommenden Kandidaten reichen uns schon«, meinte Barron. »Wir fangen bei ihnen an und schauen, was dabei herauskommt.«

»Ich hoffe nicht, daß das unter dem Personal des Instituts für Aufregung sorgt«, sagte Dewar. »Wir sprechen hier von reinen Hypothesen.«

»Wir arbeiten sehr diskret.«

Dewar sah Barron aus dem Augenwinkel an. Er war etwa Mitte Dreißig, groß, dunkelhaarig, durchtrainiert und wie er selbst gepflegt und geschäftsmännisch gekleidet. Er strahlte ein gewisses Vertrauen aus, das sich auch auf seinen Fahrstil übertrug. Er bewegte sich sicher und schnell durch den Verkehr der westlich gelegenen Vororte und fädelte sich gewandt und ohne zu zögern in die sich ihm bietenden Lücken ein. Dabei schien er stets zu wissen, was in ihm, um ihn herum und hinter ihm gerade passierte.

»Ich hatte erwartet, daß der Geheimdienst die Überwachung übernehmen würde«, sagte Dewar.

»Das kann auch gut sein«, stimmte ihm Barron mit dem Anflug eines Lächelns zu.

»Wollen Sie etwa sagen, daß Sie sich nicht miteinander abstimmen?« fragte Dewar überrascht.

»Sie wissen, wie solche Dinge laufen«, meinte Barron. »Berufliche Eifersüchteleien und so weiter. In diesem Fall liegt die Rollenverteilung nicht klar auf der Hand. Manches spricht dafür, daß es deren Aufgabe ist, manches spricht für uns. Es ist alles ein bißchen kompliziert. Ich nehme an, Sie wohnen wieder im gleichen Hotel?«

Dewar schaute ihn an und fragte sich, woher er das wußte, beließ es dann aber bei einer Bestätigung.

Sie hatten das Stadtzentrum erreicht. Dewar schwirrten die Worte ›alles ein bißchen kompliziert‹ im Kopf umher. Er fühlte sich dadurch nicht gerade ermutigt. Er fürchtete, daß es sich hier um einen typischen Fall handelte, bei dem zu viele Köche den Brei verdarben. »Wie erreiche ich Sie, wenn ich die Liste fertig habe?« fragte er Barron, der gerade das Auto vor seinem Hotel parkte.

»Kümmern Sie sich nicht darum. Ich werde mich wieder bei Ihnen melden«, sagte Barron. »Wann, glauben Sie, haben Sie sie fertig?«

Dewar zuckte mit den Schultern. »Irgendwann im Laufe des morgigen Tages.«

Er stieg aus und öffnete die hintere Tür, um seine Reisetasche herauszuholen. »Danke fürs Mitnehmen.« Mit leise quietschenden Reifen brauste der Scorpio davon und ließ Dewar auf dem Bürgersteig zurück, der dem davonfahrenden Wagen nachblickte. »Auf Wiedersehen Simon Barron, geheimnisvoller Mann«, murmelte er. Die Szene erinnerte ihn an den einsamen Cowboy, der am Ende der alten Westernfilme davongaloppierte. Wenn sein Job getan war, wohin zum Teufel fuhr er dann in diesem Tempo und warum? Wenn die Iraker nichts unternahmen, warum dann die Eile, vor dem Studentenzentrum auf der Forest Road Posten zu beziehen?

Nachdem Dewar ausgepackt und sich im Zimmer eingerichtet hatte, rief er Grant im Polizeipräsidium an. Er schwang die Beine aufs Bett und lehnte sich an das Kopfende.

»Heimweh, hmmm?« fragte Grant. »Muß wohl an der schottischen Luft liegen.«

»Ja, daran wird's liegen«, stimmte Dewar zu. »Und heute gibt's ja jede Menge davon. Vor dem Flughafen hat's mich beinah weggeweht. Sieht so aus, als ob ich die ganze nächste Woche hierbleibe. Lassen Sie mich wissen, wenn bei Ihnen etwas passiert, das auch für mich relevant sein könnte?«

»Was meinen Sie damit?«

»Das überlasse ich Ihrem Urteil.«

»Ich werde an Sie denken.«

Als nächstes rief Dewar Steven Malloy im Institut für Molekularbiologie an.

»Haben wir uns nicht gerade erst verabschiedet?«

»Dachte ich auch«, meinte Dewar. »Aber meine Bosse haben beschlossen, in dieser Angelegenheit keinerlei Risiko einzugehen. Sie haben mich zurückgeschickt. Zur Abwechslung soll ich mal die Stalltür verriegeln, *bevor* sich das Pferd davonmacht. Können wir miteinander reden? Irgendwo außerhalb des Instituts? Ich möchte meine Rückkehr nicht an die große Glocke hängen.«

»Sie könnten zu mir rauskommen, wenn Sie Lust haben«, schlug Malloy vor. »Oder wir treffen uns irgendwo in der Stadt.«

»Bei Ihnen wäre gut. Heute abend um acht?«

»Ich werde Sie erwarten.«

Dewar rief die Rezeption an und bat um einen Mietwagen, da er dieses Mal länger bleiben würde. In weniger als zwanzig Minuten stand ein dunkelgrüner Rover 600 für ihn bereit. Das Wageninnere war makellos sauber, aber sein Vorgänger war Raucher gewesen: Er konnte den kalten Tabakrauch immer noch riechen. Er öffnete das Schiebedach und stellte die Lüftung an.

Er fuhr den Mound hoch und drehte eine Runde um das irakische Studentenheim in der Forest Road, in der Hoffnung, die Überwacher ausmachen zu können. Es freute ihn, als ihm das nicht gelang. Nachdem Barron von ›beruflichen Eifersüchteleien‹ gesprochen hatte, hatte er mehrere rivalisierende Überwachungsteams erwartet, die vor dem Eingang herumstritten. Vielleicht waren seine Ängste unbegründet.

Im Schatten altehrwürdiger Gebäude fuhr er langsam die

Royal Mile hinab und bog schließlich rechts ab, am Holyrood Palast entlang in den Queen's Park, einer großen, für die Öffentlichkeit zugänglichen Grünanlage, deren Zentrum der erloschene Vulkan Arthur's Seat bildete. Er folgte der Straße, die durch den Park führte, bog rechts ab, fuhr den Hügel hinauf und hielt auf der südlichen Seite in einer Parkbucht. Er stieg aus, genoß die Aussicht und stellte seinen rechten Fuß auf die unterste Eisenstange, die die Straße vor dem Abgrund schützte. Im Osten konnte er das Meer erkennen. In weiter Ferne fuhr ein Öltanker in Richtung Nordsee. Im Süden konnte er gerade noch das weiße Hochhaus des Instituts für Molekularbiologie ausmachen. Als der kühle Wind über seine Wangen strich, schauderte ihm leicht.

Um kurz nach acht fuhr er vor Malloys Kirche vor. Da er das letzte Mal bei Tageslicht dort gewesen war, hielt er kurz am Tor inne und ließ die Atmosphäre bei Nacht auf sich wirken. Gelbes Licht drang aus den Fenstern nach draußen, deren ehemals bunte Scheiben durch normales, durchsichtiges Glas ersetzt worden war. Es war ein ungewöhnlicher Anblick – eine Kirche, die Licht ausstrahlte. Er mußte dabei an Weihnachten denken.

»Kommen Sie rein«, sagte Malloy. Er trug Jeans und einen Wollpullover und hielt ein Glas Rotwein in der Hand. »Darf ich Ihnen irgend etwas anbieten?«

»Ein Glas davon wäre nicht schlecht«, erwiderte Dewar und deutete auf den Wein.

»Ein angenehmes Tröpfchen, das ich dabei Safeways erwischt habe«, sagte Malloy, während er Dewar ein Glas einschenkte. »Reiches Bouquet, aber zurückhaltend im Preis.« Die letzten Worte unterstrich er mit einem schottischen Akzent. »Was gibt es für ein Problem?«

»Die Männer, die versucht haben, Hammadi in diese

Pockengeschichte zu verwickeln, sind immer noch in der Stadt. Da ich nicht weiß, warum, muß ich sämtliche Möglichkeiten in Betracht ziehen.«

»Warum werden die nicht einfach verhaftet?«

»Es gibt keine Beweise«, sagte Dewar. »Wir können nicht mal nachweisen, daß sie sich mit Hammadi getroffen haben, und schon gar nicht, worum sie ihn gebeten haben.«

»Und was meinen Sie, weswegen die immer noch hier sind?«

»Das Schlimmste, was ich in Betracht ziehen muß, ist, daß sie versuchen, ihr Ziel zu erreichen, indem sie jemand anders zur Mithilfe überreden.«

Malloy blickte ihn entgeistert an. »Das meinen Sie doch wohl nicht ernst?« flüsterte er erschrocken. »Niemand, der noch ganz bei Trost ist, würde auch nur im Traum daran denken.«

»Dann darf ich davon ausgehen, daß Sie noch nicht deswegen angesprochen worden sind?«

»Nein. Mit denen hätte ich auch kurzen Prozeß gemacht.«

»Und wenn man Ihnen eine halbe Million Pfund dafür bieten würde?«

»Eine halbe Mil ... – niemals.«

»Eine Million?«

»Ich –«

»Zwei Millionen?«

»Schon gut, ich verstehe«, sagte Malloy. »Wir feilschen ja schon um den Preis. Trotzdem hoffe ich, daß ich nein sagen würde. Es wäre reiner Wahnsinn, das zu versuchen. Und wie soll man leben können, im Bewußtsein, einen der schlimmsten Killer, den die Welt je gesehen hat, wieder zum Leben erweckt zu haben? Man könnte doch nachts nicht mehr ruhig schlafen, angenommen, man hätte die Rumspielerei damit überhaupt überlebt.«

»Ich hoffe inständig, daß jeder so denkt«, sagte Dewar. »Aber ich muß sie fragen, wer am Institut für so etwas in Frage kommen könnte.«

»Ist das Ihr Ernst?«

Dewar nickte. »Ich brauche Sie, denn nur Sie können mir sagen, wer die notwendige Erfahrung mit sich bringt, diesen Job zu machen – natürlich rein hypothetisch.«

»Unter der Voraussetzung, daß sie alles dafür Notwendige geliefert bekämen?«

Dewar nickte erneut. »Es gibt eine Menge Leute, die mit DNS umgehen können, aber nicht sehr viele, die bereits praktische Erfahrung in der Arbeit mit gefährlichen Mikroorganismen haben. Im Grunde kommen nur die Leute aus meinem und aus Malcolm Cairns Labor in Betracht. Wir arbeiten mit dem HIV-Virus, daher sind wir es gewohnt, mit gefährlichem Material zu hantieren.«

»Verstehe.«

»Die Studenten im ersten Promotionsjahr können wir weglassen. Der zweite Jahrgang? Möglich. Doktoranden, ja, und natürlich Malcolm Cairn und ich.«

»Technisches Personal?«

Malloy dachte kurz nach. »In Cairns Labor käme Andrea in Frage. Sie hat den nötigen Hintergrund und ist schon eine Weile hier. Im Notfall wäre sie dazu vielleicht in der Lage.«

»George Ferguson?«

»Hat keine Erfahrung mit der Manipulation von DNS. Rein technisch gesehen wäre er dazu in der Lage, und natürlich ist er den Umgang mit gefährlichen Organismen gewöhnt, aber für so eine Sache hat er den falschen Hintergrund.«

»Über wie viele reden wir also?«

Malloy hob die Schultern bis an die Ohren und machte mit den Händen eine unsichere Geste. »Ich würde auf acht tippen«, meinte er.

»Ich brauche ihre Namen«, sagte Dewar.

»Ich fühle mich nicht sehr wohl dabei«, sagte Malloy, während er aufstand. »Ich habe das Gefühl, meine Kollegen zu verraten.« Er holte Papier und einen Kugelschreiber von seinem Schreibtisch.

»Das tun Sie nicht«, versicherte Dewar ihm. »Sie bewerten lediglich ihre Kompetenz und Erfahrung.«

Malloy schrieb acht Namen auf und reichte Dewar die Liste. »Glauben Sie mir, ich verwette mein gesamtes Hab und Gut, daß keiner dieser Leute in etwas Derartiges verwickelt ist«, sagte er.

»Und ich denke im Traum nicht daran, dagegen zu wetten«, entgegnete Dewar. »Wenn sich unsere irakischen Freunde bloß endlich aus der Stadt scheren würden, dann bräuchten wir alle nicht mehr so paranoid zu sein und könnten entspannt durchatmen.« Er lehnte ein zweites Glas Wein ab und wurde zur Tür begleitet. »Ich wäre Ihnen dankbar, wenn Sie niemandem von unserem Treffen erzählen.«

»Es ist auch nichts, womit ich gerne hausieren ginge«, erwiderte Malloy.

Dewar fuhr in die Stadt zurück, wobei er sich auf den engen, dunklen Straßen Zeit ließ. An vielen Stellen hatte sich nasses Laub gesammelt, daher konnte man bei einer scharfen Bremsung leicht ins Rutschen geraten und an einem der Bäume landen, die groß und dunkel in den Himmel ragten. Als er die Hauptstraße erreichte, fühlte er sich wieder wohler und hatte freie Fahrt bis in die Stadt hinein.

Zurück in seinem Hotelzimmer rief er Karen an, um sich über den Tag auszutauschen und Pläne fürs Wochenende zu schmieden.

»Du wirst doch wohl nicht schon wieder eine Ausrede haben, nicht zu meiner Mutter zu kommen, oder?« fragte Karen.

»Natürlich nicht«, versicherte Dewar ihr, obwohl ihn der Gedanke an Karens Mutter nicht gerade aufmunterte. Er fand den Umgang mit ihr schwierig.

»Gut, warum sagen wir dann nicht einfach, daß du am Samstag zum Abendessen kommst und bis Sonntag bleibst?«

»In Ordnung«, sagte Dewar. »Ich nehme an, ich muß wieder unten aufs Sofa?«

»Du weißt, wie meine Mutter darüber denkt«, meinte Karen.

»Ich weiß«, stimmte Dewar zu.

»Abgesehen davon ..., sie geht nachmittags zu ihrem sonntäglichen Kirchenkreis – wir haben also jede Menge Zeit ...«

»Ein Hoch auf Sonntag nachmittag«, sagte Dewar.

Dewar tippte die acht Namen, die er von Malloy erhalten hatte, als Teil seines Berichts für Sci-Med in sein Laptop ein. Er starrte sie an, weiße Buchstaben auf einem blauen Bildschirm. Er war Malloy gegenüber nicht ganz aufrichtig gewesen. Es ging nicht nur darum, eine Liste von Leuten mit dem richtigen Know-how zusammenzustellen. Sowie Barron die Namen hatte, würden die aufgeführten Personen genau wie die beiden Iraker rund um die Uhr überwacht werden. Jede andere Annahme wäre naiv.

Steven Malloy und Malcolm Cairn führten die Liste an, danach kamen Pierre Le Grice und Simone Clary, gefolgt von Sandra Macandrew, Kurt Vogel, und schließlich Andrea Bowman und Josh Phelps. Er schätzte, daß die ihm unbekannten Namen zu Cairns Labor gehörten. Es kann von Nutzen sein, die Namen durch den Polizeicomputer zu jagen. Er setzte zwar auf acht Nieten, aber es war vernünftig und gehörte zur Routine, und Sci-Med sah es gerne, wenn er ab und zu vernünftige und routinemäßige Dinge tat. Man kann nie wissen, bestärkte er sich, vielleicht ist einer von ihnen ein wahnsinniger Axtmörder.

Obwohl es nach zehn war, rief er Grant im Polizeipräsidium an und hoffte einfach, daß er noch da sei. Er war nicht in seinem Büro, aber der Mann am Telefon – Sergeant Nick Johnstone – meinte, daß er noch im Dienst sei.

»Drüben in Marchmont gab es einen häßlichen Unfall mit Fahrerflucht«, sagte der Sergeant. »Ein Mädel wurde von ihrem Fahrrad gestoßen; ich glaube, sie ist tot. Er ist ungefähr vor einer Stunde rüber ins Krankenhaus. Kann ich Ihnen irgendwie helfen? Der Inspektor hat uns gesagt, falls Sie anriefen, sollten wir Gewehr bei Fuß stehen, um seine Worte zu benutzen.«

»Ich wollte ihn bitten, ein paar Namen für mich durch den Computer zu schicken«, sagte Dewar.

»Schießen Sie los«, meinte Johnstone.

Dewar las ihm die Liste vor und buchstabierte einzelne Namen, während sich Johnstone alles notierte.

»Warten Sie 'ne Sekunde«, sagte Johnstone.

»Was ist los?«

»Nur eine Sekunde ...«

Dewar hörte, wie der Hörer hingelegt wurde, und es dauerte eine ganze Weile, bis ihn Johnstone umständlich wieder aufnahm.

»Das dachte ich mir doch«, sagte der Sergeant. »Das Mädel in Marchmont, die ist auf Ihrer Liste, falls es sich um die gleiche handelt. Sandra Macandrew. Studentin an irgendeinem Institut oder so?«

»Das ist sie«, sagte Dewar, den plötzlich ein niederschmetterndes Gefühl übermannte. »Sie sagten, sie ist tot?«

»Der Bericht der örtlichen Polizei besagt, daß sie hinüber sei.«

»Ich verstehe.«

»Als Inspektor Grant hörte, daß sie Studentin am Institut ist, sagte er, daß er zum Krankenhaus fahren würde. Das war das letzte, was ich gehört habe. Das war vor einer Stunde.«

»Wohin haben sie sie gebracht?«

»Ins Royal-Krankenhaus.«

»Danke«, sagte Dewar wie betäubt.

»Soll ich Sie zurückrufen, wenn der Computer mit Ihren Namen durch ist?« fragte Johnstone.

»Nein. Ich rufe später zurück. Ich werde schauen, ob ich Grant noch im Krankenhaus erwische.«

Dewar fühlte sich übel. Er hatte Sandra Macandrew zwar nicht gut gekannt, aber doch immerhin gut genug, um sie zu mögen und um zu erkennen, daß sie eine gute Studentin mit einer vielversprechenden Zukunft war. Nun war sie tot. Unfall mit Fahrerflucht hatte Johnstone gesagt, der zweite Mensch aus Malloys Labor, der innerhalb eines Monats gestorben war. Das ungute Gefühl, das er mit sich herumschleppte, erhöhte sich nun um ein Zehnfaches.

Sein wachsender Frust über den langsamen Verkehr wurde noch verschärft, als er vor dem Krankenhaus keinen Parkplatz fand. Er versuchte sich einzureden, daß keine Eile bestand, daß Sandra tot war, aber seine Impulse waren stärker als seine Vernunft. Eine innere Stimme sagte ihm, daß Sandras Tod etwas mit der Pockensache zu tun haben mußte. Je schneller er ins Krankenhaus kam und mit Grant sprach, desto besser.

Er sah einen Ford Fiesta aus einer Lücke am Bordstein fahren und bremste daher etwas abrupt ab, sehr zum Ärger des Fahrers hinter ihm. Er ignorierte das wütende Gehupe, wartete, bis der Fiesta weg war, und parkte den Rover vorwärts in der Lücke ein, wobei das Heckteil des Wagens nach diesem Manöver unschön in die Straße hineinragte.

»Arschloch!« schrie der Fahrer, den er aufgehalten hatte.

Dewar ignorierte ihn und eilte zum Krankenhaus, das sich vor ihm gegen den Nachthimmel abzeichnete. Es war ein altmodisches Krankenhaus. Von außen sah es mit seinen Türmchen und Erkerchen aus wie ein Disney-Schloß; innen besaß es endlose Flure, in denen sich der Putz von den Decken blätterte. Aus dem Eingang der Notaufnahme drang Licht und beleuchtete die Zufahrt für die Krankenwagen, in der zwei Fahrzeuge auf ihren nächsten, schicksalhaften Einsatz warteten. Dewar trat durch die automatischen Türen ein und wandte sich an den Empfang.

»Sandra Macandrew«, sagte er zu dem Pförtner. »Opfer eines Unfalls mit Fahrerflucht, vor einer Stunde tot eingeliefert. Ist die Polizei immer noch hier? Ich suche vor allem Inspektor Grant.«

Der Pförtner sah ihn über den Rand seiner Brille hinweg an. »Und wer sind Sie?« Dewar zeigte ihm seinen Ausweis. »Sind Sie Miss Macandrews Hausarzt?« fragte der Mann.

»Nein«, antwortete Dewar und wunderte sich, warum ihm diese Frage als erstes gestellt wurde und was das zur Zeit politisch korrekte Wort für geistig behindert war. Eingeschränkte Intelligenz, schätzte er. Ihm war im Moment überhaupt nicht danach, sich mit einem sturen Beamten auseinanderzusetzen.

»Sind Sie ein Angehöriger?«

»Nein«, erwiderte Dewar und hatte Mühe, die Ruhe zu bewahren. »Ist Inspektor Grant noch hier oder nicht?« fragte er. Dieses Mal klang seine Stimme deutlich lauter und entbehrte jeglichem offiziellen Umgangston.

»Miss Macandrew ist nicht tot«, sagte der Mann, Dewar übertrumpfend.

Dewar war sprachlos. Er fühlte, wie seine Kinnlade nach unten klappte. »Nicht tot«, wiederholte er mit entrückter Stimme.

»Es hat sie schlimm erwischt, sie liegt auf der Intensivstation, aber sie ist nicht tot. Die Polizei ist immer noch hier. Ich bin nicht sicher, ob ein Inspektor Grant dabei ist.«

Dewar erkundigte sich nach dem Weg und eilte der Beschreibung nach, allerdings ohne zu rennen – eine Angewohnheit aus den Tagen seiner medizinischen Ausbildung. Weder Krankenschwestern noch Ärzte rennen in einem Krankenhaus. Sie dürfen schnell gehen, aber sie rennen nicht. Er fand Grant, der gerade von einem jung aussehenden Arzt über Sandra Macandrews Zustand unterrichtet wurde. Der Arzt verschwand wieder in einem Seitenraum der Notaufnahme.

»Wie geht es ihr?«

»Wie haben Sie das erfahren?« fragte Grant ihn.

Dewar erzählte ihm von seinem Anruf im Präsidium. »Was ist passiert?« fragte er.

»Sie war mit dem Rad auf dem Weg von der Arbeit nach Hause, als irgendein betrunkener Idiot in sie hineingefahren ist und nicht mal angehalten hat. Die Straße war gut beleuchtet. Die Lichter an ihrem Fahrrad funktionierten, und ihre Jacke besaß fluoreszierende Streifen. Es gibt also keine Entschuldigung, sie nicht gesehen zu haben. Er muß völlig besoffen gewesen sein.«

»Ich hoffe, Sie erwischen den Mistkerl«, sagte Dewar und blickte durch die Glasscheibe in den Raum, in dem Sandra lag. Zwei Krankenschwestern waren mit ihr beschäftigt. »Was hat der Arzt gesagt?«

»Schädelbasisbruch, mehrere Brüche an beiden Armen und Beinen, gebrochenes Schlüsselbein und ein beschädigtes Becken. So weit ich herausgehört habe, hängt ihr Leben am seidenen Faden, armes Mädchen. Wenn es so weitergeht, bleibt von Malloys Forschungsteam nicht mehr viel übrig. Ich glaube allmählich, der Ort ist verflucht.«

»Gab es irgendwelche Zeugen?« fragte Dewar.

»Keine, die von großem Nutzen wären. Ein paar Leute haben ausgesagt, daß sie das Auto nach dem Zusammenstoß davonbrausen sahen. Sie konnten uns weder das Fabrikat nennen noch die exakte Farbe. Ein heller Wagen, glauben sie. Es waren eine Menge Leute vor Ort, aber ihre Augen richteten sich natürlich automatisch auf das Opfer und blieben dort haften. Bis es ihnen einfiel, nach dem Auto zu schauen, war es längst weg.«

»Aber an ihrem Fahrrad werden sie doch Lackreste finden können?«

Grant zuckte mit den Schultern. »Klar, nur wird das nicht viel bringen, es sei denn, es war ein weißer Rolls-Royce oder ein gelber Ferrari. Falls es ein blauer Ford war, haben wir wohl kaum eine Chance.«

»Haben Sie schon daran gedacht, daß es vielleicht gar kein Unfall gewesen ist?« fragte Dewar und blickte dabei immer noch durch die Glasscheibe.

»Wie meinen Sie das?«

»Vielleicht war es ein Mordversuch.«

Grant kam herüber und gesellte sich vor der Glasscheibe zu Dewar. »Haben Sie irgendeinen Grund zu dieser Annahme?« fragte er.

»Nein«, gab Dewar zu. »Es gibt keinen guten Grund, aber ich habe da so ein Gefühl. Ich glaube, daß jemand vorsätzlich versucht hat, sie umzubringen.«

»Warum?«

Dewar beschloß, Grant voll ins Vertrauen zu ziehen. »Die Iraker haben versucht, an Pockenviren heranzukommen«, sagte er.

»Himmel! Ich dachte, das Thema sei längst Vergangenheit.«

»Das setzt die Rekonstruktion des Virus aus Fragmenten einer DNS, wie sie in der Forschung benutzt werden, voraus, aber das ist sehr schwierig. Ich glaube, daß sie versucht haben, Ali Hammadi dazu zu zwingen. Doch der hat sich umgebracht, und nun brauchen sie jemanden anders. Ich halte es für möglich, daß sie es bei Sandra Macandrew versucht haben; wir hatten den Verdacht, daß sie so etwas vorhaben könnten. Darum bin ich wieder hier. Falls sie es versucht haben und Sandra abgelehnt hat, waren sie womöglich der Ansicht, daß sie zu viel weiß. Hätte sie es den Behörden gemeldet, hätten wir den nötigen Beweis gehabt, um die Iraker festzunageln. Vielleicht bekommen wir den ja immer noch, falls sie das Bewußtsein wiedererlangt. Werden Ihre Männer hier bei ihr bleiben?«

»Ein Beamter wird die ganze Nacht über Wache halten, für den Fall, daß sie zu sich kommt, obwohl die Ärzte das für eher unwahrscheinlich halten.«

»In so einem Fall kann man nie sicher sein«, sagte Dewar. »Es ist meistens sehr schwierig, den Umfang von Gehirnschäden vorauszusagen. Ich glaube, es wäre eine gute Idee, wenn mehr als nur ein Beamter bei ihr bleiben würde«, meinte Dewar. »Und sie sollten davon unterrichtet werden, daß ein weiterer Anschlag auf ihr Leben nicht ausgeschlossen werden kann.«

»O.k.«, sagte Grant. »Aber dafür gibt es offensichtlich keinen Beweis, oder?«

»Nein«, stimmte Dewar zu. »Aber ich übernehme die Verantwortung, und ich möchte der erste sein, der mit ihr redet, falls sie zu sich kommt.«

»Rechtlich gesehen ist ein schweres Verbrechen verübt worden, daher sollten zuerst wir mit dem Opfer reden, bevor –«

Dewar unterbrach ihn, indem er den Arm hob. »Ich verstehe das«, sagte er. »Aber es könnten Millionen von Menschenleben von dem abhängen, was sie zu sagen hat. Falls sie die Iraker um etwas gebeten haben, muß ich genau wissen, worum es sich gehandelt hat, damit wir herausfinden können, in welchem Stadium der Rekonstruktion sie sich bereits befinden. Ich weiß, welche Fragen ich dazu stellen muß. Sie nicht.«

»Ich dachte, unsere Prachtkerle seien den Iraker auf den Fersen«, sagte Grant und wechselte damit das Thema.

»Das dachte ich auch«, erwiderte Dewar, der verstand, was Grant meinte. Wenn der MI5 und der Abschirmdienst jeden Schritt der Iraker überwachten, wie konnte ihnen dann ein Mordversuch an Sandra Macandrew gelingen?

11. Kapitel

Als Dewar am nächsten Morgen die Augen öffnete, fiel ihm als erstes auf, daß niemand versucht hatte, ihn während der Nacht anzurufen. Er schlug die Decke zurück, schwang seine Beine aus dem Bett und rief das Krankenhaus an, um sich nach Sandra Macandrews Zustand zu erkundigen.

Keinerlei Veränderungen, Zustand immer noch kritisch und immer noch bewußtlos, lautete der Bericht aus der Intensivstation. Auch die Polizisten vor ihrem Zimmer hatten eine Nacht ohne Zwischenfälle verbracht. Niemand hatte versucht, Sandra zu besuchen.

Dewar frühstückte gerade im Speisesaal des Hotels, als Simon Barron zu ihm stieß. Auch ohne einen Ton darüber zu verlieren, erweckte Barron den Eindruck, als sei er schon seit Stunden auf den Beinen. »Wahrscheinlich schon zehn Meilen gerannt und schwimmend die Forth durchquert, um seine Zeitung zu holen«, dachte Dewar unbarmherzig.

»Hatte gehofft, Sie noch zu erwischen«, meinte Barron. »Haben Sie die Liste?«

»Sie ist fertig«, erwiderte Dewar. »Kaffee?«

»Das Zeug rühr' ich nicht an.«

Schränkt wahrscheinlich die Leistung ein, dachte Dewar und füllte seine eigene Tasse ein zweites Mal. »Ist einer von Ihnen reingelegt worden, gestern?« fragte er.

»Wie meinen Sie das?«

»Könnten die Iraker heimlich frische Luft geschnappt haben, ohne daß ihr das mitgekriegt habt?«

»Welche? Wir überwachen nur Siddiqui und Abbas«, erwiderte Barron. »Die Studenten kommen und gehen, wie es ihnen gefällt. Warum fragen Sie?«

Dewar überlegte einen Moment, bevor er antwortete. Er dachte über Barrons Worte nach, vor allem über die Möglichkeit, daß Siddiqui einen oder mehrere der Studenten für seine Sache rekrutiert haben könnte.

»Eine Doktorandin des Instituts für Molekularbiologie wurde gestern nacht in einen Unfall mit Fahrerflucht verwickelt. Auf dem Weg vom Labor nach Hause wurde sie von ihrem Fahrrad geschleudert; sie ist schwerverletzt. Es könnte ein Unfall gewesen sein – die Polizei vermutet, ein Betrunkener habe sie angefahren –, aber ihr Name ist Sandra Macandrew und sie steht auf der Liste.«

Nach einem Moment der Verblüffung begriff Barron den Zusammenhang. »Sie glauben, es war kein Unfall? Es hat etwas damit zu tun, daß sie auf der Liste steht?«

»Sie steht auf der Liste, weil wir in Erwägung ziehen müssen, daß die Iraker an sie herangetreten sein könnten – lassen Sie uns das nur mal rein hypothetisch annehmen. Falls sie abgelehnt oder sogar damit gedroht hat, zur Polizei zu gehen, was glauben Sie, was das für Folgen haben könnte?«

»Ich verstehe«, stimmte Barron zu. »Der Gedanke liegt auf der Hand. Ein solches Angebot der Iraker ausschlagen, bedeutet, das eigene Todesurteil zu unterschreiben.«

»Andererseits müssen sich die Iraker darüber im klaren sein, daß die meisten Wissenschaftler außer sich gerieten, wenn man ihnen ein solches Unterfangen unterbreiten würde. Sie können kaum vorhaben, alle umzubringen, daher müssen sie irgendwelche Kriterien haben, nach denen sie entscheiden können, wer auf ein solches Angebot eingehen könnte.«

»Sie müßten ihre Hausaufgaben erledigt haben«, sagte Barron. »Diskrete Ermittlungen anstellen und herausfinden, wer frustiert ist, wer finanzielle Probleme oder Geheimnisse hat, die besser nicht an die Öffentlichkeit dringen sollten und so weiter.«

»Was also hat sie glauben lassen, daß Sandra Macandrew in Frage käme?« überlegte Dewar laut. »Als ich Sandra kennenlernte, erschien sie mir wie eine ganz normale Doktorandin, die genau das tat, was sie sich im Leben vorgenommen hatte. Das können nicht viele von sich behaupten. Malloy zufolge lief ihre Doktorarbeit hervorragend, wenn auch das Verbot, Pockenfragmente zu beziehen, für eine Zwangspause sorgte. Sie teilt sich mit anderen Studenten eine Wohnung, sie ist Vegetarierin, Mitglied einer Umweltorganisation, fährt mit dem Fahrrad zum Labor, verbringt gelegentlich mal einen Abend in der Kneipe, ißt am Wochenende mit Freunden chinesisch, hat nicht viel Geld, aber auch keine finanziellen Sorgen. Falls sie zur Wahl der Miss Durchschnittsdoktorandin antreten würde, bekäme sie meine Stimme.«

»Dann machen Sie hier eventuell umsonst die Pferde scheu. Vielleicht war es wirklich ein Unfall«, legte Barron nahe.

Dewar zuckte wenig überzeugt mit den Schultern. Die beiden Männer schwiegen einen Augenblick lang, dann sagte Dewar: »Es gibt noch eine andere Möglichkeit.« Barron hob eine Augenbraue. »Die Iraker sind nicht an Sandra herangetreten ... sie weiß aber, an wen.«

»Und haben dann versucht, sie umzubringen, damit sie nichts erzählen kann. Ja, das wäre ein Ansatzpunkt«, stimmte Barron zu.

»Das würde außerdem implizieren, daß irgend jemand auf den Handel eingegangen ist«, sagte Dewar. »Denn sonst wären die Iraker mehr daran interessiert gewesen, den zu töten, der sie hat hängenlassen, als Sandra.«

»Es ist schwer vorstellbar, daß sie Studenten als Killer benutzen«, meinte Barron. »Und meine Leute sind gut. In ihrem gestrigen Bericht steht, daß Siddiqui und Abbas das Studentenzentrum nachmittags in Begleitung zweier Studenten verlassen haben, aber nur um die Ecke in das Café der Buchhandlung am Teviot-Platz gegangen sind. Sie sind dort ungefähr vierzig Minuten geblieben und haben miteinander geredet, danach sind sie zum Wohnheim zurückgekehrt. Keiner von beiden ist noch mal weggegangen.«

»Also entweder suchen wir nach einem Killer, über den wir nichts wissen, oder die Polizei hatte vielleicht doch recht, und es war irgendein Betrunkener.«

»Ich nehme an, Sie haben der Polizei gegenüber Ihre Vermutungen geäußert?«

Dewar nickte. »Ich wollte, daß sie letzte Nacht eine Wache vor ihrem Zimmer aufstellen.«

»Ihr Überleben ist die Trumpfkarte in diesem Spiel. Wenn sie durchkommt, könnte diese ganze Spekuliererei ein Ende haben. Ihre Aussage kann absolut entscheidend sein.«

»Ich habe darum gebeten, als erster mit ihr sprechen zu dürfen, wenn sie zu sich kommt. Im Moment ist es wichtiger herauszufinden, was sie über das Pockengeschäft weiß, als den Täter zu ermitteln.«

»Richtig«, stimmte Barron zu. »Wenn Sie mir jetzt diese Liste geben könnten. Je eher wir ein Auge auf die anderen werfen, desto sicherer ist es vielleicht für sie.«

Dewar hatte plötzlich ein nicht mehr ganz so schlechtes Gewissen, daß Steven Malloy ohne sein Wissen überwacht werden würde. Da es auch seinem eigenen Wohl diente, konnte das nicht so falsch sein. Er ging nach oben auf sein Zimmer und kehrte mit der Liste zurück.

»Keine Adressen?« fragte Barron.

»Ich habe meinen Informanten um die Namen der Personen gebeten, die aufgrund ihrer Kompetenz in Frage kommen. Er war nicht gerade erfreut darüber und hatte das Gefühl, seine Kollegen zu verraten. Wenn ich ihn auch noch um die Adressen gebeten hätte, wäre er darauf gekommen, daß mehr dahintersteckt, und hätte wahrscheinlich gar nichts mehr gesagt. Ich bin mir sicher, daß der Geheimdienst Ihrer Majestät auch so damit zurechtkommen wird.«

»Schon o.k.«, sagte Barron. »Lassen Sie es mich wissen, falls hinsichtlich der Verletzten irgendeine Veränderung eintritt?«

»Mach' ich, wenn ich wüßte, wie ich Sie erreichen kann«, sagte Dewar matt. »Sie haben mir keine Nummer gegeben.«

Barron holte einen Stift aus seiner Innentasche und schrieb eine Nummer auf die Karte, die ihm Dewar gereicht hatte.

»Nur so aus Interesse, warum haben Sie das nicht vorher getan?«

»Grundsätzlich nie beim ersten Rendezvous«, erwiderte Barron.

O Gott, der Mann hat Humor, dachte Dewar, blickte ihn jedoch weiter an, als warte er auf eine richtige Antwort.

»Ich habe Ihnen am Flughafen meinen Ausweis gezeigt«, sagte Barron. »Sie nicht. So einfach ist das.«

Was für eine andere Welt, dachte Dewar, als Barron gegangen war. Er muß mich überprüft haben, um sicherzugehen, daß ich wirklich Adam Dewar bin und nicht irgendein Hochstapler. Er empfand diesen Grad des Mißtrauens und der Absicherung als Beruhigung. Es verwirrte ihn lediglich ein wenig.

Plötzlich fiel ihm ein, daß Steven Malloy wahrscheinlich noch gar nichts von Sandra Macandrew wußte. Er schaute auf die Uhr – es war gerade erst kurz nach halb neun. Sicherlich war er noch zu Hause.

Malloy klang, als hätte er den Mund voll. »Tut mir leid, ich frühstücke noch«, entschuldigte er sich.

Dewar sah die Toastkrümel am Hörer kleben und stellte sich den in einer Kirche unpassenden Kaffeegeruch vor. Er erzählte ihm von Sandra.

»Gott, das ist ja furchtbar«, rief Malloy und klang erschüttert. »Wie geht es ihr? Kann ich sie sehen? Gibt es irgend etwas, das ich tun kann?«

»Ich fürchte, ihr Zustand ist sehr ernst«, sagte Dewar. »Sie liegt auf der Intensivstation des Royal-Krankenhauses. Sie ist schwerverletzt, und niemand wagt zu sagen, wie ihre Chancen stehen.«

»Hat man ihre Eltern benachrichtigt?«

»Ich bin mir sicher, daß die Polizei das getan hat.«

»Das ist eine absolute Tragödie«, sagte Malloy. »Ich muß da hinfahren. Ich gehe zuerst ins Labor und sage den anderen Bescheid, dann fahre ich sofort ins Krankenhaus.«

Dewar wollte ihn gerade wegen des Polizeischutzes warnen, unterließ es dann aber; er wollte keine langen Erklärungen abgeben müssen. Er beschloß es andersherum zu machen und die Polizei darüber zu informieren, daß Malloy unterwegs war. »Wahrscheinlich sehe ich Sie dort«, sagte er.

Als Dewar auf der Intensivstation ankam, war Grant schon da. Er redete mit den beiden uniformierten Polizeibeamten, die vor der Tür postiert waren.

»Irgendeine Besserung?« fragte Dewar, als er sie erreicht hatte.

»Sie sagen, daß sich ihr Zustand nicht verändert hat«, erwiderte Grant. »Ihre Eltern sind bei ihr. Sie sind von Elgin runtergekommen.«

Die beiden uniformierten Männer setzten sich wieder auf ihre Stühle zu beiden Seiten der Tür, derweil Grant und Dewar die Station betraten und durch die Glasscheibe schauten. Sandras Mutter saß mit Tränen im Gesicht neben ihrer Tochter und hielt ihre Hand. Ihr Vater, dessen Rolle als Mann es ihm verbot, seinen Gefühlen freien Lauf zu lassen, saß mit versteinertem Gesicht auf der anderen Seite des Bettes. Nur in seinen Augen spiegelte sich tiefer Schmerz.

Sandra schlief. Ihr zerschundener Körper wurde von Maschinen überwacht und beatmet. Grüne Lämpchen, leises Piepsen und klickende Relais zeigten ihre Vitalfunktionen an. Das würde solange weitergehen, bis Sandras Gehirn wieder selbst dazu in der Lage war, oder aber bis zu dem Moment, in dem man einsehen mußte, daß es dazu nie mehr kommen und ein Schalter ihr Schicksal besiegeln würde.

Malloy traf völlig aufgelöst ein. »Wie geht es ihr? Hat sich ihr Zustand irgendwie gebessert?« fragte er, nachdem ihn die Polizisten vor der Tür durchgelassen hatten.

Dewar legte einen Finger auf die Lippen und sagte leise: »Ihre Eltern sind bei ihr.«

Malloy nickte und flüsterte: »O Gott, das ist so furchtbar. Sie haben nicht gesagt, wann es passiert ist?«

»Kurz nach acht gestern abend. Sie war mit dem Rad auf dem Weg nach Hause«, sagte Grant.

Malloy schüttelte den Kopf. »Das war wahrscheinlich keine zwanzig Minuten, nachdem ich mit ihr gesprochen habe.«

Dewar und Grant blickten sich an. »Sie haben mit ihr gesprochen?« fragte Dewar.

»Sie hat mich gegen halb acht angerufen.«

»Warum?«

»Sie sagte, sie hätte etwas entdeckt, über das wir reden sollten.«

»Was?« fragte Dewar und versuchte, sich seine Erregung nicht anmerken zu lassen.

»Ich weiß es nicht.«

»Sie wissen es nicht?« rief Grant aus.

Malloy schien es zu verwirren, daß das, was er erzählte, so einen Effekt auf Dewar und Grant hatte. »Nein, ich fand, es könne bis morgen warten. Ich wollte gestern abend noch ausgehen.« Die vorwurfsvollen Blicke ließen ihn fortfahren. »Doktoranden machen immerzu ›Entdeckungen‹. Das gehört zum Leben. Fast immer stellt es sich dann als falsche Fährte oder als eine Art Nebenerscheinung des Experiments heraus. Ich sah keine Veranlassung, um diese Zeit noch einmal ins Labor zu fahren.«

»Dann sind sie also davon ausgegangen, daß Sandras Entdeckung irgend etwas mit ihrer Forschungsarbeit zu tun hatte?« fragte Dewar, der Malloys Haltung mittlerweile nachvollziehen konnte.

»Natürlich«, erwiderte Malloy überrascht. »Womit denn sonst?«

Grant und Dewar ignorierten diese Frage. »Schien sie irgendwie besorgt zu sein, als Sie sagten, daß es bis morgen warten könne?« fragte Grant.

»Besorgt? Nein, das glaube ich nicht, obwohl ...«

»Fahren Sie fort.«

»Sie klang ein bißchen ...«

»Ja?«

»Schwer zu sagen. Sie klang ein bißchen reserviert, wenn Sie wissen, was ich meine. Das ist das falsche Wort, aber mir fällt kein besseres ein. Gehemmt vielleicht.«

»Könnte das daran gelegen haben, daß sie nicht allein war?«

»Schon möglich«, stimmte Malloy schulternzuckend zu. »Ich hatte einfach den Eindruck, sie sei etwas enttäuscht, daß ich nicht sofort vorbeikomme.«

Unruhe vor der Tür unterbrach sie. Grant ging nach draußen, um sich nach der Ursache zu erkundigen. Die Worte

»Warum lassen Sie mich nicht mit jemandem sprechen?« in französischem Akzent verkündeten die Ankunft von Pierre Le Grice. Die Polizeibeamten vor der Tür hatten ihn abgewiesen. Grant beruhigte die Lage und brachte Le Grice mit auf die Station.

»Die anderen haben mir nach meinem Eintreffen im Labor davon erzählt«, erklärte Le Grice gegenüber Malloy. »Ich bin direkt hierhergekommen. Wie geht es ihr?«

»Nicht gut, fürchte ich«, sagte Malloy.

»Und Sie? Warum sind Sie hier?« fragte Le Grice Dewar.

»Ich habe mir genau wie Sie Sorgen gemacht«, erwiderte Dewar und umging damit die eigentliche Frage.

Le Grice schaute durch die Scheibe. »Gott, ich hoffe, daß Sie den Mistkerl erwischen, der ihr das angetan hat«, rief er aus.

»Wir werden unser Bestes tun«, sagte Grant, der von dem leidenschaftlichen Franzosen nicht sonderlich beeindruckt war.

Sandras Eltern traten auf den Flur hinaus. Sie hielten sich dabei eng umschlungen, als könnten sie so den Schmerz besser ertragen. Ihre Mutter preßte sich ein Taschentuch vor das Gesicht, als sie von einer Schwester sanft zur Tür begleitet wurden.

Malloy näherte sich ihnen und sagte: »Mr. und Mrs. Macandrew, ich bin Sandras Doktorvater. Ich glaube, wir haben uns bereits einmal getroffen, als Sandra sich bei mir vorgestellt hat.« Das Gespräch verklang, als Malloy mit dem Paar nach draußen trat und ihnen sein Mitgefühl aussprach. Dewar und Grant stellten sich in eine Nische, um sich über die Bedeutung von Sandras Anruf bei Malloy vor ihrem Unfall zu unterhalten. Le Grice, der plötzlich alleine dastand, nutzte die Gelegenheit, um ins Krankenzimmer zu huschen und sich neben Sandra zu setzen. Er hielt sanft ihre Hand und sprach mit ihr, als sei sie wach und bei Bewußtsein. Die Krankenschwester, die bei ihr wachte, lächelte aufmunternd und machte sich auf der anderen Seite des Zimmers zu schaffen.

Auf der anderen Seite der Glastrennwand sagte Grant: »Also, alles, was wir jetzt tun müssen, ist, herauszufinden, wer gestern abend zusammen mit ihr im Institut war, dann haben wir unseren Mann.«

»Oder Frau«, stimmte Dewar zu und erinnerte daran, daß außer Sandra noch zwei Frauen auf der Liste standen. »Genau so ist es.«

Die beiden Männer verfielen in Schweigen und stellten jeder ihre eigenen Erwägungen an. Grant überlegte, wie er Sandras Angreifer verhaften konnte. Dewar dachte an die möglichen Folgen, falls sich jemand bereit erklärt hatte, für die Iraker zu arbeiten, und fragte sich, wie weit diese wohl schon gekommen waren.

Ein Arzt in grünem Operationskittel betrat den Raum und sagte mit ärgerlicher Stimme: »Schauen Sie, ich war sehr geduldig. Ich weiß, daß Sie alle gute Gründe haben, hier zu sein, aber falls ich noch einen Ermittlungsbeamten hier sehe, lege ich die Arbeit nieder. Das hier ist meine Station, und ich möchte, daß Sie alle verschwinden. Sie stehen meinem Personal im Weg. Sie müssen woanders warten. Wir werden Sie informieren, falls irgendwelche Veränderungen eintreten.«

»Sie haben recht, es tut uns leid«, sagte Dewar. »Es ist nur so, daß diese junge Lady für uns im Augenblick äußerst wichtig ist.«

Wie nicht anders zu erwarten, erwiderte der Arzt, daß alle seine Patienten äußerst wichtig seien.

Grant sagte: »Tut mir leid, Herr Doktor, aber meine Männer müssen draußen postiert bleiben.«

»Das akzeptiere ich, aber hier drinnen brauchen wir mehr Bewegungsspielraum.«

Le Grice wurde von Sandras Bett weggeholt, und sie alle wurden von der Station gescheucht. Malloy trat wieder zu ihnen, nachdem eine Schwester die Eltern zu einem tröstenden Gespräch in die Cafeteria eingeladen hatte. »Sie sind völlig aufgelöst«, sagte Malloy. »Sie ist ihr einziges Kind.«

Als sie sich gerade vom Eingang der Intensivstation wegbewegten, hörten sie plötzlich von drinnen einen elektronischen Alarm.

»Was ist das?« fragte Malloy.

Dewar nahm sich nicht die Zeit, um verschiedene Möglichkeiten abzuwägen – er eilte zurück auf die Station und sah, daß um Sandras Bett hektische Betriebsamkeit herrschte.

»Was ist passiert?« wollte er mit dem nötigen Nachdruck wissen.

»Die Beatmung ist unterbrochen«, sagte eine Schwester, während sie an ihm vorbeieilte.

»Beeilt euch mit dem anderen Beatmungsgerät«, ordnete der Arzt an, der sie vor ein paar Minuten zum Verlassen der Station aufgefordert hatte.

Dewar trat an das Beatmungsgerät heran, das Sandra mit Sauerstoff versorgt hatte und nun aus dem Weg geschoben worden war.

Der Arzt ordnete gerade eine Mund-zu-Mund-Beatmung durch eine Plastikröhre an, die bereits in ihrem Hals steckte.

Gedankenverloren und ohne zu wissen, wonach er eigentlich suchte, untersuchte Dewar den abgenommenen Schlauch des Beatmungsgeräts. Bevor er die Station verlassen hatte, schien die Maschine in Ordnung gewesen zu sein. Er erinnerte sich genau an die gleichmäßige Bewegung des Blasebalgs und an das rhythmisch klickende Geräusch des Gerätes, als Le Grice die Tür geöffnet und aus Sandras Zimmer gekommen war.

Irgend etwas lenkte seine Aufmerksamkeit auf die Stelle, an der der Schlauch mit dem Metallrohr seitlich an der

Maschine verbunden war. Das Blut gefror ihm in den Adern, als er die Stelle näher untersuchte. Am Schlauch waren zwei glatte Einschnitte zu sehen. Es bestand keinerlei Gefahr, daß er auseinanderklappen oder ungewöhnlich aussehen würde, doch mindestens die Hälfte des Sauerstoffs war statt in Sandras Lungen in die Atmosphäre gelangt. Jemand hatte direkt vor ihren Augen versucht, sie zu töten, und dieser Jemand konnte nur der Franzose Pierre Le Grice sein. Er war der letzte, der bei Sandra gewesen war.

Dewar brauchte einen Augenblick, um sich zu beruhigen. Le Grice stand zusammen mit den anderen draußen auf dem Flur. Falls er die Kaltblütigkeit für diese Tat besessen hatte, was umständehalber wahrscheinlich zutraf, besaß er vermutlich auch die Nerven, darauf zu setzen, daß noch niemand den Fehler bemerkt hatte. Und falls doch, standen die Chancen nicht schlecht, daß man einfach auf eine undichte Stelle im Schlauch tippen würde. Kein Mitglied des medizinischen Personals würde gezielte Sabotage vermuten.

Das Ziel mit der höchsten Priorität war es nun, Le Grice ruhig und ohne den medizinischen Betrieb des Krankenhauses durcheinander zu bringen, festzunehmen. Dewar trat beiseite, weil ein neues Beatmungsgerät hereingerollt und angeschlossen wurde.

»Wir verlieren sie«, ertönte es aus dem geordneten Gedränge um Sandra herum. »Beeilt euch bitte.«

Einen Moment lang starrte Dewar wie gefesselt auf dieses Szenario. Für die anderen im Raum schien er unsichtbar zu sein; sie konzentrierten sich auf ihre Arbeit. Er spürte, daß Sandra Macandrews Leben auf der Kippe stand, und war bei dem Gedanken, Zeuge ihres Ablebens zu werden, wütend und frustriert zugleich. Das Piepen im Hintergrund wurde zu einem monotonen Ton, und der Oszillograph schlug kaum noch aus, aber das Team arbeitete weiter.

Ein einzelner Piepton, ein einziger Ausschlag auf dem Bildschirm, dann nichts mehr. Zwei Pieptöne. Ein Anflug von Optimismus, ein paar weitere unregelmäßige Pieptöne, dann wieder ein gleichmäßiger und harmonischer Rhythmus.

»Wir haben sie wieder. Vielen Dank euch allen.«

Noch nie hatte ihm der Klang eines elektronischen Geräuschs so gut gefallen, dachte Dewar, während die Töne des Herzmonitors wieder gleichmäßig und stetig kamen und das Pfeifen und Klicken des Beatmungsgerätes wie Musik in seinen Ohren klang.

Dewar trat wieder zu den anderen nach draußen. »Einen Moment lang war es ein Wettlauf mit dem Tod«, sagte er. »Aber sie ist wieder o.k.«

»Gott sei Dank«, meinte Malloy, und die anderen gaben ihren Segen dazu. Dewars Blick traf den von Le Grice, und in genau diesem Augenblick war das Spiel verloren. Dewars Augen hatten ihn verraten. Einen Moment lang hielten die beiden Männer gegenseitig ihrem Blick stand, dann drehte sich Le Grice auf dem Absatz um und rannte den Flur hinunter.

»Schnell! Hinterher!« schrie Dewar und ließ die Hoffnung auf eine ruhige und zivilisierte Verhaftung sausen. »Er hat versucht, Sandra zu töten!«

Die zwei uniformierten Beamten, die vor der Tür gestanden hatten, nahmen die Verfolgung auf. Grant forderte über Funk Verstärkung an, beschrieb Le Grice und befahl, sämtliche Eingänge zu verriegeln.

Dewar nahm Malloy an die Seite und sagte: »Sie müssen so schnell wie möglich ins Institut, um Ihr Labor zu verriegeln. Das ganze Zeug von Le Grice muß unter Quarantäne gestellt werden. Sichern Sie vor allem alles gut ab, auch wenn das die Schließung des ganzen Instituts bedeuten sollte.«

Malloy schien wie betäubt zu sein. »Ich kann das alles hier einfach nicht glauben«, beschwerte er sich.

»Tun Sie es einfach!« forderte Dewar erneut. Er wandte sich an Grant und sagte: »Vielleicht sollten Sie ein paar Männer zum Institut schicken, nur für den Fall, daß uns Le Grice hier entwischt und versucht, dorthin zurückzukehren. Er hat sich selbst verraten und somit nichts mehr zu verlieren.«

Grant nickte und forderte über Funk eine Streife auf, zum Institut zu fahren und den Eingang zu bewachen. »Ich berichte besser dem Sicherheitsdienst des Krankenhauses, was hier vor sich geht«, sagte er und machte sich auf die Suche nach einem Haustelefon.

Dewar schaute aus einem der Flurfenster hinunter auf die belebte Straße. War Le Grice rechtzeitig nach draußen entkommen? Und falls ja, was passierte dann? Dank Malloy kannte die Polizei bereits seinen Fahrzeugtyp, und Grant würde dafür sorgen, daß sich seine Beschreibung schneller als ein Lauffeuer verbreiten würde. Er war inmitten der Stadt gefangen und würde sicherlich nicht weit kommen, bevor man ihn erwischte.

Grant berichtete, daß inzwischen alle Ausgänge bewacht seien. Le Grice war nirgendwo gesichtet worden. »Ich denke, daß wir vielleicht zu spät gekommen sind«, sagte er. »Aber weit wird er nicht kommen.«

Dewar nickte, erwiderte aber nichts. Er dachte schon weiter: Er wußte, daß Le Grice nicht weit kommen würde, Grant wußte, daß Le Grice nicht weit kommen würde, Le Grice war indessen ein cleverer Mann. Auch er konnte sich das wahrscheinlich denken. Was würde ein cleverer Mann unter diesen Umständen machen? fragte er sich selbst. Dort bleiben, wo er war, lautete die Antwort.

»Was denken Sie?« fragte Grant.

»Ich glaube, daß er immer noch im Krankenhaus ist«, erwiderte Dewar.

»Wie kommen Sie darauf?«

»Er ist clever und kaltschnäuzig. Heute hierherzukommen und das zu tun, was er getan hat, ist der beste Beweis dafür. Ich vermute, daß er sich hier irgendwo versteckt hält. Er wird solange abwarten, bis wir glauben, daß er uns entwischt ist. Dann hätte er es viel leichter, hier herauszukommen.«

»Ich möchte nicht das ganze Krankenhaus absuchen müssen«, sagte Grant. »Vermutlich gibt es hier Räume, von denen nicht mal das Personal etwas weiß.«

Dewar nickte. »Gut möglich. Aber wenn Sie an allen Ausgängen Männer postiert lassen, können wir ihn solange festhalten, bis er irgend etwas Unüberlegtes tut.«

»Zum Beispiel einen Patienten als Geisel zu nehmen«, sagte Grant.

»Ich wünschte, Sie hätten das nicht gesagt«, meinte Dewar, der an diese Möglichkeit noch gar nicht gedacht hatte.

»Wie Sie bereits sagten. Er hat nichts mehr zu verlieren. Mit seiner Karriere ist es aus und vorbei, und falls das Mädchen stirbt, geht es ihm endgültig an den Kragen. Falls nicht, ändert das auch nicht viel.«

»Ich denke, dazu könnte es kommen, wenn Sie das Gebäude von uniformierten Beamten durchsuchen lassen«, sagte Dewar. »Wenn wir ihn in Ruhe lassen, wird er sich freuen, Zeit gewonnen zu haben. Er wird glauben, daß sein Plan funktioniert, und wir haben ein paar Stunden gewonnen.«

»Und was machen wir mit diesen paar Stunden?«

»Wir besorgen uns Pläne vom Krankenhaus und schauen, ob wir herausfinden, wo er sich versteckt haben könnte. Wir wissen, von wo aus er geflüchtet ist. Mal sehen, ob wir uns in ihn hineinversetzen können.«

Zehn Minuten später, in denen Grant es geschafft hatte, sich eine Art Dienststelle im Erdgeschoß einzurichten, brachte ein Verwaltungsangestellter die gewünschten Baupläne. Dewar schaute sie sich alleine an, während Grant noch einmal alle Wachposten an den Türen zu doppelter Wachsamkeit aufforderte. Inzwischen – es waren zwanzig Minuten verstrichen – würde Le Grice nicht einfach versuchen, an ihnen vorbeizurennen. Sie sollten vor allem auf jede mögliche Art der Verkleidung achten.

»Irgendeine Idee?« fragte Grant nach seiner Rückkehr.

Dewar fuhr mit dem Finger eine Linie auf dem Papier entlang. »Das ist der Flur, in dem wir uns befinden. Le Grice ist in dieser Richtung davongelaufen, und hinter dieser Ecke hier haben wir ihn aus den Augen verloren.«

Grant beugte sich weiter vor und näherte seinen Zeigefinger dem von Dewar. »So ist's«, sagte er. »Dann hatte er also zwei Möglichkeiten. Entweder ist er diese Treppen hier runtergerannt, oder er verschwand rechts durch diese Tür. Aber die führt nirgendwohin – eine Wendeltreppe in einem runden Turm. Keine Möglichkeit, ebenerdig rauszukommen.«

»Welchen Weg hätten Sie genommen?« fragte Dewar.

»Ganz klar diese Treppen hier runter«, sagte Grant. »Er ist gerade eben erst losgelaufen. Adrenalin ist ihm ins Blut geschossen, und er will raus. Am Ende der Treppe hat er mehrere Möglichkeiten: drei Flure, zwischen denen er wählen kann, und einige Ausgänge.«

»Aber vielleicht war er schlau genug, vorauszusehen, daß er es selbst in diesem frühen Stadium seiner Flucht nicht mehr nach draußen schaffen würde.«

»Wenn er sich das alles in den paar Sekunden überlegt haben sollte, die er benötigte, um in diesem Flur um die Ecke zu kommen, dann haben wir es wirklich mit einem cleveren Kerlchen zu tun«, meinte Grant. »Und wenn er tatsächlich so clever ist, dann jagt er mir gewaltig Angst ein.«

»Er ist clever, aber wir auch«, sagte Dewar.

12. Kapitel

»Also, wie wollen Sie vorgehen?« fragte Grant.

»Ich möchte den runden Turm überprüfen«, sagte Dewar. »Nur so, für alle Fälle.«

Grant grinste und sagte: »Sie gehören ganz offensichtlich zu der Sorte, die ganz ihrer Eingebung vertrauen. Ich möchte mit Ihnen wetten, daß die Tür zum Turm verschlossen ist. Der wird schon seit Jahren nicht mehr benutzt.«

»Im Zweifelsfall würde ich diese Wette verlieren«, meinte Dewar. »Aber mir wäre wohler, wenn ich das schnell erledigt hätte.«

»Tun Sie sich keinen Zwang an«, sagte Grant mit einem Achselzucken, das unmißverständlich ›reine Zeitverschwendung‹ bedeutete. »Ich überprüfe die Räume auf dem Flur, der eine Etage tiefer liegt. Ich treffe Sie auf der Treppe, wenn Sie fertig sind.« Dewar nickte. »Und bevor wir loslegen, sollten wir uns auf eines einigen«, fügte Grant hinzu. »Wir spielen nicht den Helden, sondern rufen nach Verstärkung, bevor wir irgend etwas unternehmen.«

»Einverstanden«, sagte Dewar.

Dewar ging wieder hinauf auf den Flur, auf dem er Le Grice zuletzt mit wehenden Jackenschößen gesehen hatte, als dieser zur Flucht in die Freiheit ansetzte. Er folgte seinen Schritten bis zu der Ecke, hinter der er, wie es der Plan versprochen hatte, vor die Wahl gestellt wurde. Links führte eine Doppeltür zur Haupttreppe, und rechts befand sich eine weitere Tür. Sein erster Gedanke beim Anblick dieser Tür war, daß Grant recht gehabt hatte. Irgendwie sah sie aus, als sei sie seit Jahren nicht mehr benutzt worden. Sie besaß ein Glasfenster, das aber von innen zugeklebt worden war. Der Griff wirkte dreckig und unbenutzt. Er probierte ihn aus, aber die Tür war verschlossen.

Während er sich umdrehte, um wieder nach unten zu gehen, gestand er Grant in Gedanken zu, die Wette gewonnen zu haben. Doch plötzlich hielt er inne. Der Widerstand, den er in der Tür gefühlt hatte, als er den Griff nach unten gedrückt hatte, war mit leichter Verzögerung gekommen und nicht genau von der Stelle, an der der Griff saß. Er ging zurück und probierte es noch einmal. Dieses Mal war er sich sicher. Er schaute nach oben und sah, daß sich die Tür dort leicht öffnete. Die Tür war nicht verschlossen: sie wurde durch etwas zugehalten, das von der anderen Seite dagegen geschoben worden war. Das mußte nicht automatisch bedeuten, daß sie erst vor kurzem blockiert worden war – der Zugang zum Turm auf dieser Etage konnte schon vor längerer Zeit von jemandem, der aus einem anderen Stockwerk in den Turm gelangt war, zugestellt worden sein. Andererseits lohnte es sich, der Sache auf den Grund zu gehen.

Er drückte den Griff nach unten und hielt ihn fest, während er sich mit seiner Schulter immer stärker gegen die Tür stemmte. Langsam gab sie nach, und es klang, als würde eine Art großer Karton aus dem Weg geschoben. Die Öffnung war jetzt so groß, daß sich Dewar hindurchquetschen konnte. Er schloß die Tür leise hinter sich und schaute sich den Karton an, der den Zugang versperrt hatte; er war mit schweren Gummimatten gefüllt. Die Risse auf ihren Oberflächen bewiesen, daß das Gummi längst alt und brüchig war.

Die Luft roch schal und muffig – offensichtlich besaß der Turm keinerlei Lüftung. Eine dicke Staubschicht bedeckte sämtliche Oberflächen, und überall stand Gerümpel herum. Auf dem Boden lag ein alter Inkubator mit zerbrochenem Glasfenster, dessen Farbe abblätterte. Dewar nahm an, daß man ihn in den Turm geworfen hatte, nachdem das Glas zerbrochen und er damit unnütz geworden war. Es standen auch alte, zerbrochene Plastikstühle zu zweien oder dreien übereinander gestapelt herum, und an einer Wand lehnten Holzbretter sowie mehrere rote Metalleimer mit der fast verblichenen Aufschrift FEUER – Relikte aus jenen Tagen, als noch in regelmäßigen Abständen Wassereimer auf den Fluren standen, um gegen einen möglichen Brand gerüstet zu sein.

Das Turmzimmer war zur Hälfte gekachelt, doch die Kacheln hatten Risse und Sprünge und ähnelten einer unbeschrifteten Straßenkarte. Sie stammten ganz augenscheinlich aus einer anderen Zeit; aus einer Zeit, in der im Licht von Gaslampen noch mit Karbolsäure desinfiziert wurde, und Joseph Lister mit seinen Kollegen just in diesem Krankenhaus das neue Konzept der Keimtötung einführte. Unter dem Fenster stand ein alter Operationstisch, dem das Fußgestell fehlte. Aus diesen und anderen Details schloß Dewar, daß dieser Raum einst als Operationssaal für kleinere chirurgische Eingriffe gedient hatte, zum Beispiel für die Versorgung von Wunden, das Öffnen von Abszessen und dergleichen, aber das lag mit Sicherheit schon lange zurück. Ganz offensichtlich diente er schon seit Jahren als Rumpelkammer.

Wichtiger jedoch war, daß es nirgends ein Anzeichen dafür gab, daß Le Grice in diesem Raum gewesen war – Staub und Dreck wiesen keinerlei Hand- oder Fußabdrücke auf. Dewar ging zum Treppenabsatz und stieg zur nächsten Etage hoch. Auf den spiralförmigen Steinstufen überkam ihn ein leichtes Gefühl der Beklemmung, denn das Tageslicht der ersten Etage reichte nicht bis zur nächsten Etage, und so tauchte er in völlige Dunkelheit ein. Weder das Deckenlicht noch die Lampen im Treppenhaus funktionierten – als man die Nutzung dieses Teils des Gebäudes aufgegeben hatte, war offensichtlich auch die Stromverbindung unterbrochen worden.

Auf dem nächsten Treppenabsatz blieb Dewar einen Moment lang stehen und lauschte. Außer den leisen Hintergrundgeräuschen des Verkehrs vor den Toren des Krankenhauses war es absolut still. Während er dort unbeweglich verharrte und lauschte, schärfte er seine anderen Sinne. Die Luft roch immer noch unangenehm und muffig, aber da war noch etwas anderes, ein vager Anflug von Rasierwasser. Er erkannte diesen Geruch wieder. Irgendwo hier oben befand sich Le Grice.

Dewars Puls wurde schneller, und bald schlug ihm das Herz bis zum Hals. Eigentlich sollte er wieder nach unten gehen und Grant Bescheid sagen, damit sie Verstärkung anfordern könnten, aber nach Möglichkeit wollte er zunächst lieber alleine mit Le Grice über das Pockenvirus und den Stand seiner Entwicklung sprechen. Er fürchtete, daß Le Grice vor den Handschellen der Polizei und dem Schock einer Verhaftung einfach dichtmachen und überhaupt nichts mehr sagen würde. Falls er ihn überreden konnte auszupacken, bevor die Beamten einschritten, hatte er eventuell eine größere Chance, die Wahrheit zu erfahren. Er mußte vorsichtig sein, aber auch wenn es hart auf hart käme, war er immerhin genauso groß und stark wie der Franzose. Wenn er die Nerven behielt und nicht in irgendeine Falle oder einen Hinterhalt tappte, sollte ihm nichts passieren.

Er machte einen Schritt auf das Turmzimmer der zweiten Etage zu; die Tür war nur angelehnt. Er schaute nach oben, um zu sehen, ob sich dort irgend etwas befand, das auf unvorsichtige Köpfe hinabfallen konnte; aber da war nichts. Es bestand natürlich die Möglichkeit, daß Le Grice innen auf ihn wartete, bereit, ihn anzuspringen, sobald er den Raum betrat. Er drückte die Tür vorsichtig auf, trat aber nicht ein. Die Scharniere protestierten quietschend, weil sie in ihrem Schlummer gestört wurden.

Zu seiner Überraschung saß Le Grice auf dem Boden und sah ihn an. Er lehnte mit dem Rücken gegen die runde Wand und saß mit ausgestreckten Beinen genau gegenüber der Tür. Es sah so aus, als hätte er ihn erwartet. Obwohl Le Grice keineswegs eine aggressive Haltung eingenommen hatte, war Dewar dennoch auf der Hut vor diesem Mann. Er hatte es hier nicht mit einem Idioten zu tun.

»Hallo, Pierre«, sagte er ruhig.

Le Grice nickte. »Ich dachte mir, daß Sie es sein könnten«, sagte er mit stärkerem französischen Akzent als bei den ersten Begegnungen. »Ich habe Sie falsch eingeschätzt.«

»Ich hoffe, daß Sie mir alles erzählen werden, bevor die Polizei zu uns stößt.«

Le Grice zuckte mit den Schultern. »Was gibt's da zu erzählen? Wenn sich dieses blöde Mädchen nicht eingemischt hätte, wäre alles prima gelaufen. Sie hat es einfach nicht verstanden. Sie hätte ebenfalls von dem Zugriff auf weitere Fragmente profitiert, genau wie Peter, aber nein, diese blöde Kuh entschied sich zu – wie sagt ihr doch? Sich eher die Hand abzuhacken, als ein schlechtes Gewissen zu haben.«

»Sandra?«

»Verfluchte Sandra.«

Nicht gerade das, was man Reue nennt, dachte Dewar, bemühte sich aber, ruhig zu bleiben, um noch so viel wie möglich zu erfahren. »Wieviel haben die Ihnen gezahlt, damit Sie das tun?«

»Von wem reden Sie?«

»Von den Irakern.«

»Welche Iraker?«

Dewar seufzte und sagte: »Was macht das jetzt noch für einen Sinn, es zu leugnen? Falls Sie überhaupt noch einen Funken Anstand besitzen, legen Sie die Karten offen auf den Tisch und erzählen mir alles. Irgendwo müssen wir anfangen, den Schaden zu begrenzen. Himmelherrgott, kümmert Sie das alles überhaupt nicht? Kapieren Sie nicht, was Sie getan haben?«

»Ich habe Gesetze gebrochen, die heiligen Gesetze, die verfluchten Gesetze, und diese kleine Hexe hat beschlossen, deswegen meine Karriere zu ruinieren. Wie lange werde ich kriegen?«

»Falls Sandra stirbt, dreißig Jahre. Falls nicht, vielleicht etwas weniger. Aber wenn Sie dieses Virus rekonstruiert und abgeliefert haben, wird man speziell für Sie das Hängen wieder einführen, und ich werde in der ersten Reihe stehen und Beifall klatschen. Sagen Sie mir also, wie weit Sie gekommen sind?«

»Zum Teufel, ich habe keine Ahnung, wovon Sie reden«, sagte Le Grice.

Dewar zuckte mit den Schultern und meinte: »Wenn Sie wirklich vorhaben, das Spiel so zu spielen, sollten wir besser gehen.«

Le Grice schüttelte langsam den Kopf. »Das glaube ich nicht«, sagte er.

Dewar fühlte, wie sich seine Nackenhaare sträubten; er war auf der Hut. Obwohl Le Grice immer noch auf dem Boden saß und keine Möglichkeit hatte, ihn überraschend anzugreifen, hatte er bei den letzten Worten ein ungutes Gefühl bekommen. Dieses Gefühl verstärkte sich, als er sah, daß Le Grice ein Skalpell aus seiner Innentasche holte und die Schutzhülle von der Klinge abnahm.

»Damit also haben Sie die künstliche Beatmung unterbrochen«, sagte er, als er sich an die sauberen, scharfen Schnitte in dem Plastikschlauch erinnerte.

Le Grice lächelte und zog die Beine an. »Ich habe Sie wirklich unterschätzt«, sagte er.

»Tun Sie nichts Unüberlegtes«, warnte ihn Dewar, während sich Le Grice allmählich hinkniete. »Sie werden nirgendwo hinkommen. Das sollten Sie einsehen. Es gibt keinen Ausweg. Die Polizei wartet unten.«

Le Grice nickte langsam und sagte: »Oui, alles vorbei. Meine Hoffnungen auf den Impfstoff ... meine Karriere ... meine Ambitionen ... meine Freiheit ... alles vorbei. Das brauchen Sie mir nicht zu sagen. Ich weiß das.« Er lächelte schwach und schnitt sich mit einer plötzlichen, pfeilschnellen Bewegung die eigene Kehle auf.

Dewar sprang zurück, gerade noch bevor eine blutige Fontäne in den Staub zu seinen Füßen schoß. Le Grice fiel nach vorne über auf sein Gesicht und blieb in dieser gekrümmten Haltung erstarrt liegen.

»O mein Gott«, flüsterte Dewar.

»Hallo? Ist da oben wer?« ertönte Grants Stimme vom unteren Treppenabsatz.

»Hier«, antwortete Dewar. Er verharrte regungslos, bis Grant bei ihm war.

»Heiliger Strohsack«, sagte Grant. »Ich hoffe nicht, daß Sie das getan haben.« Dewar schüttelte den Kopf. »Verdammt rücksichtsvoll von ihm, würde ich sagen«, meinte Grant. »Spart uns 'ne Menge Zeit und Ärger, ganz zu Schweigen von den Gerichtskosten und den Kosten für einen gerissenen Pflichtverteidiger, der behaupten würde, daß er sich zur Tatzeit auf halber Höhe des Eiffelturms befunden habe. Warum hat er das getan?«

»Er war ein cleverer Mann, genau wie wir gesagt haben. Er sah seine aussichtslose Zukunft vor sich.«

»Hat er Ihnen gesagt, was Sie wissen wollten?«

Dewar schüttelte den Kopf. »Nein, nichts.«

»Wo stehen wir dann also?«

»Vor einer sehr unangenehmen Aufgabe. Ich werde Steven Malloys Labor schließen und alles darinnen beschlagnahmen.«

»Jesus, da wird er sich aber freuen.«

»Es gibt keine Alternative. Dieser Ort ist voller Flaschen und Reagenzgläser, auf denen Etiketten kleben, die nur ihre Urheber verstehen. In Abwesenheit von Ali Hammadi und jetzt auch noch von Sandra Macandrew die Sachen von Le Grice rauszufischen, ist ein Ding der Unmöglichkeit. Der einzige Weg, sicherzugehen, daß wir wirklich alles, woran Le Grice gearbeitet hat, vernichten, ist, das ganze verdammte Zeug komplett in den Sterilisator zu schmeißen. Natürlich werden wir versuchen, vorher so viel wie möglich davon zu analysieren, aber die Sicherheit hat absoluten Vorrang.«

»Ich bin froh, daß Sie derjenige sind, der es Malloy sagen wird«, meinte Grant. »Das bedeutet das Ende seiner Forscherkarriere.«

»Vielleicht zerstört es zudem zwei Doktorarbeiten und beendet das Arbeitsleben eines Laboranten.«

Dewar wartete, bis man Le Grices Leiche abtransportiert hatte, dann fuhr er zum Institut für Molekularbiologie. Er zeigte den beiden uniformierten Polizisten vor der Tür seinen Ausweis, sagte ihnen aber nicht, daß Le Grice nicht mehr erscheinen würde. Als er eintrat, betrachtete Steven Malloy gerade einen Ständer mit Reagenzgläsern, den er aus dem Kühlschrank des Labors geholt hatte. George Ferguson und Peter Moore räumten den Inhalt einer Gefriertruhe aus und packten ihn auf eine Arbeitsplatte. In der Mitte des Raumes stand auf einem Tisch ein großer Drahtkorb. Dewar schätzte, daß man ihn für Le Grices Sachen vorgesehen hatte.

»Haben Sie ihn erwischt?« fragte Malloy, als Dewar den Raum betrat.

»Wie man's nimmt.«

»Etwas ist passiert«, sagte Malloy, Dewars Gesichtsausdruck interpretierend.

»Pierre Le Grice ist tot. Er hat sich selbst das Leben genommen, als er keinen Ausweg mehr sah.«

»Mein Gott«, flüsterte Malloy. Ferguson und Peter Moore tauschten erschrockene Blicke aus.

Dewar wartete einen Augenblick die Wirkung der Nachricht ab, doch dann fragte Malloy: »Hatten Sie die Möglichkeit mit ihm zu sprechen, bevor er es getan hat?«

Dewar nickte. »Er hat mir nichts erzählt. Er hat den Mordversuch an Sandra nicht geleugnet, aber ansonsten hat er nichts zugegeben.«

»Ich kann immer noch nicht glauben, daß er das getan hat«, sagte Malloy. »Herrgott! Was ist mit uns allen geschehen? Vor ein paar Wochen standen wir noch kurz vor dem größten Durchbruch, den die Wissenschaft seit Jahren erlebt hat, und plötzlich passiert das alles. Ali ist tot, Pierre ist tot. Sandras Leben hängt am seidenen Faden.«

»Ich fürchte, da ist noch mehr«, meinte Dewar. Malloy sah ihn an, als könne er nicht begreifen, daß es nach alldem noch weitere schlechte Nachrichten geben könne. »Ich werde das Labor versiegeln müssen. Ein Spezialistenteam wird hergeschickt werden, um alles sicherzustellen.«

»Pierres Zeug, klar. Wir suchen es gerade zusammen.«

»Alles«, sagte Dewar.

Auf Malloys Gesicht zeichnete sich Ungläubigkeit ab, aber er sah, daß es Dewar ernst meinte. Er sank auf einen Stuhl, starrte zu Boden und schüttelte den Kopf.

»Es tut mir leid«, sagte Dewar. »Aber es ist der einzige Weg, sicherzugehen, daß kein einziges lebendes Pockenvirus übrigbleibt.«

»Das ist verrückt«, sagte Malloy. »Ich glaube einfach nicht eine Sekunde lang, daß Pierre Le Grice in einem offenen Labor versucht haben soll, ein lebendes Pockenvirus zu rekonstruieren. Das wäre einfach völlig verrückt gewesen.«

»Da stimme ich Ihnen zu. Aber Sie hätten auch nicht geglaubt, daß er versuchen würde, Sandra Macandrew umzubringen.«

Dem konnte Malloy nichts entgegensetzen.

»Das heißt, daß meine Doktorarbeit den Abfluß runtergeht«, sagte Peter Moore, der plötzlich erkannte, welche Konsequenzen das Ganze für ihn selbst hatte. »Und Sandras auch.«

»Es tut mir leid, aber es gibt keinen anderen Weg.«

»Himmel«, murmelte Peter Moore. »So eine Scheiße.«

»Das bedeutet das Aus für das Labor, oder?« fragte George Ferguson. »Keine Stiftung der Welt wird noch Geld spenden für eine Forschungsarbeit, die gar nicht mehr existiert.«

»Es bedeutet, daß Sie von vorne anfangen müssen«, stimmte Dewar zu. »Aber Sie werden die ganzen Versuchsbeschreibungen haben, mit denen Sie weiterarbeiten können.«

»Das können Sie vergessen«, sagte Malloy. »Bis wir das wieder aufgeholt haben, ist die Konkurrenz längst außer Sichtweite. Das ist nicht machbar. Es ist vorbei. Wann sollen wir hier verschwinden?«

»Ich möchte, daß Sie das Labor jetzt sofort verlassen. Je schneller ich es versiegeln kann, um so besser.«

Malloy lächelte sarkastisch. »Sie vertrauen uns wohl nicht, eh?«

»Das hat damit nichts zu tun«, erwiderte Dewar. »Reine Vorschrift.«

»Und diese irakischen Schweine, die hinter allem stecken, die Drahtzieher, die läßt man einfach laufen, oder?«

»Bis jetzt haben wir nichts gegen sie in der Hand.«

»Himmel noch mal! Die Hälfte meines Teams ist tot oder liegt im Sterben. Mein gesamtes Forschungsprogramm geht den Bach runter und ›bis jetzt haben wir nichts gegen sie in der Hand‹«, äffte Malloy ihn nach.

»Ich kann Ihre Bitterkeit verstehen«, sagte Dewar.

»Herrgott, Dewar! Sie klingen wie ein Seelsorger – ›Danke, daß Sie Ihre Wut mit mir teilen‹.« Mit diesem Satz stürmte Malloy aus dem Labor hinaus.

»Nun, ich schätze, ich bewege meinen Hintern mal besser zum Arbeitsamt«, sagte Peter Moore. »Mal schauen, ob die einen smarten Klinkenputzer brauchen. Die medizinische Forschungsgesellschaft wird mir nicht noch ein Stipendium bezahlen, um wieder von vorne anzufangen.« Auch er warf Dewar beim Verlassen des Raumes einen düsteren Blick zu.

»Sie sind dran«, sagte Dewar zu George Ferguson, der als einziger noch übrig war. »Ich fühle mich wie der Teufel persönlich.«

Ferguson lächelte ihn halbherzig an. »Sie machen nur Ihren Job«, sagte er. »Aber Sie müssen verstehen, wie sich diese Jungs fühlen.«

Dewar nickte. »Natürlich.«

»Dieses Labor ist Steve Malloys Leben. Im Gegensatz zu den meisten Pfeifen hier, die ihre Zeit damit verbringen, faul auf ihrem Arsch zu sitzen und über Forschung zu reden, anstatt sie zu betreiben, ist seine Arbeit für ihn wirklich das einzige, was zählt. Man braucht mehr als nur Wissen, um ein Forscher zu sein«, fuhr Ferguson fort. »Man kann jedes Geheimnis dieser verdammten Welt kennen und trotzdem nicht wissen, was als nächstes zu tun ist. Steve ist anders. Er ist ein Naturtalent. Er kennt die Fragen, die nötigen Experimente und den Weg, dem man folgen muß. Es ist ‘ne verdammte Schande.«

Dewar nickte mitfühlend. »Und Sie? Was werden Sie jetzt machen?« fragte er.

Ferguson zuckte mit den Schultern. »Ich werd's überleben.«

»Sind Sie verheiratet?«

Ferguson nickte. »Ja, und wir haben einen Sohn.«

»Wohnt er noch zu Hause?«

Ferguson blickte traurig. »Er ist nicht normal«, sagte er. »Hat als Kind einen Hirnschaden erlitten.«

»Das tut mir leid.«

Ferguson zuckte mit den Schultern. »Das ist der Lauf der Dinge. Wie auch immer, ich glaube, ich gehe jetzt besser zu den anderen und lasse Sie hier Ihre Arbeit machen.«

»Es tut mir wirklich aufrichtig leid«, sagte Dewar.

»Ja.«

Von Malloys Büro aus rief Dewar Macmillan bei Sci-Med an und erzählte ihm, was geschehen war.

»Hat dieser Le Grice ein Geständnis abgelegt, bevor er sich umgebracht hat?« fragte Macmillan.

»Er hat den Mordversuch an Sandra Macandrew nicht geleugnet, und er hat weitere Pockenvirenfragmente erwähnt, aber irgendwelche Geschäfte mit den Irakern hat er nicht zugegeben.«

»Verdammt«, sagte Macmillan. »Aber es besteht wenig Zweifel?«

»Er besaß weitere Pockenvirenfragmente und er hat versucht, Sandra umzubringen«, erwiderte Dewar. »Für mich klang es so, als wollte er Sandra überzeugen, daß die zusätzlichen DNS-Fragmente auch ihrer Forschung dienlich sein könnten, sie sich aber trotzdem entschlossen hatte, ihn zu verpfeifen.«

»Dann haben wir immer noch nichts gegen diese verdammten Leute in der Hand. Sie glauben nicht, daß er es tatsächlich geschafft haben könnte, ihnen das Virus zu geben, oder?« fragte Macmillan.

»Nein, das glaube ich nicht. Ich vermute, daß die Zeit nicht gereicht hat, und die Iraker sehen nicht gerade nach Aufbruchstimmung aus, zumindest, wenn man dem Secret Service glauben darf.«

»Was werden Sie mit dem Labor machen, in dem Le Grice gearbeitet hat?«

»Ich habe gerade dem Leiter der Forschungsgruppe mitgeteilt, daß wir alles aus seinem Labor entfernen werden. Ich möchte, daß damit ein Team aus Porton Down beauftragt wird. Wir können keinerlei Risiko eingehen. Das Team hat die Möglichkeit, unter maximalen Sicherheitsbedingungen alles zu analysieren, was vielversprechend aussieht, und hinterher alles zu zerstören.«

»Sie haben recht – das letzte, was wir jetzt noch gebrauchen können, wäre, daß sich jemand mit Pockenviren infiziert, nur weil sich noch welche in diesem Labor befanden und niemand davon wußte.«

»Ich werde das Labor versiegeln und verschließen. Würden Sie dafür sorgen, daß das Porton-Team Bescheid bekommt und hier seine Arbeit verrichtet? Ich werde dem Institutsleiter mitteilen, daß er sie hier erwarten soll.«

»Haben Sie vor, nach London zurückzukommen?«

»Ich habe vor, hier noch ein paar Tage dranzuhängen, falls das in Ordnung ist. Ich werde das Porton-Team bei seiner Ankunft über alles in Kenntnis setzen, und außerdem würde ich gerne Siddiqui und seinen Kumpel von hinten sehen, bevor ich zurückkomme. Vermutlich werden sie das Land verlassen, wenn sie von Le Grice erfahren.«

»Ich habe veranlaßt, worum Sie mich gebeten haben. Sie

werden bei ihrer Ausreise gestoppt und durchsucht werden.«

»Gut, je gründlicher und unangenehmer, desto besser. Siddiqui kann sich nicht auf seinen diplomatischen Status berufen, da er als Wissenschaftler und nicht als Diplomat eingereist ist. Gott allein weiß, welchen Status Abbas hat, aber ich bin mir sicher, daß man sich auf ein ›Mißverständnis‹ rausreden wird.«

»Ich glaube, daß die Leute von der Einwanderungsbehörde kapiert haben, worum es geht«, sagte Macmillan. »Sie leiden immer noch darunter, daß Siddiqui unbemerkt einreisen konnte.«

»Gut.«

»Ich werde jetzt mit Porton sprechen und ihnen Ihre Nummer geben, damit sie nach ihrer Ankunft mit Ihnen Kontakt aufnehmen können.«

»Irgendeine Ahnung, wann das sein könnte?«

»Ich werde ihnen sagen, daß dieser Fall höchste Priorität hat. Sie haben ein mobiles Notfallteam. Mit militärischer Unterstützung würde ich denken, so in vier oder fünf Stunden.«

»Ich werde auf sie warten.«

Als Dewar das Büro betrat, konnte er feststellen, daß Hutton, der Institutsleiter, über die Geschehnisse bereits unterrichtet war.

»Dr. Malloy hat es mir erzählt«, sagte Hutton. »Er ist am Boden zerstört. Er hält es für das Ende seiner Karriere.«

»Nichtsdestotrotz ist er ein brillanter Wissenschaftler«, sagte Dewar. »Mit Sicherheit gibt es irgendwo einen Platz für ihn.«

»Unglücklicherweise laufen in der Forschung die Dinge anders«, meinte Hutton. »Forschungsgruppen gleichen gewissermaßen italienischen Stadtstaaten im Mittelalter. Der Anführer des einen kann unmöglich ins Lager des anderen wechseln. Seine Rivalen im Rennen um einen neuen Impfstoff werden in seinem Unglück nur den einen Konkurrenten weniger sehen.«

»Nicht gerade das, was man eine heile Welt nennt, oder?« fragte Dewar.

»Wo gibt es die heute noch?« erwiderte Hutton.

Die alte Ausrede, dachte Dewar.

»Diese Leute, die da kommen«, fragte Hutton. »Was genau werden die machen?«

»Sie werden mit versiegelbaren Containern absolut alles aus Steven Malloys Labor herausholen und anschließend das leere Labor ausräuchern. In Porton wird dann der Inhalt der Container unter strengsten Sicherheitsvorkehrungen analysiert und schließlich vernichtet, nur für den Fall, daß irgend etwas übersehen wurde.«

Hutton nickte. »Das alles ist wie ein Alptraum.«

»Für uns alle«, stimmte Dewar zu.

»Gibt es irgend etwas, das ich tun könnte?«

»Lediglich dafür zu sorgen, daß Malloys Labor verschlossen bleibt.«

»Bis zum Eintreffen Ihrer Leute werde ich den ganzen Flur sperren. Einer der Pförtner wird sich vor die Tür setzen.«

»Das wird das beste sein.«

Dewar kehrte in sein Hotel zurück und bestellte ein Bier und Sandwiches. Er hatte seit dem Frühstück nichts mehr gegessen, und inzwischen war es bereits vier Uhr nachmittags. Er entschied sich, lieber Grant als das Krankenhaus anzurufen, um sich nach Sandra Macandrews Zustand zu erkundigen.

»Sie sagen, daß sie Fortschritte macht«, erwiderte Grant. »Ich glaube, ihr Ausdruck dafür war, daß ihr Zustand stabil ist. Möchten Sie immer noch eine Wache in ihrer Nähe haben?«

»Ja«, erwiderte Dewar nach einer kurzen Denkpause. »Es ist möglich, daß Le Grice ihr gegenüber gestanden hat, was er für die Iraker machte. Wir müssen für ihre Sicherheit sorgen.«

»Sie sind der Mann.«

Dewar überlegte, aus welchem Film Grant diesen Satz aufgeschnappt hatte.

Als nächstes rief er Simon Barron unter dessen Handy-Nummer an. »Irgendwas passiert?« fragte er.

»Nichts, aber mir ist zu Ohren gekommen, daß Sie 'ne Menge Spaß hatten«, erwiderte Barron. Dewar erzählte ihm die Details. »Also ist die Aufregung vorbei. Dürfen wir davon ausgehen, daß unsere Freunde in Kürze ihre Koffer packen werden?«

»Hoffentlich.«

»Können wir sicher sein, daß dieser Le Grice es nicht doch geschafft hat, das Virus zu rekonstruieren?«

»Alles deutet darauf hin, daß es ihm nicht gelungen ist. Porton Down wird das gesamte Inventar des Labors untersuchen, in dem er gearbeitet hat, und versuchen herauszufinden, wie weit er gekommen war. Und wenn Sandra Macandrew überm Berg ist, wird sie uns wahrscheinlich noch eine Menge erzählen können.«

»Hoffen wir, daß sie es schafft«, sagte Barron. »In der Zwischenzeit werden wir die Überwachung fortsetzen, während Sie den ganzen Spaß haben.«

»Ich glaube, ich hatte bereits genügend ›Spaß‹, wie Sie es ausdrücken. Ich möchte die beiden aus der Forest Road einfach nur noch verschwinden sehen.«

Um kurz nach acht, zehn Minuten nach der Landung auf dem Flughafen von Edinburgh, erhielt Dewar einen Anruf von dem Porton-Team. Er verabredete sich mit ihnen vor dem

Institut, und als er dort ankam, warteten sie bereits auf ihn. Er hatte nicht einkalkuliert, wie schnell sie dank der Begleitung einer Polizeieskorte die Stadt durchqueren konnten. Der kleine Konvoi bestand aus zwei Polizeiwagen und einem unbeschrifteten schwarzen Transporter. Dewar vermutete, daß auch dieser von der örtlichen Polizei gestellt worden war.

Er stellte sich dem Teamleiter Dr. Robert Smillie vor und informierte ihn kurz über das, was geschehen war.

»Das ist mehr oder weniger das, was man uns bereits erzählt hat«, sagte Smillie, nachdem Dewar geendet hatte. »Wenn Sie uns nun noch das fragliche Labor zeigen, kümmern wir uns um alles Weitere. Irgendwelche speziellen Probleme? Brauchen wir Gasmasken?«

»Nein«, versicherte Dewar ihm. »Der in die Affäre verwickelte Mann war ein hervorragend ausgebildeter Wissenschaftler. Falls Sie irgend etwas finden, wird es in einem entsprechenden Behälter verwahrt sein. Die Frage ist nur, in welchem. Es könnten mehrere sein; oder möglicherweise gar keiner. Dies ist eine Vorsichtsmaßnahme, allerdings eine äußerst notwendige.«

Die drei Männer des Teams zogen sich Schutzanzüge und Handschuhe an, bevor sie mit einer ganzen Anzahl versiegelbarer Plastikbehälter Malloys Labor betraten. Sie benötigten weniger als eine Stunde, um jedes einzelne Reagenzglas und jede Flasche einzupacken, alle Möbelstücke abzurücken, um den Boden darunter zu untersuchen und um zu schauen, ob vielleicht irgend etwas hinabgefallen und daruntergerollt war.

»Ich bin beeindruckt«, sagte Dewar zu Smillie, als das Team fertig war und die Sterilisationsbomben in Stellung brachte.

»Bei solchen Gelegenheiten spreche ich gern von einer guten Tagesleistung«, sagte Smillie.

Dewar grinste und sagte: »Aber ich beneide Sie nicht um den nächsten Teil.«

Smillie nickte. »Es steht außer Frage, daß wir jeden einzelnen Behälter untersuchen können«, sagte er. »Aber wir werden sie auf DNS scannen und uns auf die entsprechenden Substanzen konzentrieren. Ich kann Ihnen nicht sagen, wie lange das dauern wird. Wir werden ein Hochsicherheitslabor benutzen. Das verlangsamt das Ganze immer etwas. Es ist so, als ob man sich mit Boxhandschuhen in der Nase bohren wollte.«

13. Kapitel

Dewar sah zu, wie die Lichter des Konvois in der Dunkelheit verschwanden, als sich dieser wieder auf den Weg zum Flughafen machte. Hutton, der es als seine Pflicht angesehen hatte, die ganze Zeit anwesend zu sein, sah auf die Uhr und sagte, daß er sich beeilen müsse. Dabei murmelte er etwas von Abendessen und Freunden. Dewar wünschte ihm einen schönen Abend und fragte sich plötzlich, was er selbst mit dem angebrochenen Abend anfangen wollte. Er fühlte sich ziemlich ausgelaugt.

So vieles war passiert, seitdem er morgens aus dem Bett gestiegen war. Trotzdem fragte er sich, ob er gegen Ende dieses Tages tatsächlich soviel schlauer war. Klar, Le Grice war als Sandra Macandrews Angreifer überführt worden, und es schien so gut wie sicher, daß er für die Iraker gearbeitet hatte, aber genau wie in Ali Hammadis Fall wußte er immer noch nicht genau, worum ihn die Iraker gebeten hatten und wieviel er davon in die Tat hatte umsetzen können. Das waren noch immer die Schlüsselfragen dieser ganzen Affäre.

Vielleicht wußte er jetzt sogar noch weniger darüber, war sein nächster deprimierender Gedanke. Bisher war er davon ausgegangen, daß es Hammadi abgelehnt hatte, auch nur irgend etwas für Siddiqui zu tun, aber dieser Schluß basierte zum Teil auf Le Grices Aussage, daß er beim Aufräumen von Hammadis Sachen nichts Ungewöhnliches entdeckt habe. Möglicherweise war das eine Lüge. Wenn Le Grice vor seinem Selbstmord doch bloß ein Geständnis abgelegt hätte, anstatt zu schweigen! Was machte das für einen Sinn? fragte er sich. Es war schwer nachzuvollziehen, daß ein Mensch im Angesicht seines eigenen Todes die Gelegenheit vergab, das Gleichgewicht zwischen Gut und Böse in seinem Leben wiederherzustellen, selbst wenn er nicht gläubig war.

Ein weiterer Mann, für den dieser Tag einer lebenswichtigen Weichenstellung gleichkam, war Steven Malloy. Der heutige Tag hatte seiner Karriere eindeutig ein Ende gesetzt. Obwohl Dewar bezüglich seiner Entscheidung unter den gegebenen Umständen voll im Recht war – er hatte in der Tat keine andere Wahl gehabt –, überkam ihn ein gewisses Schuldgefühl. Er mochte Malloy und glaubte Ferguson, der so viel Gutes über ihn erzählt hatte. Gute Wissenschaftler waren selten – zumindest seltener, als man gemeinhin glaubte. Ein guter Wissenschaftler konnte den Ruf einer Universität beträchtlich steigern, zwei von der Sorte machten daraus ein exzellentes Forschungszentrum.

Dewar fragte sich, was Malloy heute abend wohl machte. Würde er Freunde aufsuchen oder einsam zu Hause vor sich hin brüten? Mehr oder weniger spontan beschloß Dewar, nach Temple zu fahren, um eine Antwort auf diese Frage zu finden, aber vorher hielt er noch an einem Spirituosengeschäft und kaufte eine gute Flasche Malt Whisky.

Die Fahrt nach Temple dauerte länger als beim letzten Mal, da unterwegs ein heftiger Regenschauer einsetzte. Als er die Hauptstraße verließ, konnten die Scheibenwischer bereits kaum noch mithalten, und er war gezwungen, die Fahrt auf den engen, kurvenreichen Straßen zu verlangsamen, auf denen sich das Wasser schnell in Pfützen sammelte, deren Tiefe richtig abzuschätzen jedesmal eine neue Herausforderung darstellte. Er war erleichtert, als er die Lichter des Dorfes durch die Kiefernzweige hindurchschimmern sah.

Als er vor Malloys Heim hielt, konnte er sehen, daß innen Licht brannte. Er blieb noch einen Moment im Auto sitzen, um der leisen Stimme in seinem Kopf zu lauschen, die ihm zuflüsterte, daß das keine gute Idee sei, aber schließlich von seinem Gewissen übertönt wurde, das vom Gegenteil überzeugt war. Immer wieder sagte man so leichthin Entschuldigungen daher, ohne es wirklich ernst zu meinen. Er hoffte, daß er Malloy mit diesem Besuch überzeugen konnte, daß wenigstens *er* es aufrichtig meinte. Dewar stieg aus dem Auto und eilte den Pfad entlang, wobei er den Kragen seiner Jacke zum Schutz vor dem Regen hochschlug und die Whiskyflasche gegen seine Brust drückte.

Kurz vor der Tür kam ihm der Gedanke, daß Malloy vielleicht nicht alleine sei. Aus dem Inneren der Kirche drang Musik nach draußen, und Dewar erkannte »These Foolish Things« von Stan Getz. Er machte einen Schritt in den Garten, um unbemerkt durch das Fenster schauen zu können. So weit er es beurteilen konnte, war Malloy allein. Er saß ihm mit dem Rücken zugewandt in einem Sessel, hatte ein Glas in der Hand und die Füße auf einen Hocker gelegt.

Dewar klopfte zunächst vorsichtig an der Rundbogentür, dann jedoch mit zunehmender Lautstärke, da niemand antwortete.

»O.k.«, reagierte Malloy schließlich auf Dewars Hartnäckigkeit. »Wer ist da?«

»Adam Dewar.«

Es wurde einen Moment lang still, dann öffnete sich die Tür.

»Was zum Teu –«

Malloy schaute Dewar an, als könne er es immer noch

nicht fassen, wer da vor ihm stand. Offensichtlich war Dewar der letzte auf Erden, den er erwartet hatte beziehungsweise den er sehen wollte.

»Hallo. Wie geht es Ihnen?«

»Ich kann es einfach nicht glauben«, sagte Malloy etwas nuschelig und kratzte sich dabei am Kopf.

»Ich bin nur vorbeigekommen, um Ihnen zu sagen, daß es mir wirklich sehr leid tut für Ihre Forschungsarbeit.«

Malloy starrte Dewar eine ganze Weile mit finsterem Blick an. »Und nun soll ich Ihnen vergeben?« fragte er. »*Te absolvo*. Fühlen Sie sich jetzt besser?«

»Ich bin nicht gekommen, um Vergebung zu erbitten«, sagte Dewar ruhig. »Ich habe getan, was ich tun mußte, und ich glaube, wenn Sie ehrlich zu sich selbst sind, dann wissen Sie das auch. Ich bereue es nicht, aber es tut mir aufrichtig leid. Ich dachte, wir könnten vielleicht einen Drink zusammen nehmen.« Er hielt die Whiskyflasche hoch.

Malloy sah aus, als ob er im Geiste mehrere Möglichkeiten durchspielte, die zwischen ›in lautes Gelächter ausbrechen‹ und ›Dewar die Tür vor der Nase zuschlagen‹ rangierten. Schließlich zuckte er mit den Schultern und sagte: »Sie kommen besser rein.« Er nahm Dewar die Flasche aus dem Arm und goß den Whisky in zwei entsprechende Gläser.

»Worauf sollen wir trinken?« fragte er und reichte Dewar ein Glas.

»... die Zukunft«, erwiderte Dewar ruhig. »Was immer sie bringt. Möge sie freundlicher sein als die Gegenwart.«

»Die Zukunft«, wiederholte Malloy ohne den zynischen Unterton, den Dewar schon fast erwartet hatte. Das gefiel ihm, denn obwohl Malloy bereits etwas getrunken hatte, erging er sich nicht in Selbstmitleid. Beide Männer nahmen einen kräftigen Schluck.

»Setzen Sie sich.«

»Ich dachte, Sie würden den Abend vielleicht mit Peter Moore und George Ferguson verbringen«, sagte Dewar.

Malloy schüttelte den Kopf. »Nein, Peter wird bei dem Doktorandentreffen sein und vermutlich seine tragische Rolle voll ausspielen. Wenn ich mich recht entsinne, kommt das bei den jungen Damen immer besser an als Mr. Happy.«

»Dann halten Sie seine Lage für nicht so ernst?«

»Er ist im ersten Jahr. Er hat nicht viel verloren. Die meisten von ihnen brauchen ein Jahr, um zu lernen, die Nase richtig in etwas reinzustecken, ohne sich dabei ein Auge auszustechen. Er ist ein guter Student. Ich werde mit Cairns über ihn sprechen. Ich bin mir sicher, daß er ihn übernimmt. Vielleicht wird er sein Forschungsprojekt ändern müssen, aber er hat keinen großen Schaden davongetragen.«

»Gut«, sagte Dewar. »Und Sandra?«

Malloy verzog das Gesicht. »Bei ihr ist es anders. Sie ist bereits im dritten Jahr, zu spät für einen Wechsel, fürchte ich. Vorausgesetzt, sie überlebt ihren Unfall, wird es zwar nicht für eine Doktorarbeit reichen, aber sie könnte eine Facharbeit schreiben.«

»Hoffen wir, daß sie die Chance erhält«, sagte Dewar.

»Darauf sollten wir anstoßen«, stimmte Malloy zu und hob sein Glas.

»Dann bleibt nur noch George Ferguson.«

»Armer George. Der arme Kerl hat nicht gerade rosige Zeiten durchgemacht. Erst schließen sie nach dreißig Jahren sein Krankenhaus, dann reichen sie ihn überall an der Universität herum und jetzt das. Sie wissen, daß er eine krebskranke Frau und einen geistig behinderten Jungen hat?«

»Ich wußte das mit dem Jungen«, sagte Dewar. »Ich wußte nichts über die Frau. Ich habe mit ihm gesprochen, bevor ich gegangen bin, oder richtiger, er war zu diesem Zeitpunkt der einzige, der noch mit mir gesprochen hat!«

Malloy grinste ihn von der Seite her an. »Das kann ich mir vorstellen.«

»Er schien die Sache philosophisch zu nehmen«, meinte Dewar.

»Gut«, sagte Malloy. »Normalerweise glaubt er, daß das Schicksal einen persönlichen Rachefeldzug gegen ihn führt.«

Dewar lächelte. »So wie es klingt, hat er damit nicht ganz unrecht. Und Sie? Was werden Sie jetzt machen?«

»Ich hatte letztes Jahr ein paar Angebote von der Pharmaindustrie. Ich habe sie abgelehnt, aber vielleicht ist es an der Zeit, sich ein Stück vom Rosinenkuchen abzuschneiden. Vielleicht kommen der Mammon und ich ganz gut miteinander zurecht.«

»Akademiker verbreiten oft eine Menge Unsinn über die Arbeit in der Industrie«, sagte Dewar. »Wenn man gut ist, dann ist es kein Problem. Die Industrie ist nicht besonders scharf auf Schlappschwänze, aber genau das sind die meisten Universitätsschluffis, die bei dem Wort Industrie sofort abwehrend die Hände heben. Dabei wissen sie, daß man sie dort innerhalb von zehn Minuten durchschauen und wieder vor die Tür setzen würde.«

»Vielleicht haben Sie recht.«

Malloy erhob sich und füllte erneut die Gläser. Dewar wollte dankend ablehnen, besann sich aber eines Besseren. Er konnte genausogut mit einem Taxi zurück in die Stadt fahren und sein Auto morgen abholen. Malloy brauchte Gesellschaft; es schien ihm das Geringste zu sein, was er unter diesen Umständen tun konnte.

Die Getz-Platte war zu Ende. »Die andere Seite?« fragte Malloy.

»Warum nicht?«

Dewar wachte mit fürchterlichen Kopfschmerzen auf und stellte fest, daß er seine Sachen noch anhatte und immer noch in der Kirche saß. Malloy schlief ihm gegenüber im Sessel und schnarchte leise, sein Glas lag umgekippt neben ihm auf dem Teppich. Dewar schaute nach seinem eigenen Glas und entdeckte es neben der leeren Whiskyflasche auf dem Tisch.

»Heiliger Strohsack«, murmelte er, während er sich seinen steifen Hals rieb. Nach zwei Anläufen stand er auf und ging ans Fenster, um hinauszuschauen. Der Regen hatte aufgehört, aber der Himmel sah nicht allzu vielversprechend aus. Er ging ins Badezimmer, und nachdem er sich heißes Wasser über das Gesicht laufen gelassen und sich den Mund ausgespült hatte, fühlte er sich etwas besser.

Als er zurückkam, erwachte Malloy gerade, verfluchte seine steifen Glieder und fragte: »Gott, wie spät ist es?«

Dewar sah auf die Uhr. »Halb acht.«

»Kaffee, ich brauche einen Kaffee.«

Dewar grinste und stellte den Wasserkessel an.

Malloy sprach erst nach zwei Schluck schwarzen Kaffee wieder. Dann sagte er plötzlich: »Wissen Sie, ich glaube immer noch nicht, daß Le Grice dem zugestimmt haben soll, was Sie ihm unterstellen.«

»Alles weist darauf hin.«

Es entstand eine weitere, längere Pause, während der Malloy mit der Kaffeetasse in beiden Händen nachdachte. »Ich kannte den Mann gut«, sagte er. »Ich mochte ihn nicht sonderlich, aber wir sind miteinander ausgekommen, und ich habe ihn als fähigen Wissenschaftler akzeptiert. Er hatte noch andere Seiten – er war ehrgeizig, unsensibel, intolerant, eigensinnig: Ich hätte ihn meiner Schwester nicht als Ehemann gewünscht, aber er war alles andere als ein Dummkopf, und nur ein Dummkopf hätte sich bereit erklärt, mit Pockenviren herumzuspielen.«

»Ich glaube Ihnen«, sagte Dewar. »Aber ich muß mich an die Fakten halten, und die besagen, daß er nichts Gutes im Schilde führte.«

»Oh, das akzeptiere ich«, sagte Malloy. »Aber ich glaube einfach nicht, daß lebende Pockenviren dabei eine Rolle spielten.«

»Ich bete zu Gott, daß Sie recht haben«, meinte Dewar. »Hoffen wir, daß uns Sandra in Kürze erzählen kann, was wirklich passiert ist.«

»Danke, daß Sie gestern abend gekommen sind«, sagte Malloy. »Ich weiß das zu schätzen.«

Dewar stand auf und zog sich die Jacke an. »Schon 'ne Weile her, daß ich mich in den Schlaf gesoffen habe.«

»Geht mir nicht anders«, erwiderte Malloy.

Die beiden Männer gaben sich die Hand, und Dewar fuhr in die Stadt zurück. Die Fahrt verlief ohne Zwischenfälle, nur der Mann an der Hotelrezeption schaute ihn vielsagend an, was er mit eisigem Blick erwiderte, bevor er nach oben ging. Dort nahm er eine Dusche, zog sich um und rief im Krankenhaus an. Sandra war immer noch bewußtlos. Er rief Barron an: Die Iraker machten keine Anstalten, das Land zu verlassen. Er erstattete Sci-Med einen kurzen Bericht und erfuhr, daß der Inhalt von Malloys Labor sicher in Porton Down angekommen war und bereits untersucht wurde. Es blieb ihm nichts anderes übrig, als zu warten.

Am Freitag morgen begann Dewar sich langsam Sorgen zu machen, nicht weil Sandra immer noch im Koma lag, sondern weil die Iraker keine Vorbereitungen trafen, die Stadt zu verlassen. Das stand so nicht im Drehbuch. Die Tatsache, daß sie noch da waren, begann sogar Zweifel über Le Grices Rolle aufzuwerfen.

»Wir langweilen uns zu Tode«, beschwerte sich Barron, als

Dewar am Nachmittag mit ihm sprach. »Worauf zum Teufel warten die?«

»Wenn ich das nur wüßte«, erwiderte Dewar. »Aber ich bin mir sicher, daß jetzt nichts mehr vom Institut kommt. Die Porton-Leute haben alles mitgenommen.«

»Vielleicht harren sie hier aus, um uns glauben zu machen, wir seien die ganze Zeit auf dem Holzweg«, legte Barron nahe.

»Vielleicht warten sie aber auch darauf, daß man ihnen ein anderes Institut als Anlaufstelle nennt, und ziehen dann weiter.«

»Solange es nur nicht wieder in England ist«, meinte Barron.

»Ganz schön egoistisch«, sagte Dewar.

Kurz nach fünf rief Karen an, um Bescheid zu sagen, daß sie bei ihrer Mutter angekommen sei, und um ihn zu fragen, wann er zu ihnen stoßen würde.

»Gegen sieben«, antwortete Dewar zögernd.

»Keine Ausreden«, meinte Karen *sotto voce*, was vermuten ließ, daß ihre Mutter mithörte.

»Würde ich das je wagen?« fragte Dewar.

»Hmmm.«

Dewar hielt Wort und stand kurz vor sieben vor dem Haus in North Berwick, küßte erst Karen und dann ihre Mutter leicht auf die Wange und fügte hinzu: »Schön, dich wiederzusehen, Jean.«

»Ich habe gehört, daß du gerade in Edinburgh zu tun hast, Adam. Was führt dich hier rauf?«

»Ein Problem in einem der Forschungsinstitute«, erwiderte Dewar und nahm das Glas Sherry an, das Karen ihm reichte.

»Das hat nicht zufällig was mit diesem ausländischen Studenten zu tun, der sich vor ein paar Wochen erhängt hat?«

»Er war Student an diesem Institut«, gab Dewar zu.

»Ausländer«, schnaubte Jean. »Immer unzuverlässig.«

Dewar schaute zu Karen, die ihm einen warnenden Blick zuwarf.

Dewar schwieg. Er hatte sich geistig auf einen Abend voll von reaktionärem Blödsinn aus dem Munde dieser gänzlich in Tweed gekleideten Frau eingestellt. Er wurde nicht enttäuscht: Jean tat ihre Forderung nach einer dringend notwendigen Bewaffnung der Polizei offen kund und unterstrich jede ihrer Aussagen, indem sie mit dem Griff ihres Messers bekräftigend auf den Tisch klopfte. Anschließend hielt sie eine Rede über die Repatriierung von Farbigen sowie die Einführung strengerer Einwanderungsgesetze. Zu guter Letzt erläuterte sie ihren Plan einer Ausgangssperre, die nach zehn Uhr abends über alle Straßen Großbritanniens verhängt werden sollte. Natürlich war sie bereit, gewisse Ausnahmen zuzulassen, zum Beispiel in der Silvesternacht – »Ich bin schließlich kein Monster, Adam« – sowie an einigen anderen Feiertagen. Doch müßten gewisse Leute von diesen Regelungen ausgenommen werden.

Dewar konnte sich des Gefühls nicht erwehren, daß dazu auf jeden Fall gewisse ältere Frauen in Tweedkostümen gehören sollten, die Angoraunterwäsche und Stützstrümpfe trugen und dank der von ihren späten Ehemännern geerbten Vermögen in großen, komfortablen Häusern in North Berwick lebten.

Da Karen befürchtete, daß Dewars Geduld langsam zu Ende war, schlug sie einen kleinen Spaziergang zum Hafen vor, bevor sie sich um den Abwasch kümmern wollte. Dewar willigte sofort ein.

»Wie kommt es, daß du so normal geworden bist?« fragte er Karen, als sie über das Kopfsteinpflaster zum Hafen gingen.

»Sie ist nicht so schlimm, wie sie sich anhört«, sagte Karen.

»Sie hat wirklich ein gutes Herz.«

»Ich nehme dich beim Wort«, sagte Dewar kläglich.

»Opa – der Vater meiner Mutter – war genau wie mein Vater Oberst bei der Armee. Sie war zeitlebens an die Umgangsformen der herrschenden Klasse gewöhnt, und es gefiel ihr nicht, als die Welt sich veränderte, daher baute sie sich mit ihren Freundinnen eine eigene Welt. Sie halten zusammen und tun so, als ob sich nichts geändert hätte. Da sie alle Geld haben, ist es für sie nicht schwierig, Leute zu finden, die ihre Bedürfnisse befriedigen und sie in ihren Illusionen bestätigen.«

»Das ist noch keine Antwort auf meine Frage. Du bist ihr überhaupt nicht ähnlich.«

»Vielleicht wäre ich so wie sie geworden, wenn ich nicht zur Uni gegangen wäre und gelernt hätte, selbständig zu denken. Danach habe ich mein freiwilliges Jahr in Übersee absolviert und erlebt, wie wenig die Menschen dort zum Leben haben. Auch die Arbeit im öffentlichen Gesundheitsdienst hat mir ein bißchen die Augen geöffnet. Ich habe gesehen, wie schlecht es manchen Menschen finanziell in unserem Land geht. Im Gegensatz zu meiner Mutter weiß ich, wie die Welt in Wirklichkeit aussieht; und im Gegensatz zu ihr jagt mir das keine Angst ein. Ich mache mir keine Illusionen, aber ich fühle mich auch nicht die ganze Zeit bedroht. Ich fühle mich o.k.«

Dewar legte seine Hand auf Karens Hintern und drückte ihn leicht. »Das kann man wohl sagen«, meinte er.

»Sei nicht so frech!«

»Jetzt klingst du wie deine Mutter.«

Karen stieß ihn mit dem Ellenbogen sanft in die Rippen und sagte: »Du hast mir noch gar nicht erzählt, ob deine Ermittlungen Fortschritte machen.«

Dewar erzählte ihr alles, was er wußte.

Karen zitterte leicht, und Dewar schlug vor, umzukehren.

»Bleibst du über Nacht?« fragte sie.

»Wenn du das möchtest.«

»Natürlich möchte ich das. Mutter würde es als persönlichen Affront werten, wenn du nicht bleibst.«

»Obwohl sie meinen Anblick nur schwer ertragen kann?« fragte Dewar.

»Red keinen Quatsch. Sie mag zwar etwas rechts von Mussolini stehen, aber das heißt lange noch nicht, daß sie dich für den Inbegriff der roten Pest hält, nur weil dir deine Mitmenschen nicht egal sind und du auch offen dazu stehst.«

»Das gleiche gilt doch auch für deine Arbeit«, meinte Dewar.

»Aber in ihren Augen ist das etwas anderes. Sie glaubt, daß ich karitativ tätig bin. Menschen wie sie waren das in der Regel immer. Du weißt schon, Sockenstricken für Soldaten, Frauenhilfsdienste, Krankenwagenfahren und all so was.«

Bevor sie das Haus wieder betraten, holte Dewar noch einmal tief Luft. »Ich bin stolz auf dich«, sagte Karen lächelnd. »Halt durch! Sie geht immer früh ins Bett.«

Karens Mutter erkundigte sich, ob sie das Graffiti unten am Hafen bemerkt hatten. Hatten sie nicht.

»Jugendliche Schlägertypen, die nichts Besseres zu tun haben«, erklärte Jean und nutzte das als Ausgangspunkt, um ihre Ansichten über den Verfall der Jugend kundzutun, und darüber, wie man mit solchen Typen umgehen sollte. »Und was macht man mit denen, wenn man sie erwischt? Bewährung!« schnaubte sie. »Als ob sie das aufhalten würde. Die lachen sich doch über die Gesetze kaputt, das machen die.«

»Ich glaube, ich weiß, wie man die Rückfälligkeit eindämmen könnte«, meinte Dewar.

»Ist das dein Ernst, Adam?«

»Straftäter beim ersten Vergehen hängen«, sagte Dewar mit ernster Miene.

»Nun, du kennst meine Ansichten, was das Hängen betrifft …«, sagte Jean, bevor sie erkannte, daß er sich über sie lustig machte. »Das ist doch lächerlich, Adam«, sagte sie mit beleidigtem Gesichtsausdruck.

Karen schloß kurz die Augen und sagte dann: »Es wird Zeit, daß wir uns um den Abwasch kümmern, Adam.«

»Stimmt.«

»Ich denke, ich gehe schon mal hoch ins Bett, ihr Lieben«, sagte Jean. »Ich fürchte, daß eine Migräne im Anflug ist.« Sie küßte Karen auf die Wange und wünschte Dewar kühl gute Nacht.

»Dabei hattest du so gut angefangen«, sagte Karen und stürzte sich auf die schmutzigen Teller.

Dewar stellte sich hinter sie und legte seine Arme um ihre Hüften. »Tut mir leid«, sagte er und schmiegte sich an ihren Hals.

Karen neigte den Kopf zur Seite und hielt die durch Gummihandschuhe geschützte Hände hoch. »Glaub ja nicht, daß du mich so herumkriegst«, sagte sie lächelnd.

»Wirst du mich auf dein Zimmer lassen?«

»Nein, wir waren uns doch einig – es liegt direkt neben dem Schlafzimmer meiner Mutter.«

»Du kannst doch in mein Zimmer kommen.«

»Du schläfst genau auf der anderen Seite ihres Zimmers«, meinte Karen.

»Ich wette, das hat sie absichtlich so geplant«, beschwerte sich Dewar. »Bei alldem militärischen Hintergrund in der Familie ist sie bestimmt ein taktisches Genie.«

»Es schadet dir überhaupt nichts, dich mal ein bißchen in Selbstbeherrschung zu üben«, sagte Karen.

»Auf der anderen Seite …«, meinte Dewar und ließ seine Hände über Karens Hüften gleiten.

»Was?«

»Ich könnte es direkt hier mit dir auf der Spüle machen.« Er ließ seine Hände tiefer gleiten und begann, Karens Rock nach oben zu schieben.

»Adam!« protestierte Karen in theatralischem Flüsterton.

Dewar vergrub sein Gesicht in ihrem Hals, schob ihr den Rock über den Hintern und preßte sich von hinten an sie.

»Ich glaube wirklich ... nicht ... daß das eine ... gute Idee ist«, stöhnte Karen, deren Stimme jedoch etwas anderes vermuten ließ. »Du alter Lustmo –«

»Karen, Liebling, ich hätte dir noch sagen sollen, daß du das ... aufbauchst.« Jeans Stimme verebbte leise hinter ihnen. Dewar schloß die Augen und betete, daß die Erde sich auftun möge. Karen erstarrte lediglich.

»Also wirklich!«

»O Gott, bitte sag mir, daß das nicht wahr ist«, betete Dewar laut.

»Ist es aber«, sagte Karen, die mit der Situation besser klarkam als er. Sie amüsierte sich sogar über Dewars Gesichtsausdruck.

»Das hat dich ja wohl hoffentlich von deiner Geilheit geheilt, oder?«

»Du sagst es«, erwiderte Dewar, dem sie Situation immer noch peinlich war. »Ich bekomme wahrscheinlich nie wieder einen hoch.«

»Die Welt wird schon nicht untergehen«, meinte Karen. »Nach all der Zeit müßte selbst meine Mutter auf die Idee gekommen sein, daß wir nicht immer nur Scrabble spielen, wenn wir zusammen sind.«

»Obwohl ...«

Das Telefon klingelte, und Karen verließ die Küche, um abzuheben.

Sie kam zurück und sagte: »Es ist für dich.«

»Ich mußte eine Nummer hinterlassen«, entschuldigte sich Dewar.

Ian Grant war am Apparat. »Ich bin im Krankenhaus. Sandra Macandrew scheint das Bewußtsein wiederzuerlangen. Ich dachte, das sollten Sie wissen.«

»Ich bin schon unterwegs.«

Dewar erklärte Karen, daß er sie verlassen müsse.

»Rettung in letzter Sekunde«, meinte Karen.

Dewar wirkte noch immer verlegen. »Wie soll ich mich deiner Mutter gegenüber verhalten?« fragte er. »Mich entschuldigen?«

Karen schüttelte den Kopf. »So wie ich meine Mutter kenne, wird sie so tun, als sei nichts geschehen. Wahrscheinlich wird sie es nie erwähnen. Wir sollten es genauso machen.«

»Es tut mir leid«, sagte Dewar, während er sich die Jacke anzog.

»Mir nicht«, erwiderte Karen. »Es ist schön, wenn du Verlangen nach mir hast. Möge es lange so bleiben!«

Dewar heizte mit dem Rover in einer halben Stunde die etwa dreißig Meilen hoch nach Edinburgh. Als er Grant fand, stritt sich dieser offenbar gerade mit einem Mitglied des medizinischen Personals. Die beiden Männer flüsterten zwar, doch der Streit ließ ihre Stimmen langsam anschwellen. Grant schaute erleichtert, als er Dewar erblickte. »Gut, daß Sie kommen«, sagte er. »Ich habe gerade versucht, Doktor Sellars zu erklären, daß Sie Miss Macandrew als erster sprechen müssen.«

»Wo liegt da das Problem?« fragte Dewar.

Mit gequältem Blick antwortete Sellars: »Ihre Eltern setzen mich unter Druck. Sie wissen, daß sie gerade wieder langsam zu sich kommt, und wollen bei ihr sein. Das ist auch verständlich.«

Dewar nickte zustimmend. »Vielleicht sollte ich mit Ihnen reden.«

»Es wäre einen Versuch wert«, sagte Sellars erleichtert darüber, daß er dann nicht den Sündenbock spielen mußte.

Dewar wurde in den Raum geführt, in dem eine Krankenschwester gerade versuchte, Sandras Eltern zu beschwichtigen.

»Das ist ungeheuerlich«, beschwerte sich der Vater.

»Es tut mir leid. Ich bin die Ursache für diesen ganzen Ärger«, sagte Dewar, um auf sich aufmerksam zu machen. Er reichte Sandras Eltern nacheinander die Hand. »Ich weiß, daß Ihnen das alles völlig unverständlich erscheinen muß, aber es ist lebenswichtig, daß ich als erster mit Sandra spreche. Sie weiß etwas, daß leicht das Leben von Millionen von Menschen beeinflussen könnte.«

»Unsere Sandra?«

Dewar nickte. »Ich glaube, daß Sie es als gutes Zeichen nehmen können, daß sie gerade aus dem Koma erwacht, und ich versichere Ihnen, daß Sie so bald wie möglich zu ihr dürfen, aber bitte geben Sie mir noch einen kleinen Moment Zeit.«

Das Ehepaar schien mit dieser Erklärung zufrieden, wenn auch etwas überrumpelt zu sein. Sie setzten sich, und Dewar ließ sie wieder mit der Krankenschwester allein.

»O.k.?« fragte Sellars.

»Im Augenblick, ja«, erwiderte Dewar. »Kann ich sie jetzt sehen?«

Sellars ging voran.

»Sandra! Kannst du mich hören?« fragte Sellars mit lauter Stimme.

Sandra bewegte ihren Kopf auf dem Kopfkissen hin und her, als fühle sie sich von Sellars insistierender Stimme belästigt. »Geh weg«, murmelte sie.

»Komm schon, Sandra. Mach die Augen auf.«

Sandras Augen öffneten sich wie die einer Puppe, die man aufrecht hingesetzt hat. »Wie viele Finger, Sandra?« fragte Sellars und hielt drei Finger hoch.

»Drei«, antwortete Sandra.

»Wie viele sind es jetzt?« Sellars hielt vier hoch.

Wiederum bewegte Sandra ihren Kopf unwillig hin und her. »Vier«, murmelte sie.

»Gut. Wie heißt unser Premierminister?«

»Lassen Sie mich in Ruhe.«

»Komm schon, Sandra. Sag mir, wie der Premierminister heißt.«

»Blair«, murmelte Sandra.

»Wer? Lauter.«

»Blair. Der verdammte Tony Blair.«

»Jetzt sind Sie dran«, sagte Sellars zu Dewar.

14. Kapitel

Sellars ließ Dewar alleine mit Sandra zwischen all den Maschinen zurück, die mit beruhigendem Piepen und Klicken jeden ihrer Atemzüge überwachten und deren LED-Bildschirme sich farbig von der gedämpften Nachtbeleuchtung des Zimmers abhoben. Dewar rückte einen Stuhl ans Bett, setzte sich und blickte Sandra mit aufgestützten Ellenbogen ins Gesicht.

»Sandra, erinnern Sie sich an mich?« fragte er. Im Gegensatz zu Sellars sprach er leise, das Gesicht sehr nah an ihrem.

Sandra öffnete die Augen und schloß sie wieder. Über zehn Sekunden verstrichen, bevor sie erwiderte: »Dewar.«

Dewar war erleichtert. Sandras Langzeitgedächtnis war völlig in Ordnung. Es bestand natürlich nach wie vor die Möglichkeit, daß das Trauma des Unfalls die Erinnerung an den Zusammenstoß mit dem Auto und möglicherweise auch an den Zeitraum unmittelbar davor ausgelöscht hatte. So etwas kam häufig vor.

»Sandra, erinnern Sie sich, was mit Ihnen passiert ist?«

Wieder öffnete Sandra kurz die Augen, um sie sofort wieder zu schließen, als seien die Lider zu schwer. »Krankenhaus«, antwortete sie langsam.

»Wissen Sie, warum Sie im Krankenhaus sind?«

Sandra machte ein Geräusch, als wolle sie antworten, brach

dann aber ab und atmete aus. Das wiederholte sie noch zweimal, bevor sie ausstieß: »Nein.«

Dann hatte sie also doch eine Erinnerungslücke. Das war sehr bedauerlich. Wenn sie sich jetzt nicht an den Unfall erinnern konnte, gab es keine Garantie, daß sie das jemals wieder können würde. In solchen Fällen konnte man das unmöglich vorhersagen. Vielleicht erinnerte sie sich in ein paar Tagen an alles, vielleicht aber auch nie wieder. Die große Frage war jetzt, an wieviel sie sich vor ihrem Unfall noch erinnern konnte.

»Sandra, Sie hatten einen Fahrradunfall.«

»Fahrrad«, wiederholte Sandra. Das Wort schien keine bestimmte Erinnerung in ihr auszulösen.

»Erinnern Sie sich nicht?«

»Fahrrad. Nein.«

»Sandra, erinnern Sie sich an Pierre? Pierre im Labor?«

»Pierre, kenne Pierre ... Franzose.«

»Das ist richtig. Er ist Franzose. An was erinnern Sie sich noch im Zusammenhang mit ihm?«

»Im Labor. Er war im Labor«, Sandra bewegte ihren Kopf unwillig hin und her. Dewar fühlte sich dadurch ermutigt. Er war am richtigen Drücker.

»Sandra, wann war er im Labor? Das letzte Mal, als Sie auch da waren?«

»Letzte Mal ... ja.«

»Ich glaube, Sie haben gemerkt, daß er etwas Verbotenes im Labor gemacht hat. Stimmt das? Was hat er gemacht?«

»Die Sequenz«, erwiderte Sandra, als erinnere sie sich an etwas Unangenehmes. Sie runzelte die Stirn und versuchte erneut, die Augen zu öffnen. Dieses Mal gelang es ihr für ein paar Sekunden, bevor sie wieder zufielen.

»Welche Sequenz?«

»DNS ... Pocken-DNS. Nicht unsere.«

Dewar spürte, wie die Erregung ihm die Kehle zuschnürte.

»Nicht eure?« fragte er sanft. Er wollte auf keinen Fall Sandras Erinnerungskette unterbrechen.

»Nicht unsere Fragmente.«

»Sandra, woher wußten Sie das?« fragte er. »Wie haben Sie das herausgefunden?«

»Computer ..., Pierre hat die Sequenz im Computer gelassen. Ich habe ... einen Datencheck gemacht. Nicht unser Pockenfragment.«

»Ich verstehe. Sie haben im Computer eine DNS-Sequenz gefunden. Pierre hatte sie eingegeben, und es war die Sequenz eines Pockenvirusfragments, das das Labor nicht hätte haben dürfen. Stimmt das so?«

Sandra nickte, ohne den Kopf vom Kissen zu heben. Sie schien erfreut und erleichtert zu sein, daß sie sich so gut hatte verständlich machen können.

Dewar hatte zwar verstanden, was sie gesagt hatte, jedoch die Bedeutung davon noch nicht ganz erfaßt. Er runzelte die Stirn und sagte: »Aber die Sequenz eines Pockenvirus ist allen Wissenschaftlern zugänglich. Jeder hat Zugriff auf die DNS-Daten. Was war so merkwürdig daran, sie auf dem Computer zu finden?«

Dieses Mal schüttelte Sandra den Kopf, als wolle sie auf ein Mißverständnis hinweisen. »Pierres Sequenz«, sagte sie. »Nicht von der Datenbank.«

Plötzlich verstand Dewar, was Sandra meinte. »Oh, ich verstehe«, sagte er. »Es war keine Sequenz, die er *aus* der Datenbank hatte, sondern eine DNS-Sequenz, die er *eingespeist* hatte. Daten aus einem Experiment, das er im Labor durchgeführt hat. *Sie* haben sie mit der Datenbank überprüft, um herauszufinden, worum es sich handelt? Sandra nickte erleichtert. »Also hat Pierre im Labor mit Pockenvirusfragmenten experimentiert, zu denen er eigentlich gar keinen Zugang haben durfte?«

»Ja.«

»Und Sie haben ihn zur Rede gestellt?«

»Ja.«

»Was hat er darauf geantwortet?«

»Wütend ... hat mir gesagt ... Mund halten.«

»Er wollte, daß Sie über das, was er tat, schweigen?«

Ein Nicken.

Dewar konnte aus Sandras Ruhelosigkeit erkennen, daß sie zunehmend von unliebsamen Erinnerungen eingeholt wurde. Das Piepen des Herzmonitors hatte zugenommen, aber er mußte weiter fragen, bevor es ihr gelang, diese Erinnerungen zu verdrängen.

»Sandra, was hat er mit den Fragmenten gemacht? Woher hatte er sie?«

»Alis.«

»Es waren Ali Hammadis Fragmente?«

»Pierre fand illegale Fragmente, als er ... Alis Kühlschrank ausgeräumt hat ... und Steve angelogen ... nichts darüber gesagt. Pierre wollte ... sie benutzen.«

»Sandra, hat Pierre versucht, ein lebendes Pockenvirus zu rekonstruieren?«

Sandra riß die Augen auf, als würde ihr diese Vorstellung einen Schock versetzen. Sie starrte Dewar an. »Neiiiin«, erwiderte sie mit einem Seufzer. Trotz ihres geschwächten Zustands gelang es ihr, überzeugend zu vermitteln, daß sie einen solchen Gedanken völlig lächerlich fand.

»Sind Sie sich da absolut sicher?«

Ein Nicken. »Pierre fand ... die Fragmente, die er für seine Forschung brauchte ... die, die er wegen Ihnen nicht haben konnte. Sagte, daß ich sie auch haben könne, aber ich habe gesagt, daß das verboten ist und ich das ... Steve sagen würde.«

Dewar dachte einen Moment lang nach, bevor er weiterfragte. Sollte das, was er gerade erfahren hatte, wahr sein, gab es keine Verbindung zwischen Le Grice und den Irakern. Le Grice war einfach zufällig über die Fragmente gestolpert, die man Ali Hammadi gegeben hatte, und da er zweifellos sehr ehrgeizig war, hatte er beschlossen, kein Wort darüber zu verlieren und sie ungeachtet der Vorschriften für seine Forschung zu verwenden. Le Grice hatte sein Unwissen hinsichtlich der Iraker nicht etwa vorgetäuscht, er hatte wirklich nichts mit ihnen zu tun gehabt. Er mußte Panik bekommen haben, als Sandra androhte, daß sie Steve davon erzählen würde, und hatte sie dann, um seine Karriere zu retten, überfahren.

»Gab es außer den DNS-Fragmenten des Pockenvirus, die er benutzt hat, noch andere?«

»Pierre sagte ... viele.«

»Was ist mit denen passiert, Sandra? Den anderen Fragmenten, die von Ali stammten?«

»Pierre hat sie zerstört ... zu gefährlich, sie aufzuheben.«

»Das hat er Ihnen erzählt?« Ein Nicken. »Und Sie haben ihm geglaubt?«

»Wußte nicht, was ... ich glauben sollte ...«

Dewar konnte sie nur zu gut verstehen. Auch er wußte nicht mehr, was er glauben sollte. »Haben Sie versucht, es Steve zu erzählen?« fragte er.

»Ich habe versucht ... zu telefonieren, aber es war schwierig, weil Pierre da... habe es nicht geschafft, ... daß er mich versteht.«

»Hat Pierre Sie bedroht?«

»Hat versucht, mich zu überreden, Steve nichts zu sagen. Sehr wütend. Hat mich dumme Kuh genannt. Gesagt, ich würde ... meine Karriere ruinieren, noch bevor sie angefangen hat ... Ich habe gesagt, ich würde eine Nacht drüber schlafen, aber ich wollte einfach weg von ihm ... Ich wollte es Steve am Morgen sowieso sagen.«

Und Le Grice wußte das, dachte Dewar. »Also sind Sie mit dem Fahrrad nach Hause gefahren?«

»Ja ...«, sagte Sandra unsicher.

»Mit dem Fahrrad?«

»Dunkel.«

»Ja, es war dunkel, aber Sie hatten Ihre Lampen an.«

»Dunkel.«

Dewar wußte, daß er die Grenze von Sandras Erinnerungsvermögen erreicht hatte. Er stand auf und zog den Stuhl vom Bett weg.

»Sandra, ich werde jetzt Ihre Eltern holen, und dann müssen Sie etwas schlafen«, sagte Dewar. »Ich werde Sie bald wieder besuchen.« Dewar streichelte kurz über ihren Handrücken und verließ das Zimmer.

»Und?« fragte Grant.

»Ich weiß nicht«, erwiderte Dewar nachdenklich.

»Sie konnte Ihnen nichts sagen?« rief Grant aus.

»O doch. Sie hat eine ganze Menge gesagt. Es kommt unseren Vermutungen ziemlich nahe. Le Grice hat in der Tat mit Pockenvirusfragmenten experimentiert, die er nicht hätte haben dürfen, aber er hat Sandra erzählt, daß sie von Hammadi stammten. Er behauptete, sie nach Hammadis Tod beim Aufräumen in dessen Kühlschrank gefunden zu haben. Er hat ein paar dieser Virusfragmente für seine Forschung an einem Aidsimpfstoff benutzt, aber keinen lebenden Pockenvirus daraus gebastelt. Er hat Sandra erzählt, daß er die Fragmente, die er nicht brauchte, zerstört habe. Es gibt also keine direkte Verbindung zwischen ihm und den Irakern.«

»Und das glauben Sie?«

»Ich weiß es nicht. Es paßt eine Menge zusammen. Le Grice schien nicht zu wissen, worüber ich sprach, als ich wegen der Zusammenarbeit mit den Irakern nachhakte. Ich dachte, daß er das lediglich vortäuschte, aber vielleicht war es wirklich so. Und dann Malloy. Er besteht darauf, daß Le Grice niemals so dumm gewesen wäre, ein lebendes Pockenvirus herstellen zu wollen. Vielleicht hat er recht.«

»Also, warum sind die Iraker dann geblieben? Warum sind sie immer noch da?«

»Wir müssen wohl wieder zum Ausgangspunkt zurück«, sagte Dewar. »Ich weiß es nicht.«

»Das wär's also«, meinte Grant. »Wenn ich Sie richtig verstehe, werden wir von Miss Macandrew keine weiteren Informationen bekommen.«

»Ich glaube, sie hat mir alles gesagt, was sie wußte«, sagte Dewar.

»Was bedeutet das für uns?«

»Offensichtlich haben die Iraker Hammadi Pockenvirusfragmente gegeben, aber ich glaube nicht, daß er damit irgend etwas gemacht hat. Außerdem bin ich inzwischen ziemlich sicher, daß auch Le Grice keinen Versuch unternommen hat, lebende Pockenviren zu rekonstruieren. Er hat einfach die Gelegenheit genutzt, ein paar DNS-Fragmente für sein eigenes Projekt zu stehlen, ohne den anderen von seinem Fund zu berichten oder mögliche Konsequenzen zu bedenken, sollte irgend jemand von seinem Betrug erfahren – was ja dann der Fall war –, aber ich glaube wirklich, daß er die Fragmente zerstört hat, die er nicht benötigte.«

»Dann besteht also für niemanden mehr Gefahr?«

»Vielleicht sollten wir diese Frage erst beantworten, wenn wir wissen, was Porton herausgefunden hat, aber ich wette ein Monatsgehalt darauf, daß sie keine lebenden Pockenviren finden werden.«

»Sollen wir den Polizeischutz für Sandra aufheben?«

»Ich denke, ja«, meinte Dewar.

»Meinen Sie, es ist in Ordnung, wenn wir sie morgen über den Unfallhergang befragen?«

»Klar.«

»Und die Iraker?«

»Kümmert sich der MI5 drum.«

Dewar schaute auf die Uhr. Es war drei Uhr. Die Straßen waren ruhig, und der Wind hatte sich gelegt. Er verließ das Krankenhaus und überquerte auf dem Weg zu seinem Auto das obere Ende der Forest Road. Dabei bemerkte er, wie jemand etwa fünfzig Meter links von ihm zurück in den Schatten trat. Er lächelte; vermutlich war es einer von Barrons Leuten, der das irakische Studentenwohnheim beschattete. Wenigstens regnete es nicht.

Dewar hielt kurz inne, als er sein Auto erreichte. Er überlegte, ob er zurück nach North Berwick fahren oder die Nacht in seinem Hotel verbringen sollte. Fuhr er zurück zu Karens Mutter, würde er Karen aufwecken – oder schlimmer noch, Karens Mutter. Aufgrund dieses Gedankens sowie der Erinnerung an die peinliche Szene von vorhin entschied er sich für das Hotel. Das war zwar der bequemere Weg, aber für alles andere war er zu müde.

Am nächsten Morgen rief Dewar als erstes Karen an. »Ich bin erst nach drei aus dem Krankenhaus rausgekommen«, erklärte er. »Ich wollte niemanden aufwecken.«

»Sehr aufmerksam«, erwiderte Karen kühl. »Und jetzt willst du mir mitteilen, daß du den ganzen Tag beschäftigt sein wirst?«

»Natürlich nicht«, entgegnete Dewar gekränkt.

»Ich dachte, wir könnten Mutter zum Essen einladen.«

»Gute Idee«, sagte Dewar und bemühte sich, überzeugend zu klingen.

»Gut. Und wir werden uns dabei von unserer besten Seite zeigen, nicht wahr?«

»Ja, Liebling.«

Wie von Karen vorhergesagt, erwähnte ihre Mutter den Vorfall des letzten Abends mit keinem Wort. Dewar war darüber so erleichtert, daß er ihr beim Essen im Grey Walls Hotel im nahe gelegenen Gullane erlaubte, ohne Unterlaß Schimpftiraden vom Stapel zu lassen. Er genehmigte sich lediglich von Zeit zu Zeit ein leichtes Hochziehen der Augenbrauen in Karens Richtung, worauf sie regelmäßig die Serviette vor den Mund hob, um ihr Lächeln durch ein Hüsteln zu kaschieren.

Dewar blieb über Nacht und machte am nächsten Morgen mit Karen einen Strandspaziergang. Trotz des stürmischen Windes und der weißen Schaumkronen auf den Wellen blieben sie fast zwei Stunden lang und beschlossen, gemeinsam nach London zurückzufahren, nachdem Dewar vorher noch einmal im Krankenhaus von Edinburgh vorbeigeschaut hatte, um Sandra Macandrew ein letztes Mal zu sehen.

»Dann ist die Gefahr also gebannt?« fragte Karen.

»Im Moment ja«, erwiderte Dewar. »Aber es scheint so, als sei es den Irakern gelungen, an die meisten – wenn nicht an alle – DNS-Fragmente heranzukommen, die sie brauchen, um das lebende Pockenvirus zu rekonstruieren.«

»Aber das muß jetzt, wo sie überwacht werden, doch ungleich schwerer sein.«

»Hoffentlich«, meinte Dewar.

Am darauffolgenden Mittwoch erhielt Dewar eine Kopie des Berichtes von Porton Down. Man hatte ihn in das Sci-Med-Büro gebeten, um mit Macmillan darüber zu sprechen. Die Leute von Porton hatten rund um die Uhr gearbeitet, und es war ihnen gelungen, mehrere Reagenzgläser mit DNS-Fragmenten des Pockenvirus zu identifizieren. Lediglich zwei Reagenzgläser enthielten DNS-Fragmente, die nicht auf der Liste des Instituts für Molekularbiologie standen. Dewar überprüfte ihre Identität. Es handelte sich genau um die beiden Fragmente, die Malloys Labor hatte haben wollen, um mit der Forschung an einem Aidsimpfstoff fortzufahren, die gleichen, von denen Le Grice behauptet hatte, daß er sie aus Hammadis Hinterlassenschaften genommen habe.

»Das bestätigt mehr oder weniger das, was Le Grice Sandra Macandrew erzählt hat«, sagte Dewar. »Er muß, getreu seiner Worte, die anderen Fragmente zerstört haben. Er hat sich lediglich für die Fragmente interessiert, die er für seine Forschung benötigte.«

»Gut«, meinte Macmillan. »Damit hat diese Geschichte ein Ende.«

»Haben Sie vom MI5 irgend etwas über Siddiqui und Abbas erfahren können?« fragte Dewar.

Macmillan runzelte die Stirn. »Nichts außer der Tatsache, daß sie immer noch da sind«, sagte er.

»So bleibt also diese Sorge«, meinte Dewar.

»Vielleicht interpretieren Sie da zu viel hinein«, legte ihm Macmillan nahe.

»Ich würde mich wesentlich wohler fühlen, wenn sie sich einfach zum Teufel scherten.«

»Der MI5 wird weiterhin jeden ihrer Schritte überwachen, und sollten sie tatsächlich einige dieser verdammten Fragmente bei sich haben, wenn sie das Land verlassen, dann werden wir alles zerstören und die UNO und die WHO auf sie aufmerksam machen.«

Dewar nickte. Er hatte gehofft, sich nach dem Bericht von Porton irgendwie besserfühlen zu können, doch obwohl er Le Grices Aussage gegenüber Sandra bestätige, gelang ihm das nicht. Die fortdauernde Anwesenheit der Iraker in Edinburgh ließ ihn langsam paranoid werden. Das lag allerdings zum Teil an Simon Barrons Behauptung, das Verhalten der Iraker deute darauf hin, daß sie auf irgend etwas warteten. Die Frage war bloß, auf was, und das ließ ihn nicht zur Ruhe kommen.

In der folgenden Woche hatte Dewar frei. Das war der übliche Bonus, wenn ein Sci-Med-Mitarbeiter einen Auftrag erledigt hatte. Obwohl Karen arbeiten mußte, verbrachten sie die meisten Abende gemeinsam, gingen in Restaurants oder ins Kino und genossen es einfach, zusammen zu sein, statt nur über das Telefon kommunizieren zu können.

»Ich könnte mich an dieses Leben gewöhnen«, sagte Karen, als sie am Donnerstag abend nach einem Konzert in Dewars Wohnung zurückkehrten. »Wahrscheinlich ist es das, was normale Menschen üblicherweise machen.«

»Nein, die schauen Fernsehen und gehen früh ins Bett«, meinte Dewar.

»Eins von diesen beiden Dingen klingt auch nicht schlecht«, sagte Karen.

»Gut zu wissen.«

»Ich meinte das mit dem Fernsehen«, neckte ihn Karen. »Läuft noch irgend etwas?«

»Absolut nichts«, sagte Dewar und nahm sie in die Arme. »Aber ich fürchte, wir können gar nicht früh zu Bett gehen.«

»Warum nicht?«

»Es ist schon nach Mitternacht.«

Das Telefon klingelte um halb vier. Um diese Zeit klingen Telefone immer lauter als gewöhnlich und durchbrechen Träume und die Stille wie eine Sirene. Dewar griff ungeschickt nach dem Telefonhörer auf dem Nachttisch und hielt ihn sich ungelenk ans Ohr, eigentlich in der Erwartung, jemand habe sich verwählt und würde sich dafür entschuldigen. Doch auf der anderen Seite war Macmillan. »Ich bin in meinem Büro. Ich möchte, daß Sie sofort hierherkommen.«

Die Verbindung wurde unterbrochen, noch bevor Dewar überhaupt die Möglichkeit gehabt hatte, zu antworten. Er starrte das Telefon an, als sei es für diesen Zwischenfall verantwortlich.

»Stimmt etwas nicht?« fragte Karen, die sich zu ihm umgedreht hatte und sich schläfrig die Augen rieb.

»Ich fürchte, diese Frage ist eindeutig mit Ja zu beantworten«, erwiderte Dewar. »Aber Gott allein weiß, worum es geht. Das war Macmillan. Er möchte mich sofort sehen.«

»Ich dachte mir schon, daß es viel zu schön sei, um so zu bleiben«, sagte Karen und schob ihr Haar aus dem Gesicht. »Sie haben einen neuen Auftrag für dich. Ich wußte es.«

Dewar war sich da nicht so sicher. »Bis jetzt hat kein Fall so dramatisch mitten in der Nacht begonnen«, sagte er. »Irgend etwas muß furchtbar schiefgelaufen sein, daß sie Macmillan mitten in der Nacht aus dem Bett geholt haben. Ich glaube nicht, daß ich ihn je so durcheinander erlebt habe.« Er zog sich hastig an und gab Karen einen Abschiedskuß, während er seine Taschen auf Schlüssel und Brieftasche überprüfte.

Er raste durch die ruhigen Straßen, ging in Gedanken noch einmal Macmillans Worte durch und suchte nach möglichen Gründen. Als er die Themse überquerte, näherte sich ein Lastkahn der Brücke; in der Dunkelheit wirkten seine Lichter freundlich, und das dumpfe, gleichmäßige Motorengeräusch stand im Gegensatz zum aufheulenden Motor seines Wagens, als er, nachdem die Ampel umgeschaltet hatte, davonraste. In weniger als einer Viertelstunde traf er im Innenministerium ein.

Als er Macmillans Büro betrat, befanden sich dort bereits vier weitere Männer: Frobisher, Macmillans sehr ernst wirkender Stellvertreter, zwei Männer, die er nicht kannte und die ihm als Mitarbeiter der Gesundheitsbehörde beziehungsweise des Gesundheitsministeriums vorgestellt wurden, und ein weiterer Mann, den er wiedererkannte. Es war Hector Wright vom Londoner Tropeninstitut, der Mann, der ihn vor gar nicht langer Zeit über das Pockenvirus aufgeklärt hatte. Wrights Anwesenheit beunruhigte Dewar am meisten. Sein erster Gedanke war, daß der Bericht von Porton über den Inhalt von Steven Malloys Labor fehlerhaft gewesen sein mußte; sie mußten noch etwas Alarmierendes herausgefunden haben.

»Wir haben ein paar wirklich schlechte Nachrichten bekommen«, sagte Macmillan.

»Was den Inhalt der Reagenzgläser betrifft?« fragte Dewar.

Macmillan sah erstaunt aus, doch dann verstand er Dewars Gedankengang. »Wenn es nur das wäre! Es ist viel schlimmer, sehr viel schlimmer als das«, sagte er. »In Edinburgh ist jemand an Pocken erkrankt.«

Dewar hatte das Gefühl, jemand hätte ihm einen Schlag in die Magengrube versetzt. Zunächst kam er sich blöd vor, dann wurde er wütend. Obwohl alle versichert hatten, niemand könne so verantwortungslos sein, ein lebendes Pockenvirus zu rekonstruieren, schien es jetzt ganz so, als habe es einer von ihnen doch getan.

»Sind Sie sich absolut sicher?« fragte er.

»Es besteht kein Zweifel«, fuhr Macmillan fort. »Ein sechsundzwanzig Jahre alter Mann. Er lag über eine Woche im Western-General-Krankenhaus; zunächst wußten sie nicht, was mit ihm los sei, aber jetzt sind sie sich sicher. Sie haben alle entsprechenden Tests gemacht, und das Ergebnis war positiv; er wurde inzwischen auf die Isolierstation des Krankenhauses verlegt.«

Dewar versuchte zu überlegen, wer aus dem Institut auf die Beschreibung passen könnte, aber sein Geist schlug Purzelbäume. Er konnte sich nicht konzentrieren. »Wen von ihnen hat es erwischt?«

»Es kommt noch schlimmer«, sagte Macmillan. »Der Patient gehört nicht zu den Mitarbeitern des Instituts. Soweit wir bislang wissen, hat er überhaupt keine Verbindung zum Institut.«

Dewar traute seinen Ohren nicht. »Aber es muß eine Verbindung geben«, widersprach er.

»Das sollte man meinen«, stimmte ihm Macmillan zu. »Der gesunde Menschenverstand verlangt geradezu danach, aber wenn es eine gibt, dann können wir sie nicht entdecken.«

»Unsere Leute stehen vor einem kompletten Rätsel«, sagte der Mitarbeiter des Gesundheitsministeriums.

»Um wen handelt es sich denn?«

Macmillan las von einem vor ihm liegenden Blatt ab. »Michael Patrick Kelly, sechsundzwanzig Jahre alt, seit kurzem arbeitslos, zuletzt bei *J.M. Holt und Söhne* als Bauarbeiter beschäftigt, polizeilich erfaßt, eine Verurteilung wegen Diebstahl, zwei weitere im Zusammenhang mit Drogenmißbrauch. Seit vier Jahren geschieden, derzeitige Lebensgefährtin Denise Banyon, der Polizei ebenfalls wegen Drogendelikten bekannt. Sie leben in Muirhouse, einem Viertel, das für seine hohe Arbeitslosigkeit und seine Drogenprobleme bekannt ist.«

»Aber es muß einfach eine Verbindung zum Institut geben«, insistierte Dewar, obwohl er zugeben mußte, daß sie nicht gerade auf der Hand lag.

»Sehen Sie eine?«

»Auf den ersten Blick nicht«, gab Dewar zu. »Vielleicht ein Freund, der im Institut arbeitet.« Die zweifelnden Blicke wirkten ansteckend. »Nun gut, ich gebe zu, daß das eher unwahrscheinlich ist. Vielleicht hat er dort gearbeitet. Was genau macht diese Firma *Holt und Söhne*?«

»Die Leute vor Ort haben das überprüft«, sagte der Mann von der Gesundheitsbehörde. »Sie bauen Häuser, sonst nichts. Sie haben noch nie eine Vertragsarbeit für die Universität ausgeführt.«

»Nun, Sie sagten, daß er zur Zeit arbeitslos sei. Vielleicht hat er als Fensterputzer gejobbt«, schlug Dewar vor, um sich an irgendeinen Strohhalm zu klammern.

»Momentan werden derartige Möglichkeiten überprüft«, sagte Macmillan. »Es ist nicht gerade ein Kinderspiel, Informationen aus diesem Umfeld zu bekommen.«

»Das kann ich mir vorstellen«, sagte Dewar.

»Sie wissen noch nicht einmal die Hälfte. Das wird ein Alptraum für die öffentliche Gesundheit. Können Sie sich vorstellen, was es heißt, alle Kontaktpersonen zu isolieren, wenn die meisten davon asoziale Drogenabhängige sind?«

»Aber es gibt keinen anderen Weg«, sagte Wright, der bis jetzt geschwiegen hatte.

»Leichter gesagt als getan«, sagte der Mann von der Gesundheitsbehörde.

»Sie müssen diese Kontaktpersonen von der Straße holen«, sagte Wright. »Sie müssen sie isolieren und dann im Umkreis von Meilen jeden und alles impfen.«

»Ich denke, wir müssen die Logistik dieser Operation den Leuten vor Ort überlassen«, sagte der Mann von der Gesundheitsbehörde.

»Himmel, ich hoffe, die wissen, was sie tun«, sagte Wright, dessen Heftigkeit jeden im Raum beunruhigte. Das betraf auch Dewar, der sich allerdings noch aus einem anderen Grund unwohl fühlte. Ihm war klar, daß Wright wußte, wovon er sprach. Falls er sich vor den Konsequenzen eines Durcheinanders bei einer solchen Operation der öffentlichen Gesundheitsbehörde fürchtete, dann hatten alle anderen guten Grund, das ebenfalls zu tun.

»Hatten diese Leute schon mal mit etwas Vergleichbarem zu tun?« fragte Wright.

»Sie waren bei der Colibakterien-Epidemie letztes Jahr dabei.«

»Das läßt sich nicht vergleichen!« schimpfte Wright. »Die

meisten Menschen könnten Colibakterien auf ihre Cornflakes streuen, ohne daran zu sterben. Problematisch ist es nur für die Alten und Gebrechlichen. Das Pockenvirus spielt in einer ganz anderen Liga, was das Töten angeht.«

»Ich glaube, es besteht kein Anlaß, die Situation zu dramatisieren, Herr Dr. Wright«, sagte der Angehörige des Ministeriums.

»Zu drama ...«, explodierte Wright. »Wir sprechen hier von der tödlichsten Seuche, die es je gegeben hat.«

»Wir haben einen Antrag auf Impfstoff gestellt«, sagte Macmillan, um die Situation etwas zu entschärfen.

»Sie meinen, die haben da oben gar keinen?« fragte Dewar.

»Offensichtlich nicht nur dort«, erwiderte Macmillan. »Seit einigen Jahren schon werden davon keine großen Vorräte mehr routinemäßig gehalten.«

Wright schüttelte den Kopf und fluchte leise. »Die WHO besitzt den einzigen nennenswerten Vorrat. Er wird von Genf aus kommen müssen. Weiterer Zeitverlust. Scheiße!«

»Wissen wir, um welchen Pockentyp es sich handelt?« fragte Dewar.

Macmillan blickte auf seinen Schreibtisch, bevor er antwortete: »So weit ich informiert bin, wurde es als Variola major identifiziert.«

»Das gefährlichste Pockenvirus«, sagte Wright. »Todesrate fünfzig Prozent.«

»Dann werden wir also alle Personen, die mit Kelly Kontakt hatten, isolieren müssen und die Verbindung zwischen Kelly und dem Institut suchen«, sagte Dewar. »Alles andere wäre ein unglaubwürdiger Zufall.«

»Ich bin froh, daß Sie das auch so sehen«, meinte Macmillan. »Denn genau das sollten Sie da oben in die Wege leiten.«

15. Kapitel

»Werde ich alleine arbeiten?« fragte Dewar. Er hatte ein flaues Gefühl in der Magengrube. Wrights Anwesenheit erinnerte ihn an alles, was ihm dieser Mann über Pocken erzählt hatte.

»Sie haben, wie gewohnt, völlige Entscheidungsfreiheit, was Ihr Handeln anbetrifft«, sagte Macmillan, »aber Sie werden mit einem Krisenstab in Verbindung stehen, der aufgestellt wurde, um das Problem in den Griff zu bekommen. Das Team wird seine Kommandozentrale in einem Regierungsgebäude in Leith haben, dem sogenannten Hafen von Edinburgh. Es liegt günstig im Norden der Stadt und grenzt an Muirhouse, dem Kerngebiet des Problems. Außerdem ist es in der Nähe des Western-General-Krankenhauses. Das Team setzt sich aus medizinischen Experten, Leuten von der Gesundheitsbehörde, Polizeibeamten und Regierungsmitarbeitern zusammen. Sollte die Notwendigkeit bestehen, werden weitere Experten hinzugezogen. Es ist in erster Linie ein handelndes Team; Politiker sind zweitrangig. Ich muß wohl kaum hinzufügen, daß die Zeit gegen uns arbeitet.«

Dewar wandte sich an Wright und fragte: »Sind Sie mit von der Partie?« Wright schüttelte den Kopf und schaute vor sich auf die Tischplatte. »Warum nicht? Sie sind der führende Experte, was diese Seuche betrifft, und zudem einer der wenigen, die tatsächlich schon damit gearbeitet haben.«

»Ich wurde nicht gefragt«, erwiderte Wright schlicht, aber seine Körpersprache ließ seinen Unmut darüber deutlich erkennen.

Der Mann von der Gesundheitsbehörde rutschte unruhig auf dem Stuhl hin und her. »Ich versichere Ihnen, daß wir Herrn Dr. Wright damit keineswegs kränken wollten, aber wir glauben, ein exzellentes Team vor Ort zu haben.«

Dewar erkannte in dieser Antwort die bürokratische Umschreibung für ›Wright gehört nicht zu uns‹.

Er selbst war keineswegs der Meinung, daß man ein Team als exzellent bezeichnen konnte, aus dem man den führenden Experten auf diesem Gebiet ausgeschlossen hatte. Er wandte sich an Macmillan und fragte: »Sie sagten, daß gegebenenfalls weitere Experten hinzugezogen werden könnten?«

Macmillan, der wußte, was auf ihn zukam, deutete durch ein Schulterzucken eine zurückhaltende Zustimmung an.

»Ich bitte darum, daß Herr Dr. Wright hinzugezogen wird, falls er abkömmlich ist. Als Mitarbeiter von Sci-Med, wenn das den Papierkram erleichtert.«

»Ich bin damit einverstanden«, sagte Macmillan.

»Ich kann mir Schöneres vorstellen«, sagte Wright. »Aber Sie können auf mich zählen.«

»Weitere Anträge?« fragte Macmillan.

»Ich möchte darum bitten, daß noch zwei weitere Leute hinzugezogen werden«, sagte Dewar.

»Bevor Sie überhaupt angefangen haben?«

»Sie sagten, die Zeit arbeite gegen uns. Ich möchte Dr. Steven Malloys Hilfe erbitten, um die Verbindung zum Institut herzustellen. Er hat es mir zu verdanken, daß er kein Labor mehr besitzt, daher hat er genügend Zeit und ist zudem ein Insider. Außerdem hätte ich gern wieder die gleiche Kontaktperson bei der Polizei, Inspektor Ian Grant. Wir kommen gut miteinander klar.«

»Ich werde mich darum kümmern«, sagte Macmillan. »Sie sind für den ersten Linienflug nach Edinburgh gebucht.«

»Ich werde später hinzustoßen müssen«, sagte Wright. »Ich muß erst noch mit meiner Frau reden. Morgen ist unser Hochzeitstag.«

»Der wievielte?«

»Der achtzehnte.«

Dewar wandte sich an Macmillan. »Ich gehe davon aus, daß die Presse von dieser Sache noch keinen Wind bekommen hat, sonst hätte man doch schon davon gehört?«

»Bis jetzt sieht die Sache günstig für uns aus«, erwiderte Macmillan. »Kellys Lebenswandel, ohne Hausarzt und ohne Familienangehörige, hat dabei geholfen, seinen Zustand geheimzuhalten, aber seien wir ehrlich, früher oder später wird die Presse davon Wind bekommen. Allein die Benutzung der Isolierstation des Krankenhauses provoziert jede Menge Fragen.«

»Wissen wir irgend etwas über Kellys derzeitigen Zustand?«

»Es ist sehr ernst«, erwiderte Macmillan. »Die Krankheit war schon zum Zeitpunkt der Einlieferung weit fortgeschritten, und nicht einmal mit Mitteln der modernsten Medizin läßt sich etwas gegen den Progress dieser Krankheit ausrichten. Aber eines unserer Hauptprobleme ist, daß er nicht mehr in der Lage ist, Fragen zu der Zeit vor dem Ausbruch der Krankheit zu beantworten.«

»Wie steht es mit seiner Lebensgefährtin? Ich habe ihren Namen vergessen.«

»Denise Banyon. Sie dachte, er habe schlechten Stoff gespritzt und sei deshalb krank geworden.«

»Sie dachte, sein Zustand sei eine Reaktion auf Drogen?« rief Dewar aus.

»Offensichtlich.«

»Wenn das kein Glück ist, aber was hat man ihr erzählt, als sie auch auf die Isolierstation mußte?« fragte Dewar.

»Darüber habe ich keine Information«, sagte Macmillan. Er schaute die anderen an, doch die schüttelten die Köpfe. »Krankheiten sind jedoch unter Drogenabhängigen keine Seltenheit; das hat mit dem Umfeld zu tun, vor allem in Edinburgh, der europäischen Aids-Hochburg.«

»Vielleicht könnten wir das zu unserem Vorteil nutzen«, schlug Dewar vor. »Für eine Weile kommen wir sicherlich damit durch, wenn wir von Hepatitis sprechen. Schließlich ist auch der soziale Status auf unserer Seite.«

Die anderen zogen die Augenbrauen hoch.

»Es schert sich sowieso niemand darum, was mit Drogenabhängigen passiert«, erklärte Dewar. »Ohne es auszusprechen, glaubt ein Großteil der Öffentlichkeit, daß sie genau das bekommen, was sie verdienen. Daher ist es eher unwahrscheinlich, daß die Paparazzi Schlange stehen werden, und man wird auch nicht das Krankenhaus dazu auffordern, täglich Pressekonferenzen abzuhalten.«

»Sei es wie es wolle, dies sind vermutlich nur zeitlich begrenzte Aussichten«, meinte Wright. »Die Krankheit ist vielleicht in der Drogenszene ausgebrochen, aber vermutlich wird es dabei nicht bleiben. Pocken halten sich nicht an gesellschaftliche Ordnungen. Sie sparen niemanden aus und töten alles und jeden.«

»Dann lassen Sie uns unser Bestes tun, damit es so weit nicht kommt, Gentlemen«, sagte Macmillan. Damit war die Sitzung beendet.

Dewar blieb noch ein paar Minuten draußen mit Hector Wright auf dem Bürgersteig stehen. »Wie hoch schätzen Sie die Chance ein, daß es ein Einzelfall bleibt?« fragte Dewar.

»Unter den gegebenen Umständen ist die Chance gleich Null«, erwiderte Wright, ohne zu zögern.«

Es nieselte, als Dewar langsam zu seiner Wohnung zurückfuhr. Die Milchwagen waren bereits unterwegs. Die Zeit würde nicht mehr reichen, um noch einmal zu Karen ins Bett zu kriechen und mit einer letzten liebevollen Umarmung die Nacht zu beenden. Zu seinem fast schmerzlichen Bedauern hatte der neue Tag bereits begonnen.

Er packte seine Reisetasche und überprüfte zum zweiten Mal den Inhalt seiner Jackentaschen, bevor sich Karen endlich regte und realisierte, daß er bereits aufgestanden und angezogen war.

Sie setzte sich im Bett auf und schaute besorgt drein. »Was ist los?« fragte sie. »Wohin fährst du?«

»In Edinburgh sind die Pocken ausgebrochen. Im Moment gibt es erst einen einzigen Fall. Ich muß zurück.«

»Gott, das ist ja schrecklich. Aber warum du?«

»Sie möchten, daß ich die Verbindung zwischen dem Patienten und diesem verdammten Institut herausfinde.«

»Du meinst, daß das nicht auf der Hand liegt? Es ist keiner der Mitarbeiter?«

»So unwahrscheinlich es klingt, es handelt sich um irgendeinen arbeitslosen Junkie, der weit weg vom Institut auf der anderen Seite der Stadt lebt.«

»Du machst Scherze.«

»Ich wünschte, es wäre so.« Dewar schüttelte den Kopf und erzählte ihr von Kelly.

»Was für ein Alptraum«, sagte Karen.

»Das kann man wohl sagen!« stimmte Dewar ihr zu.

»O mein Gott, du paßt doch auf dich auf, oder?«

»Natürlich«, versicherte Dewar. »Ich bin geimpft worden.«

»Sie können dich nicht gegen ein Messer in den Rippen, HIV oder gegen Hepatitis C impfen. Drogenabhängige sind unberechenbar.«

»Mir passiert schon nichts.« Dewar setzte sich auf die Bettkante und drückte Karen fest an sich, wobei er sich ihrer weichen Haare plötzlich sehr bewußt wurde. »Ich ruf dich später an.«

1. TAG

Dewar mußte zugeben, daß er von der Koordinationszentrale der schottischen Verwaltung beeindruckt war. Sie war als Kommandozentrale für nicht weiter spezifizierte nationale Notfälle geplant worden und befand sich im Kellergeschoß des Scottish Office. Nicht nur, daß die Konferenzräume und Kommunikationseinrichtungen die besten waren, die er je gesehen hatte, sondern auf dem Stockwerk darüber befanden sich auch noch Unterbringungsmöglichkeiten für jene Teammitglieder, die davon Gebrauch machen wollten. Er gehörte dazu und schrieb auch Hector Wright für ein Zimmer ein.

Er drückte seine Bewunderung gegenüber dem Regierungsbeamten aus, der ihn herumgeführt hatte und der dafür verantwortlich war, daß der Krisenstab alles erhielt, was er für seine Arbeit brauchte.

»Die ziehen bei dieser Angelegenheit alle Register«, vertraute ihm der Beamte an. »Denen ist die ganze Affäre äußerst peinlich, und sie wollen sie so schnell wie möglich bereinigt wissen. Unter uns gesagt, halte ich das für den Grund, warum sie keine Politiker damit beauftragen.«

Dewar lächelte – für ihn gab es noch einen weiteren Grund, warum die Politiker diesmal nicht selbst das Ruder in die Hand nahmen. Sie hofften, sich auf diese Weise davon distanzieren zu können. Falls die Öffentlichkeit gewahr werden sollte, daß die Pocken zurückgekehrt waren und die Stadt bedrohten, würde die peinliche Frage nach dem Woher laut werden, und die Presse würde nicht lange auf sich warten lassen und statt dessen hervorheben, daß es sich dieses Mal nicht mit »so etwas kann halt mal passieren« abtun ließe. Mutter Natur ließe sich wohl ausnahmsweise auch nicht die Schuld in die Schuhe schieben. Da das Pockenvirus offiziell als ausgestorben galt, konnte es nur aus einem Labor entwichen sein. Es gab keine Möglichkeit, den Schwarzen Peter weiterzureichen. Britannien würde dafür verantwortlich gemacht werden, daß es die Krankheit wieder zurück in die Welt geholt hatte.

Dewar erhielt die Mitteilung, daß die Gruppe nachmittags um halb drei zu einer Besprechung zusammenkommen würde. Da es erst viertel nach zehn war und die Mediziner sowie die Leute vom Gesundheitsministerium noch unterwegs waren, richtete sich Dewar in seinem Zimmer ein und rief Steven Malloy an.

»Ich habe gerade mit einem Mann namens Macmillan gesprochen«, sagte Malloy.

»Dann wissen Sie ja bereits Bescheid. Ich brauche Ihre Hilfe. Wie steht's damit?«

»Unter diesen Umständen kann ich wohl kaum nein sagen«, sagte Malloy. »Das Ganze klingt wirklich bizarr.«

»Macmillan hat Ihnen von Kelly erzählt?«

»Ein arbeitsloser Fixer aus Muirhouse. Das ist verrückt.«

»Verrückt mag sein, aber ich kann nicht glauben, daß das ein Zufall ist. Es muß einfach eine Verbindung zum Institut beziehungsweise speziell zu Ihrem Labor geben. Hammadi und Le Grice sind beide tot, auf wen würden Sie als nächstes tippen?«

»Es gibt immer noch keinen Beweis, daß dort überhaupt jemand versucht haben soll, das Pockenvirus zusammenzubauen. Wie sollte also jemand an Pocken erkranken, wenn es das Virus gar nicht gibt?«

»Aber es existiert«, sagte Dewar. »Ein Mann stirbt gerade

an Pocken, lassen Sie uns also im Moment davon ausgehen, daß das Virus aus dem Institut stammt.«

»Nun gut, setzen wir es rein theoretisch voraus«, willigte Malloy ein. »Ich denke, als erstes müssen wir herausfinden, wie dieser Typ aus Muirhouse das Zeug in die Finger bekommen hat.«

»Einverstanden.«

Malloy stellte die gleichen Vermutungen an, die Dewar bereits in London geäußert hatte. Auch er dachte daran, daß Kelly zufällig für das Institut gejobbt haben könnte – zum Beispiel in einer Putzkolonne, als Pförtner oder als Bote.

»Da wir ihn nicht persönlich fragen können, wird es schwierig werden, das herauszufinden«, meinte Dewar.

»Ich werde nachschauen, welche Unterlagen das Institut darüber besitzt.«

Dewar erzählte ihm, daß für halb drei ein Treffen anberaumt war. Auf Malloys Vorschlag hin beschlossen sie, sich vorher zum Mittagessen in einem Pub auf der Rose Street zu treffen.

Dewar rief Grant im Polizeipräsidium an. Macmillan hatte sich auch mit ihm bereits in Verbindung gesetzt.

»Ich hab schon gestern abend von der Scheiße gehört«, sagte Grant. »Deshalb hab ich Ihren Anruf mehr oder weniger erwartet. Unsere Abteilung wurde in volle Alarmbereitschaft versetzt – angeblich wegen möglicher Unruhen im Muirhouse-Viertel. Momentan folgen wir einem Notfallplan. Die Beamten, die zum Dienst eingeteilt werden, wurden vorher diskret auf ihren Impfschutz hin überprüft. Und nur wer nachweislich über einen Pockenimpfschutz verfügt, wird im Muirhouse-Viertel eingesetzt.«

»Um was zu tun?«

»Die Leute von der Gesundheitsbehörde beschützen, damit die ihre Arbeit tun können.«

»Erzählen Sie mir von dem Viertel. Schlimm?«

»Das Allerletzte. Offiziell gibt man das natürlich nicht zu, aber wir haben uns mit diesem Zustand abgefunden. So lange die sich da nur gegenseitig die Schädel einschlagen, greifen wir nicht allzuviel ein. Im Vergleich mit einigen Straßenzügen dort wirkt Bosnien wie Disneyland. Falls ihr Jungs vorhabt, an den guten Willen der Drogentypen dort zu appellieren, vergeßt es lieber ganz schnell. Diese Möglichkeit fällt flach; die haben nämlich keinen. Entweder, die haben sich gerade die Birne zugeknallt, oder sie versuchen auf irgendeine Weise an Stoff ranzukommen, um sich die Birne zuknallen zu können. Was anderes zählt für die nicht. Glauben Sie mir. Bringen Sie sich nie in eine Situation, in der Sie sich auf einen Junkie verlassen müssen. Glauben Sie ihnen nicht und vor allem, vertrauen Sie denen niemals. Überlassen Sie das den Weltverbesserern; die kapieren es ohnehin nie. In diesem verdammten Viertel wimmelt es nur so von Initiativen für dieses und jenes, von europäischen Geldern, Programmen, Projekten, Kooperativen und Hilfsgruppen. Meiner Meinung nach blödsinnige Zeitverschwendung. Die Situation wird von Tag zu Tag schlimmer.«

»Dann halten Sie also nicht viel von Hilfsmaßnahmen?« fragte Dewar ironisch.

»Nur wenn sie mit Napalm arbeiten«, erwiderte Grant.

»Danke für die bildliche Darstellung«, meinte Dewar.

»Warum hat sich das verdammte Zeug nicht einen Kirchenvorsteher aus Marchmont ausgesucht?« fragte Grant aus tiefstem Herzen.

»Ich schätze, genau darauf werde ich eine Antwort finden müssen«, antwortete Dewar.

»Es gibt Leute, die kriegen immer den besten Job.«

»Gehe ich recht in der Annahme, daß Sie keine Ahnung haben, welche Verbindung zwischen diesem Kelly und dem

Institut für Molekularbiologie bestehen könnte?« fragte Dewar.

»Der einzige Weg, auf dem sich Kelly und seine Kumpels der Universität nähern würden, wäre mit einem Brecheisen durch das Hinterfenster«, erwiderte Grant.

»Kein schlechter Gedanke«, sagte Dewar. »An Einbruch hatte ich noch gar nicht gedacht, aber es wäre immerhin eine Möglichkeit.«

»Ich hab' nur einen Witz gemacht.«

»Aber es *ist* tatsächlich eine Möglichkeit. Kelly ist drogenabhängig und arbeitslos. Irgendwie muß er sich Geld für Drogen beschaffen – Diebstahl wäre da eine Möglichkeit.«

»Die Möglichkeit«, sagte Grant bitter. »Wissen Sie, wie viele Verbrechen heutzutage auf Drogenkonsum zurückzuführen sind?«

»Ich glaube schon«, sagte Dewar. »Vielleicht ist Kelly also irgendwann in das Institut eingebrochen und hat sich dabei selbst mit dem Zeug infiziert?«

»Aber haben Sie mir nicht erzählt, daß die dort gar kein lebendes Virus haben?« widersprach Grant. »Abgesehen davon, was hätte Kelly dort holen wollen? Warum quer durch die Stadt fahren, um irgendwo einzubrechen, wo es vermutlich gar nichts zu holen gibt, was sich zu Geld machen läßt? Das einzige, was an solchen Orten verschwindet, sind Fahrräder. Die werden draußen geklaut. Und außerdem ist uns kein Einbruch vom Institut gemeldet worden.«

Dewar mußte zugeben, daß Grant sein Gedankengebäude sehr schnell zum Einsturz gebracht hatte. »War nur so eine Idee«, sagte er.

Um zwölf Uhr traf sich Dewar mit Malloy im *Auld Hundred Pub* in der Rose Street. Um diese Zeit war es dort noch ruhig, denn die umliegenden Büros machten erst später Mittagspause.

»Ich hoffe, Sie können mir sagen, daß Ihnen eine mögliche Verbindung eingefallen ist«, begrüßte Dewar Malloy.

»Leider nein«, erwiderte Malloy. »Es gibt keinerlei Unterlagen darüber, daß Kelly dort je als Pförtner, Hausmeister oder beim Reinigungsdienst angestellt war. Bleibt immer noch Fensterputzen als eine Möglichkeit; wir vergeben diesen Auftrag nach draußen, aber ich glaube wirklich, daß der Gedanke, er könnte sich aus Versehen im Labor infiziert haben, eine Sackgasse ist.«

»Warum?«

»Weil er voraussetzt, daß es erstens dort etwas gab, womit er sich hätte infizieren können, und daß es zweitens für einen Eindringling so einfach zugänglich gewesen wäre. Wenn es den Leuten von Porton Down nicht gelungen ist, das Virus zu finden, und schließlich sind das hochqualifizierte Leute, die aktiv danach gesucht haben, welche Chance hat dann einer, der gerade zufällig vorbeikommt? Ich bin überzeugt, daß der Kerl sich das woanders geholt hat.«

»Für mich gibt es solche Zufälle nicht«, meinte Dewar. »Es muß irgendwo eine Verbindung zum Institut geben, aber ich verstehe Sie. Unglücklicherweise glaube ich, daß wir nicht mehr die Gelegenheit haben werden, Kelly danach zu fragen – die Krankheit ist schon zu weit fortgeschritten. Wir werden mit seinen Freunden und Bekannten reden müssen, um eine Fährte zu finden.«

»Klingt toll«, meinte Malloy trocken.

»Die Leute von der Gesundheitsbehörde sollten uns bei dem Treffen heute nachmittag etwas darüber erzählen können.«

Den Vorsitz des Krisenstabs hatte George Finlay inne, der als Berater in Sachen Infektionskrankheiten für das Western-General-Krankenhaus arbeitete. Er war etwa Ende Vierzig, grauhaarig mit beginnender Glatze und trug einen Anzug, der besonders um die Schultern herum zu groß geraten war. Wenn er sich mit einer Hand auf dem Tisch abstützte, wozu er beim Sprechen neigte, wirkte er dadurch etwas schief. Er stellte die etwa zehn Jahre jüngere Leiterin des städtischen Gesundheitsamtes, Frau Dr. Mary Martin, vor, die schlank, gut gekleidet und modisch frisiert war. Sie wiederum stellte zwei jüngere Kollegen vor, bevor sie es Finlay überließ, Malcolm Rankin, den höheren Beamten des Scottish Office, in die Runde einzuführen, dessen Aufgabe darin bestand, verwaltungstechnische Schwierigkeiten zu beseitigen.

Rankins Anzug saß perfekt, genau wie sein Hemd, seine Krawatte und alles andere an ihm. Er war ein Mann, der ganz offensichtlich an die Bedeutung der äußeren Erscheinung glaubte, dachte Dewar, während er zuhörte, wie dieser allen Anwesenden versicherte, daß er jederzeit und für jeden zur Verfügung stehen würde. Rankin stellte zwei ebenso charmante Kollegen vor, die mit Fragen der Kommunikation und der Öffentlichkeitsarbeit betraut werden sollten. Ein grauhaariger Mann in der Uniform eines Oberinspektors der Polizei stellte sich selbst als Cameron Tulloch vor. Schließlich begrüßte Finlay Dewar und Malloy im Team und erklärte den anderen, daß ihre Hauptaufgabe darin bestünde, die Ursache des Ausbruchs herauszufinden.

»Ich werde zunächst alle auf den neuesten Stand bringen, danach kann dann jeder loswerden, was er zu sagen hat«, meinte Finlay. »Kellys Zustand hat sich innerhalb der letzten vierundzwanzig Stunden dramatisch verschlechtert. Sein gesamter Körper ist von eitrigen Pusteln überzogen, und ich denke, wir müssen damit rechnen, daß er in den nächsten Tagen stirbt. Denise Banyon, seine Lebensgefährtin, zeigt bislang keine Anzeichen der Krankheit.«

»Dafür ist es auch noch zu früh«, meinte Mary Martin.

»Im Falle eines normalen Verlaufs, ja«, stimmte ihr Finlay zu. »Doch als Kelly ins Krankenhaus eingeliefert wurde, war sein Ausschlag bereits eitrig. Das läßt darauf schließen, daß er bereits vor über einer Woche erkrankt ist, aber Banyon, die die ganze Zeit mit ihm zusammen war, behauptet steif und fest, daß die Krankheit sehr plötzlich ausgebrochen sei und er zum Zeitpunkt seiner Einlieferung erst seit kurzem krank war.«

»Das kann sein«, ließ eine Stimme hinter Dewars Schulter verlauten. Sie gehörte zu Hector Wright. Er hatte immer noch seinen Mantel an und trug eine Reisetasche. »Tut mir leid, daß ich zu spät komme.«

Dewar stellte ihn vor, und Wright setzte sich.

»Dank Ihrer Veröffentlichungen bin ich mit Ihrer Arbeit vertraut, Herr Dr. Wright«, sagte Finlay. »Wir schätzen uns glücklich, daß Sie uns als Experte zur Verfügung stehen.«

Dewar fand Wrights Begrüßung formell und höflich. Vielleicht fehlte ihr etwas Herzlichkeit, aber unter Akademikern und Medizinern war dieser kühle Tonfall wahrscheinlich normal.

»Sie wissen mehr darüber als ich«, sagte Finlay. »Sie behaupten, es bestünde die Möglichkeit, daß sich das Krankheitsbild bei diesem Mann so schnell entwickelt haben könnte? Schneller, als jedes Lehrbuch es beschreibt?«

»Falls er einer massiven Dosis des Virus ausgesetzt war, könnte das grippeartige Stadium übersprungen worden und der eitrige Ausschlag innerhalb von vierundzwanzig Stunden aufgetreten sein«, sagte Wright.

»Und wie könnte so etwas passieren?« fragte Finlay.

»Durch direkten Kontakt mit einer reinen Viruskultur.«

»Einer reinen Pockenviruskultur«, wiederholte Finlay, wobei hinter jeder Silbe ein Fragezeichen zu stehen schien.

Dewar blickte in der stillen Annahme zu Malloy, daß ihn

das gerade wie ein Schuß getroffen haben mußte. Malloy fühlte sich augenfällig unwohl in seiner Haut, sagte aber nichts.

Finlay hatte den Blick zwischen den beiden bemerkt und fragte Dewar: »Ist das eine Möglichkeit, die Sie und Ihre Kollegen in Erwägung ziehen, Herr Doktor?«

»Eine von mehreren«, erwiderte Dewar knapp.

Finlay machte den Anschein, als wolle er diesen Punkt weiterverfolgen, entschied sich dann aber dagegen. Statt dessen sagte er: »Vielleicht sollten wir, bevor wir fortfahren, zunächst unsere Rollen und Zielvorstellungen als Teammitglieder definieren.«

»Gute Idee«, sagte Tulloch.

»Frau Dr. Martin und ihre Kollegen haben die Aufgabe, Leute zu isolieren, die mit Kelly oder Banyon Kontakt hatten. Damit sie diese Aufgabe ohne Behinderung durchführen können, stehen Kommissar Tullochs Männer bereit. Ein weiteres Team, bestehend aus Leuten der Gesundheitsämter der Umgebung, das ebenfalls von Frau Dr. Martin geleitet und falls notwendig von der Polizei unterstützt wird, ist damit beauftragt worden, ein umfangreiches Impfprogramm durchzuführen, um die Krankheit in Schach zu halten.

Meine Aufgabe und die meiner Leute auf der Quarantänestation des Western-General-Krankenhauses wird die Isolation und medizinische Betreuung der Opfer dieser Krankheit sein. Dr. Dewar und seine Kollegen werden versuchen, herauszufinden, wie es überhaupt dazu kommen konnte, damit will ich sagen, sie werden die Infektionsquelle suchen und eliminieren. Herr Rankin und seine Kollegen werden für einen reibungslosen Ablauf der ganzen Aktion sorgen und als Puffer zwischen uns und den Interessen der Öffentlichkeit fungieren.

Ich denke, es ist wichtig, daß wir uns nicht gegenseitig auf die Füße treten; wir sollten so viel wie möglich miteinander kommunizieren. Ich sage das, weil ich vermute, daß mit dem Ausbruch der Krankheit verschiedene Faktoren verknüpft sind, von denen ich nichts weiß und von denen es bis jetzt niemand für nötig gehalten hat, sie mir mitzuteilen. Ich kann lediglich mutmaßen, daß das neuerliche Auftreten eines Virus, den ich und meine Kollegen für ausgestorben hielten, irgendwie mit einem Forschungsunfall zusammenhängen muß, obgleich ich davon ausgegangen bin, daß außerhalb gewisser, gut gesicherter Einrichtungen, von denen sich keine in unserem Land befindet, kein lebendes Pockenvirus existiert.«

Für einen kurzen Moment herrschte Stille im Raum, bevor Dewar, der Finlays Verstimmung verstanden hatte, antwortete: »Es ist möglich, daß das Virus aus einer unerlaubten Quelle entwichen ist, Herr Doktor, aber bislang wissen wir nicht, ob das wirklich der Fall ist. Ich kann Ihnen versichern, daß ich Ihnen nichts vorenthalte. Das ist jedoch alles, was wir im Moment wissen.«

»Nun gut«, sagte Finlay. »Dann belassen wir es einstweilen dabei. Gibt es so weit schon Fragen?«

Dewar sagte: »Es klingt, als ob es nicht mehr möglich sein wird, Kelly zu verhören. Ich würde gerne mit Denise Banyon reden, da ich mit meinen Nachforschungen irgendwo anfangen muß.«

»Wir haben uns bereits lange mit ihr unterhalten«, sagte Mary Martin. »Offen gesagt, war sie sehr unkooperativ. Wirklich nicht die geringste Hilfe.«

»Unkooperativ?«

»Sie hat eine unüberwindliche Abneigung gegen Behörden und scheut sich auch nicht, diese offen zu zeigen, aber darüber hinaus scheint sie auch nichts über Kellys Aktivitäten zu wissen. Das Leben, das sie führen, ist halt so. Augenscheinlich war er immer den ganzen Tag mit Freunden unterwegs und hat sie daheim gelassen. Sie hat keine Ahnung, was sie gemacht haben, und hat sich auch nicht weiter darum gekümmert, solange am Ende genug Geld für ihren Drogenkonsum heraussprang.«

»Hat sie irgendwelche Namen von Freunden erwähnt, mit denen er seine Zeit verbracht hat?«

»Ein paar, ja, aber die sind ziemlich vage: Eddie, Jimmy, so in der Art.«

»Adressen?«

»Ich glaube, auf die meisten trifft der Ausdruck ›ohne festen Wohnsitz‹ zu. Die größte Trefferquote bergen wahrscheinlich Pubs und Billardclubs.«

»Wie gelingt es Ihnen eigentlich, sie auf der Isolierstation zu halten?« fragte Dewar Finlay. »Sie ist doch selbst drogenabhängig, oder?«

Finlay nickte. »Sie bekommt Methadon – der medizinische Ersatzstoff für Heroin. Ich schätze, nachdem Kelly aus dem Rennen war, hielt sie die Möglichkeit, regelmäßig an Methadon ranzukommen und zudem eine kostenlose Unterkunft zu haben, momentan für die beste Wahl.«

»Ich denke, ich würde dennoch gerne mit ihr reden«, sagte Dewar.

»Von meiner Seite aus kein Problem«, sagte Mary Martin. »Ich wünsche Ihnen viel Glück.«

»Wenn Sie wollen, kann ich Sie mit zurück zum Krankenhaus nehmen«, meinte Finlay. »Noch weitere Fragen?«

Hector Wright fragte: »Wie viele Menschen kann Ihre Quarantänestation aufnehmen?«

»Acht, maximal zehn.«

Und dann?«

»Wir hoffen, daß es nicht so weit kommt«, sagte Finlay. Mary Martin nickte zustimmend.

»Ich glaube, Sie sollten sich darüber Gedanken machen«, sagte Wright.

Diese Bemerkung ließ die anderen zusammenzucken. Finlay hatte eine positive Einstellung vertreten. Wright hatte einen negativen Beigeschmack hinzugefügt.

»Ironischerweise wurde gerade erst das Krankenhaus für Infektionskrankheiten hier in Edinburgh geschlossen«, sagte Finlay. »Die Entscheidungsträger waren der Ansicht, daß es überflüssig geworden sei. Daher wird es bei uns jetzt ein wenig eng, was derartige Unterbringungsmöglichkeiten betrifft. Sollte es notwendig werden, könnten wir im Western ein paar Mehrbettzimmer wiederbeleben, die aus Geldgründen geschlossen wurden, aber die sind dafür natürlich nicht gerade maßgeschneidert.«

»Völlig ungeeignet, würde ich meinen«, sagte Wright, der aussprach, was er dachte und sich damit wenig Freunde machte. »Falls Sie diese altmodischen Krankensäle meinen, diese Scheunen voller Betten.«

»Keiner hat mit der Rückkehr der Pocken gerechnet«, sagte Finlay schnippisch.

»Wie steht es mit Personal, das den Umgang mit Infektionskrankheiten und Desinfektionstechniken gewohnt ist?«

»Davon gibt es einige. Hauptsächlich diejenigen, die zum Western kamen, als das städtische Krankenhaus geschlossen wurde. Aber sie haben schon jahrelang keine Fortbildung mehr auf diesem Gebiet erhalten.«

»Mediziner, die Erfahrungen mit Infektionskrankheiten haben?« fragte Wright.

»Das war immer Sache des Städtischen Krankenhauses. Zwei dieser Fachkräfte sind in den vorzeitigen Ruhestand getreten, als es geschlossen wurde. Ein dritter ist weggezogen. Meine Leute hier haben natürlich auch eine entsprechende Ausbildung erhalten.«

Wright entgegnete nichts, doch sein Schweigen ärgerte Finlay. »Großer Gott, wie viele Ärzte hatten heutzutage schon mal mit Pocken zu tun?« schnaubte er. »Wir alle müssen einfach unser Bestes geben und damit fertig werden.«

Wright nickte, als sei er damit einverstanden. Er sagte: »Ich will nur sichergehen, daß niemand die Gefahren unterschätzt. Ich denke, wir sollten in die Zukunft blicken und entsprechende Vorkehrungen treffen. Wenn wir warten, bis die Dinge geschehen, wird es zu spät sein.«

»Zu spät?«

»Die Sterbeziffer könnte in dieser Stadt eine fünfstellige Höhe erreichen.«

Es war offensichtlich, daß die Leute am Tisch Wright für übergeschnappt hielten. Während sie vorher schweigend und mit ernsten Mienen zugehört hatten, lächelten sie nun und schüttelten die Köpfe.

»Kommen Sie schon, Doktor, glauben Sie nicht, daß Sie ein bißchen melodramatisch sind?« fragte Finlay. »Ich halte Sie wirklich für einen Experten auf diesem Gebiet, aber in den vergangenen sechzig Jahren gab es in diesem Land einige Ausbrüche dieser Krankheit, ohne daß es zu den von Ihnen genannten Zahlen gekommen wäre.«

»Das lag daran, daß der Großteil der Bevölkerung unmittelbar nach der Geburt gegen Pocken geimpft worden ist. Inzwischen liegen die Dinge anders. Die Massenimpfungen wurden vor gut einem Vierteljahrhundert in den siebziger Jahren eingestellt. Die Einwohner dieser Stadt sind heute daher genauso anfällig für Pocken wie irgendeine Stadt im Mittelalter.«

Das Gelächter verstummte.

»Was für Fortschritte macht Ihr Impfprogramm, Frau Dr. Martin?« fragte Finlay.

»Wir konnten noch gar nicht damit anfangen«, erwiderte Mary Martin. »Es ist noch kein Impfstoff eingetroffen.«

16. Kapitel

»Wissen Sie, warum das mit dem Impfstoff so lange dauert?« fragte Finlay, während er mit Dewar zurück zum Krankenhaus fuhr.

»Er kommt aus den Vorräten der WHO in Genf«, erwiderte Dewar. »Nichtsdestotrotz, ich dachte, sie würden ihn per Expreß schicken. Ich nehme an, daß Sie noch genug Impfstoff für die wichtigsten Mitarbeiter hatten.«

»Die sind alle geimpft worden«, bestätigte Finlay. »Aber je schneller wir das allgemeine Impfprogramm starten, desto besser.«

»Das können Sie laut sagen«, meinte Dewar.

Die Fahrt vom Scottish Office in Leith bis zum Western-General-Krankenhaus dauerte in Finlays Range Rover keine zehn Minuten. Dewar bemerkte, daß Finlay eine Parklücke mit seinem Namen besaß. Eine der Begünstigungen, über die man als Fachmann eines Berufsstandes verfügte, der Feudalismus als Tugend betrachtete, dachte er sich im stillen.

Die Quarantänestation wurde auf keiner der Hinweistafeln angezeigt, an denen sie vorbeikamen, aber das Ausschlußprinzip anwendend, kam Dewar zu dem Schluß, daß sie sich auf den sogenannten »Welcome Stiftungstrakt« zubewegten.

»Zeitalter der Sponsoren«, sagte Finlay. »Die Welcome-Stiftung hat das Geld zur Verfügung gestellt.«

Der Welcome-Stiftungstrakt entpuppte sich als ein langes, niedriges und modernes Einzelgebäude, das sich neben dem Westflügel des Krankenhauses befand. Auf den ersten Blick hätte es Dewars Meinung nach alles sein können, von einer Einrichtung für Physiotherapie bis zu einem Verwaltungsgebäude, doch als sie näher kamen, sah er, daß es mit Fenstern ausgestattet war, die sich nicht öffnen ließen, und einem Eingang, der sowohl ein elektronisches Schloß als auch eine Gegensprechanlage besaß. Des weiteren gab es keinerlei Rohrleitungssysteme an der Außenseite des Gebäudes, und ein Blick auf das Dach bewies, daß das Lüftungssystem viel komplizierter aussah, als es für ein Bürogebäude erforderlich war. Dewar wußte, daß es ein zusätzliches Filtersystem enthielt, um zu verhindern, daß irgend etwas aus dem Gebäude nach außen dringen konnte. Die Luft wurde im Gebäude sterilisiert und gefiltert, bevor sie an die Atmosphäre abgegeben wurde.

Mittels einer elektronischen Karte öffnete Finlay die Tür und sagte: »Zum Umkleideraum hier entlang.« Er ging Dewar voraus und reichte ihm einen weißen Overall. Die beiden Männer zogen sich schweigend an.

»Vielleicht möchten Sie einen Blick auf Kelly werfen, bevor Sie Miss Banyon sehen?« fragte Finlay.

»Das könnte ich natürlich«, erwiderte Dewar nach einer kurzen Denkpause. »Nur um zu sehen, womit wir es zu tun haben.«

Er zog den oberen Reißverschluß seines Anzugs zu und folgte Finlay den Flur entlang und durch eine Unterdruckluftschleuse. Finlay öffnete eine Tür zu seiner Linken und sagte: »Hier befindet sich ein Beobachtungsfenster.«

Der Raum war klein und recht dunkel. Finlay ließ das Licht ausgeschaltet. An der hinteren Wand befand sich eine Glasscheibe, durch die Licht aus dem Nebenzimmer drang.

Dewar trat neben Finlay, um einen Blick auf den Patienten werfen zu können. Kelly lag bewegungslos auf dem Rücken. Dewar rechnete mit dem Schlimmsten, aber der Anblick des Kranken verschlug ihm dennoch kurz den Atem. Kellys Körper war so dicht mit Eiterpocken übersät, daß man von der Haut kaum noch etwas erkennen konnte. Auf den weißen Bettlaken wirkte er wie eine ausgewickelte ägyptische Mumie.

»Kein schöner Anblick«, sagte Finlay.

Dewar beobachtete schweigend, wie sich eine mit einem »Raumanzug« bekleidete Krankenschwester über den Patienten beugte. Ihre Gesichtsmaske und die Handschuhe erschwerten ihr die Bewegung, aber sie kam offensichtlich gut mit dem Problem zurecht und hatte das Tempo ihrer Handbewegungen verlangsamt, um sich den Einschränkungen des Anzugs anzupassen. Sie tat ihr Bestes, um mittels Watte und Kochsalzlösung die Augen des Mannes vom Eiter zu befreien. Ihr größtes Problem bestand darin, daß nicht nur die Augenlider äußerlich vereitert waren, sondern daß auch der Augapfel infiziert war. Dewar erinnerte sich an Wrights Vortrag, daß Patienten, die die Krankheit überlebten, häufig für den Rest ihres Lebens erblindet blieben. »Armer Kerl«, flüsterte er.

»Genug gesehen?«

Dewar nickte.

Denise Banyon lag nicht im Bett. Sie saß in einem Sessel, rauchte eine Zigarette und schaute Fernsehen. Als Finlay eintrat, wandte sie sich vom Kinderprogramm ab, das sie bis dahin gefesselt hatte.

»Denise, das hier ist Doktor Dewar. Er würde Ihnen gern ein paar Fragen stellen.«

»Ich hab' die Schnauze voll von der bescheuerten Fragerei. Ich war jetzt lange genug hier. Ich will raus aus diesem verdammten Kaninchenstall. Ich will meine Freunde wiedersehen.«

Dewar lächelte höflich. Er sah auf eine Frau von Mitte Zwanzig, die man leicht für eine Vierzigjährige hätte halten können. Sie hatte einen ausgemergelten, vornübergebeugten Körper, das glatte, strähnige Haar hing ihr über die knochigen Schultern, und es schien sie offensichtlich nicht zu genieren, daß sie nur mit einem Nachthemd bekleidet war. Sie hockte sich auf ihre nackten Füße und schaute wieder zum Fernseher.

Finlay warf Dewar einen Blick zu und zuckte mit den Schultern.

»Ich werde Sie nicht lange aufhalten, Miss Banyon«, übernahm Dewar das Gespräch. »Es ist wirklich sehr wichtig, daß ich mit Ihnen rede. Ich wäre Ihnen für Ihre Hilfe sehr dankbar.«

Denise stierte ihn an und sagte, offensichtlich erfreut darüber, wie eine Lady behandelt zu werden: »Fünf Minuten, nicht länger.«

Finlay lächelte, ging zur Tür und ließ Dewar mit Denise alleine.

»Wie fühlen Sie sich?« fragte Dewar.

»Zu Tode gelangweilt.«

»Wenn Sie sich langweilen, dann sind Sie wenigstens nicht krank«, sagte Dewar. »Und das ist die Hauptsache.«

»'türlich bin ich nicht krank. Mike ist der, den's erwischt hat. Haben die inzwischen rausgefunden, was mit ihm los ist?«

»Sie sind sich nicht ganz sicher«, log Dewar. »Was glauben Sie, was ihm fehlt?«

»Ich sag' denen immer wieder, daß er schlechten Stoff genommen hat. Passiert schon mal.«

»Erzählen Sie mir darüber. Was genau ist passiert?«

Denise zuckte mit den Schultern, zog ein letztes Mal an

ihrer Zigarette und drückte sie dann nervös aus. Sie schien dafür länger als nötig zu brauchen.

»Als er nachmittags nach Hause kam, war er noch o.k., aber gegen neun wurde er ganz blaß, fing an zu schwitzen und sagte, daß er sich beschissen fühlt. Er legte sich ins Bett, aber als ich später nach ihm geguckt habe, zitterte er, als ob ihm kalt sei, aber ihm war gar nicht kalt; er war ganz heiß, und er konnte nicht sprechen, und er hatte diesen Ausschlag im Gesicht, als ob er sich aufgeschürft hätte oder so.«

»Hat er zwischen nachmittags und abends Drogen genommen?« Denise nickte. »Hat er sie gespritzt?« Erneutes Nicken. »Haben Sie auch etwas genommen?«

»Klar.«

»Aber nicht mit der gleichen Nadel?«

»Ich bin auf Methadon. Das schluckt man.«

»Woher, glauben Sie, hatte Mike den schlechten Stoff?«

Denise Blick wurde hart. »Du bist so 'ne Art Bulle!« spie sie aus. Dewar versuchte sie vom Gegenteil zu überzeugen, allerdings ohne Erfolg. Ihr Verhalten hatte sich von einer Sekunde auf die andere geändert.

»Natürlich bist du ein verdammter Bulle. Ihr seid alle gleich, glaubt, ihr könnt uns mit ein paar netten Worten verarschen, und dann, peng, kommt die Frage, hinter der ihr wirklich her seid. Aus mir kriegst du verdammt noch mal nichts raus, also verpiss dich, du englisches Arschloch!«

»Denise, vielleicht bin ich ein englisches Arschloch, aber ich bin kein Bulle. Ehrenwort.«

»Verpiss dich.«

Dewar versuchte es ein letztes Mal. »Denise, ich bin Arzt und kein Polizist. Ich arbeite an der Universität ... im Institut für Molekularbiologie«, log er in der Hoffnung, das Gespräch noch irgendwie retten zu können, beziehungsweise um zu sehen, ob der Name irgend etwas in ihr wach rief.

Denise schaute ihn verständnislos an. »Bist du taub?« fragte sie. »Verpiss dich!«

Dewar verließ das Zimmer und machte sich auf die Suche nach Finlay.

»Wie sind Sie klar gekommen?«

»Nicht gerade brillant«, gestand Dewar. »Sie hielt mich für einen Polizisten, der ihr eine Falle stellen wollte.«

»Im Umgang mit Drogenabhängigen ist Verfolgungswahn immer mit von der Partie«, sagte Finlay. »Selbst wenn ihnen der Heiland erschiene, würden sie denken, es sei ein Haken dabei. Nehmen Sie's nicht persönlich.«

»Das stört mich gar nicht so sehr. Aber ich bin nicht mal bis zur ersten Frage gekommen, die ich ihr stellen wollte. Ich dachte, wenn ich ihr etwas die Zeit vertreibe, könnte ich ihr Vertrauen gewinnen, als sie plötzlich völlig durchgedreht ist. Ich wußte, daß sie davon ausgeht, daß Kellys Krankheit etwas mit Drogen zu tun hat. Also dachte ich, sie könnte scharf darauf sein, etwas Dampf über den Händler abzulassen. Tja, so falsch kann man liegen.«

»Vielleicht haben Sie mehr Glück mit den Kontaktpersonen, die Mary Martins Team ermittelt hat.«

»Hoffentlich.«

»Soll ich Ihnen ein Taxi rufen?«

Dewar schüttelte den Kopf. »Ich werde ein Stück zu Fuß gehen.«

Als Dewar das Krankenhausgelände verließ und die Straße überquerte, begann es bereits zu dunkeln. Vom Meer her zog Nebel auf, und der Verkehr wurde jetzt zu Beginn des Feierabendverkehrs deutlich dichter.

Dewar war deprimiert darüber, daß es ihm nicht gelungen war, irgendeinen nennenswerten Kontakt zu Denise Banyon herzustellen, und versuchte das Gespräch zu analysieren. Er spürte, daß es wichtig war, zu verstehen, was schiefgelaufen war. Er hatte keine Erfahrung mit Drogenabhängigen, aber es hatte ganz den Anschein, als sei er auf ihre Hilfe angewiesen, wenn er an Informationen gelangen wollte. Der Auftakt mit Denise ließ nichts Gutes erwarten.

Finlay hatte ihr paranoides Verhalten zwar als normal bezeichnet, aber er war sich da nicht so sicher. Vielleicht hatte er aus Versehen einen wunden Punkt berührt, als er gefragt hatte, wer Kelly die Drogen verschafft hatte, die sie für seinen Zustand verantwortlich machte. Je länger er darüber nachdachte, desto mehr verwunderte es ihn, wie sie überhaupt auf diesen Gedanken kam. Sie war doch selbst drogenabhängig. Sie mußte schon eine Menge schlechter Trips erlebt und gesehen haben, wie viele Freunde an Aids, Hepatitis, Blutvergiftung und unsauberem Besteck verreckten. Wie kam sie darauf, daß Kellys Krankheit irgend etwas mit Drogen zu tun hatte? Er hatte noch keine Antwort auf diese Frage gefunden, als er eine geschäftige Kreuzung erreichte.

Zu seiner Linken dehnten sich die Betonklötze des Muirhouse-Viertels in Richtung Westen aus, wo das letzte Licht des Tages gerade noch als schmales Band am Himmel zu erkennen war. Auf der gegenüberliegenden Straßenseite zierte ein Graffiti die verbliebene Glasscheibe einer Bushaltestelle. FUCK EVERYBODY stand darauf. Einen Moment lang dachte Dewar über das Virus und dieses Viertel nach. »Könnte passieren«, murmelte er vor sich hin, während er sich nach rechts abwandte.

Er befand sich nun in der Ferry Road, der Hauptverkehrsader im Norden Edinburghs. Er winkte das erstbeste Taxi heran und kehrte zum Scottish Office zurück.

Dewar fand Hector Wright in einem der Kellerräume über eine Straßenkarte des Muirhouse-Viertels gebeugt. Er sah aus wie ein General, der gerade einen Angriff plante. Er zeichnete einen Kreis auf der Karte ein, wobei er im Zentrum ein kleines

Fähnchen zur Markierung des Gebäudes benutzte, in dem Kelly und Denise Banyon wohnten.

»Glück gehabt?« fragte Wright.

»Ich hab's vermasselt«, sagte Dewar. »Sie hat mir gesagt, ich soll mich verpissen.«

Wright lächelte und sagte: »Das haben mir die Frauen Zeit meines Lebens gesagt.«

Dewar lachte über den liebenswürdigen Kommentar und fragte Wright, was er gerade mache.

»Impfpläne ausarbeiten, erste, zweite und dritte Runde. Es ist ein bißchen so, als würde man Gräben um einen Waldbrand herum ziehen. Man hofft, daß der erste Graben ausreicht, aber man kann sich nicht allein darauf verlassen. Wenn es uns gelingt, innerhalb von drei Tagen jeden in diesem inneren Kreis hier zu impfen, schaffen wir es vielleicht, das Gebiet so einzugrenzen, daß es außerhalb dieser Linie höchstens zu minimalen Ausbrüchen kommt. Wenn wir dann die Leute im zweiten Kreis impfen, sollte das den Ausbruch noch weiter verlangsamen, und nach dem dritten Kreis beschränkt sich die Weiterverbreitung höchstens auf Reisende.«

»Ich schätze, daß ist der einzige Vorteil dieses Viertels«, sagte Dewar. »Die Leute dort reisen nicht viel. Sie bleiben, wo sie sind.«

Wright nickte, fügte aber hinzu: »Das gilt nur für jetzt. Wenn die Katze erst aus dem Sack ist und es hier wirklich hoch hergehen sollte, dann stehen wir vermutlich mehreren tausend Menschen gegenüber, die plötzlich ihre Zigeunerseele entdecken.«

»Was für eine Vorstellung«, sagte Dewar und hatte plötzlich Szenen einer Massenhysterie vor Augen.

»Alles hängt davon ab, wie viele Leute wir impfen können, bevor die Wahrheit rauskommt. Wir brauchen dringend diesen verdammten Impfstoff.« Dewar nickte. »Und wir müssen noch mehr Kontaktpersonen von der Straße kriegen!«

»Das Problem scheint darin zu bestehen, sie aufzuspüren«, sagte Dewar. »Sie haben gehört, was Mary Martin gesagt hat. Vage Informationen wie ein paar Vornamen und Kneipen. Es ist, als versuche man, die Herkunft von Dingen zurückzuverfolgen, die von irgendeinem Lastwagen gefallen sind.«

»Dabei fällt mir etwas ein: Mary Martin hat das hier für Sie hinterlassen. Einer von ihren Mitarbeitern behauptet, daß Kelly Stammgast in diesem Pub hier war. Sie hatten allerdings nicht viel Glück. Sie dachte, daß Sie es vielleicht noch einmal versuchen wollen.«

Dewar nahm den Zettel, auf dem lediglich ›The Bell Tavern, Salamander Street‹ stand. »Ich werd's versuchen.«

»Wie wär's mit Gesellschaft?«

Dewar dachte einen Moment darüber nach. »Netter Gedanke«, sagte er, »aber zwei Männer, die Fragen stellen, erwecken noch mehr Mißtrauen. Ich werde alleine gehen.«

»Wie Sie wollen. Essen wir vorher was zusammen?«

»Gerne. Ich muß vorher nur noch erst ein paar Anrufe erledigen.«

Dewar ging auf sein Zimmer und wählte Simon Barrons Handynummer. »Was läuft bei Ihnen?« fragte er.

»Tote Hose«, erwiderte Barron. »Scheint so, als ob Sie die ganze Action haben. Alles, was unsere Jungs machen, ist, um die Ecke schlendern, einen Kaffee im Bookstop Café trinken und wieder zurück ins Studentenwohnheim gehen.«

»Dann sind sie also immer noch hier?«

»Sieht so aus, als ob sie immer noch auf etwas warten.«

»Und Sie haben beide gesehen? Nicht nur Abbas?«

»Heute nachmittag waren Siddiqui, Abbas und zwei Studenten im Café. Sie blieben etwa vierzig Minuten dort. Das

Mädel, das dort arbeitet, behandelt sie inzwischen wie Stammgäste.«

»Ich weiß, daß das für Sie und Ihre Männer verdammt langweilig sein muß, aber es ist absolut lebenswichtig, daß sie Siddiqui und seinem Kumpel auch während der nächsten Woche noch auf den Fersen bleiben. Jeden Moment kann hier der Teufel los sein.«

»Das ist mir klar. Falls es Sie beruhigt, es gibt einen Sonderplan für die Iraker, falls sie versuchen sollten, die Eindämmung der Krankheit zu behindern.«

Dewar beschloß nicht danach zu fragen, was das praktisch bedeutete, aber er konnte es sich denken. Nachdem er das Gespräch mit Barron beendet hatte, rief er Karen an.

»Wie laufen die Dinge?« fragte sie.

»Nicht gut. Es gibt immer noch lediglich den einen bestätigten Fall, aber sie haben erst eine einzige Kontaktperson unter Quarantäne stellen können – Kellys Lebensgefährtin, Denise Banyon. Am schlimmsten ist, daß der Impfstoff immer noch nicht eingetroffen ist. Wie sagt man so schön – die Situation steht auf Messers Schneide.«

»Dann können wir nur hoffen, daß Kelly und Denise häusliche Personen waren«, sagte Karen.

Dewar und Wright aßen in einem der vielen Hafenbistros, die in den letzten fünf Jahren in Leith wie Pilze aus dem Boden geschossen waren. Das Viertel war im Wandel begriffen: Die heruntergekommenen Mietskasernen und Lagerhallen von einst – die für die Hafengegend jeder größeren Stadt so typisch sind – verschwanden zugunsten moderner, neuer Häuserblocks, schicken Cafés und Geschäften. Doch diese Veränderung hin zu einem neuen Gesicht war noch nicht ganz abgeschlossen. Es gab immer noch das alte Leith und seine Bewohner, die die Zugezogenen in ihren Designerklamotten mißtrauisch beäugten und so taten, als machten sie sich darüber lustig; schon alleine dadurch erhielt das Viertel eine prickelnde Atmosphäre.

Die Bell Tavern befand sich in einer Straße, die bislang der Aufmerksamkeit der Stadtplaner entgangen war. Sie hatte sich seit dem Beginn des Jahrhunderts kaum verändert. Die eine Straßenseite bestand aus ehemaligen Zoll- und Lagerhallen, deren verrußte Mauern und mit Eisenstangen verrammelten Fenster den Blick auf die Docks versperrten. Auf der anderen Seite reihten sich dunkle Mietskasernen aneinander. Die Bell Tavern befand sich an der Ecke eines solchen Gebäudes.

Dewars erster Eindruck war, daß sie innen nur vom Schein einer Kerze beleuchtet wurde, und sein zweiter, daß man die Luft durch Tabakrauch ersetzt hatte. Er bat um einen großen Whisky.

»Welchen?« fragte der Barmann. Die knappe Frage paßte zu seinem Gesichtsausdruck, der weder feindlich noch freundlich war, sondern einfach ausdruckslos.

Dewar schaute auf das Regal mit den Flaschen. »Laphroaig.«

Das Glas wurde wortlos vor ihn hingestellt; der Barmann nahm ausdruckslos das Geld, legte ihm das Wechselgeld hin und fuhr dann fort, sich mit zwei Gästen am anderen Ende der Theke zu unterhalten.

Dewar goß aus einem Krug ein wenig Wasser in seinen Whisky und schaute sich um. Er vermutete, daß man hier früher von einer ›Arbeiterkneipe‹ hätte sprechen können, doch inzwischen schien es eher ein Treffpunkt für Arbeitslose und alte Männer zu sein.

Ihm fiel auf, daß dem Raum jegliche Farbe fehlte, ein Eindruck, der durch die schlechte Beleuchtung noch verstärkt wurde. Die Wände waren bräunlich beige, und die Decke hatte sich durch die Nikotinablagerungen vieler Jahre schmutzig gelb verfärbt. Die Gäste trugen fast einheitlich dunkle Kleidung. Das Ganze wirkte wie eine alte Fotografie, ein alter Sepiaabzug aus vergangener Zeit.

»Sie haben einen guten Geschmack, was Whisky angeht«, sagte eine Stimme neben seinem Ellenbogen.

Dewar drehte sich um und erblickte einen gut sechzigjährigen Mann, etwa einen halben Kopf kleiner als er, in einem derben schwarzen Anzug, die Schirmmütze schief ins Gesicht gezogen, der ihn anlächelte. Seine Gesichtsfarbe ließ auf einen Herzfehler schließen, aber er wirkte recht fröhlich, als er sein leeres Bierglas auf der Theke abstellte.

»Dann trinken Sie den gleichen?« fragte Dewar.

»Die Zeiten, als ich mir einen Malt Whisky leisten konnte, sind lange vorbei, Junge«, lachte der Mann.

»Dann müssen Sie einen mit mir trinken«, sagte Dewar.

Der Mann schien leicht beleidigt zu sein. »Jetzt verstehen Sie mich nicht falsch. Es war nicht eine Minute meine Absicht, daß ...«

»Und ich habe nicht eine Minute geglaubt, daß das der Fall sei«, unterbrach ihn Dewar. »Ich bin fremd hier. Ich würde mich über etwas Gesellschaft sehr freuen.«

»Wenn das so ist ...« lenkte der Mann ein. »Vielen Dank. Ich heiße Bruce, Jackie Bruce.«

Dewar bezahlte Bruce einen Drink und fragte: »Dann sind Sie von hier?«

»Und Sie nicht«, sagte Bruce. »Engländer?«

»Ja, ich halte hier nach jemandem Ausschau.«

»Ein Verwandter?«

»Nicht wirklich, er heißt Michael Kelly.«

»Was sollte jemand wie Sie von so 'nem Schmarotzer wie Kelly wollen?«

»Kennen Sie ihn?«

»Kommt häufig genug hierher, er und sein Kumpel Hannan, aber es heißt, Kelly sei jetzt im Krankenhaus. Überdosis oder so. Als ob diese Krankenschwestern nicht schon genug Arbeit hätten, da braucht es nicht noch so Taugenichtse wie Kelly. Junkies! Jesus, als ich jung war, da schaute man sich im Kino an, wie Chinesen Drogen nahmen. Jetzt stolpert man an jeder Straßenecke über diese Fixer.«

»Das ist ein großes Problem«, stimmte Dewar ihm zu und nahm einen Schluck. Er wollte das Gespräch nicht zu augenscheinlich in eine bestimmte Richtung lenken. »Sie haben jemanden namens Hannan erwähnt?«

»Tommy Hannan. Jetzt, wo Sie's sagen, hab' ihn seit ein paar Tagen auch nicht mehr gesehen.«

»Stammt er von hier?«

»Ja, deshalb kommt Kelly ja her. Tommy wohnt direkt um die Ecke in der Jutland Street.«

»Vielleicht könnte er mir sagen, wie es Mike geht«, meinte Dewar.

»Falls einer das kann, dann Tommy. Die beiden kleben zusammen wie Diebe ... wenn ich's mir recht überlege, sind das Diebe!« Er brach in ein kehliges Gelächter aus, in das Dewar mit einstimmte. »Nehmen Sie noch einen?« fragte er, als er sah, daß der Whisky alle war.

»Das ist sehr nett von Ihnen. Kommt nicht oft vor, daß ich hier 'n intelligentes Gespräch führen kann.«

Dewar bestellte die Drinks und ging in die Zielgerade. »Sie wissen nicht zufällig, welche Hausnummer auf der Jutland Street, oder?«

»Klar, er wohnt direkt neben meinem Bruder. Nummer siebenunddreißig.«

»Danke«, sagte Dewar und war mit sich selbst sehr zufrieden. Er blieb noch eine Weile, redete über dieses und jenes, um Bruce nicht den Eindruck zu vermitteln, daß er lediglich ausgehorcht worden sei. Kurz nach halb zehn verließ er das Tavern.

Als er hinaustrat, spürte er die kühle und feuchte Luft auf seinem Gesicht. Nach dem ganzen Qualm drinnen erschien sie ihm angenehmer als eine frische Bergbrise. Die Straßenlampen spiegelten sich in den Pfützen auf dem Asphalt. Er hatte gar nicht bemerkt, daß es geregnet hatte, während er in der Kneipe gewesen war. Jetzt mußte er herausfinden, was »um die Ecke« – geographisch betrachtet – bedeutete.

Er ging die Salamander Street entlang und las die Straßenschilder zu seiner Linken, aber nach gut vierhundert Metern blieb er stehen mit dem Gefühl, er habe die »Um-die-Ecke« Zone bereits hinter sich gelassen. Er ging zurück und schlug die andere Richtung ein. Die Jutland Street war die erste Seitenstraße.

Am Eingang zu Haus Nummer 37 waren weder Namensschilder noch Klingeln angebracht, dafür war die Eingangstür auch nicht verschlossen. Sie wurde durch einen Holzklotz offengehalten. Dewar trat ein und stellte fest, daß es kein Licht gab. Er nahm an, daß man die Tür aus diesem Grund offen ließ – so konnte wenigstens das Licht der Straßenlampe in den Hausflur dringen. Es reichte zumindest aus, um festzustellen, daß keine der beiden Türen im Erdgeschoß das Namensschild trug, nach dem er suchte. Also ging er die Treppe in den ersten Stock hinauf. »Hannan« stand auf der zweiten Tür. Der Name war mit einem Kugelschreiber auf ein Stück weiße Pappe geschrieben und mit Tesafilm auf das Holz geklebt worden. Dewar klingelte.

»Wer ist da?« fragte eine weibliche Stimme von innen.

»Mein Name ist Dr. Dewar. Ich komme vom Krankenhaus. Es ist wegen Michael Kelly«, log er, obwohl es nur eine Notlüge war.

Das Kettenschloß rasselte, und obwohl die Scharniere Widerstand leisteten, öffnete sich die Tür einen Spalt breit. »Mike? Was ist mit ihm? Worum geht es?« fragte eine kleine Frau mit abstehenden Haaren in Jeans und einem engen weißen Top.

»Kann ich mit Tommy reden?« fragte Dewar.

»Er ist krank. Erzählen Sie's mir.«

»Krank? Was fehlt ihm?«

»Das geht Sie nichts an. Was zum Teufel wollen Sie eigentlich?« fuhr ihn die Frau wütend an.

»Wenn Tommy das gleiche Problem hat wie Mike, dann steckt er in ernsthaften Schwierigkeiten. Er könnte sterben. Ist er hier?«

»Wer will das wissen? Sind Sie etwa ein Bulle?«

»Nein, ich bin Arzt. Alles, was mich interessiert, ist, sein Leben zu retten«, insistierte Dewar.

»Der hatte nur 'nen schlechten Trip, das ist alles«, sagte die Frau. »Er wird drüber hinwegkommen. Ist nicht das erste Mal.«

»Kann ich ihn sehen?«

Die Frau dachte einen Moment nach und trat dann etwas zurück, damit Dewar eintreten konnte. Die Wohnung roch nach Zwiebeln.

»Er ist da drin.«

Dewar betrat ein kleines Schlafzimmer, in dem das Bett, ein altmodisches Doppelbett, dessen Kopf- und Fußenden aus poliertem Holz bestanden, neunzig Prozent der Gesamtfläche einnahm. Die Frau knipste das Licht an, worauf der Mann, der dort lag, protestierend aufstöhnte. Sein muskulöser Oberkörper war weiß und nackt und von einem Schweißfilm bedeckt, obwohl es im Zimmer kalt war. Der Mann hob einen Arm, um seine Augen vor dem Licht zu schützen, aber Dewar konnte den Ausschlag auf seinem Gesicht trotzdem erkennen.

»Er ist sehr krank«, sagte er. »Er muß sofort ins Krankenhaus. Vielleicht sind Sie auch in Gefahr.«

»Gefahr?« rief die Frau aus. »Ich nehme das verdammte Zeug nicht mal. Was diesen bekloppten Kerl hier angeht, er hat mir versprochen, daß er auch davon runterkommt. Und was macht der Idiot statt dessen?«

Dewar rief von seinem Handy das Krankenhaus an und arrangierte, daß Hannan von einem speziell dafür vorgesehenen Krankenwagen abgeholt und in den Welcome-Stiftungstrakt gebracht werden würde.

»Wird er sterben?« fragte die Frau, die inzwischen ihren Temperamentsausbruch bedauerte.

»Sind Sie seine Frau?« fragte Dewar.

»Ja, Gott steh mir bei. Seit drei Jahren.«

»Frau Hannan …«

»Erinnern Sie mich nicht noch dran. Ich heiße Sharon.«

»Sharon, das hier ist keine Reaktion auf Drogen. Tommy ist sehr krank. Es könnte sein, daß Sie auch infiziert sind. Die Leute vom Western-General-Krankenhaus werden alles für ihn tun, was in ihrer Macht steht, aber wir brauchen Ihre Mithilfe. Würden Sie mit uns kommen?«

Die Frau holte ihre Jacke und zog sie an, ohne ein Wort zu sagen.

»Vielleicht könnten Sie ein paar Sachen für sich zusammenpacken? Nachthemd, Zahnbürste und so weiter.«

Sharon blickte Dewar direkt an, und plötzlich sah er die Angst und die Verletzlichkeit in ihren Augen. Ihre ganze Lebendigkeit und Unerschrockenheit von eben waren verschwunden.

»In Ordnung.«

Während sie auf den Krankenwagen warteten, bemerkte Dewar, daß Sharons Hände zitterten. »Er sollte gleich hier sein. Sind Sie o.k.?« fragte er freundlich.

Ihre Augen füllten sich mit Tränen, während sie ihre Hände zwischen die Knie preßte und ihren Kopf hängen ließ. »Gott, ich habe Angst«, murmelte sie. »Ich weiß nicht, was ich machen soll, wenn Tommy stirbt.«

Dewar legte seinen Arm um ihre Schultern. Im gleichen Moment drang von draußen das Geheul einer immer lauter werdenden Sirene zu ihnen.

»Gut gemacht«, sagte George Finlay zu Dewar, als sie sich in Finlays Büro trafen, nachdem Hannan eingeliefert worden war und man einen Platz für Sharon gefunden hatte.

»Mit etwas Glück und ein paar Whiskys«, sagte Dewar. »Offensichtlich waren Kelly und Hannan dicke Freunde.«

»Warum wollten Sie Sharon und Denise nicht zusammenlegen?« fragte Finlay. Dewar hatte darum gebeten, als er mit Sharon und Tommy im Krankenwagen eingetroffen war.

»Ich glaube, daß Sharon mir vertraut. Ich hoffe, daß sie uns mehr über das erzählen kann, was Kelly und ihr Mann zusammen gemacht haben. Das würde sie eventuell nicht mehr machen, wenn sie unter dem Einfluß von Denise Banyon steht.«

»Gutes Argument«, sagte Finlay.

»Wissen Sie, was ich interessant finde«, sagte Dewar nachdenklich. »Auch Sharon hielt den Zustand ihres Mannes für eine Überreaktion auf Drogen.«

»Merkwürdig«, sagte Finlay.

»Aber interessant.«

17. Kapitel

3. TAG

Dewar wurde um vier Uhr morgens geweckt. Er brauchte einen Moment, um das Klingeln des Telefons zu erkennen und sich in der Umgebung zurechtzufinden. Finlays Stimme holte ihn schnell zurück in die Realität.

»Schlechte Nachrichten. Sieht so aus, als ob das gestern nur die Ruhe vor dem Sturm war. Heute nacht sind sieben weitere Fälle eingeliefert worden, und ich bin mir ziemlich sicher, daß sie's alle haben.«

»Verdammt«, murmelte Dewar. »Alle aus Muirhouse?«

»Ja.«

»Immerhin etwas.«

»Nicht, wenn wir nicht ganz schnell den Impfstoff kriegen. Mary sagt, daß er immer noch nicht in Sicht ist. Sie hat das Gefühl, jedes Mal mit leeren Versprechungen abgespeist zu werden, wenn sie nachfragt. Was denken sich diese Leute eigentlich?«

»Ich werde noch mal versuchen, etwas herauszukriegen«, beruhigte ihn Dewar.

Dewar ging nach nebenan, um Hector Wright zu wecken und ihm die Nachricht mitzuteilen. Wright setzte sich in seinem Bett auf und rieb sich den Schlaf aus den Augen. Er fluchte: »Gott verdammt noch mal, ich hatte gehofft, wir würden es noch einen Tag lang schaffen, bevor so etwas passiert. Jetzt liegen wir mit unseren Impfplänen viel zu weit zurück. Wenn der Impfstoff nicht heute eintrifft, könnte es gut sein, daß die ganze Situation außer Kontrolle gerät.«

»Ich habe Finlay gesagt, daß ich versuchen werde, herauszubekommen, wo das Problem liegt. Mary Martin hat das Gefühl, hingehalten zu werden.«

Wright stand auf und zog sich an, während Dewar in sein Zimmer zurückkehrte und Sci-Med in London anrief. Er sprach mit dem diensthabenden Beamten der Nachtschicht. »Wissen Sie zufällig, warum der WHO-Impfstoff noch nicht in Edinburgh eingetroffen ist?« fragte er.

»Ich bin mit den Einzelheiten nicht vertraut, aber ich weiß, daß Mr. Macmillan gestern abend mit Genf gesprochen hat. Auch er hat sich Sorgen gemacht.«

»Und was haben die gesagt?«

»Mr. Macmillan hat sich nicht genau darüber geäußert, aber nach dem Telefonat hatte er äußerst schlechte Laune – irgend so ein Büroheini hatte wohl versucht, ihn mit faulen Ausreden hinzuhalten.«

»Dewar schaute auf die Uhr und sagte: »Ich rufe ihn an, wenn er um neun ins Büro kommt.«

»Ich werde ihm einen Zettel hinlegen«, sagte der Mann.

Hector Wright war bereits unten, als Dewar die Treppe herunterkam. Er saß über seinen Stadtplan gebeugt an einem Tisch und klopfte, offenbar völlig in Gedanken versunken, nervös mit einem Bleistift auf der Tischplatte herum.

»Sieben neue Fälle, das heißt, daß sich die Lage geändert hat«, sagte er. »Ich denke, wir könnten gezwungen sein, zuzugeben, daß es sich um Pocken handelt. Wenn aus einem sieben werden, dann werden aus sieben neunundvierzig.«

»Tatsächlich sind aus einem Fall bereits acht geworden«, meinte Dewar. »Sie haben Tommy Hannan vergessen.«

»Wir werden noch vor dem Wochenende eine weitere Quarantänestation eröffnen und die Angehörigen informieren müssen. Ich sehe keine Möglichkeit, das zu verhindern.«

»Ich habe die schlimme Vermutung, daß der Impfstoff heute nicht eintreffen wird«, bekannte Dewar. »Ich habe noch nicht mit Macmillan gesprochen, aber irgendwas läuft schief, das spüre ich. Wir können den Leuten nichts mitteilen, solange wir ihnen nicht gleichzeitig auch was anbieten können. Sie werden Panik bekommen. Die Krankheit könnte sich dann schneller verbreiten als die schlechten Nachrichten.«

»Wenn Sie das wirklich ernst meinen, daß der Impfstoff heute nicht eintrifft, dann müssen wir versuchen, die Krankheit physisch in Schach zu halten«, sagte Wright. »Es gibt keinen anderen Ausweg.«

»Sie meinen, das ganze Viertel absperren?« fragte Dewar völlig entsetzt von der Idee, ganze Straßenzüge mit Tausenden von Bewohnern zu isolieren.

Wright nickte langsam. »Solange wir keinen Impfstoff haben, sehe ich keine andere Möglichkeit, die Ausbreitung der Seuche zu verhindern. Und wir müssen sie stoppen. Wenn wir einfach zugeben, daß die Leute an Pocken erkrankt sind, wird eine Pause von zwei Tagen entstehen, während der die Leute darüber reden und die Nachricht verdauen. Danach werden sie anfangen, aus der betroffenen Gegend wegzuziehen. Züge, Flugzeuge und Autos werden den Rest übernehmen. Die Pocken werden sich wieder wie in alten Zeiten, als noch jedes Jahr zwei Millionen Menschen daran starben, über die ganze Erde ausbreiten.«

»Nun, Sie können ja versuchen, das dem Team klarzumachen«, sagte Dewar, doch seiner Stimme war anzuhören, daß er nicht mit einem positiven Ergebnis rechnete.

»Werden Sie mich unterstützen?«

»Ja«, erwiderte Dewar. »Nicht weil ich diesen Plan für

attraktiv halte, sondern weil ich glaube, daß Sie recht haben: Es gibt keinen anderen Ausweg. Die große Frage ist, ob die Polizei das alleine schafft oder ob sie auf militärische Hilfe angewiesen ist.«

»Wir werden sehen, was Tulloch dazu sagt.«

»Für welche Zeit ist das Treffen heute morgen anberaumt?«

»Finlay meinte, er würde versuchen, die anderen bis halb zehn zusammenzukriegen.«

Es machte keinen Sinn, zurück ins Bett zu gehen. Es war schon zu spät, um noch einmal einzuschlafen, außerdem dämmerte es bereits ein bißchen. Dewar beschloß, um acht zur Quarantänestation des Western General zu fahren. Er wollte mit Sharon Hannan sprechen. Um halb acht rief er ein Taxi.

George Finlay sah erschöpft aus. Die neuen Patienten hatten ihn die ganze Nacht wach gehalten. Auf seinem Kinn zeigten sich graue Stoppeln, und er hatte Mühe, die Augen offenzuhalten.

»Es gab zu viele Angehörige und Kontaktpersonen, um sie alle hier unterzubringen, also haben die Leute von der Gesundheitsbehörde ihre Seuchenfachleute in die entsprechenden Häuser und Wohnungen geschickt und den Betroffenen strikte Anweisung erteilt, bis auf weiteres nicht vor die Tür zu gehen.«

»Klingt vernünftig«, sagte Dewar. »Aber wird das auch funktionieren?«

»Natürlich wird es Probleme geben«, gab Finlay zu. »Der Sozialdienst wird sie heute aufsuchen, um ihnen für die Dauer der Inkubationszeit der Krankheit Hilfe und Unterstützung anzubieten.«

»Wissen die Leute, um welche Krankheit es sich handelt?« fragte Dewar.

Finlay schüttelte den Kopf und sagte: »Ich habe mir einen entsprechend komplizierten medizinischen Fachausdruck dafür einfallen lassen, den die Leute bislang akzeptieren. Sie glauben, daß es sich um irgendeine fürchterliche, neue Krankheit handelt.«

»Sie brauchen Schlaf«, meinte Dewar.

»Ich werde mich nach dem Treffen etwas hinlegen«, sagte Finlay. »Was machen Sie um diese Zeit überhaupt schon hier?«

Dewar erzählte ihm, daß er mit Sharon Hannan sprechen wolle. »Wie geht es ihrem Mann?«

»Es geht bergab mit ihm«, erwiderte Finlay. »Kelly wird bald sterben, und so wie es aussieht, steht es um Hannan nicht viel besser.«

Sharon aß gerade Cornflakes, als Dewar an die Tür klopfte und eintrat.

Sie lächelte, erfreut darüber, ein vertrautes Gesicht zu sehen, auch wenn es ihr erst seit kurzem vertraut war. »Wie geht es Tommy?« fragte sie. »Sie werden mich doch nicht so verarschen wie die Krankenschwestern hier, oder?«

»Er ist ziemlich krank«, gestand Dewar. »Aber wenigstens ist er hier gut aufgehoben. Die Ärzte und Schwestern werden alles in ihrer Macht stehende für ihn tun.«

»Kann ich ihn sehen?«

»Vielleicht später. Dürfte ich Ihnen ein paar Fragen stellen, Sharon? Es dauert nicht lange und könnte vielleicht eine große Hilfe für uns sein.«

»Was für Fragen?« entgegnete Sharon mißtrauisch.

»Als erstes möchte ich Ihnen versichern, daß mein einziges Interesse darin besteht, anderen dieses Leid zu ersparen. Mich interessieren weder Schuld noch Anschuldigungen noch die Verfolgung krimineller Vergehen. Es ist mir wirklich scheißegal, ob irgendwelche Gesetze mißachtet wurden. Ich muß einfach die Wahrheit herausfinden. Ich muß verstehen, was passiert ist. O.k.?« Sharon nickte. »Ich verspreche Ihnen, daß alles, was Sie mir sagen, unter uns bleibt. Haben Sie je von einem Institut für Molekularbiologie gehört?«

Sharon schüttelte den Kopf. »Nein, nie.«

»Es gehört zur Universität.« Ein weiteres Kopfschütteln. »Tommy hat es nie erwähnt? Oder daß er mit Michael Kelly in der Universität gewesen sei?«

»Nie.«

»Ich weiß, daß sie keine Engel sind. Ist einer von ihnen im vergangenen Monat irgendwo eingebrochen?« Sharons Blick wurde hart. »Ich halte, was ich versprochen habe«, erinnerte Dewar sie. »Das ist ein vertrauliches Gespräch, niemand wird davon erfahren.«

»In einen Zeitungskiosk. Vor ungefähr drei Wochen. Wollen Sie wissen, wo?«

»Nein«, beeilte sich Dewar zu antworten. »Tommy hat Ihnen davon erzählt?«

»Er hatte 'ne Menge Zigaretten in der Wohnung und hat sie unten im Pub verkauft. Ich hab' ihn danach gefragt. Er hat es mir erzählt.«

»Sonst noch was?«

Sharon zögerte. Dewar vermutete, daß da noch mehr war. Er wartete geduldig, weil er auf keinen Fall Druck auf sie ausüben wollte.

»Bevor Mike Kelly aus seinem Job rausgeflogen ist, hat er einem Typen geholfen, Drogen verschwinden zu lassen, die der nach einem Bruch irgendwo versteckt hatte. Er hat dem Typen dabei etwas davon gestohlen, als dieser ihm den Rücken zuwandte. Er hat Tommy was von dem Zeug abgegeben.«

»Kelly hat Drogen von einem Dealer gestohlen?«

»Ich weiß nicht, ob der Kerl ein Dealer war; ich schätze schon, zumindest hat Tommy mir das so erzählt.«

Dewar dachte einen Moment lang nach. Vielleicht war Denise Banyon deswegen so wütend auf ihn gewesen, als er sie gefragt hatte, woher Kelly seine Drogen bekommen hatte. Stoff von einem Dealer zu stehlen konnte fatale Folgen haben. »Gibt es sonst noch etwas, das ich wissen sollte, Sharon?«

»Nichts Wichtiges. Die beiden haben hier und da ein bißchen gejobbt. Ohne es dem Sozialamt zu melden, aber jeder tut das hier.«

»Was für Jobs?«

»Das Übliche. Umzüge, ein paar Entrümplungen. Tommy hat für eine Frau auf dem Trinity Way den Zaun gestrichen, solche Sachen.«

Dewar nickte. »Ich möchte, daß Sie noch einmal genau über die Universität nachdenken. Sind Sie absolut sicher, daß Tommy und Michael Kelly sie nie erwähnt haben?«

»Absolut«, erwiderte Sharon. »Ich bin mir sicher, daß ich mich daran erinnern würde.«

Dewar lächelte und beschloß, es erst einmal dabei zu belassen. »O.k., Sharon. Wenn Ihnen sonst noch irgend etwas einfällt, bitten Sie die Schwestern, mir Bescheid zu sagen, und ich komme sofort zu Ihnen«, sagte Dewar. »In der Zwischenzeit genießen Sie Ihr Frühstück.«

Dewar kehrte ins Scottish Office zurück und rief London an. Es war zehn nach neun. Während er darauf wartete, mit Macmillan verbunden zu werden, trommelte er mit den Fingern auf dem Schreibtisch.

»Tut mir leid. Ich habe gerade auf einer anderen Leitung mit Genf gesprochen«, sagte Macmillan. Es entstand eine Pause, die Dewar das Schlimmste befürchten ließ. Er wurde nicht enttäuscht.

»Der Impfstoff wird nicht kommen«, sagte Macmillan.

Dewar hatte das Gefühl, als bliebe die Zeit stehen. Er versuchte, sich einzureden, daß er Macmillan soeben mißverstanden habe, aber es war klar und deutlich gewesen. »Das kann nicht Ihr Ernst sein«, stöhnte er.

»Ich fürchte doch«, bekannte Macmillan leise. »Die WHO hat auf Ihren ersten Bericht hin, daß die Iraker ernsthaft bemüht seien, das Pockenvirus in die Hände zu bekommen, sofort reagiert. Nach einem Treffen mit Beratern der UNO kamen sie einem Hilfegesuch der Israelis nach und haben ihnen als Vorsichtsmaßnahme den Vorrat an Impfstoff geliefert. Er ist vollständig aufgebraucht worden.«

»Großer Gott, und was bedeutet das für uns?«

»Sie bemühen sich intensiv, andere Vorräte aufzutreiben, deswegen sind ihre Auskünfte auch so vage.«

»Mit welchem Ergebnis?« fragte Dewar trocken.

»Sie haben kleinere Mengen auftreiben können, aber die befinden sich in den USA. Es wird drei, vielleicht vier Tage dauern, bis der Impfstoff bei euch eintrifft.«

»Soviel Zeit haben wir nicht; letzte Nacht wurden sieben neue Fälle eingeliefert. Für heute erwarten wir eine noch viel höhere Zahl.«

»Es tut mir leid. Jeder tut sein Bestes. Die WHO hat das Nationale Institut von Bilthoven in den Niederlanden angewiesen, die Produktion des Impfstoffes wiederaufzunehmen. Sie verwahren das abgeschwächte Impfvirus und werden innerhalb von zwei Wochen mit der Neuproduktion beginnen.«

Dewar wollte etwas Böses anmerken, hielt sich dann jedoch zurück. Es würde nichts helfen, und sein Schweigen stellte sich als genauso wirkungsvoll heraus.

»Ich weiß, Adam, es ist ein verdammter Mist, aber wir müssen damit leben. Irgendwelche Erfolge bei der Suche nach dem Herd des Ausbruchs?«

»Keine.«

»Versuchen Sie es weiter.«

Als Dewar zur Besprechung nach unten ging, waren die anderen bereits eingetroffen. Mary Martin gratulierte ihm zu seinem Erfolg in der Bell Tavern. »Wir hatten dort überhaupt kein Glück.«

»Ich bin einfach auf die richtige Person gestoßen«, sagte Dewar. Nach den Nachrichten aus London fühlte er sich immer noch wie betäubt.

Wright sah seinen besorgten Gesichtsausdruck und kam zu ihm herüber. »Stimmt irgendwas nicht?« fragte er flüsternd.

»Es wird die nächsten drei, vielleicht vier oder noch mehr Tage keinen Impfstoff geben, bei unserem Glück dauert es eventuell sogar noch länger«, flüsterte Dewar zurück.

»Heiliger Strohsack. Welches verdammte Spiel treiben die mit uns?« zischte Wright.

Dewar erzählte ihm, daß die Vorräte aufgebraucht worden seien. Wright rieb sich die Stirn, völlig verwirrt über die Irrwege des Schicksals.

»Ich glaube, wir sind vollzählig«, sagte Finlay und rief damit die Versammlung zur Ordnung. »Ich schätze, jeder von Ihnen weiß, daß wir inzwischen insgesamt neun Fälle haben und heute weitere erwarten; es steht zu befürchten, daß es viele sein werden. Wir werden die neuen Fälle auf eine der Stationen des Western legen, die nicht in Gebrauch ist, eine weitere wird gerade vorbereitet. Wie Doktor Wright bereits hervorgehoben hat, sind sie für diese Zwecke nicht ideal, aber zur Not frißt der Teufel Fliegen. Die Bauabteilung hat ihr Bestes getan, um die Krankensäle zu unterteilen sowie zusätzliche Waschbecken und die entsprechende Abwasserkanalisation zu installieren, und uns ist es gelungen, genügend immunisierte Schwestern aufzutreiben, um diese Stationen zu besetzen.«

»Wie steht es mit der medizinischen Ausrüstung?« fragte Cameron Tulloch.

»Tatsache ist, daß wir bei dieser Krankheit keine großartige Ausrüstung benötigen. Wir können für die Patienten sehr wenig tun, außer es ihnen so angenehm wie möglich zu machen und das Beste zu hoffen.«

»Wie steht es mit den Kontaktpersonen? Werden sie auch dort untergebracht?«

»Es sind zu viele. Mary und ihre Leute bemühen sich, die Kontaktpersonen so schnell wie möglich aufzuspüren und ihnen mit Unterstützung des Sozialdienstes Hausarrest zu erteilen. Ich denke, wir sollten realistisch genug sein, um damit zu rechnen, daß nicht alle dieser Anordnung nachkommen werden, aber wenn es die Mehrzahl tut, können wir schon zufrieden sein.«

»Auch heute morgen ist der Impfstoff noch nicht eingetroffen«, gab Mary Martin mit verärgerter Stimme bekannt. »Ich verstehe London einfach nicht. Wir bemühen uns, die Ausbreitung der Krankheit zu verhindern, aber uns sind die Hände gebunden.«

»Der Impfstoff der WHO wird auch nicht kommen, Mary«, sagte Dewar leise und gelassen.

Es wurde mit einem Schlag still im Raum. Alle schauten einander an und dann zu Dewar, von dem sie eine Erklärung erwarteten.

»Die WHO hat ihre Vorräte aufgebraucht«, sagte er. »Sie haben versucht, alternative Quellen für uns aufzutun; daher die ständigen Vertröstungen. Sie haben eine Quelle in den USA gefunden, aber es wird noch mindestens drei Tage dauern, bis der Impfstoff hier eintrifft. Dies, meine Damen und Herren, ist die unverhüllte und fürchterliche Wahrheit.«

Wright nutzte den Umstand, daß die Anwesenden aufgrund von Dewars Bekanntmachung völlig sprachlos waren. Er sagte: »Da dies der Fall ist, ist eine räumliche Isolation unsere einzige Chance, die weitere Verbreitung der Krankheit zu verhindern. Wir müssen uns jetzt darum bemühen, Muirhouse vom Rest der Stadt abzuschotten.«

»Dem stimme ich zu«, sagte Dewar mit Nachdruck. »Wir dürfen nicht zulassen, daß sich die Pocken in einer größtenteils ungeimpften Umgebung austoben.«

»Aber es wäre ein ungeheures Unterfangen, das ganze Viertel abzuriegeln«, protestierte Rankin, der Mitarbeiter des Scottish Office.

»Wissen Sie, wie viele Menschen dort wohnen und wie viele Zugangsstraßen es gibt?« fragte Mary Martin. »Die Leute, die dort leben, fühlen sich sowieso schon benachteiligt. Es würde eine Revolte auslösen.«

»Entweder das oder eine Pockenepidemie in voller Stärke«, sagte Wright. »Und glauben Sie mir, alles, was Sie soeben angeführt haben, wäre dem vorzuziehen. Falls es bedeuten sollte, die Armee hinzuzuziehen, dann tun Sie es. Falls es bedeutet, Aufstände mit Waffengewalt niederzuschlagen, dann tun Sie es, aber wir müssen die Ausbreitung des Virus verhindern.«

»Ich glaube nicht, daß es dazu kommen muß«, sagte Cameron Tulloch, »wenn wir die Dinge richtig handhaben.«

»Was zum Teufel hat die WHO mit dem Impfstoff gemacht?« fragte Finlay fassungslos und wütend.

»Sie haben ihn in den Mittleren Osten geschickt. Man hatte dort Befürchtungen«, sagte Dewar, ohne weitere Einzelheiten preisgeben zu wollen.

»Es muß noch einen anderen Weg geben, mit der Situation fertig zu werden«, meinte Finlay.

»Es gibt keinen«, sagte Wright.

»Aber was sollen wir den betroffenen Menschen erzählen?« fragte Finlay.

»Die Wahrheit«, erwiderte Dewar, der genau über diese Frage gerade nachgedacht hatte. »Wir nutzen die Medien, um reinen Tisch zu machen und den Bürgern zu erklären, daß die Pocken ausgebrochen sind und wir uns bemühen, eine weitere Ausbreitung zu verhindern. Wir bitten sie um ihre Hilfe und ihre Kooperationsbereitschaft.«

»Dem stimme ich zu«, sagte Tulloch. »Es wäre völlig idiotisch, auch nur den Versuch zu unternehmen, ein ganzes Viertel abzuriegeln, ohne den Bürgern eine Erklärung dafür zu liefern. Sie würden selbst nach Ursachen suchen, und die daraus resultierenden Gerüchte wären schlimmer als die Wirklichkeit.«

»Es wäre sicher eine Illusion, zu glauben, daß niemand versuchen wird, auszubrechen, aber mit einem kleinen Quentchen Glück bleibt die Mehrzahl der Bevölkerung da, wo sie ist.«

»Vermutlich haben Sie nicht genügend Männer, um eine solche Operation zu überwachen, Superintendent?« fragte Finlay.

Tulloch sträubte sich gegen diese Unterstellung. »Ich bin bestens für Situationen bürgerlicher Unruhen ausgebildet worden«, sagte er. »Ich denke, daß ich und meine Männer damit fertig werden.«

»In diesem Fall wäre es vielleicht keine schlechte Idee, mit einem Minimum an Polizeipräsenz zu beginnen, um einen Eindruck von der Stimmung zu bekommen«, sagte Wright.

Dewar nickte zustimmend. »Die Polizei wird, egal, ob sie nun beliebt ist oder nicht, als Teil der Gesellschaftsordnung akzeptiert, aber wenn sie in großer Zahl mit Helmen und Schutzschildern auftritt, ist das etwas anderes. Sie wirken dann wie Eindringlinge von einem anderen Planeten.«

»Ich denke auch, daß wir bei den ersten Anzeichen von Unruhen das Militär hinzuziehen sollten«, meinte Wright. »Wir wollen keine langsam eskalierende Serie von Straßenschlachten mit der Polizei provozieren. Wir wollen lediglich die Bevölkerung des Viertels abschotten, bis sie geimpft ist.«

»Für *Sie* mag das Priorität haben«, wandte Tulloch ein. »Als Polizei ist es indessen unsere Verantwortung, in diesem Viertel für Ruhe und Ordnung zu sorgen, egal, unter welchen Umständen. Ich habe nicht vor, mich zurückzulehnen und zuzuschauen, daß Randalierer das Ruder übernehmen. Das sind wir den Bürgern, die sich an die Gesetze halten, schuldig.«

»Es gab in der Vergangenheit immer wieder enormen Widerstand, wenn die Armee bei zivilen Angelegenheiten hinzugezogen wurde«, sagte Mary Martin. »Statt des Militärs sollten, falls notwendig, wohl besser Polizeistreitkräfte aus anderen Regionen angefordert werden, um die Situation allein schon durch ein zahlenmäßiges Übergewicht in den Griff zu bekommen.«

Tulloch zuckte abwehrend mit den Schultern. »Ich glaube nicht, daß es so weit kommen wird«, sagte er. »Ich bin zuversichtlich, daß es mir und meinen Männern gelingen wird, für Ruhe und Ordnung zu sorgen.«

»Das Problem ist, daß wir einfach nicht wissen, was passieren wird, weder was die Krankheit noch was die öffentlichen Reaktionen darauf betreffen«, sagte Dewar. »Daher schlage ich einen Kompromiß vor. Wir einigen uns darauf, lieber zu früh als zu spät das Militär hinzuzuziehen, aber wir nutzen es nur zur Absicherung der Umgrenzung, damit der Superintendent und seine Männer innerhalb des Viertels ihren Pflichten nachkommen können.«

»O Gott«, sagte Finlay matt. »Das alles klingt wie ein Alptraum.«

Wright und Dewar waren die beiden einzigen am Tisch, die überzeugt von dem waren, was in ihren Köpfen vor sich ging. Die anderen suchten im stillen immer noch nach Alternativen zu dem Plan, das Viertel abzuriegeln. Eine Minute lang blieb es vollkommen still.

Wright brach das Schweigen. »Nichts zu unternehmen, ist keine Alternative«, sagte er. »Das gleiche gilt für abwarten und beobachten. Die Zeit läuft uns davon.«

»Mir wäre wohler bei dem Gedanken, wenn wir den betroffenen Leuten Impfschutz bieten könnten«, sagte Finlay.

»Aber wir haben keinen Impfstoff und können es uns auch nicht leisten abzuwarten, bis er eintrifft«, sagte Dewar entschieden. »So wie ich die Lage einschätze, sind die meisten Bewohner von Muirhouse gewöhnliche, anständige Bürger, die nach einer Bekanntmachung erst einmal verdutzt sein werden. Sie werden die Situation ein oder zwei Tage lang akzeptieren, und in der Zwischenzeit wird der Impfstoff hier eintreffen. Es sind die Junkies und Chaoten, die uns Sorgen machen sollten. Sie werden wahrscheinlich von der ersten Minute an Widerstand leisten. Sie werden behaupten, für die Freiheit des Individuums oder ähnliche hehre Ziele zu kämpfen und das als Freibrief für Unruhen benutzen.«

»Meiner Erfahrung nach bringt der Kampf für die Freiheit des Individuums normalerweise das Einschmeißen von Ladenfenstern und den Diebstahl von Fernsehern mit sich«, sagte Tulloch trocken.

»Wir werden die Geschäfte und Schulen schließen müssen«, sagte Wright. »Auch der lokale Handel und der öffentliche Verkehr müssen eingestellt werden.«

Finlay, der sowieso unter Schlafmangel litt, stützte, Böses ahnend, seinen Kopf auf die Hände. »Was meinen Sie, Mr. Rankin?« fragte er.

»Es wird ein paar Tage brauchen, das alles zu organisieren, aber wenn die Gruppe es so beschließt, treffe ich die entsprechenden Vorkehrungen«, erwiderte Rankin ohne die Spur einer eigenen Meinung.

»Ich glaube nicht, daß der Sozialdienst da mithalten kann«, sagte Mary Martin. »Und meine Leute wissen eh schon nicht mehr, was sie als erstes tun sollen.«

»Wir könnten einen Aufruf starten und im ganzen Land um freiwillige Helfer bitten«, sagte Wright. »Bei den verschiedenen Gesundheitsbehörden sollte es noch genügend Impfstoff geben, um Helfern ausreichend Schutz bieten zu können.«

Für kurze Zeit verfielen alle wieder in Schweigen, dann sagte Dewar: »Ich denke, wir brauchen eine Entscheidung.«

Alle Blicke richteten sich auf den gequält aussehenden George Finlay. »Nun, wenn es keinen anderen Weg gibt«, sagte er, »dann ist es eben so. Ich werde eine Bekanntmachung aufsetzen, und die Leute vom Scottish Office können die notwendigen Vorkehrungen treffen.«

Wright schloß die Augen und dankte im stillen. Die anderen stürzten sich in rege Geschäftigkeit. Dewar rief Inspektor Grant an, um ihm mitzuteilen, was man entschieden hatte.

»Habe ich Sie richtig verstanden? Sie werden Muirhouse abriegeln?« fragte Grant überrascht.

»Es ist unsere einzige Chance, die Krankheit in Schach zu halten«, sagte Dewar.

»Und Cameron Tulloch hat dem zugestimmt?«

»Er sagte, daß es zwar schwierig werden wird, aber er werde damit zurechtkommen. Sollte es wirklich hart auf hart kommen, wird außerdem das Militär hinzugezogen, um die Grenzen des Viertels zu sichern.«

»Ich hoffe, es handelt sich um Paramilitärs und Fremdenlegionäre«, sagte Grant. »Die hätten vielleicht eine gewisse Chance.«

Dewar ignorierte Grants Pessimismus. Er hatte nichts anderes erwartet. Es lag nicht in Grants Natur, die Dinge von ihrer positiven Seite aus zu betrachten, andererseits war an der Vorstellung, ein ganzes Viertel zu isolieren, auch nicht viel Positives dran. »Im Moment brauche ich erst mal die Akte eines gewissen Thomas Hannan«, sagte er.

»Tommy Hannan? Bekannt als Kumpel von Michael Patrick Kelly? Was wollen Sie wissen?«

»Sein Vorstrafenregister. Offenbar kennen Sie ihn?«

»Hab' ihn ein paarmal festgenommen wegen Einbruch und Diebstahl, den üblichen Kram, Videogeräte, Hifi-Anlagen, Kameras. Verkauft sie in Kneipen, um seine Sucht zu finanzieren.«

»Keine ehrgeizigeren Projekte?«

»Sie arbeiten wohl immer noch an dieser Universitätssache, hm? Da ist Hannan nicht Ihr Mann. Bei diesem Pärchen hat Kelly die Zügel in der Hand. Wie sind Sie überhaupt auf Hannan gekommen?«

»Ich habe nach Personen gesucht, die mit Kelly Kontakt hatten. Jemand hat mich auf Hannans Fährte gesetzt. Das Entscheidende ist, daß Hannan gestern mit Pocken ins Western General eingeliefert wurde.«

»Dann hat es also beide erwischt«, seufzte Grant. »Hat einer den anderen angesteckt?«

»Das wäre eine logische Erklärung«, sagte Dewar. »Aber ich bin mir nicht sicher, ob das auch die richtige ist. Das hängt davon ab, wann Hannan Kelly das letzte Mal gesehen hat. Stimmt die seitdem verstrichene Zeitspanne nicht mit der Inkubationszeit des normalen Ansteckungswegs dieser Krankheit überein, hieße das, daß sich Kelly und Hannan ungefähr zur gleichen Zeit, aber unabhängig voneinander infiziert hätten.«

»Sie meinen, während sie irgendwo ein Ding drehten?«

»Das versuche ich herauszufinden«, meinte Dewar.

»Das sind nur zwei ganz gewöhnliche Trottel«, sagte Grant. »Ich glaube, mit dieser Idee vom Einbruch in die Uni liegen Sie bei den beiden falsch. Die wüßten doch nicht mal, wo sie etwas Komplizierteres als einen Fernseher oder einen Videorekorder an den Mann bringen sollten.«

»Das Problem ist einfach, daß ich keine andere Fährte habe«, bekannte Dewar. »Aber vielen Dank für Ihre Lokalkenntnisse.«

»Jederzeit. Wann zieht ihr Muirhouse den Stecker raus?«

»Übermorgen.«

5. TAG

Im Laufe des Vormittags waren vierundzwanzig neue Fälle eingeliefert worden. Nachmittags gegen vier hatte sich die Zahl der Kranken auf vierzig erhöht, und am Ende des Tages waren es bereits siebenundvierzig. Man beschloß, die Abriegelung des Viertels auf den nächsten Morgen zu verschieben. Obwohl die Beamten des Scottish Office während der vergangenen beiden Tage fieberhaft gearbeitet hatten, war es ihnen nicht gelungen, alle Vorbereitungen zur Koordination der Presse- und Fernsehnachrichten mit der Arbeit der Polizei und des Sozialdienstes durchzuführen. Es war wichtig, daß die Maßnahmen in einer geordneten Reihenfolge abliefen, andernfalls konnte die ganze Operation fehlschlagen und in einem wüsten Durcheinander enden. Es gestaltete sich schwieriger, als sie erwartet hatten; daher waren sie gezwungen gewesen, sich etwas mehr Zeit zu erbitten.

Unter diesen Umständen war die Polizei sogar froh darüber. In den frühen Morgenstunden konnte sie leichter Stellung beziehen als abends. Der Beginn der Operation wurde daher auf vier Uhr früh des folgenden Tages verschoben.

18. Kapitel

Die Einsatzgruppe nutzte diese Verschiebung, um sich um sieben Uhr abends zu einer Einschätzung der Gesamtlage zu treffen. Es stand schlecht; niemand gab etwas anderes vor, aber Finlay betonte, daß es immerhin noch ein paar positive Aspekte gab, die Mut machten. Es war notwendig gewesen, die führenden lokalen und internationalen Zeitungen sowie die Radio- und Fernsehsender noch vor Beginn der Operation über die Situation aufzuklären, dennoch war noch nirgendwo etwas durchgesickert.

Die Radio- und Fernsehanstalten berichteten in ihren Abendprogrammen vom Ausbruch einer Krankheit, hatten aber offensichtlich keine Informationen von oben erhalten. Sie bezeichneten es als ›mysteriöses Virus, das derzeit in einem Wohnviertel Edinburghs grassiere‹. Die Ursache werde zur Zeit wissenschaftlich untersucht. Die lokalen Zeitungen schmückten die Geschichte mit Gerüchten von der Straße aus, die abwechselnd ein altes Gaswerk, eine nahe gelegene Kläranlage sowie eine lokale Deponie für Chemieabfälle als mögliche Verursacher verdächtigten.

»Das Wichtigste zuerst«, sagte Finlay. »Ab morgen werden wir mehr Platz benötigen. Ich werde eine zweite Station im Western General öffnen.«

»Haben Sie auch schon weiter gedacht?« fragte Hector Wright.

»Habe ich«, erwiderte Finlay. »Ich habe Mr. Rankin gebeten, die momentan leerstehende Wester-Drylaw-Grundschule als weitere Unterbringungsmöglichkeit bereitzuhalten, sollte das notwendig werden. Ich denke, das ist besser, als ein Krankenhaus außerhalb der betroffenen Gegend zu nutzen.«

Wright nickte zustimmend.

»Die Schule steht zur Verfügung, sollten Sie sie brauchen«, sagte Rankin. »Es gibt keine Einwände. Ich habe darum gebeten, morgen schon mal vorsorglich das Mobiliar zu entfernen und die wichtigsten Lieferanten zu informieren, daß wir eventuell von einem Moment auf den anderen fünfzig weitere Betten benötigen.«

»Gut«, sagte Finlay. »Wie steht es mit den Kontaktpersonen, Mary?«

»Besser als wir befürchtet hatten. Die meisten bleiben zu Hause, wie wir es angeordnet haben. Sie genießen es sogar richtig, vom Sozialdienst versorgt zu werden. Wir hatten bislang nur ein oder zwei hartnäckige Fälle, die sich von niemandem vorschreiben lassen wollten, was sie zu tun oder zu lassen haben, aber im großen und ganzen klappt es. Natürlich kann es nicht so weitergehen. Spätestens morgen abend werden die Kapazitäten des Sozialdienstes erschöpft sein – wenn wir Glück haben, reicht es noch einen Tag länger.«

»Bis dahin wird der Impfstoff hier sein«, sagte Finlay und kreuzte die Finger an beiden Händen. »Dann werden die Impfstationen für Zerstreuung sorgen.«

»Aber hilft der Impfstoff auch denjenigen, die bereits der Krankheit ausgesetzt waren?« fragte Cameron Tulloch.

»Ja«, antwortete Hector Wright. »Es kann sehr hilfreich sein, die Leute auch während der Inkubationszeit noch zu impfen, obwohl es eine Woche dauert, bis der Impfstoff seine volle Wirkung erreicht hat. Generell gilt, je schneller er verabreicht wird, desto besser.«

»Ich bin gebeten worden, Ihnen mitzuteilen, daß die Kapazitäten des Labors völlig erschöpft sind«, sagte Mary Martin. »Die medizinisch-technischen Assistenten sind total erledigt, und es kann nur noch schlimmer werden. Vielleicht könnten wir andere Labore um Hilfe bitten oder von woandersher zusätzliches Personal besorgen?«

»Ich schlage vor, wir stellen die Arbeit des Labors ganz ein«, konterte Wright unverblümt. »Es ist nicht nötig, von jedem Patienten oder jeder Kontaktperson, auf die wir stoßen, eine Probe ins Labor zu schicken. Im Grunde stecken wir mitten in einer Epidemie; wir wissen, was den Leuten fehlt. Es ist nicht notwendig, das vom Labor bestätigt zu bekommen.«

»Geschweige denn wünschenswert«, fügte Dewar hinzu. Je weniger infiziertes Material in der Stadt hin und her transportiert wurde, desto besser, dachte er.

Finlay schaute sich vorsichtig in der Runde um. »Ich glaube, wir sollten den Vorschlag wirklich überdenken«, sagte er unsicher.

»Wir haben die Pflicht, uns um diese Menschen zu kümmern«, insistierte Mary Martin. »Sie haben das Recht, so behandelt zu werden, wie jeder andere Patient auch, was die Labortests und die medizinische Überwachung angeht.« Die Wut über das, was Wright gesagt und vor allem, wie er es gesagt hatte, ließ ihr das Blut zu Kopf steigen.

Wright wurde deswegen nicht nachgiebiger. »Himmelherrgott, wir haben es hier mit Pocken zu tun, gute Frau. Sind sie erst mal ausgebrochen, ist es nicht mehr schwer, sie zu diagnostizieren. Selbst ein Blinder hätte damit keine Schwierigkeiten. Wir brauchen die Bestätigung des Labors nicht, und glauben Sie mir, die Bestätigung ist das einzige, was das Labor uns liefern kann. Es gibt nichts, was die medizinische Wissenschaft für diese Leute tun kann, wenn die Krankheit einmal ausgebrochen ist. Weder Überwachung noch Virusbestimmung noch Verträglichkeitstests. Nichts. Die Krankheit nimmt ihren Lauf, das ist alles. Auch das medizinische Personal ist weitgehend überflüssig. Das einzig Wichtige für die Patienten ist die Pflege; nur damit kann man etwas bewirken. Altmodische, sanfte und liebevolle Fürsorge kann in Grenzfällen lebensrettend sein. Vergessen Sie die moderne Medizin: Die spielt hier keine Rolle. Richtig altmodische Krankenschwestern sind für diesen Job viel geeigneter. Wir fordern die ganze Skala der Labortests für diese Leute doch nur, um uns selbst zu beruhigen. Alles, was wir damit erreichen, ist die Schaffung von so viel Arbeit für die Labortechniker, daß wir jetzt sogar schon überlegen, infiziertes Material an andere Labors zu versenden. Wenn wir ehrlich zu uns selbst sind, ist das völlig sinnlos.«

»Ich denke trotzdem, daß wir uns an die Lehrbücher halten sollten«, beharrte Mary Martin. »Medizinische Routine ist äußerst wichtig. Sie hilft uns, Disziplin und Ordnung aufrechtzuerhalten. Wenn wir die Situation unter Kontrolle halten wollen, ist das absolut essentiell.«

Wright holte tief Luft und starrte schweigend vor sich auf die Tischplatte. Es fiel ihm sichtlich schwer, nicht die Beherrschung zu verlieren.

Dewar wußte, daß Wright einen wichtigen Punkt angesprochen hatte. Es war einfach bedauerlich, daß er nicht die notwendigen diplomatischen Fähigkeiten besaß, ihn vorzutragen, ohne die anderen zu beleidigen. Mary Martin würde ihm mit Sicherheit keine Weihnachtskarte schicken.

Finlay tat sein Bestes, um die Wogen zu glätten. »Ich denke, außergewöhnliche Umstände erfordern außergewöhnliche Maßnahmen«, sagte er. »Wir sollten aufhören, das Labor mit Proben zu bombardieren, sondern statt dessen die Diagnosen durch Beobachtung der klinischen Symptome erstellen.«

Dieses Mal war es an Mary Martin, schweigend auf die Tischplatte zu starren.

»Gibt es noch irgend etwas anderes, das wir beachten sollten?« fragte Finlay, darauf bedacht, die Mißstimmung am Tisch möglichst schnell hinter sich lassen zu können.

»Die Beseitigung der Leichen«, sagte Wright gepreßt. »Wir werden sie verbrennen müssen. Das bedeutet, daß wir die Krematorien vorwarnen müssen, sobald die offizielle Bekanntmachung raus ist. Es werden spezielle Vorkehrungen notwendig sein.«

Mary Martin warf den Kopf zurück, und ihre Miene verriet deutliche Abscheu. Die anderen zuckten sichtbar zusammen.

»Ich halte es für etwas verfrüht, solche Überlegungen anzustellen«, sagte Finlay, bemüht, dieses Mal Mary Martins Feingefühl zu schützen, nachdem er Wright bei seinem letzten Punkt unterstützt hatte. »Ich bin mir sicher, daß sich die Familien darum kümmern werden, falls es so weit kommt.«

»Es gibt kein ›falls es so weit kommt‹«, insistierte Wright. »Wir haben schon über vierzig Fälle – das bedeutet über zwanzig Tote, die bereits Schlange stehen. Wir können es uns nicht erlauben, mit Pocken befallene Leichen rumliegen zu lassen, während sich die Verwandten noch überlegen, welcher Sarg wohl der schönste wäre. Wir müssen die Leichen so schnell und so sauber wie möglich loswerden. Das bedeutet eine schnelle Einäscherung.«

»Um Himmels willen, wir sind menschliche Wesen«, tobte Mary Martin, die jetzt endgültig ihre Fassung verlor. »Wir müssen an die Gefühle der Familien denken, ihre Wünsche und Religionszugehörigkeit beachten. Haben Sie überhaupt kein Anstandsgefühl?«

Dewar bemerkte, daß Finlay zustimmend nickte, und beschloß, daß es Zeit war, für Wright Partei zu ergreifen.

»Ich weiß, es klingt fürchterlich, aber ich glaube, Hector hat recht«, sagte er leise. »Das, wogegen wir ankämpfen, hat kein Gewissen und läßt auch keine Schwäche zu. Ein Virus hat weder Sinn für Anstand noch für Fairneß. Egal, wie sehr es uns gegen den Strich geht: wenn wir irgendeine Chance haben wollen, den Krieg zu gewinnen, müssen wir genauso rücksichtslos vorgehen. Ich weiß, daß das schwierig sein wird, aber wir müssen uns zwingen, das zu tun, was uns allen unter normalen Bedingungen als undenkbar erscheinen würde. Es geht nicht darum, herzlos oder gefühllos zu sein: Die Lage verlangt es einfach. Wir dürfen dem Virus nicht die geringste Chance geben.«

»Aber wie sollte ich das den Angehörigen erklären können?« fragte Finlay.

»Sie stellen sie vor vollendete Tatsachen«, antwortete Dewar, der diese Frage erwartet hatte. »Wir beseitigen die Körper und verbrennen sie unmittelbar, nachdem der Tod eingetreten ist; wir sagen es den Angehörigen erst, wenn alles vorüber ist.«

»Gütiger Gott«, sagte Finlay leise.

»Ich hoffe, wir sprechen hier nur über das schlimmste anzunehmende Szenario«, sagte Cameron Tulloch. »Leute, die Kreuze auf ihre Türen malen und die Toten auf Handkarren werfen.«

Wright sah ihn ohne zu lächeln an. »Die derzeitige Situation in Muirhouse ist nicht anders, als sie es im Edinburgh des siebzehnten Jahrhunderts gewesen wäre. Das einzige, was den Ausgang ändern könnte, ist der Impfstoff, und, wie Sie vielleicht bemerkt haben, haben wir keinen.«

Einen Moment lang dachten alle schweigend darüber nach.

»Aber wir werden ihn bekommen«, sagte Finlay, um dem Schweigen ein Ende zu bereiten und um dem Ganzen noch zu einem positiven Abschluß zu verhelfen.

Die anderen lächelten, dennoch endete das Treffen in äußerst gedrückter Stimmung. Dewar verspürte den Wunsch, ein Weilchen alleine zu sein, daher brach er zu einem Spaziergang an der Küste auf. Es hatte erst kürzlich aufgehört zu regnen, und alles glitzerte noch naß unter dem Schein der Straßenlampen. Die Luft roch nach Algen, aber nicht unangenehm, sondern gerade genug, um ihn daran zu erinnern, wie nah er am Meer war. Das Meer war für ihn immer ein angenehmer Ort gewesen und ein guter Ort zum Nachdenken.

Er überquerte die Straße, verweilte mit einem Fuß auf der Kaimauer und blickte hinunter in das ruhige, etwas ölige Wasser, auf dessen leicht gewellter Oberfläche sich das Licht anmutig spiegelte. Er nahm einen Stein und warf ihn hinein. Die sich ausbreitenden Ringe hatten unmißverständlich symbolhaften Charakter.

Er begann darüber nachzudenken, warum er hier und was seine eigentliche Aufgabe war. Bei der Ungewißheit der derzeitigen Lage konnte es ihm nur allzuleicht geschehen, in den Kampf gegen die Epidemie eingebunden zu werden. Schließlich war er ein ausgebildeter Arzt, und es würde jede Menge für ihn zu tun geben, selbst wenn es sich nur um eine Grundversorgung der Patienten handeln sollte, wie Wright es hervorgehoben hatte. Aber das war nicht der eigentliche Grund, warum er hier war. Es war immer noch seine Aufgabe, herauszufinden, wie und warum dieser Alptraum ausgebrochen war. Bis jetzt hatte er dem noch keine große Aufmerksamkeit gewidmet.

Er spürte in sich die Versuchung, das Problem als Forschungsunfall abzutun. Jemand hatte im Institut lebende Pockenviren rekonstruiert, und diese waren nach draußen gelangt. Es war zu spät, um irgend etwas dagegen zu unternehmen. In erster Linie mußte die Ausbreitung der Krankheit mit allen Mitteln verhindert werden. Details, wie und warum das Ganze passiert war, waren zweitrangig. *Aber*, und daran erinnerte er sich nur ungern, bis jetzt hatte er keine Beweise dafür finden können. Er verfolgte immer noch eine reine Vermutung.

Bis jetzt deutete nichts zwingend darauf hin, daß das Virus aus dem Institut stammte. Es schien bloß so unglaublich naheliegend zu sein, daß er keine Alternativen sah. Er konnte einfach nicht glauben, daß sich Michael Kelly an einem anderen Krankheitsherd als dem Institut für Molekularbiologie mit der Krankheit infiziert haben sollte. Offiziell gab es schlicht *keine* anderen Quellen. Außerdem wurde diese Erklärung durch die Ereignisse in Steven Malloys Labor unterstützt. Darüber hinaus bekräftigten auch Wrights Ausführungen über den rapiden Verlauf von Kellys Krankheit diese Vermutung. Er war mit einer massiven Dosis des Virus in Berührung gekommen, einer Menge, der man nur ausgesetzt wird, wenn man mit einer reinen Viruskultur in Berührung kommt, und so etwas ließ sich nur in einem Labor finden.

Wenn er doch nur die Möglichkeit gehabt hätte, Kelly unmittelbar nach Ausbruch der Krankheit zu befragen! Aber Kelly, der potentielle Kronzeuge der ganzen Geschichte, war bei Dewars Ankunft in der Stadt bereits zu schwer erkrankt gewesen und inzwischen sogar tot. Hannan, sein Kumpane, lag ebenfalls im Sterben. Falls er verschied, ohne noch etwas Nützliches gesagt zu haben, blieben lediglich die beiden Frauen, Denise Banyon und Sharon Hannan, um die wahre Kette der Ereignisse aufklären zu helfen.

Sharon hatte sich kooperativ gezeigt. Sie hatte ihm alles gesagt, was sie wußte, doch das war einfach nicht genug. Es gab immer noch die winzige Möglichkeit, daß sie sich an etwas anderes erinnern würde, doch das schien zweifelhaft zu sein. Dann blieb also nur noch Denise Banyon, die ihm nicht im geringsten vertraute. Wenn er aus Sharon Hannan nicht mehr herausbekommen konnte, mußte er irgendwie ihr Vertrauen gewinnen können. Vielleicht wenn man ihr und Sharon erlaubte, zusammen zu sein, wäre es jetzt hilfreich. Eventuell sollte er sogar mit beiden zusammen reden, in der Hoffnung, daß Sharons Gegenwart Denise milder stimmen würde.

Er beendete seinen Spaziergang und drehte um. Er wollte Steven Malloy anrufen, um zu hören, ob ihm irgend etwas eingefallen war. Falls nicht, würde er direkt hinüber ins Western General gehen, um mit Tommy Hannan zu reden, und dann versuchen, noch etwas aus den beiden Frauen herauszukitzeln.

»Es tut mir leid«, sagte Malloy. »Ich habe wirklich mein Bestes getan, um eine Verbindung zum Institut zu finden. Ich stimme Ihnen sogar zu, daß es, wenn man die Umstände betrachtet, einfach eine geben muß, aber sie ist offensichtlich so verzwickt, daß ich sie nicht ausfindig machen kann. Ich bin ratlos. Es gibt einfach keinen Beweis, daß Kelly je im Institut war, ob nun legal oder nicht. Außerdem gibt es immer noch keinen Hinweis darauf, daß dort ein lebendes Pockenvirus zusammengebastelt worden ist.«

Dewar seufzte, war allerdings nicht wirklich überrascht. Er sagte, daß er sich wieder bei ihm melden wolle. Während er in einem Leihwagen des Scottish Office zum Krankenhaus fuhr, hallten die Worte ›kein Beweis‹ in bezug auf Kelly in seinem Kopf wider. Wenn er objektiv darüber nachdachte, konnte das nur zwei Dinge bedeuten. Entweder gab es einen Beweis, aber Malloy hatte ihn noch nicht gefunden, oder es würde nie einen Beweis geben, weil Kelly nie dort gewesen war.

Sollte letzteres der Fall sein, und das Institut war dennoch die Quelle des Virus, dann mußte Kelly irgendwo *außerhalb* des Instituts mit einer reinen Virenkultur in Berührung gekommen sein. Das war ein einfacher Schluß und führte ihn zu der Frage zurück, ob Kelly eventuell Ali Hammadi oder Pierre Le Grice gekannt hatte. Vielleicht war Kelly als eine Art Bote eingesetzt worden. Auf der anderen Seite: Wer würde einen Drogenabhängigen mit all der damit verbundenen Unzuverlässigkeit und Unsicherheit für einen Auftrag benutzen, bei dem es um ein tödliches Virus ging? Er stand wieder am Anfang.

George Finlay war nicht im Welcome-Trakt: Er war oben auf der neu eingerichteten Station. Dewar sprach mit der diensthabenden Ärztin, die er schon bei seinem letzten Besuch gesehen hatte, damals allerdings, ohne mit ihr zu reden.

»Anne McGowan«, sagte sie lächelnd, als sie sich die Hand gaben.

»Wie laufen die Dinge?«

»Eher schlecht als recht. Wir sind überfüllt; die Station oben wird immer voller, dabei kommen ständig neue Patienten rein. Doktor Finlay überwacht die Einrichtung einer zweiten Station. Wie dem auch sei, kann ich irgend etwas für Sie tun?«

»Ich muß mit Tommy Hannan sprechen.«

»Ich glaube nicht, daß Ihnen das viel bringen wird. Sein Zustand hat sich rapide verschlechtert, seit er hier ist.«

Dewar verzog das Gesicht und sagte: »Ich hätte ihn schon bei seiner Einlieferung befragen sollen, aber er schien sich noch in einem frühen Stadium der Krankheit zu befinden, daher dachte ich, es sei besser, ihn hier erst zur Ruhe kommen zu lassen.«

»Ich könnte Ihnen erzählen, daß ich noch nie etwas Vergleichbares gesehen habe, aber das würde nicht viel heißen. Niemand von uns hat je zuvor einen Pockenfall gesehen. Was ich damit ausdrücken will, ist, daß es nicht so war, wie es in den Lehrbüchern steht. In Tommy Hannans Fall hat sich die Krankheit viel schneller entwickelt, als es zu erwarten war.«

»So schnell wie bei Kelly?« fragte Dewar plötzlich aufgeregt.

Anne McGowan dachte einen Moment lang nach. »Ja, ich denke schon«, sagte sie. »Die anderen Fälle entsprechen den Lehrbüchern im zeitlichen Ablauf. Nur bei Hannan und Kelly kam es zu dieser rapiden Entwicklung.«

Das ist ein Fortschritt, dachte Dewar. Sollte die ›rapide Entwicklung‹, wie es die Ärztin nannte, tatsächlich auf eine sehr viel höhere Infektionsdosis zurückzuführen sein, wie es Wright behauptet hatte, dann konnte sich Hannan nicht bei Kelly angesteckt haben. Dann mußte auch er Kontakt mit einer reinen Kultur gehabt haben. Das war wichtig zu wissen. Das hieße, daß Hannan ihm theoretisch all das erzählen können müßte, was er von Kelly erfahren hätte.

»Wie steht es mit Hannans Frau Sharon?« fragte er. »Ist sie immer noch o.k.?«

»Sie hat sich beklagt, daß sie sich nicht gut fühlt, und zeigt grippeartige Symptome. Ich schätze, daß sie sich ebenfalls angesteckt hat.«

»Verdammt«, sagte Dewar leise. »Und Denise Banyon?«

»Ihr geht's immer noch gut, und sie ist genauso unausstehlich wie eh und je.«

Dewar lächelte, erkannte aber, daß es nicht mehr möglich sein würde, Sharon und Denise zusammenzulegen, falls Sharon wirklich erkrankt war. Sollte er aus Hannan nichts mehr herausbekommen, mußte er die Frauen einzeln befragen.

»Ich denke, ich würde Tommy Hannan trotzdem gerne sehen«, sagte er.

»Wenn Sie den Schutzanzug übergezogen haben, finden Sie ihn in Zimmer Nr. 6. Ich werde den Krankenschwestern Bescheid sagen, daß Sie kommen.«

Dewar zog die Schutzkleidung an und überprüfte sie anhand der Liste, die an der Wand des Umkleideraums hing, bevor er durch die Luftschleuse trat, die auf den Flur zu den Isolierzimmern führte. Bis auf ein leises Summen, das von den elektronischen Luftfiltern herrührte, war es ruhig. Er klopfte an und betrat das Zimmer Nr. 6.

Der Anblick Hannans versetzte ihm einen Schock. Der leicht blatterartige Ausschlag auf seinem Gesicht, den er bei ihrem ersten Kontakt bemerkt hatte, war ungeheuer schnell zu einem flächendeckenden eitrigen Pockenausschlag geworden. Sein Atem klang rasselnd und schwer; offensichtlich waren bereits die Schleimhäute befallen. Dieses Geräusch brachte Dewar darüber zum Staunen, wieviel Vertrauen er und alle, die hier und oben auf der Station arbeiteten, in den Impfstoff hatten, der sie schützte. Die Luft, die Hannan unter so großen Schwierigkeiten ausstieß, war mit winzigen Tröpfchen beladen, die ihrerseits Tausende lebender Viruspartikel enthielten.

»Tommy, können sie mich hören?« fragte er.

Hannan hörte auf, an die Decke zu starren und drehte leicht seinen Kopf, als sei diese Bewegung äußerst schmerzhaft. »Wer … ?« krächzte er.

»Adam Dewar. Ich habe Sie hierhergebracht. Erinnern Sie sich? Mit Sharon im Krankenwagen?«

Hannan schloß die Augen, nickte leicht und stieß ein Krächzen aus.

»Tommy, ich muß wissen, wie Sie zu dieser Krankheit gekommen sind. Werden Sie mir helfen? Ich muß Ihnen dazu ein paar Fragen stellen.« Keine Reaktion. »Es ist wichtig, Tommy.«

»Bastard«, krächzte Tommy.

Dewar war erstaunt über die Beleidigung, merkte dann aber, daß sie nicht ihm galt. »Wer Tommy? Wer ist ein Bastard?«

»Mike ... hat ... dem Typen das Zeug weggenommen ... Bastard!«

Dewar hatte vergessen, daß Hannan für seinen Zustand immer noch schlechten Stoff verantwortlich machte. Das Krankenhaus hatte offenbar nicht daran gedacht, ihn in diesem Punkt aufzuklären.

»Tommy, Sie leiden an einer Krankheit, die nichts mit Drogen zu tun hat. Verstehen Sie das?«

»Bastard ... Wenn ich hier ... rauskomme ... werd' ich dem Bastard ... die Kehl–«

Ein rasselndes Geräusch drang aus Hannans Kehle, und sein Kopf rollte zurück auf das Kopfkissen. Einen Moment lang dachte Dewar, er sei tot, doch er konnte immer noch seinen Atem hören, so als würde eine Säge weiches Holz schneiden. Hannan war erschöpft. Er war in einen Zustand versunken, der irgendwo zwischen Schlaf und Bewußtlosigkeit lag. Dewar beobachtete ihn noch ein paar Minuten, bevor er die Schwester ins Zimmer kommen hörte. Er nickte und machte sich davon, wobei er sich fragte, ob es wohl noch eine weitere Gelegenheit geben würde, mit Hannan zu reden. Er wollte nicht darauf wetten.

Während er sich aufrichtete, sah er im grellen Licht des Raums winzige Spucketröpfchen auf seinem Visier. Zum ersten Mal seit langer Zeit packte ihn die nackte Angst. Der Zustand hielt nur einen Augenblick lang an, trotzdem schnürte er ihm die Kehle zu. Sein Magen fühlte sich leer an, und eine Gänsehaut lief ihm über den Rücken. Er schämte sich etwas dafür, doch dann begann er dieses Gefühl rational zu analysieren. Vielleicht war es gar nicht so schlecht, Angst vor dem Virus zu haben. Das hieß zumindest, daß man Respekt davor hatte. Und noch wichtiger: Es bannte die Gefahr, das Virus zu unterschätzen.

Dewar kehrte in den Umkleideraum zurück, desinfizierte

seinen Schutzanzug und das Visier und duschte sich. Er hatte beschlossen, es noch einmal mit Denise Banyon zu versuchen.

Genau wie beim letzten Mal hing Denise in einem Sessel und schaute Fernsehen. Dieses Mal war es etwas, in dem heulende Polizeisirenen vorkamen. Sie begrüßte ihn mit den Worten: »Ich dachte, ich hätte dir gesagt, du sollst dich verpissen!«

»Ich hatte gehofft, wir könnten dieses Mißverständnis klären und noch einmal von vorne anfangen«, sagte Dewar ruhig.

»Es gibt kein Scheißmißverständnis, Junge. Schaff' einfach deinen Arsch hier raus.«

»Denise, ich brauche dringend Ihre Hilfe. Ich muß wissen, woher Mike diese Krankheit hat.«

»Mike ist tot.«

»Ich weiß, und es tut mir leid, trotzdem muß ich wissen, wie er sie bekommen hat. Es könnte das Leben vieler Menschen retten.«

Denise schnaubte über diese Bemerkung. »Nicht diese alte Leier. Andere Leben gehen mir am Arsch vorbei. Du willst doch nur wissen, woher er den Stoff hatte. Von mir wirst du's nicht erfahren. Verstanden? Und nun zum letzten Mal, verpiß dich!«

»Großer Gott, ich will wirklich nichts über Drogen wissen! Geht das nicht in Ihren dicken Schädel? Mike ist an Pocken gestorben, nicht an schlechtem Stoff!«

Dewar bedauerte es sofort, die Beherrschung verloren zu haben. Er sah den triumphierenden Ausdruck auf Denises Gesicht. »Aber, aber, Schatz«, höhnte sie. »Was ist denn mit unserem Mr. Nice Guy passiert?«

»Es tut mir leid, aber es ist die Wahrheit.«

»Blödsinn! Ihr redet immer so eine Scheiße. Ihr glaubt, daß

ich nicht weiß, was ihr denkt, aber da täuscht ihr euch. Ihr glaubt, Leute wie ich und Mike sind der letzte Dreck, kleine Stückchen Scheiße, auf die ihr spucken könnt, bis ihr habt, was ihr wollt. Behandeln wir sie wie eine Lady, dann glaubt sie, es käme der Prinz persönlich auf seinem verdammten Pferd. Die blöde Kuh wird dir alles sagen, ihre Freunde verpfeifen und sie fallen lassen, vielleicht auch noch die Hosen für dich fallen lassen, wenn du auf 'ne harte Nummer stehst. Verdammt einfach. Nun, dieses Mal hast du dir die Falsche ausgesucht, Junge. Und jetzt zum letzten Mal, *verpiß dich!*«
Beim Anblick ihres haßerfüllten Blicks beschloß Dewar, den Rückzug anzutreten und das Zimmer zu verlassen.

Auf der Rückfahrt zum Scottish Office mußte er sich den Fakten stellen. Während die Scheibenwischer den leichten Sprühregen wegwischten, wurde ihm langsam klar, daß er aus Hannan und Denise Banyon nichts mehr herauskriegen würde – Hannan, weil er zu krank beziehungsweise morgen vielleicht schon tot war, und Denise, weil sie fest entschlossen war, ihm nichts zu sagen. Er bezweifelte, daß Sharon, dem, was sie bereits erzählt hatte, noch irgend etwas Neues hinzufügen konnte, was bedeutete, daß er mehr Informationen nicht bekommen würde. Und viel hatte er nicht.

Zwei drogenabhängige Kleinkriminelle waren in Kontakt mit einer lebenden Kultur von Pockenviren gekommen. Gott allein wußte, wie. Beide Männer schrieben ihre Krankheit der Einnahme schlechten Stoffs zu. Soweit bekannt war, stand keiner der beiden Männer in Kontakt mit dem Institut oder einem der dortigen Mitarbeiter. Das war definitiv nicht viel.

Zurück in seinem Zimmer, rief Dewar Karen an.

»Du klingst nicht sehr glücklich«, sagte sie.

»Ich habe nichts, worüber ich glücklich sein könnte. Die Lage hier verschlimmert sich zunehmend.«

»Ich hab's in den Nachrichten gehört«, sagte Karen. »Eure

›mysteriöse Krankheit‹ scheint langsam ziemlich hartnäckig zu werden.«

»So sieht es aus«, stimmte Dewar ihr zu.

»Ich habe mich heute impfen lassen«, sagte Karen.

»Weshalb?« fragte Dewar besorgt.

»Es gab eine interne Anfrage des öffentlichen Gesundheitsdiensts. Sie suchen Freiwillige für Edinburgh. Ich habe mich gemeldet.«

»Du lieber Himmel!« rief Dewar.

»Das ist alles, was du dazu zu sagen hast?«

»Gott, ich weiß nicht, was ich sagen soll ... ich bin stolz, ich bin erfreut ... Ich habe eine Scheißangst und wünschte inständig, daß du das nicht getan hättest.«

»Nun, ich habe es getan. Ich werde übermorgen bei euch sein. Ich werde bei Mutter wohnen, bis sie mir sagen, wo ich am ehesten gebraucht werde. Man hat mich auch darüber aufgeklärt, daß ihr jetzt versuchen wollt, den Stadtteil abzusperren.«

»Wir haben keine Alternative. Wir beginnen morgen vor Sonnenaufgang.«

»So was kann ziemlich in die Hose gehen«, meinte Karen.

»Das wissen wir erst, wenn wir's versucht haben.«

»Ich werde an dich denken.«

»Karen, ich liebe dich.«

»Ich liebe dich auch. Paß auf dich auf. Bis bald.«

Dewar legte den Hörer auf und ging ans Fenster. Inzwischen regnete es in Strömen, und da es windstill war, kam das Wasser wie ein Vorhang herunter.

6. Tag

Über Nacht hielt der Regen an, und es regnete auch noch, als die Polizei in ihrer leuchtend gelben Regenkleidung morgens um drei die ersten Barrieren errichtete und den Verkehr stoppte. Gleichzeitig brachten die Nachrichtensender der Fernseh- und Rundfunkanstalten die ersten Meldungen über den Ausbruch der Pocken und wiederholten diese in fünfzehnminütigen Abständen.

Nachdem das Viertel komplett abgeriegelt war, wurden die Busse davon abgehalten, nach Muirhouse hineinzufahren, und wieder zurück in die Innenstadt geleitet. Die Insassen, hauptsächlich Schichtarbeiter auf dem Weg nach Hause, durften zu Fuß weitergehen, wurden aber aufgefordert, zu Hause sofort Fernseher oder Radio einzuschalten. Ab sechs Uhr fuhren Polizeiwagen mit Lautsprechern durch die Straßen, gaben Einzelheiten zu den Absperrungsmaßnahmen bekannt und empfahlen, für weitere Informationen die lokalen Radiosender einzuschalten. Die Radiostationen hielten sich an die Pressemitteilungen des Scottish Office, wonach die mysteriöse Krankheit, die verschiedene Leute in Muirhouse befallen hatte, als Pocken identifiziert worden war. Um sicherzugehen, daß sich die Krankheit nicht weiter ausbreiten konnte, dürften die Menschen das Muirhouse-Viertel für etwa eine Woche nicht verlassen. Man bedaure dies, aber die Behörden seien sich sicher, daß die Bevölkerung dafür Verständnis haben werde. Impfstoff für alle sei auf dem Weg, doch in der Zwischenzeit solle sich jeder so viel wie möglich im Haus aufhalten und Radios oder Fernseher eingeschaltet lassen, um laufend weiter informiert zu werden.

Die schottische Verwaltung hatte für Menschen mit besonderen Problemen spezielle Telefonleitungen eingerichtet. Die Nummern sollten in den folgenden Nachrichten bekanntgegeben werden, aber es wurde dringend darum gebeten, so wenig wie möglich davon Gebrauch zu machen, um zu verhindern, daß die Leitungen zusammenbrachen. Außerdem wurden die Menschen aufgefordert, mit den medizinischen Einsatzgruppen und den Sozialarbeitern, die man in die

Gegend geschickt hatte, zu kooperieren. Wenn jeder etwas guten Willen zeige, und die Behörden waren davon überzeugt, daß dies der Fall sein würde, ließe sich der Krankheitsausbruch schnell eindämmen, und schon bald könnte der Alltag wieder einkehren.

Ab acht Uhr waren die speziellen Telefonverbindungen ständig blockiert. Menschenmengen drängten sich um die Polizeibarrieren, um ihren Fall vorzutragen und zur Arbeit zu dürfen. Die Polizei, die vor dem Einsatz genau instruiert worden war, verhielt sich höflich, aber bestimmt: Niemand würde entlassen werden, nur weil er wegen der Anordnung nicht zur Arbeit erschiene. Diejenigen, die darauf beharrten, sie müßten kranke Angehörige besuchen, um für sie zu sorgen, wurden aufgefordert, den Sozialarbeitern die Adressen mitzuteilen. Diese würden sich dann um alles weitere kümmern. Unangenehme Fragen – wie: Warum werden wir nicht sofort geimpft? – wurden mit »die Mediziner wissen schon, was sie zu tun haben« abgewiegelt.

Den ganzen Morgen über bildeten sich immer wieder Menschenmengen, und auf dem Polizeipräsidium befürchtete man, die diensthabenden Beamten könnten vielleicht nicht in der Lage sein, die Straßensperren zu halten, doch der heftige Regen, der sich von Beginn an über ihre Köpfe ergossen hatte und mittlerweile in ihre Kragen und durch Reißverschlüsse kroch, stellte sich als ihr größter Verbündeter heraus. Bei besserem Wetter wären die Menschenmengen wahrscheinlich noch größer gewesen, so aber zogen sich die meisten Menschen nach ein paar Stunden, naß bis auf die Knochen, aus den diskutierenden Menschen zurück. Bis zum Nachmittag war die kritische Zeit überstanden, und die Leute blieben in ihren Wohnungen.

19. Kapitel

Um Viertel vor sieben beschloß Dewar, Grant auf dem Polizeipräsidium anzurufen. Für sieben Uhr war ein Treffen der Einsatzgruppe anberaumt worden, und er war neugierig auf Grants Beurteilung der Rolle, die die Polizei bislang gespielt hatte.

»Die Flitterwochenzeit«, sagte Grant, nachdem ihm Dewar mitgeteilt hatte, daß die Dinge bislang sehr gut liefen. »Die Leute sind verwirrt und etwas verängstigt. Bislang verstehen sie nicht, was vor sich geht, deswegen schauen sie Fernsehen, um mehr zu erfahren. Sollte es morgen trocken sein, werden sie auf die Straße gehen und miteinander reden. Ihre Unzufriedenheit wird entfacht werden. Sie werden sich darüber beschweren, daß man sie im dunkeln läßt. Es werden sich schnell Anführer finden, und wir müssen mit geballtem Widerstand rechnen.«

»Also erwarten Sie für heute nacht noch keinen Ärger?«

»O doch«, entgegnete Grant, »aber nur von den Krawallmachern und noch nicht von den normalen Leuten. Solange Tulloch das kapiert und nicht zu schwerfällig ist, sollten sie in der Lage sein, schon den ersten Anzeichen von Unruhe entgegenzusteuern, obwohl es durchaus etwas ungemütlich werden könnte. Es gibt nichts Fieseres, als eine Horde Randalierer, die glauben, einen guten Grund gefunden zu haben, sich so zu benehmen, wie sie sich eh immer benehmen. Vom Abschaum zum Held der Straße ist es oft nur ein kleiner Schritt. Es ist bloß wichtig, nicht noch ihre Selbstüberschätzung zu steigern, indem man sich ihnen Mann gegen Mann gegenüberstellt. Man muß das Gefühl dafür haben, sich im richtigen Moment zurückziehen und vielleicht sogar einen kleinen Gesichtsverlust in Kauf nehmen.«

»Und der Superintendent weiß das?«

»Er hat Kurse besucht und Lehrbücher gelesen«, sagte Grant.

»Was heißt das?«

»Was die meisten Situationen angeht, gibt es eine große Kluft zwischen Lehrbüchern und Realität.«

Dewar verstand, was er meinte.

Cameron Tulloch traf um acht Minuten nach sieben als letzter zur Gruppenbesprechung ein. Während er im Flur seine Regensachen auszog und an einen Haken hing, bildete das Regenwasser eine Pfütze um seine Füße. Händereibend betrat er den Raum, strahlte aber Zuversicht aus. »Tut mir leid, daß ich spät dran bin.«

George Finlay lächelte und fragte: »Wie ist die Lage, Superintendent?«

»Bis jetzt läuft alles ziemlich glatt, danke. Ich denke, wir haben die Situation unter Kontrolle. Unsere Präsenz ist überall spürbar, und ich glaube, die Leute haben akzeptiert, daß Gesetz und Ordnung aufrechterhalten werden.«

»Gut«, erwiderte George Finlay. »Ich wünschte, ich könnte auch mit guten Nachrichten auftrumpfen. Wir hatten heute siebenundzwanzig neue Fälle.«

Die Anwesenden seufzten und tauschten besorgte Blicke aus, nur Hector Wright hielt ein großes Blatt mit einer Graphik hoch. »Ich weiß, daß diese Zahl hoch erscheint«, sagte er. »Aber meinen Berechnungen zufolge sind das eine ganze

Menge weniger, als nach den ersten Zahlen zu erwarten gewesen wäre. Das hier zeigt den voraussichtlichen Verlauf der Epidemie. Sie können erkennen, daß unsere Zahlen unter der ursprünglichen Linie bleiben.«

»Wenn das gute Nachrichten sein sollen ... !« sagte Finlay, der keine rechten Anstalten machte, die Graphik selbst unter die Lupe zu nehmen.

»Wie steht es mit der Suche nach Kontaktpersonen?« fragte Finlay Mary Martin.

»Ich zögere fast, es auszusprechen, aber ich glaube, daß auch wir Glück gehabt haben. Die Tatsache, daß die meisten Leute, mit denen Kelly Kontakt hatte, selbst arbeitslose Suchtkranke sind, bedeutet, daß sie die meiste Zeit am gleichen Ort verbringen. Die Kontaktpersonen und die erkrankten Personen sind immer noch auf ein relativ kleines Gebiet beschränkt. Die Krankheit hatte noch keine Chance, sich auf andere Teile der Stadt auszubreiten.«

Hector Wright, der gedankenverloren über seine Graphik gegrübelt hatte, sagte: »Ich glaube, ich weiß, warum die heutigen Zahlen etwas niedriger sind als erwartet.« Er wandte sich an Dewar und meinte: »Adam, Sie haben mir gestern abend erzählt, daß der Krankheitsverlauf bei Hannan genauso schnell war wie bei Kelly.«

»Sein Zustand hat sich dramatisch verschlechtert.«

»Er wird demnächst sterben«, fügte Finlay hinzu.

»Doch Sie sagten auch, daß der Verlauf der anderen Fälle eher dem der Lehrbücher entspricht?«

»So hat es mir Frau Dr. McGowan gestern abend erzählt, als ich mich mit ihr unterhalten habe«, sagte Dewar.

Finlay nickte bestätigend. »Das stimmt. Bei den anderen kommt es im Verlauf einer Woche nach dem ersten Auftreten einer fleckigen Hautrötung zur Pustelbildung und dann zu einem eitrigen Pockenekzem.«

»Ich glaube, das läßt vermuten, daß sowohl Kelly als auch Hannan sich auf ungewöhnliche Weise mit dem Virus infiziert haben«, sagte Wright.

»Dem stimme ich zu«, meinte Dewar.

»Daher scheint es sicher zu sein, daß sie die Auslöser des ursprünglichen Ausbruchs in Muirhouse waren, aber sie haben die Leute, mit denen sie in Berührung kamen, auf ganz normalem Weg angesteckt. Deshalb ist der Krankheitsverlauf bei diesen Leuten auch normal.«

»Aber wie erklärt das die sinkende Zahl der Erkrankungen?« fragte Finlay.

»Die Tatsache, daß sich beide mit einer hohen Anfangsdosis infiziert haben, bedeutet nicht nur, daß sich die Krankheit bei ihnen viel schneller entwickelt hat, sondern auch, daß sie weniger Zeit hatten, andere Menschen anzustecken, bevor sie ins Krankenhaus eingewiesen wurden. Daher ist die Zahl der infizierten Leute niedriger, als wir oder das Lehrbuch es erwartet hätten«, sagte Wright. »Das hat sich zu unseren Gunsten ausgewirkt.«

»Das klingt einleuchtend«, stimmte Finlay nickend zu. »Dann haben wir also Glück, daß es bei Kelly und Hannan wenig Erstkontakte gab.«

»Aber mit der Verbreitung, die von den anderen Infizierten ausgeht, werden wir nicht so viel Glück haben«, sagte Dewar. »Sie unterlagen der normalen Inkubationszeit und hatten daher viel mehr Zeit, die Krankheit zu streuen, bevor sie selbst erkrankt sind.«

»Das liegt in Gottes Hand«, sagte Finlay. »Andererseits haben Frau Dr. Martin und ihre Leute alles getan, um die Ausbreitung zu minimieren, indem sie die Kontaktpersonen unter Hausarrest gestellt haben.«

»Mit unterschiedlichem Erfolg muß ich einräumen«, sagte Mary Martin. »Der Sozialdienst hatte heute große Schwierigkeiten, sich den Bedürfnissen der Leute entgegenzustellen; einige von ihnen werden langsam sehr unruhig. Wir haben unser Bestes getan, sie zu überreden, drinnen zu bleiben, aber es ist ein Kampf gegen die Zeit. Die Leute vermissen es, sich nicht frei bewegen zu können.«

»Das war nicht anders zu erwarten«, sagte Finlay.

»Ich nehme an, daß Sie die Suchtkranken, wo nötig, mit Drogen versorgt haben?« fragte Dewar.

»Notgedrungen«, erwiderte Mary Martin. »Wir dachten, wenn wir die Drogenabhängigen versorgen, ist das ein Anreiz für sie, in ihren Wohnungen zu bleiben. Das Problem ist indessen, daß wir nicht genau wissen, wer wirklich drogenabhängig ist und wer nicht. Die Junkies haben andere dazu überredet anzugeben, daß sie auch an der Nadel hängen, damit sie an extra Stoff rankommen, den sie weiterverkaufen können. Abgesehen davon macht jeder falsche Angaben, was die für ihn nötige Menge Stoff angeht, um so viel wie möglich zu bekommen. So kommt es ständig zu Reibereien und langwierigen Diskussionen.«

»Das Leben ist kein Zuckerschlecken«, seufzte Wright.

»Sind wir der Antwort auf die Frage, wie Kelly und Hannan sich infiziert haben, irgendwie näher gekommen?« fragte Finlay.

»Ich glaube, wir wissen es«, meinte Dewar. »Aber es zu beweisen, ist eine andere Sache. Kelly ist tot und Hannan ist als Informationsquelle aus dem Rennen. Denise Banyon sagt aus Prinzip nichts, und Sharon Hannan weiß nichts, was uns dienlich sein könnte.«

»Ich glaube nicht, daß wir uns augenblicklich allzu große Sorgen darüber machen müssen, da von dem ursprünglichen Infektionsherd keine Erreger mehr auszugehen scheinen«, sagte Finlay.

Trotzdem ein beunruhigender Gedanke, dachte Dewar, und

zudem einer, den er bis jetzt nicht besonders weit verfolgt hatte. Er hatte sich von der Tatsache beruhigen lassen, daß es keine weiteren Fälle gegeben hatte, bei denen die Krankheit so ungewöhnlich schnell verlaufen war. Sollte noch so ein Fall auftreten, hieße das, daß sich die Quelle des Virus außerhalb des Instituts und damit außerhalb jeglicher Kontrolle befände. So boshaft konnte das Schicksal doch nicht sein?

Nachdem die Besprechung beendet war, erkundigte sich Dewar bei George Finlay nach Sharon Hannans Zustand.

»Als ich heute morgen nach ihr gesehen habe, ging es ihr nicht besonders gut«, erwiderte Finlay. »Ich würde sagen, sie erreicht jetzt das Endstadium der Inkubationszeit. Inzwischen wird sich das Virus in ihrem Blutkreislauf befinden. Wir müssen damit rechnen, daß sie morgen, spätestens übermorgen den Ausschlag bekommt.«

Dewar ging hinauf auf sein Zimmer und rief Karen an, um ihr über die Ereignisse des Tages zu berichten.

»Was sagt dein Instinkt?« fragte Karen.

»Dafür ist es noch zu früh«, meinte Dewar. »Könnte so oder so ausgehen.«

»Wrights Argument, daß die ersten beiden weniger Kontaktpersonen infiziert haben als erwartet, ist beruhigend«, sagte Karen.

»Ein Kerzenschimmer im Dunkeln«, erwiderte Dewar.

»Denk ein bißchen positiver!«

»Entschuldige, aber ich versuche, mich mit der nicht auszuschließenden Möglichkeit abzufinden, daß ich nicht in der Lage sein werde, die Verbindung zwischen dem Institut und dem Krankheitsausbruch aufzudecken, und das macht mich fertig.«

»Vielleicht ist der absolute Beweis ja überflüssig«, sagte Karen. »Die Indizien sprechen so deutlich dafür, daß einfach keine andere Möglichkeit in Betracht kommt.«

»Ich bin mit Filmen aufgewachsen, in denen sich die Indizienbeweise am Ende fast immer als falsch herausgestellt haben. Indizien ist ein dreckiges Wort.«

»In Filmen vielleicht«, sagte Karen. »Aber in der Realität ist das anders. Wenn es wie eine Ratte aussieht und wie eine Ratte riecht, dann ist es in neunundneunzig Prozent aller Fälle auch eine Ratte.«

Dewar rief Malloy an, nur um zu erfahren, daß bei der Überprüfung von Hannan genausowenig herausgekommen war wie zu Beginn bei Kelly. Auch zwischen Hannan und dem Institut gab es offensichtlich keine Verbindung. Ein abschließendes Gespräch mit Barron bestätigte, daß sich die Situation mit den Irakern ebenfalls nicht verändert hatte. Abbas und Siddiqui befanden sich immer noch in der Stadt und warteten.

»Genau wie wir«, sagte Dewar leise zu sich selbst, nachdem er aufgelegt hatte und zum Fenster gegangen war. »Wir warten auf diesen verdammten Impfstoff.«

Im Westen glühte der Himmel rötlich. Zunächst schrieb Dewar das der Straßenbeleuchtung zu – der »Lichtverschmutzung« der Städte, über die sich die Astronomen so beschwerten –, doch dann entschied er, daß das doch einen schwerwiegenderen Grund haben müsse. Er ging hinunter zu den Beamten des Scottish Office in die Einsatzzentrale.

»In Muirhouse gibt es Krawalle«, sagte jemand, der gerade mit der Kommandozentrale des Polizeipräsidiums in Verbindung stand. »Die Situation gerät außer Kontrolle. Drei riesige Feuer, und sie lassen die Feuerwehr nicht durch.«

Ein paar Minuten lang lauschte Dewar dem Funkverkehr, dann beschloß er, zum Polizeirevier zu fahren, um zu sehen, ob Grant da sei. Er fand ihn in seinem Büro, wo er den Polizeifunk abhörte, an einem Käsegurkensandwich herumkaute und die Füße auf den Schreibtisch gelegt hatte. Er winkte Dewar mit dem Sandwich zu und wies auf einen Stuhl.

»Was denken Sie?« fragte Dewar.

»Die Guerilleros kommen«, erwiderte Grant zwischen zwei Bissen. »Haben Sie den Feuerschein am Himmel gesehen? Da geht gerade Tullochs Karriere in Flammen auf. Wer nach den Vorschriften lebt, stirbt auch vorschriftsmäßig.«

»Sie glauben nicht, daß er die Situation beherrscht?«

»Jetzt, nachdem die Randalierer erst mal Blut geleckt haben, hat er keine Chance mehr. Er dachte, er könne sie ausmanövrieren, ihnen zeigen, wer der Boß ist, aber die wissen, was sie tun. Schauen Sie hier.« Er stand auf und ging zu einer Karte, die an der Wand seines Büros hing. »Die haben hier, hier und hier Feuer entzündet.« Grant nahm den Zeigefinger zur Hilfe und hinterließ drei fettige Flecken auf der Plastikbeschichtung. »Die haben mitten auf der Straße Autos angezündet und damit der Polizei den Zugang verbarrikadiert, und dann haben sie dieses Gebäude hier angezündet.« Ein weiterer fettiger Fingerabdruck. »Das Gebäude steht leer, trotzdem haben sie damit ein klares Zeichen gesetzt. Die Feuerwehr kann wegen der brennenden Autos auf der Straße nicht rankommen, außerdem werden die Beamten mit Steinen beschmissen, sobald sie versuchen, den Weg frei zu räumen.«

»Sie sagten, die hätten ein Zeichen gesetzt?« fragte Dewar.

»Sie haben Tulloch gezeigt, wer wirklich die Kontrolle hat«, erwiderte Grant. »Die haben jetzt das ganze Viertel eingenommen, und es wird nicht leicht sein, sie dort rauszubekommen.«

»Aber warum?« fragte Dewar.

»Lieber Gott, die brauchen keinen Grund! Ihre natürliche Abscheu gegen jede Form von Autorität reicht völlig aus. In Kombination mit ihrer instinkthaften, animalischen Gerissenheit und einer Situation, wie sie dort gerade herrscht, ist es das perfekte Szenario für Katastrophen. Das Böse wird siegen!«

»Aber was ist mit den normalen Leuten, die dort leben?« fragte Dewar.

»Die erleben gerade einen Regierungswechsel«, sagte Grant. »Die Angst regiert jetzt den Alltag. Die tun, was die Randalierer ihnen vorschreiben, oder sie bekommen Flugstunden von den Balkonen ihrer Wohnungen.«

»Was für ein Chaos«, meinte Dewar.

»Ich denke, das mußte so kommen«, sagte Grant.

7. TAG

Um drei Uhr morgens wurde die Armee hinzugezogen, um die Barrieren zu kontrollieren, damit die Polizei in der Lage sein würde, durch die Straßen zu patrouillieren. Die Soldaten – Infanteristen aus der Redford-Kaserne im Südwesten der Stadt – waren direkt nach der Entscheidung, das Viertel abzusperren, in volle Alarmbereitschaft versetzt worden. Die Offiziere waren nach tagelangem Studium der ihnen von den lokalen Behörden zur Verfügung gestellten Karten mit der genauen Lage der Straßen vertraut und hatten ihren Männern klargemacht, wie heikel die Operation sei. Ihre Rolle bestand darin, sicherzustellen, daß die Absperrungen eingehalten wurden, sonst nichts. Ihre Anwesenheit sollte so unauffällig wie möglich erscheinen.

Nachdem sie den entsprechenden Befehl erhalten hatten, bezogen sie leise und einsatzbereit Position und übernahmen die Bewachung der Barrieren, ohne größere Unruhe hervorzurufen. An jeder Absperrung blieb ein Polizeibeamter zurück, um zwischen dem Militär und der Zivilbevölkerung zu vermitteln, falls sich das als notwendig erweisen sollte. Im Verlauf der Nacht kam es kaum zu Anschlägen auf die Barrieren.

Im Viertel selbst gingen die sporadischen Gewaltausbrüche bis in die frühen Morgenstunden weiter – gestohlene Autos wurden in Brand gesetzt und Polizeiwagen mit Flaschen und Steinen beworfen. Fensterscheiben wurden eingeschmissen, Straßenlaternen zerstört und eine Stromleitung gekappt, so daß zwei Häuserblocks im Dunkeln lagen, ohne daß vor Wiederherstellung der Ordnung Aussicht auf Reparatur bestand. Zwei Polizisten wurden durch herumfliegende Glassplitter verletzt und vier Jugendliche in Gewahrsam genommen. Es hätten wesentlich mehr sein müssen, aber das Selbstvertrauen der Polizei war stark angegriffen.

Als gegen sechs Uhr früh die ersten Lichtstreifen am Horizont das Ende der Nacht anzeigten, beruhigte sich die Lage etwas, und es kam zu einem natürlichen Abebben der Ereignisse. Wie so oft im Leben verkündete auch hier ein neuer Tag einen neuen Anfang.

Tulloch wirkte um zehn Jahre gealtert, als er im Scottish Office eintraf. Um seine Augen herum waren dunkle Ringe zu sehen, und er sah so erschöpft aus, daß Dewar dachte, er sei vielleicht krank oder verwundet. Sein Stolz ließ ihn darauf beharren, daß er lediglich müde sei, doch seine Augen spiegelten die Niederlage wider. Er hatte die Situation völlig falsch eingeschätzt. Der erfolgreiche Anfang der Operation hatte ihn in seinem Glauben bestärkt, er habe für die Einhaltung von Ruhe und Ordnung gesorgt und er könne mit jedem Unruhestifter fertig werden. Es war ein Fehler gewesen, eine Politik der harten Hand zu verfolgen. Die Randalierer hatten ein anderes Drehbuch gelesen und nur auf den Einbruch der Dunkelheit gewartet.

An diesem Morgen wurde Major Tim Hardy, der befehlende Kommandant der Redford-Kaserne, zur Besprechung hinzugezogen. Obwohl der Einsatzgruppe die Entscheidung überlassen worden war, ab welchem Zeitpunkt die Armee involviert werden sollte, hatte sich das schottische Ministerium von Beginn an die Entscheidung über den Umfang der militärischen Unterstützung vorbehalten. Hardy berichtete, daß er den Befehl erhalten habe, die Absperrungen zu schützen und dabei so wenig Gewalt wie möglich anzuwenden. Seine Männer hatten strikte Anweisung, sich außerhalb des betroffenen Gebietes aufzuhalten und die Durchsetzung von Recht und Ordnung der Polizei zu überlassen. Er schaute zu Tulloch herüber, der seinem Blick auswich.

»Wie schaut die Lage heute morgen aus?« fragte Finlay Tulloch, der sich inzwischen an einem Becher mit schwarzem Kaffee festhielt, dankbar, daran sowohl seine Hände als auch sein Innerstes zu wärmen.

»Wir mußten die Kontrolle über etwa ein Drittel des betroffenen Gebietes abgeben.« Im Raum herrschte beklommenes Schweigen. Tulloch fuhr fort: »Um die Zahl der Verletzten so gering wie möglich zu halten, hielt ich es ab einem gewissen Punkt für das beste, meine Männer abzuziehen und Barrieren außerhalb des Epizentrums der Krawalle zu errichten.«

»Wollen Sie damit sagen, daß wir jetzt ein Sperrgebiet innerhalb des Sperrgebietes haben?« fragte Finlay.

»Wenn Sie wollen, kann man es so ausdrücken.«

»Das bedeutet also, daß wir jetzt innerhalb des Muirhouse-Viertels eine Zone haben, zu der wir keinen Zugang haben?« fragte Dewar.

Tulloch nickte. »Man könnte meinen, diese Mistkerle hätten das schon seit Jahren geplant«, sagte er verbittert.

Mary Martin schaute verwirrt drein und schien mit der Formulierung ihrer Frage Schwierigkeiten zu haben. »Verstehe ich Sie einfach falsch, oder wollen Sie sagen, daß wir die Bevölkerung innerhalb dieses Gebietes, so wie die Dinge liegen, nicht erreichen können?« fragte sie und wischte mit der Hand über die auf dem Tisch liegende Karte.

»Ich will sagen, daß meine Männer nicht für die Sicherheit derjenigen garantieren können, die diesen Teil des Viertels betreten. Wir müssen sogar strengstens davon abraten.«

»Dann haben die Randalierer jetzt also das Zepter in der Hand«, konstatierte Frau Martin. Tulloch schaute auf die Tischplatte. »Und die Kontaktpersonen? Wie sollen meine Leute sie erreichen? Und die Sozialarbeiterteams? Und der Impfstoff, wenn er eintrifft? Wie sollen wir Impfstationen in einer Gegend einrichten, die vom Mob kontrolliert wird? Was genau sollen wir jetzt tun, Superintendent?«

Tulloch holte tief Luft. »Ich verstehe Ihre Sorgen voll und ganz, aber die Kontrolle über dieses Gebiet wiederzuerlangen, hieße, Hunderte von Beamten in voller Kampfausrüstung in einen Frontalangriff zu schicken. Es würde sowohl der Polizei als auch der Zivilbevölkerung mit ziemlicher Sicherheit große Opfer abverlangen, wenn wir versuchen sollten, die Randalierer aus dem ihnen vertrauten Terrain zu vertreiben.«

»Aber es muß geschehen«, sagte Wright. »Die Menschen dort müssen, sobald uns der Impfstoff zur Verfügung steht, geimpft werden.«

»Vielleicht mit Hilfe der Armee«, schlug Mary Martin zögernd vor.

»Nur als allerletzter Ausweg«, erwiderte Finlay. »Das Scottish Office war nicht gerade glücklich darüber, heute früh Soldaten an den Barrieren zu postieren, aber die Lage ließ nichts anderes zu. Doch ich glaube, weiter werden sie nicht gehen, es sei denn, etwas wirklich Schreckliches würde passieren.«

»Könnten Sie nicht einen Eingreiftrupp losschicken, um die Anführer zu verhaften?« fragte George Finlay Tulloch. »Natürlich nur, wenn Sie wissen, wer die Leute sind.«

»Doch«, meinte Tulloch, »die sind uns bekannt. Es ist der

gleiche Abschaum, der in diesem gottverdammten Viertel auch alles andere beherrscht, vom Drogenhandel bis zum Geldverleih, allerdings ist es schwer, das zu beweisen. Es ist so aussichtslos wie ein Kampf gegen Windmühlen, jemanden dazu zu bewegen, vor Gericht gegen sie auszusagen. Und was das Abkommandieren eines Eingreiftrupps angeht: Wir sprechen hier über das Herz der Drogenwelt. Stahlgesicherte Türen und verrammelte Treppenhäuser, kaputte Aufzüge und in den Weg gestellte Kinderwagen, Teenagermütter, die sich über die Brutalität der Polizei aufregen, Betonbrocken, die von Hausdächern fallen und mehr Messer, als die gesamte Schweizer Armee besitzt.«

»Mein Gott, als ob wir nicht schon genug Probleme am Hals hätten«, sagte Finlay. »Zusätzlich zur Epidemie jetzt auch noch Straßenschlachten!«

»Der Impfstoff ist immer noch nicht eingetroffen«, sagte Dewar. »Wahrscheinlich werden wir noch einen Tag warten müssen. Ich schlage vor, wir überlassen der Polizei, den Politikern und dem Militär das Problem, die Kontrolle zurückzugewinnen. Wenn der Impfstoff endlich eintrifft – vermutlich heute abend –, können wir entscheiden, was wir als nächstes tun.« Es kam kein Widerspruch. »Und noch was, Major, sind Ihre Leute eigentlich bewaffnet?«

»Gummigeschosse, aber nur als letzte Rettung.«

Nachdem sie sich erhoben hatten, kam Finlay zu Dewar herüber und sagte: »Ich hätte es beinahe vergessen, Sharon Hannan fragt nach Ihnen. Sie schien wegen irgend etwas beunruhigt zu sein. Vielleicht könnten Sie rüber ins Krankenhaus fahren und mit ihr reden?«

»Natürlich«, erwiderte Dewar aufgeregt bei dem Gedanken, eventuell etwas Neues von ihr zu erfahren. Vielleicht war das der ersehnte Durchbruch! Vielleicht war ihr etwas Wichtiges eingefallen! »Wie geht es ihr?«

»Heute morgen ist der Ausschlag aufgetreten, sie hat definitiv Pocken; sie versucht tapfer zu sein, aber sie ist wirklich ziemlich krank.«

Dewar fuhr ins Western General, verlangsamte allerdings an einem Kreisverkehr kurz vor dem Krankenhaus sein Tempo, um sich einen Konvoi von Militärfahrzeugen und Streifenwagen anzuschauen, der auf der Hauptstraße Richtung Muirhouse parkte. Es war bedrückend, mitten in der Stadt Soldaten mit automatischen Waffen zu sehen, die von ihren Schultern herabhingen. Seine innere Stimme sagte ihm, daß sie Paradeuniformen tragen und hinter einer Blaskapelle zu irgendeiner Zeremonie im Schloß oder oben auf der Burg marschieren sollten, um die Touristen zu unterhalten. Das war es, was Soldaten normalerweise in dieser Stadt taten. Dagegen wirkte es wie ein alter Wochenschaubericht über Nordirland, sie neben einer gestreiften Barriere stehen zu sehen, die sich über die gesamte Straßenbreite erstreckte.

Hinter der Barriere war die Straße wie leergefegt von Menschen und Verkehr – ein schwarzes Teerband, das auf die Betonsilhouette von Muirhouse zuführte, über der immer noch der Qualm der vergangenen Nacht hing.

Dewar wandte sich ab und fuhr zum Krankenhaus. Dieses Mal hatte er keine Schwierigkeiten, einen Parkplatz zu finden. Man hatte die Termine aller Patienten, die zu einer Untersuchung oder Behandlung bestellt worden waren, abgesagt und sogar diejenigen entlassen, die auch zu Hause behandelt werden konnten. Alle nicht lebenswichtigen Operationen waren auf unbestimmte Zeit verschoben worden. Künstliche Gelenke für Hüften und Knie mußten warten. Gutartige Tumore blieben vorerst, wo sie waren. Das Krankenhaus stand nur noch in absoluten Notfällen zur Verfügung.

Dewar zog sich hastig um; er war gespannt darauf, was Sharon ihm zu sagen hatte. Das Zimmer lag im Halbdunkel.

Eine der Schwestern hatte ihm gesagt, das sei so, weil Sharons Augen schmerzten. Es schauderte ihn, als er sich an Michael Kellys Augen erinnerte, so wie er sie beim ersten Mal gesehen hatte.

»Hallo, Sharon. Ich habe gehört, es geht Ihnen nicht gut«, sagte Dewar freundlich, als er sich an ihr Bett setzte.

Sharon hatte zur Wand geschaut; der Ausschlag auf ihrer Wange war deutlich sichtbar. Sie wandte den Kopf und schien sich über die vertraute Stimme zu freuen, bis sie Dewars Visier sah. Sie schien davor zurückzuschrecken und starrte ihn an, als sei er ein Verräter. Die Krankenschwestern trugen es doch auch, dachte Dewar. Wie dem auch sei, er wollte sie keinesfalls beunruhigen oder gegen sich aufbringen. Falls sie ihm irgend etwas mitteilen wollte, mußte er ihr Vertrauen wahren. Daher nahm er das Visier ab und sagte: »In diesem verdammten Ding ist es viel zu heiß. Wie geht es Ihnen?«

Er konnte nicht leugnen, daß sein Puls nach oben schnellte, nachdem er das Visier abgenommen hatte. Er fühlte sich schutzlos und verletzlich. Wieder vertraute er ausschließlich auf die Impfung. Bei diesem Gedanken spürte er plötzlich die Narbe auf seinem Arm, aber vielleicht war das auch nur Einbildung, die Macht der Suggestion, wie Harry Hill es in seinen Fachbüchern ausdrückte. Er war sonst kein großer Held, aber in diesem Fall hielt er es für absolut notwendig. Er hoffte, daß er nach außen gelassen wirkte, obwohl sein Inneres in Aufruhr war.

»Ich fühle mich, als hätte mich ein Bus überrollt«, jammerte Sharon. »Es tut überall weh.«

»Sie müssen am Ball bleiben«, ermutigte Dewar sie. »An etwas Schönes denken; was Sie tun werden, wenn Sie hier rauskommen. Sonne, Strand, Schwimmbäder, Pina Coladas.«

»Ich trinke Bacardi«, erwiderte Sharon.

»Dann halt Bacardi«, sagte Dewar lächelnd. Er streckte

seine Hand aus, strich das Haar auf Sharons Stirn glatt und fühlte, wie warm und feucht sie war. Seine Nackenhaare sträubten sich. »Doktor Finlay sagte, Sie wollten mich sprechen.«

»Es war niemand da, dem ich es sonst hätte sagen können«, sagte Sharon. »Sie sagten, ich könnte nach Ihnen rufen, wenn es irgendwas gäbe ...«

»Natürlich, Sharon.«

»Es ist wegen Pussy.«

»Sagten Sie Pussy?«

»Meine Katze. Sie ist in der Wohnung und schon seit Tagen nicht mehr gefüttert worden. Ich wußte nicht, wen ich sonst hätte fragen können. Könnten Sie vielleicht vorbeigehen und sie füttern? Ich wäre Ihnen unendlich dankbar. Ich glaube nicht, daß es mir in den nächsten Tagen sehr viel bessergehen wird.«

Eine Katze füttern? Deswegen hatte sie ihn sehen wollen? Sie lieferte ihm nicht das fehlende Glied in der Kette? Jesus, Maria und Josef, er konnte es nicht fassen. Er war wirklich zuversichtlich gewesen. Er hatte geglaubt, Sharon hätte sich an irgend etwas Wichtiges erinnert, etwas, das ihm helfen konnte, den Ursprung des Infektionsherdes zu finden, und alles, was sie wollte, war, daß jemand ihre Katze füttert! Es brauchte einen Augenblick, bis er sich beruhigt hatte, dann schluckte er seine Enttäuschung hinunter und sagte: »Natürlich, Sharon. Wo finde ich die Schlüssel?«

»Die Schwestern haben meine Sachen. Sie finden den Schlüssel in der Lederjacke, linke Tasche.«

»Ich werde mich darum kümmern«, versicherte er ihr.

»Vielen Dank«, sagte Sharon. »Ich bin Ihnen wirklich dankbar. Werden Sie wiederkommen und mich besuchen?«

Dewar sah plötzlich die Angst in ihren Augen; unmißverständlich. Sie verhielt sich tapfer, aber von allen menschlichen Gefühlen spiegelte sich die Angst am deutlichsten und am intensivsten in den Augen wider. Seine Enttäuschung verflog auf einen Schlag.

»Natürlich werde ich das«, sagte er sanft. »Ich komme wieder und erzähle Ihnen, wie es Pussy geht.«

Dewar hing seinen Gedanken nach, als er die Desinfektionsprozedur durchlief. Danach suchte er eine Schwester, die ihm Sharons Schlüssel aushändigen konnte. Im Schwesternzimmer saßen zwei Krankenschwestern bei einer Tasse Tee. Sie sahen erschöpft aus. Dewar sagte es ihnen.

»Seit Beginn des Ausbruchs arbeiten wir in Zwölfstundenschichten«, sagte die ältere von beiden.

»Und nicht ein einziger freier Tag«, fügte die andere hinzu.

»Ich nehme an, Engel können nicht anders«, sagte Dewar, verschmitzt lächelnd. »Mutter Theresa könnte Ihnen ein Lied davon singen.«

»Mutter Theresa kann mich mal«, erwiderte die ältere Schwester. »In meinem Fall besteht die Bausparkasse darauf. Was können wir für Sie tun?« Dewar erzählte ihr von dem Schlüssel. »Sharons Kleidung ist zur Desinfektion weggeschickt worden, aber der Inhalt ihrer Taschen müßte hier sein.«

Sie stand auf und ging zu einem Wandschrank. Sie öffnete ihn, worauf eine Reihe von Plastikbehältern sichtbar wurde, die eine rötliche Flüssigkeit enthielten und mit einem Etikett gekennzeichnet waren. Sie holte einen herunter und sagte: »Hier haben wir ihn schon.«

Dewar schaute in den Behälter und sah etwas Wechselgeld und einen Schlüsselanhänger mit zwei Schlüsseln in der Flüssigkeit liegen.

»Alles wird desinfiziert«, sagte die Schwester. Sie holte die Schlüssel heraus und hielt sie ein paar Sekunden unter einen

Wasserhahn, bevor sie sie mit einem Papierhandtuch abtupfte und Dewar reichte.

»Die Katze muß gefüttert werden«, erklärte Dewar.

»Und uns nennt er Engel!« sagte die jüngere der beiden Schwestern.

Zwei Pieper gingen zur gleichen Zeit los, und die beiden Schwestern hasteten zur Arbeit.

Auf halber Strecke nach Leith fragte sich Dewar, ob es in Hannans Wohnung wohl überhaupt Katzenfutter gebe. Er beschloß, auf Nummer Sicher zu gehen und welches mitzunehmen. Einen halben Kilometer weiter hielt er an einem asiatischen Lebensmittelladen, einer Mischung aus Minisupermarkt und Aladins Wunderhöhle, und kaufte vier verschiedene Büchsen Katzenfutter und etwas Trockenfutter. Er war sich sicher, daß er, hätte er einen Gasboiler gewollt, er lediglich gefragt worden wäre: » In welcher Farbe?«

Dewar zahlte und bekam von dem Inhaber, einem dicklichen Inder mit gewinnendem Lächeln, ein Bonbon aus einer Tüte angeboten, die neben der Kasse stand. Dewar nahm es an und steckte es direkt in den Mund. »Danke.«

Aus irgendeinem Grund war das Leben nach dieser einfachen, aber freundlichen Geste viel schöner.

20. Kapitel

Bei Tageslicht machte die Jutland Street keineswegs einen besseren Eindruck als bei seinem letzten Besuch in der Dunkelheit. Die Straße wirkte, als sei sie mit der Zeit lautlos verfallen und als hätten ihre Mietskasernen inzwischen längst ausgedient. Ähnlich wie das angrenzende, wuchernde Hafenviertel stellten sie eine anachronistische Erscheinung dar, eine Erinnerung an die Zeiten, in denen die traditionell vielköpfigen Familien auf engstem Raum zusammenlebten und es eine Menge ungelernter Arbeiter gab. Im Westen lauerten bereits die Bulldozer des Fortschritts und krochen ganz allmählich näher, so als warteten sie nur auf eine Gelegenheit, alles zu planieren, um Platz zu schaffen für luxuriöse Wohnungen, Hafenbistros und schicke Einkaufspassagen, von denen ironischerweise viele so aussehen würden wie die Gebäude, die man gerade abgerissen hatte.

Dewar erinnerte sich an den unangenehmen Geruch im Eingang des Gebäudes. Beim letzten Mal hatte er noch gedacht, daß man dem mit einem guten Schuß Desinfektionsmittel abhelfen könne. Dieses Mal ließ ihn derselbe Gedanke zur Salzsäule erstarren. Er legte eine Hand auf die Stirn und verfluchte seine Dummheit. »Was bin ich für ein Idiot!« schimpfte er sich selbst. Er war davon ausgegangen, daß die Wohnung seit der Nacht, in der er und Sharon Hannan sie verlassen hatten, um ihren Ehemann Tommy ins Krankenhaus zu begleiten, leer gestanden hatte, aber das war natürlich nicht so. Die Leute vom Gesundheitsamt mußten in der Zwischenzeit dagewesen sein. Sie hatten die Wohnung mit Sicherheit sofort nach der Einweisung des Ehepaars ins Krankenhaus komplett ausgeräuchert!

Dewar fluchte, als er kapierte, was das bedeutete. Die Leute hatten mit Sicherheit die Katze mitgenommen und vermutlich eingeschläfert. Eine Katze konnte zwar keine Pocken bekommen, aber ihr Fell war wahrscheinlich genau wie die kontaminierte Bettwäsche und Kleidung als potentieller Überträger der Krankheit betrachtet worden. Wie sollte er das nur Sharon beibringen? Der Tod ihres Haustiers war mit Sicherheit nicht das, was sie jetzt brauchen konnte!

Er schaute auf die Schlüssel in seiner Hand und kam sich idiotisch vor. Er überlegte, ob er wieder fahren sollte, dachte dann aber an die Möglichkeit, daß die Katze überlebt haben konnte. Es war denkbar, daß die Leute vom Gesundheitsamt versucht hatten, sie zu säubern, aber das hätte eine Menge Umstände und immer noch ein Restrisiko bedeutet.

Auf der anderen Seite, sagte er sich, war das hier zu Beginn des Ausbruchs passiert, noch bevor die Gesundheitsbehörden richtig unter Druck standen. Hannan war erst ihr zweiter Fall gewesen. Vielleicht hatten sie sich ja doch für die umständliche Vorgehensweise entschieden. Er holte sein Handy raus und rief die Vermittlung des Scottish Office an, um sich mit Mary Martin verbinden zu lassen.

Auf Grund der hohen Mietshäuser war der Empfang seines Telefons schwach. Während er auf die Verbindung wartete, ging er bis zur nächsten Straßenecke und beobachtete, wie das Empfangssignal mit jedem Schritt deutlicher wurde.

»Hallo, Adam. Was kann ich für Sie tun?« fragte Mary Martins Stimme.

»Sie könnten meine schlimmsten Befürchtungen bestätigen, Mary. Das klingt vielleicht idiotisch, aber als ihre Leute Hannans Wohnung desinfiziert haben, haben sie dabei auch die Katze getötet?«

»Die Katze, sagten Sie?«

»Ja, Sharon Hannan hatte eine Katze.«

»Warten Sie eine Sekunde.«

Zwei kleine Jungen liefen an ihm vorbei und kickten dabei einen Plastikfußball hin und her. Einer von ihnen spuckte in regelmäßigen Abständen aus, so wie er es bei den Helden im Fernsehen gesehen hatte. Vielleicht meinte er, daß er so eine bessere Ballkontrolle hätte, schmunzelte Dewar. Der andere Junge trug ausgebeulte Jeans und eine Baseballkappe, die er modisch verkehrt herum aufgesetzt hatte. Als er an ihm vorbeikam, aufschaute und das Handy sah, sagte er nur: »Vollidiot!«

Dewar schluckte diesen gesellschaftskritischen Kommentar, ohne darauf einzugehen, doch es kribbelte ihm im rechten Fuß. Er beobachtete, wie ein riesiger, mit Bier beladener LKW mühsam Richtung Hafen an ihm vorbeirollte. Er machte soviel Krach, daß er die ersten Worte von Mary Martins Antwort nicht mitbekam. »Tut mir leid, könnten Sie das wiederholen?«

»Ich sagte, ich habe mit dem Teamleiter gesprochen. Er kann sich nicht daran erinnern, eine Katze in der Wohnung gesehen zu haben. Er hat mit Sicherheit keine eingeschläfert. Wenn dort wirklich eine Katze war, ist sie vermutlich ...«

»Natürlich«, sagte Dewar, der sich die Einzelheiten selbst ausmalen konnte. Das Gas, das für die Desinfizierung verwandt worden war, hatte sie wahrscheinlich getötet.

»Vielen Dank für Ihre Hilfe, Mary.«

Dewar schaute erneut auf die Schlüssel in seiner Hand und beschloß, so oder so schnell in der Wohnung nachzuschauen, um sicherzugehen. Vielleicht hatte sie sich versteckt. Katzen suchten oft die merkwürdigsten Verstecke auf, unter Betten, in Schränken, auf hohen Regalen, daher war es gut möglich, daß das Desinfektionsteam ihre Anwesenheit nicht bemerkt hatte, zumal sie nicht vorgewarnt worden waren.

Die Wohnung wirkte kalt und feucht und roch immer noch stark nach dem Desinfektionsgas. Dewar untersuchte die Fenster und sah, daß die Siegel, die man während der Sterilisation anbrachte, aufgebrochen waren. Also war das Team nach der Ausräucherung zurückgekehrt, um die Wohnung zu lüften. Trotzdem hing der Geruch immer noch in der Luft, und er vermutete, daß das noch sehr lange so bleiben würde. Er stellte sich vor, wie zukünftige Mieter überlegten, was das wohl für ein Geruch sein könne.

Er stellte die Plastiktüte mit dem Katzenfutter auf dem Küchentisch ab, zog seinen Mantel aus und hing ihn über eine Stuhllehne. Mit der Küche beginnend, ging er langsam durch alle Zimmer in der Erwartung, jederzeit irgendwo auf den Kadaver einer vergifteten Katze zu stoßen. Die Badezimmertür ließ sich nur schwer öffnen, und er vermutete bereits das Schlimmste, aber es war nur eine zusammengeschobene Badematte, die den Weg versperrte, und keine flauschige Leiche. Er beendete den Rundgang, ohne den Kadaver gefunden zu haben.

Anschließend kontrollierte er die oberen Regalfächer und klopfte den großen Boiler ab, um sicherzugehen, daß die Katze dort nicht hineingerutscht war. Er setzte seine Suche im oberen Fach des Schlafzimmerschranks fort, das bis auf ein paar Kartons, die Fotos und andere Andenken an Sharon und Tommys gemeinsames Leben enthielten, leer war. Er durchstöberte kurz den Inhalt und betrachtete betrübt das gerahmte Hochzeitsfoto eines lächelnden Paares.

Wie auch immer man es betrachtete – die Ehe hatte ein

Ende gefunden. Sollte Sharon überleben, dann als Witwe und zudem von Narben entstellt, vielleicht sogar blind. Falls sie starb, dann blieben die beiden Hannans zwei Menschen, die das Leben des alten Mietshauses nur kurz gestreift hatten. Dewar stellte die Kartons zurück, kletterte vom Stuhl herunter und fragte sich, wo er als nächstes suchen sollte.

Aufgrund der Kälte, die im Schlafzimmer herrschte, schauderte es ihn leicht. Plötzlich hörte er ein kratzendes Geräusch. Seine Augen starrten auf die Fußleiste, wo er meinte, das Geräusch gehört zu haben. Hatten sich bereits Mäuse oder, schlimmer noch, vielleicht sogar Ratten als Untermieter in der Wohnung der Hannans breitgemacht? Wieder erklang das Geräusch, aber er konnte immer noch nichts erkennen, außer daß er sich sicher war, daß es irgendwo hier im Zimmer sein mußte. Ein weiteres Kratzen und sein Blick blieb am Kamin haften.

Bevor das Desinfektionsteam die Gasbombe gezündet hatte, um die Wohnung auszuräuchern, hatte es auch den Schlafzimmerkamin versiegelt, damit das Gas nicht entweichen konnte, bevor es gewirkt hatte. Sie hatten ihn mit Sperrholz und Klebeband abgedichtet, und das Kratzen kam von der anderen Seite; offensichtlich hatte das Team vergessen, die Abdichtung wieder zu entfernen, als es zum Lüften zurückgekommen war.

War es möglich, daß die Katze hinter dem Brett steckte? Hatte sie sich im Kamin versteckt, als die Männer hereinkamen? Vielleicht war sie aus Angst vor den Fremden dort hinaufgeflohen?

Dewar stand vor dem Kamin und betrachtete ihn mit einer Mischung aus Hoffnung und Besorgnis. Schließlich konnte es sich genausogut um eine Maus oder Ratte handeln, und wütende Ratten standen ganze oben auf der Liste der Dinge, von denen er nicht wollte, daß sie ihm ins Gesicht flogen, wenn er das Brett entfernte. Er schaute sich nach irgendeiner Art Schutz um und entschied sich schnell für das neben dem Kamin stehende schwarze Schutzgitter.

Bevor er etwas anderes unternahm, ging er zurück in die Küche, öffnete eine der Katzenfutterdosen, die er gekauft hatte, kippte den Inhalt in ein Plastikschälchen und füllte eine zweite Schale mit Wasser. Anschließend trug er beide Schalen ins Wohnzimmer und stellte sie unters Fenster. Er hoffte inständig, es möge sich um die Katze handeln, aber der gesunde Menschenverstand veranlaßte ihn dennoch, in die Küche zurückzukehren und eine schwere Suppenkelle zu holen.

Er schloß die Schlafzimmertür, hielt mit einer Hand das Kamingitter hoch und begann mit der anderen Hand, das Klebeband zu lösen. Sofort hörte das kratzende Geräusch auf. Er konnte nicht umhin, sich auszumalen, wie das Tier sich duckte und die Muskeln anspannte, bereit ihn anzuspringen und um seine Freiheit zu kämpfen. Eine verängstigte Katze oder eine wütende Ratte?

Er hielt einen Moment lang inne, brachte das Kamingitter in eine Position, die ihm maximalen Schutz gewährleistete, holte tief Luft und zog den letzten Klebebandstreifen ab.

Vorsichtig nahm er das Brett ab und wich etwas zurück, bevor er sich traute in den Schlund des Kamins zu schauen. Er konnte nichts erkennen. Er starrte in einen leeren, schwarzen Kaminabzug, der schon seit Jahren nicht mehr benutzt worden war. Im Zimmer herrschte wieder völlige Stille. Dewar zitterte vor Kälte und Aufregung. Er wartete eine kleine Ewigkeit darauf, daß das kratzende Geräusch wieder ertönte, doch statt dessen sah er schließlich etwas am unteren Rand des Abzugs erscheinen. Es war eine pelzige Nase, die Nase einer Katze. Er beobachtete fasziniert, wie langsam immer mehr sichtbar wurde, bis ihm schließlich eine vollständige Katze in die Augen starrte. Eine rote, wenn auch rußbedeckte Katze.

»Hallo, Pussy«, sagte Dewar erleichtert. »Wie wär's mit etwas zu fressen?« Er stellte das schützende Kamingitter weg und trat zurück, damit sich die Katze Zeit lassen konnte, aus dem Kamin zu klettern. Der Geruch des Katzenfutters beschleunigte die ganze Angelegenheit. Dewar beobachtete, wie die Katze hastig hinüber zu den Schalen lief und sich auf das Fleisch stürzte.

Während er ihr zuschaute, fragte er sich, wo genau sie sich wohl versteckt hatte. Neugierig kniete er sich vor den Kamin und blickte hinauf in den Abzug. Er konnte absolut nichts sehen. Dann fiel ihm ein, daß Kamine in Ländern, in denen es viel regnete, häufig nicht gerade nach oben gebaut wurden. Sie hatte irgendwo einen Knick, damit das Feuer nicht durch Regenwasser gelöscht werden konnte.

Er rollte seinen Ärmel hoch und tastete den Abzug ab, bis er auf der linken Seite eine kleine Nische fand. Dort also hatte die Katze gesessen. Er lächelte. »Das war aber ein schlauer Platz, an dem du dich versteckt hast, Pussy«, sagte Dewar und überlegte, daß es der einzige Platz in der ganzen Wohnung war, wo sie das Gas hatte überleben können. Das Desinfektionsteam hatte sie unwissentlich geschützt, in dem sie ihr ein luftdichtes Siegel vor die Nase gesetzt hatten, und natürlich hatte sie von oben Frischluftzufuhr erhalten.

»Bleiben dir immer noch acht Leben, Pussy«, murmelte er.

Dewar versuchte herauszufinden, wie groß die Nische war, bevor der Abzug weiter nach oben ging, und spürte mit seinen Händen, daß dort noch etwas lag. Es fühlte sich an wie ein weicher Plastikbehälter. Vorsichtig drehte er ihn so herum, daß er ihn sicher greifen konnte, und holte ihn herunter. Es war eine etwa zwanzig mal zehn Zentimeter große Plastikdose. Er wischte den Staub ab und öffnete den Deckel.

Im Innern befanden sich mehrere versiegelte Glasampullen, aber Dewars Aufmerksamkeit wurde vor allem von einer Spritze gefesselt, auf der immer noch eine lange Nadel steckte. Er war gerade über Tommy Hannans Drogenvorrat und -besteck gestolpert.

Das Blut gefror ihm in den Adern, als ihm klar wurde, daß er in der Wohnung eines Fixers nicht so unvorsichtig in dunkle Ecken hätte fassen dürfen. Als er in die Kartons oben im Kleiderschrank geschaut hatte, war er noch auf der Hut gewesen und hatte sich alles genau angeschaut, bevor er irgend etwas angefaßt hatte, aber in der Erregung, erst die Katze und dann die Dose auf dem Vorsprung gefunden zu haben, war er unvorsichtig geworden. Wäre die Spritze nicht in einer Dose, sondern nur in einer Plastiktüte gewesen, hätte er sich leicht an der Nadel stechen und sich so mit Hepatitis oder sogar mit Aids infizieren können. Viele Drogenabhängige bekamen Aids, weil sie die Nadeln miteinander teilten. Er war noch einmal mit einem trockenen Mund und einem flauen Gefühl in der Magengrube davongekommen.

Er drehte sich wieder der Wasser schlürfenden Katze zu und sah, daß die Futterschüssel leer war. Er nahm die Plastikdose mit in die Küche und stellte sie auf das Abtropfgestell neben der Spüle, um eine zweite Dose Katzenfutter zu öffnen. Diesmal schüttete er auch etwas Trockenfutter in die Schüssel und stellte sie der Katze hin, bevor er sich den Inhalt der Dose genauer ansah. Die Glasampullen waren ihm ein Rätsel. Drogen von der Straße sahen in der Regel anders aus, und die Ampullen trugen kein Herstellerzeichen. Es sah auch nicht danach aus, als ob man die Etikette einfach entfernt hatte. Die Ampullen waren viel zu klein und zu schmal, als daß überhaupt ein Etikett darauf gepaßt hätte. Irgend etwas sagte ihm, daß sie gar nicht von einer Arzneimittelfirma stammten. Sie waren auch merkwürdig zugeschweißt. Jede

Ampulle sah an der Spitze etwas anders aus, als seien sie nicht von einer Maschine, sondern einzeln zugeschmolzen worden, so als habe jemand die Enden über einer Flamme erhitzt und verschlossen.

Vorsichtig nahm er eine Ampulle heraus und untersuchte sie eingehender. Sie war mit einem weißen kristallinen Puder gefüllt und enthielt außerdem einen schmalen Papierstreifen, auf dem irgend etwas mit Bleistift geschrieben stand. Er hielt sie gegen das Fenster und konnte die Buchstaben VM und die Zahlen 4 und 9 ausmachen. Er konnte sich keinen Reim darauf machen, denn er hatte noch nie gesehen, daß Drogen in dieser Form geliefert wurden. Glasampullen enthielten normalerweise sterile Injektionsflüssigkeiten und hatten für gewöhnlich eine dünne Stelle, an der sie sich zum Öffnen sauber abknicken ließen. Diese Ampullen enthielten hingegen einen kristallinen, festen Stoff und besaßen keine Bruchrille. Sie sollten sich gar nicht leicht öffnen lassen. Wie auch immer, irgend etwas an ihnen kam ihm vage bekannt vor, und das beunruhigte ihn. Doch zunächst legte er die Ampulle wieder zurück in die Dose und schaute nach, was die Katze machte.

Im Badezimmer befand sich ein Gasboiler, der im Nu für warmes Wasser sorgte. Dewar ließ etwas Wasser in die Wanne laufen, um ein Bad für die Katze vorzubereiten. Gelangweilt schaute er zu, wie der Wasserspiegel langsam stieg, als ihm plötzlich einfiel, warum ihm die Glasampullen bekannt vorkamen. Schweißperlen standen ihm auf der Stirn, und er hielt sich krampfhaft am Badewannenrand fest. Diese Ampullen enthielten überhaupt keine Drogen und waren auch nicht von einer Arzneimittelfirma hergestellt worden. Derartige Ampullen waren ihm schon mal während seines Medizinstudiums begegnet. Man benutzte sie, um gefriergetrocknete Viren und Bakterien über längere Zeit zu verwahren! Flüssige Kulturen dieser im Labor gewonnenen Mikroorganismen wurden in kleinen Portionen auf winzige Glaszylinder aufgeteilt und vakuumgetrocknet. Nach Verdampfen der Flüssigkeit wurden die Enden dieser Glaszylinder mit den getrockneten Kulturen über einer Flamme zugeschmolzen. Auf diese Weise ließen sich lebend Viren über viele Jahre aufbewahren.

Die Buchstaben auf dem Papierstreifen in der Ampulle waren der Schlüssel zu ihrem Inhalt. In diesem Fall brauchte es keinen Nobelpreisträger, um herauszufinden, daß VM für Variola Major stehen mußte, der gefährlichsten Spielart des Pockenvirus. Kein Wunder also, daß sowohl Denise Banyon als auch Sharon Hannan schlechte Drogen für den Zustand ihrer Männer verantwortlich gemacht hatten. Kelly und Hannan hatten sich lebende Pockenviren injiziert!

Die Annahme, sie seien einer hohen Dosis von Viren ausgesetzt gewesen, erschien ihm jetzt wie eine ungeheure Untertreibung.

Dank der Katzenrettungsaktion hatte Dewar einen Teil des Rätsels gelöst. Dies warf allerdings neue Fragen auf. Wie viele dieser Ampullen hatte Kelly besessen? Woher stammten sie? Wenn dies wirklich die »schlechten Drogen« waren, dann hatte Kelly sie nach Aussage von Sharon Hannan von einem Mann gestohlen, der ihn gebeten hatte, ihm bei der Bergung dieser Substanzen zu helfen. Mehr wußte sie nicht. Nur eine einzige Person konnte ihm eventuell mehr über diesen Mann erzählen und darüber, woher diese Ampullen stammten – und das war Denise Banyon. Sie mußte jetzt auspacken. Der Alptraum war Realität geworden. Es *gab* eine Quelle mit lebenden Pockenviren außerhalb des Instituts, und er wußte bislang nicht, wo zum Teufel sie sich befand!

Dewar wusch die Katze, die glücklicherweise beschlossen hatte, daß er ein Freund sei – oder zumindest ein Futterlieferant –, und sich diese Prozedur gefallen ließ. Glücklicherweise, denn seine Gedanken waren mit anderen Dingen beschäftigt, und eine sich sträubende, fauchende Mieze wäre für keinen von beiden hilfreich gewesen. Das galt vor allem für den letzten Teil der Säuberungsaktion, da Dewar die Katze ein paar Sekunden lang komplett in warmes Wasser mit Desinfektionsflüssigkeit eintauchen mußte.

Er drehte im Wohnzimmer die Gasheizung an, weil es in der gesamten Wohnung kein Handtuch mehr gab, mit dem er die Katze hätte abtrocknen können. Der Desinfektionstrupp hatte die gesamte Wäsche und Kleidung mitgenommen, um sie zu verbrennen. Die Katze mußte sich nun selbst um ihr nasses Fell kümmern, während er darüber nachdachte, was als nächstes zu tun sei. Es reichte nicht aus, wegen der Virusquelle Alarm zu schlagen, wahrscheinlich war das nicht einmal wünschenswert. Es gab niemanden, der in diesem Fall etwas hätte unternehmen können. Es lag allein an ihm. Er brauchte einen guten Plan, und unglücklicherweise würde dieser im Kern um Denise Banyon kreisen. Er holte sein Handy hervor und rief George Finlay an.

»Wie geht es Denise Banyon heute?«

»Immer noch keine Probleme«, erwiderte Finlay. »Sie muß zu den glücklichen Menschen gehören, die genügend natürliche Abwehrstoffe gegen Pocken haben.«

»George, ich muß Sie um einen Gefallen bitten. Einen unmoralischen Gefallen.«

»Um was für einen?« fragte Finlay unsicher.

»Ich möchte, daß Sie ihr eine Typhus-Schutzimpfung verpassen.«

»Eine Typhus-Schutzimpfung?« rief Finlay aus. »Wozu in aller Welt soll das gut sein?«

»Ich möchte, daß sie sich krank fühlt. Ich will, daß sie überall Gliederschmerzen bekommt. Ich möchte, daß sie glaubt, sie hätte Pocken. Sie ist der Schlüssel zu dieser ganzen verdammten Epidemie. Ich muß sie zum Reden bringen.«

»Jemanden glauben zu machen, er leide an einer tödlichen Krankheit? Das kommt nicht in Frage!« protestierte Finlay.

»Erinnern Sie sich, daß Sie gesagt haben, es sei schon in Ordnung, nicht alle Details über den Beginn der ganzen Geschichte zu wissen, solange die Quelle der Epidemie nicht noch irgendwo da draußen ist?« unterbrach ihn Dewar. »Nun, sie ist es.«

»Großer Gott.«

»Denise Banyon kann mir helfen, an sie heranzukommen.«

Es entstand eine Pause, bis Finlay schließlich sagte: »In Ordnung, ich werde es tun.«

»So schnell wie möglich, bitte. Ich lasse ihr ein paar Stunden Vorsprung, und dann komme ich. Mit etwas Glück wird sie sich dann krank fühlen.«

Als nächstes rief Dewar bei Steven Malloy an.

»Nichts Neues, das ich berichten könnte, fürchte ich«, sagte Malloy. »Dabei habe ich so ziemlich alle Möglichkeiten bis auf den Grund ausgeschöpft.«

»Ich habe mehrere Kulturen des Virus gefunden.«

»Was?« rief Malloy. »Wo?«

»In Tommy Hannans Wohnung. Gefriergetrocknete Kulturen in Glasampullen. Kelly und er müssen geglaubt haben, die Ampullen enthielten Heroin.«

»Jesus Christus«, flüsterte Malloy und malte sich den Rest selbst aus. »Sie haben sich selbst etwas davon injiziert?«

»Sieht ganz danach aus. Ich möchte, daß Sie sich die Ampullen anschauen«, sagte Dewar. »Vielleicht könnten Sie ihre Herkunft identifizieren?«

»Natürlich«, erwiderte Malloy. »Wann? Wo?«

»Könnten Sie rüber ins Scottish Office kommen? Ich werde gleich dorthin zurückfahren. Meine vordringlichste Angelegenheit wird es jetzt sein, alle Ampullen zu finden, die Kelly besessen hat. Ich glaube, ich habe alle, die er Hannan gegeben hat. Ich werde mit den Männern sprechen müssen, die Kellys Wohnung desinfiziert haben. Vielleicht haben sie sie mitgenommen, ohne zu wissen, um was es sich handelt, vielleicht sind sie auch bei der Polizei, weil sie genau wie Kelly davon ausgingen, daß sie Drogen enthalten.«

»Himmel, aber woher hatte Kelly diese verdammten Dinger?«

»Alles, was ich weiß, ist, daß sich ein Mann an Kelly gewandt hat mit der Bitte, ihm bei der Bergung von Drogen behilflich zu sein, und daß Kelly ihm irgendwann, vielleicht als er ihm den Rücken zugewandt hat oder so, das Zeug gestohlen hat. Ich habe nichts über den Mann herausfinden können oder wo das Zeug versteckt war – geschweige denn, warum der Mann überhaupt Hilfe brauchte –, aber ich gehe davon aus, daß Pierre Le Grice bei dieser ganzen Geschichte seine Hände mit im Spiel hatte.«

»Ich nehme an, da haben Sie recht, aber Gott allein weiß, wie er es angestellt und warum niemand Verdacht geschöpft hat«, sagte Malloy. »Und, wie Sie schon sagten, warum sollte er Hilfe gebraucht haben, um die Ampullen wiederzubekommen? Wo hatte er sie versteckt, wenn man sie ›bergen‹ mußte?« fragte er.

»Keine Ahnung«, gab Dewar zu, obwohl ihm in dem Moment einfiel, daß Sharon Hannan erzählt hatte, daß das passiert sei, bevor Kelly seinen letzten Job verloren hatte. Vielleicht war das von Bedeutung.

»Ich werde einen neuen Versuch starten, Denise Banyon zum Reden zu bringen«, sagte Dewar. »Sie weiß weit mehr, als sie bisher gesagt hat.«

»Irgend etwas, das ich tun könnte?«

»Es gibt da etwas, wobei Sie mir vielleicht behilflich sein könnten.«

»Ja?«
»Ich brauche ein Zuhause für eine Katze.«
»Ist das Ihr Ernst?«
»Fürchte, ja.«

21. Kapitel

Dewar fuhr zurück ins Scottish Office, wobei ihm stets bewußt war, daß sich die Ampullen hinter ihm auf dem Boden des Autos befanden. Er hatte sie einzeln und sorgfältig in Toilettenpapier gewickelt, das er in einem Schrank gefunden hatte, um sie vor Erschütterung zu schützen. Dann hatte er die ganze Dose in die Plastiktüte gewickelt, in der er das Katzenfutter transportiert hatte. Das letzte, was er – beziehungsweise diese Stadt – jetzt gebrauchen konnte, war, in einen Unfall verwickelt zu werden, doch er erreichte das Scottish Office ohne Zwischenfälle.

Er nahm die Dose mit den Ampullen mit auf sein Zimmer und verstaute sie bis zu Malloys Ankunft sicher in einer Schublade. Es erschien ihm völlig irrsinnig, so mit einem Virus umzugehen, das die Macht hatte, die gesamte Stadt, wenn nicht noch mehr, auszulöschen. Andererseits gab es zumindest momentan keinen Grund zur Aufregung. Ein Konvoi aus Polizeifahrzeugen konnte das Virus zwar mit Sirenengeheul und Blaulicht zur sicheren Verwahrung in die Universität bringen, aber dazu bestand keine Notwendigkeit. Solange das Glas nicht kaputtging, waren die Ampullen absolut sicher.

Er rief Mary Martin an, um ihr zu sagen, daß er mit den Leuten sprechen müsse, die Kellys Wohnung desinfiziert hatten. Sie versprach, sich zu melden, sobald das Team von ihrem derzeitigen Einsatz zurück sei. »Ist es dringend?«

»Sehr.«

Dewar setzte sich und genoß ein paar Minuten lang die Stille um sich herum, um seine Gedanken ordnen zu können. Die mutmaßliche Verbindung zwischen Kelly und Pierre Le Grice war ihm immer noch völlig unklar. Im Grunde war es wieder die alte Frage: Warum in aller Welt sollte sich Le Grice mit jemandem wie Kelly eingelassen haben? Die zweite Möglichkeit war, soweit er es erkennen konnte, allerdings bei weitem noch unattraktiver. Sie besagte nämlich, daß das Virus überhaupt nicht von Le Grice stammte. Es mußte noch eine andere Quelle für das Virus in Betracht gezogen werden, eine ganz andere, eine, die er sich einfach nicht vorstellen konnte.

Das Telefon klingelte. Es war Karen.

»Ich bin in Edinburgh«, sagte sie.

»Wo genau?«

»Ich komme gerade erst vom Flughafen. Ich werde meine Sachen zu Mutter bringen und dann zurückkommen. Vielleicht können wir uns dann sehen? Ich muß mich mit den anderen Freiwilligen heute abend um sechs bei Frau Dr. Martin melden.«

»Ich werde den ganzen Nachmittag über beschäftigt sein. Endlich habe ich doch einige Fortschritte gemacht. Ich weiß noch nicht, wie es weitergeht, aber du hast doch dein Handy bei dir, oder?«

»Ja.«

»Sobald ich Zeit habe, rufe ich dich an.«

»Paß auf dich auf, Adam.«

»Wenn einer kein Held ist, dann bin ich das.«

»Ich wünschte, das wäre wahr«, sagte Karen. »Bitte sei vorsichtig.«

Dewar ging hinunter in die Einsatzzentrale, um zu erfahren, wie sich die Dinge in Muirhouse entwickelt hatten. Er hinterließ die Anweisung, ihn sofort nach Malloys Eintreffen anzurufen.

»Die Polizei dreht mit Lautsprecherwagen ihre Runden und informiert die Bevölkerung darüber, daß der Impfstoff morgen eintreffen wird, und wo sie hingehen sollen, um sich impfen zu lassen«, sagte der diensthabende Beamte.

»Laßt uns beten, daß sie recht haben«, sagte Dewar.

»Superintendent Tulloch war der Auffassung, daß eine positive Verlautbarung notwendig war, um weitere Unruhen zu vermeiden. Er ist dafür verantwortlich.«

Dewar dachte bei sich, daß es überhaupt keine Rolle spielte, wessen verdammte Verantwortung es war, wenn der Impfstoff nicht bald einträfe. »Was ist mit dem Sperrgebiet?« fragte er. »Irgendwelche Veränderungen?«

»Die Randalierer haben immer noch die Kontrolle. Es gab keinen Versuch, das Gebiet zurückzugewinnen. Die Polizei hält sich zurück. Ich glaube, sie hoffen, daß sich die Nachricht über den Impfstoff zu ihren Gunsten auswirkt und daß die übrige Bevölkerung des Viertels dadurch veranlaßt wird, den Aufstand selbst zu beenden.«

»Ist irgend jemand in das Sperrgebiet hinein- oder hinausgekommen?«

»Sie haben zugelassen, daß Krankenwagen die erkrankten Personen abholen, und heute morgen haben sie einem Arzt und einer Krankenschwester erlaubt, nach einem kranken Kind zu sehen.«

Dewar nickte.

»Dr. Malloy ist hier«, sagte eine weibliche Stimme hinter ihnen.

Dewar ging wieder hinauf und begrüßte Steven Malloy. »Die Ampullen sind in meinem Zimmer«, sagte er.

Malloy hob eine Augenbraue, sagte aber nichts. Er folgte

Dewar nach oben und schaute zu, wie dieser die Ampullen vorsichtig aus der Schublade holte, sie auspackte und sie ihm behutsam reichte.

Malloy ergriff sie behutsam mit beiden Händen und trat ans Fenster, um sie genauer zu betrachten. Kurz darauf seufzte er. Überraschenderweise schwang darin Erleichterung mit. Er blickte Dewar an. »Diese hier stammen nicht aus dem Institut«, sagte er. »Sie sind sehr alt. Seit Jahren benutzt man keine solchen Glaszylinder mehr.«

»Vielleicht hat Le Grice mit altem Gerät gearbeitet, um nicht aufzufliegen. Vielleicht hat er sie zum Beispiel im Keller gefunden?« fragte Dewar.

Malloy schüttelte den Kopf. »Ich fürchte, nein«, sagte er. »Gute Nachrichten für das Institut, aber schlechte für Sie.« Er blickte wieder auf die Ampullen in seiner Hand. »Diese Ampullen sind sehr alt... ich schätze sogar, daß die Zahlen auf dem Papierstreifen in der Ampulle, die vier und die neun, neunundvierzig, für 1949 stehen – also lange bevor das Institut überhaupt gebaut wurde und mit Sicherheit lange vor Pierre Le Grices Geburt.«

Dewar schloß die Augen und sagte mit monotoner Stimme: »Das bedeutet, daß es da draußen noch eine andere Quelle für das Virus gibt, und wir haben keine Ahnung, wo sie sich befindet.«

»Verflucht noch mal«, sagte Malloy.

»Gelobt sei der Herr«, murmelte Dewar.

»Wir könnten uns hier ganz schön in die Scheiße reiten, Staatsgeheimnisse und dieser ganze Kram.«

»Was meinen Sie damit?«

»Das war natürlich noch vor meiner Zeit, aber man hört immer mal wieder diese Geschichten über sogenannte Verteidigungsinitiativen während des Zweiten Weltkrieges, als die Regierung mit allen möglichen biologischen Kampfstoffen herumexperimentierte. Ich denke da zum Beispiel an die Gruinard-Insel vor der Westküste Schottlands, die mit Milzbrand verseucht wurde und danach über ein halbes Jahrhundert lang nicht mehr betreten werden durfte.«

Dewar nickte. »Ich glaube, es gab auch irgendeinen Unfall mit Pesterregern in der Salisbury-Ebene, wenn ich mich recht entsinne«, sagte er.

»Genau solche Dinge«, meinte Malloy. »Das meiste davon geschah in den vierziger und fünfziger Jahren.«

»Dann müssen wir also in Betracht ziehen, daß irgendwer über ein Depot mit geheimen biologischen Kampfstoffen gestolpert sein könnte«, mutmaßte Dewar.

»Nur so eine Idee«, meinte Malloy.

»Genau zu dem Zeitpunkt, zu dem die Iraker nach Edinburgh kommen, um jemanden zu überreden, das Pockenvirus für sie zusammenzubasteln? Das kann ich einfach nicht glauben.«

»Ich gebe zu, daß dieser Zufall ein bißchen weit hergeholt zu sein scheint«, willigte Malloy ein.

»Wie dem auch sei, ich werde Sci-Med darum bitten, Ihre Idee zu überprüfen, aber beim Verteidigungsministerium um Informationen nachzusuchen, ist eine hoffnungslose Angelegenheit. Sie haben die Verschwiegenheit zu einer Kunstform erhoben. Doch was auch immer die uns erzählen werden, es gibt bei dem Ganzen immer noch ein verbindendes Glied«, sagte Dewar, »und zwar eines, das etwas mit dem Institut zu tun hat.»

»Wenn Sie es sagen«, meinte Malloy.

»Und was die Suche nach weiteren Informationen angeht ...«, Dewar holte tief Luft und fuhr fort, »... werden wir jetzt ganz auf Denise Banyon angewiesen sein, schätze ich.«

»Kann ich irgendwie behilflich sein?«

»Wenn Sie weiterhin bereit wären, die Katze zu nehmen,

gebe ich Ihnen die Adresse. Vielleicht könnten Sie dorthin fahren und sie holen. Sie heißt Pussy.«

Während Malloy hinüber in die Jutland Street fuhr, rief Dewar George Finlay im Western-General-Krankenhaus an.

»Im Augenblick beschwert sie sich über einen schmerzenden Arm; die grippeähnlichen Symptome sollten nicht lange auf sich warten lassen.«

»Gut. Ich möchte nicht, daß sie irgendwer beruhigt. Weder Sie noch die Schwestern, noch sonst wer. Ich möchte, daß sie ins Grübeln kommt und Angst bekommt.«

»Verstanden.«

Als Dewar etwa zwei Stunden später beim Krankenhaus eintraf, verließen gerade zwei schwarze Leichenwagen das Grundstück. Dewar vermutete, daß sie die Leichen der Pockenopfer ins Krematorium brachten, und erwähnte das gegenüber George Finlay, der es ihm bestätigte.

»Heute sind sieben Patienten gestorben«, sagte Finlay. »Für morgen erwarte ich die doppelte Zahl, aber, Gott sei Dank, haben wir nicht die von mir erwarteten Probleme mit der Beseitigung der Leichen. Ich denke, die Menschen haben einfach zu viel Angst, um ein großes Geschrei darum zu machen. Sie sagten, Sie seien der Ansicht, daß sich die Virenquelle immer noch da draußen befindet?«

»Ich fürchte, ja. Bis jetzt habe ich immer angenommen, daß das Virus aus einem Labor der Universität entwichen sei; ich dachte sogar, ich wüßte, aus welchem, aber es hat sich herausgestellt, daß ich mich geirrt habe. Ich brauche Denise Banyon, damit sie mir sagt, wo Kelly die Ampullen gestohlen hat, die seiner Ansicht nach Drogen enthielten, in Wirklichkeit aber mit gefriergetrockneten Kulturen von Pockenviren gefüllt waren.«

»Mein Gott!«

Dewar erzählte Finlay, daß sich Kelly und Hannan konzentrierte Pockenviren injiziert hatten, in der Annahme, es handele sich um Heroin. Auf Finlays Gesicht spiegelte sich blankes Entsetzen wider. »Was für eine Vorstellung.«

»Denise ist vermutlich unsere letzte Chance, um herauszufinden, woher sie es hatten«, sagte Dewar.

»Viel Glück und Gott stehe uns allen bei!« murmelte Finlay.

»Ich glaube, Gott könnte uns am besten beistehen, wenn er jetzt den Impfstoff herbeischaffte«, sagte Dewar. »Schon etwas davon gehört?«

»Bis jetzt nichts.«

Eine Krankenschwester betrat den Raum und sagte: »Entschuldigen Sie, wenn ich Sie störe, aber Herr Dr. Dewar wird am Telefon verlangt.«

Dewar folgte der jungen Frau in das Hauptdienstzimmer der Station und ergriff den Hörer.

»Hier spricht Malcolm Ross vom Labor des Gesundheitsamts. Frau Dr. Martin sagte, daß Sie mich dringend sprechen wollten. Ich bin für die Mannschaft verantwortlich, die Kellys Wohnung desinfiziert hat. Irgendwelche Probleme?«

»Keine Probleme«, erwiderte Dewar. »Ich wollte nur wissen, ob Sie dabei auf Glasampullen gestoßen sind, auf kleine, runde, etwa vier Zentimeter lange Phiolen mit einem Durchmesser von zirka einem halben Zentimeter, die ein kristallines, weißes Pulver enthielten?«

»Nein, sind wir nicht«, erwiderte Ross, ohne zu zögern.

»Sind Sie ganz sicher?«

»Absolut. Um was handelt es sich denn?«

Dewar konnte nachvollziehen, warum Ross plötzlich vorsichtig nachhakte. Er mußte annehmen, daß er über Drogen befragt wurde, die verschwunden waren. Er wollte ihm nicht sagen, was die Ampullen in Wirklichkeit enthielten, daher meinte er nur: »Danke, mehr wollte ich nicht wissen.«

»Schlechte Nachrichten?« fragte Finlay, der ihm ins Dienstzimmer gefolgt war und mitgekriegt hatte, daß Dewar beim Auflegen des Telefons geflucht hatte.

»Zumindest keine guten«, meinte Dewar. »Das macht Denise Banyons Mitarbeit wichtiger denn je.«

»Brauchen Sie irgend etwas?«

»Schutzkleidung einschließlich Visier, Alkoholtupfer, etwas sterile pyrogenfreie Salzlösung und eine 10-mm-Spritze«, erwiderte Dewar.

Eine andere Krankenschwester betrat den Raum, worauf Finlay zu Dewar sagte: »Oberschwester Flynn hat gerade nach Denise gesehen. Wie geht es ihr?«

»Bemitleidet sich selbst. Sie ist überzeugt davon, daß man ihr etwas verschweigt. Behauptet, es gäbe eine Verschwörung, und wir seien alle gleich. Verbohrte Arschlöcher, um ihre Worte zu benutzen.«

»Dann hat sich also nichts verändert«, sagte Dewar. »Gut. Könnte nicht besser sein.« Er ging zum Umkleideraum und zog sich die komplette Schutzkleidung über, um dann weiter zu Denise Banyons Zimmer zu gehen. Vor der Tür hielt er inne und lauschte. Der Fernseher lief, allerdings nicht so laut wie sonst. Dewar hoffte, daß sie ihn aufgrund etwaiger Kopfschmerzen leiser gedreht hatte. Wenigstens dieses Mal liefen die Dinge für ihn wie gewünscht. Er begann draußen vor Denises Zimmer ein laute, vorgetäuschte Unterhaltung zu führen.

»Nein, das tut mir leid, Schwester«, sagte er nachdrücklich. »Es gibt einfach nicht genügend amerikanischen Impfstoff für alle. Einige Patienten werden zusehen müssen, wie sie die Krankheit überstehen. Es tut mir leid. Ich weiß, wie Sie und Ihre Kolleginnen sich fühlen müssen. Ich weiß, wie hart es ist, aber so ist das nun mal bei schwierigen Entscheidungen.«

Dewar wartete ein paar Sekunden lang und betrat dann Denise Banyons Zimmer.

Denise riß die Augen auf, als sie Dewar in seinem Schutzanzug erblickte. Er hatte das Visier unten.

»Wer zum Teufel sind Sie?« rief sie aus, hielt sich ihren schmerzenden Arm und sank in den Sessel zurück.

»Ich wollte sehen, wie es Ihnen geht, Denise«, sagte Dewar. »Irgendwelche Probleme mit Kopfschmerzen? Steifen Gliedern?«

»Ich hab's, nicht wahr? Ich hab' diese verfluchte Seuche. Deswegen wollten diese Scheißkerle mir nichts sagen.«

»Wie sind die Kopfschmerzen? Schlimm? Fühlt sich Ihr Nacken steif an?«

»Ja«, jammerte Denise. »O Gott, ich hab's. Ich werde sterben!«

»Wenn ich gerade Ihren Puls kontrollieren dürfte?« fuhr Dewar fort, ohne auf sie einzugehen.

»Wart mal 'ne Minute, ich kenne dich. Du bist der Kerl, der schon mal hier war.«

»Ich hab' Ihnen damals gesagt, daß ich Arzt bin und nicht Polizist«, sagte Dewar gleichgültig. »Aber wenn Sie medizinische Hilfe ablehnen, gehe ich wieder und lasse Sie allein. Es ist Ihr gutes Recht.« Er tat, als ob er sich zurückziehen wollte.

»Nein, warte. Ich will nicht sterben. Ich will dieses amerikanische Impfzeugs. Ich brauche es. Ich hab' die Seuche!«

»Den amerikanischen Impfstoff? Nein, ich fürchte, das wird nicht möglich sein, Denise, aber wenn Sie es nicht so schwernehmen und tun, was die Ärzte und Schwestern Ihnen sagen, dann bin ich sicher, daß Ihre Chancen nicht schlecht stehen.«

»Chance – ich will keine verfluchte Chance, ich will den Impfstoff. Warum gibst du mir keinen Impfstoff, du Bastard? Weil du mich für Abschaum hältst, ist doch so, oder?«

»Machen Sie sich nicht lächerlich, Denise. Es gibt einfach nicht genug Impfstoff. Einige von uns müssen schwierige Entscheidungen fällen, eine harte Wahl treffen. Das ist nicht einfach, wissen Sie. Aber Sie sind jung und fit.«

»Und du klingst wie dieser verfluchte Tony Blair. Schwierige Entscheidungen, was für ein Scheiß. Ich will den Impfstoff!«

»Jetzt seien Sie doch nicht kindisch, Denise. Mit diesem Benehmen erreichen Sie gar nichts. Ich schlage vor, Sie legen sich ins Bett und nehmen es nicht so schwer. Regen Sie sich nicht weiter auf. Sie werden all Ihre Kraft für den Kampf gegen die Krankheit brauchen.«

Dewar bemerkte, daß Angst die pure Wut verdrängte, die sich für gewöhnlich in Denise Banyons Augen widerspiegelte. Er war erfreut.

»Warte! Warte!« rief Denise, als Dewar Anstalten machte, zu gehen. »Du wolltest doch irgendwelche Dinge wissen?«

»Was für Dinge?«

»Du weißt schon, über die Drogen, die Mike gestohlen hat. Woher er sie hatte. Erinnerst du dich. Du hast mich das oft genug gefragt.«

»Ach, ja«, sagte Dewar vage. »Was ist damit?«

Denises Augen funkelten wieder hinterlistig, obwohl Dewar den Überraschten spielte. »Erst den Impfstoff«, sagte sie.

»Keine Erpressung«, sagte Dewar und tat, als wolle er sich abwenden, dabei raste sein Puls, und seine Pupillen weiteten sich. Er durfte jetzt keinen Fehler machen. Auf der anderen Seite konnte er Denise nicht trauen, ob sie ihren Teil einer Abmachung wirklich einhalten würde.

»In Ordnung!« sagte Denise und schlug ihre Hände vors Gesicht. »Ich sag dir alles, was du wissen willst. Sag mir nur, daß du mir was von dem amerikanischen Impfstoff geben wirst.«

»Ich kann mich nicht auf einen solchen Handel einlassen«,

sagte Dewar. »Das wäre nicht fair, aber ich kann Ihren Fall ... erneut überdenken.«

Denises Gesicht hellte sich auf. Mehr konnte man von diesen Mistkerlen nicht verlangen, schien sie zu denken. Sie lassen sich nie auf einen Handel mit dir ein. Sie müssen immer was Größeres daraus machen. »Was willst du wissen?«

Dewar nahm das Visier ab und schaltete den Fernseher aus. Er setzte sich Denise gegenüber. »Erzählen Sie mir von dem Mann, der Michael gebeten hat, ihm bei der Bergung der Drogen zu helfen, und den Mike dann später bestohlen hat.«

»Irgend so ein Typ ist auf die Baustelle gekommen, auf der Mike gearbeitet hat, und hat ihn gefragt, ob er nicht einen kleinen Job für ihn erledigen wolle.«

»Warum Mike? Kannte er ihn?«

»Mike fuhr den verdammten Bagger«, sagte Denise in einem Ton, als sei Dewar völlig verblödet.

»Dann war er also hinter einem Baggerfahrer her und nicht speziell hinter Mike!«

»Gut kombiniert«, meinte Denise sarkastisch.

»Die Drogen waren vergraben?«

»Der erste Preis geht an dich.«

»Aber Mike konnte doch nicht einfach mit dem Bagger seiner Firma davonfahren?« fragte Dewar.

»Der Job war auf der Baustelle«, sagte Denise.

Dewar brauchte eine kurze Pause, um das zu verdauen. Er beugte sich vor und sagte: »Sie behaupten, dieser Mann hat Mike gebeten, einen Teil der Baustelle aufzugraben, auf der er bereits arbeitete?«

Denise nickte. »Mike sagte, es ginge ganz schnell. Er hat es nachts gemacht. Hat dem Wachmann ein paar Kröten gegeben, damit der kurz wegschaut.«

»Der Mann, dem Mike helfen wollte. Hatte er einen Namen?«

»Nein.« Dewar schaute sie zweifelnd an. »Ich hab' ehrlich keine Ahnung.«

»Sie haben ihn nie gesehen?«

»Nie. Mike hat ihn auch nur zweimal getroffen. Einmal, als er angesprochen wurde, und das zweite Mal, nachdem er den Job erledigt hatte.«

»Wann hat Michael ihm die Drogen gestohlen?«

»Mike ging später in der gleichen Nacht noch mal zurück und bediente sich.«

»Sie meinen, der Mann hat etwas davon zurückgelassen, nachdem Mike das Versteck freigelegt hatte?« fragte Dewar ungläubig.

»Mike sagte, es gab 'ne Menge davon. Der Typ hat sich einfach was davon genommen und Mike gebeten, ihm zu helfen, das Loch teilweise wieder zuzudecken. Er wollte später wiederkommen. Mike war schneller.«

»Sie meinen, er hat das Versteck geleert?«

»Himmel, nein! Er wollte nicht mal, daß der Typ merkt, daß er noch mal da war, falls dieser Streß mit seinem Lieferanten kriegen sollte und den Scheiß auf ihn abwälzen würde. Er nahm sich nur 'ne Handvoll in der Hoffnung, daß der Typ nichts spitzkriegt.«

»Und hat er auch nichts spitzgekriegt?«

»Mike hat den Typen nie wieder gesehen.«

»Ist Mike noch mal zu dem Versteck zurück?«

»Ja, er wollte am nächsten Abend noch mal sein Glück versuchen. Aber es war nichts mehr da.«

»Es war geleert worden?«

»Nicht wirklich«, sagte Denise mit einem schiefen Lächeln. »Der Typ ist zurückgekehrt, das schon, und hat alles verbrannt. Mike sagte, er muß Benzin oder Paraffin benutzt haben. Es war nur noch ein schwarzes Loch im Boden übrig. Mike ist fast verrückt geworden, weil das Tausende wert gewesen sein muß. Dann hat er was davon ausprobiert und herausgefunden, warum der Typ das Zeug abgefackelt hat.«

»Die Drogen waren in Glasampullen, nicht wahr?« Denise nickte. »War der Mann Mike als Dealer in der Stadt bekannt?«

Denise schüttelte den Kopf. »Er sagte, er hätte ihn noch nie gesehen.«

»Fand er das nicht merkwürdig?«

Denise zuckte mit den Schultern. »Keine Ahnung. Hab' nie drüber nachgedacht. Gibt inzwischen wahrscheinlich mehr Dealer als Briefträger hier.«

»Wo war die Baustelle?«

»Keine Ahnung.«

»Sie haben Mike nie danach gefragt?«

Denise zuckte mit den Schultern und sagte bissig: »Irgendwo im Süden der Stadt, spielt aber keine große Rolle. Wir hatten nicht vor, uns ein Haus zu kaufen.«

»Sie sagten, Mike hätte sich eine Handvoll genommen. Wieviel war das genau?«

Erneutes Schulterzucken. »Keine Ahnung. Vielleicht zwanzig? Schwer zu sagen.«

»Hat er irgendwas davon verkauft?«

»Dazu hatte er keine Gelegenheit. Er wurde doch schon nach der ersten krank.«

»Aber er hat etwas davon verschenkt?«

»An wen?« fragte Denise höhnisch.

»An Tommy Hannan.«

Denises Hohn verflog. »O ja. Tommy kam an dem Abend vorbei, an dem Mike mit dem Stoff zurückkam. Hat ihm, glaube ich, fünf gegeben.«

Die Zahl stimmte mit Dewars Schätzung überein. In der Dose im Kamin hatte er vier Ampullen gefunden. Die letzte hatte Hannan selbst gespritzt und sich damit umgebracht.

»Also, wo sind die dann jetzt, Denise?«

Denise schaute ihn mißtrauisch an. »Hast du meinen Fall noch mal ›überdacht‹?« fragte sie.

»Habe ich«, sagte Dewar. »Ich werde Ihnen eine Spritze geben.«

»Sie sind in der Wohnung.«

»Wo in der Wohnung?«

Denise machte eine Pause, als fiele es ihr trotz der Umstände immer noch schwer, dieses Geheimnis preiszugeben.

»Unter der Spüle.«

»Im Schrank unter der Spüle?«

»Nicht einfach so im Schrank. Hinten drin ist ein Brett, das die Rohre verdeckt. Mike hat es so angebracht, daß es sich herausnehmen läßt. Dahinter ist ein wenig Platz. Du wirst sie dort finden.«

»Sind sie immer noch da?«

»Wenn sie nicht einer von euch Bastarden weggeholt hat.«

»Danke, Denise.«

»Dank mir nicht, du Scheißkerl. Gib mir einfach die Impfung.«

»Rollen Sie Ihren Ärmel hoch.«

Denise tat, was ihr gesagt wurde. Dewar holte seine kleine Flasche mit steriler Salzlösung hervor und zog eine Spritze auf. Er desinfizierte die Haut ihres Oberarmes und injizierte ihr etwas von der Lösung, die sich weder positiv noch negativ auswirken würde. »Das wär's«, sagte er. »Geschafft.«

»Gut. Und jetzt scher dich zum Teufel und lass mich allein!«

»Wieder eine zufriedene Kundin«, murmelte Dewar, als er den Raum verließ. Er rief George Finlay über das Haustelefon auf dem Flur an. Dewar wollte den Schutzanzug noch nicht gleich ausziehen.

»Er wurde weggerufen«, sagte die Schwester, die den Hörer

abgehoben hatte. »Irgendein Problem auf der Station. Er hat mir aufgetragen, Sie zu fragen, ob wir Denise jetzt anders behandeln könnten.«

»Ja«, erwiderte Dewar. »Seien Sie aufbauend. Sagen Sie ihr jedesmal, wenn Sie nach ihr schauen, daß sie besser aussieht. Sagen Sie ihr, daß Sie glauben, sie sei noch mal davongekommen, daß sie wohl doch nicht erkranken wird.«

»Verstanden. Kommen Sie jetzt raus?«

»Ich würde gerne noch Sharon Hannan sehen.«

»Sie liegt auf Zimmer Sieben.«

Sharon Hannan ging es sichtlich schlecht, aber sie erkannte Dewar, als dieser eintrat. Der Ausschlag auf ihrem Gesicht hatte sich ausgebreitet, und sie zitterte, obwohl der Schweiß auf ihrer Haut bezeugte, daß sie Fieber hatte. »Sind Sie hingefahren?« krächzte sie.

»Bin ich. Pussy geht es gut. Sie läßt Sie grüßen.«

Obwohl von Sharons Augen in dem geschwollenen Gesicht nur noch kleine Schlitzen zu sehen waren, konnte Dewar erkennen, daß sich Erleichterung in ihnen widerspiegelte.

»Danke. Vielen Dank«, sagte sie.

»Es ist eine nette Katze.«

»Sie ist alles, was ich habe.«

22. Kapitel

Auf der Fahrt zurück rief Dewar Karen über ihre Handynummer an.

»Wo bist du gerade?« fragte er.

»Ich bin soeben wieder in der Stadt angekommen.«

Dewar schaute auf die Uhr. Es war fast fünf. »Was hältst du davon, wenn wir uns auf einen Kaffee treffen? Anschließend bringe ich dich rechtzeitig zu deinem Treffen rüber ins Gesundheitsamt.«

»Wie wär's mit dem Café auf der Royal Mile?«

»In einer Viertelstunde.«

Sie trafen sich in einem kleinen Café, das sie schon bei vorangegangenen Aufenthalten in Edinburgh besucht hatten, zumeist Sonntagvormittags nach einem Spaziergang in der Altstadt, bevor sie nach einem Wochenende bei Karens Mutter wieder zurück nach London mußten.

Als Dewar mit fünfminütiger Verspätung eintraf, befand sich lediglich ein weiteres Pärchen im Café. Karen saß in der gegenüberliegenden Ecke und rührte in ihrem Cappucino. Sie stand auf, und er umarmte sie. »Schön, dich zu sehen, obwohl ich immer noch wünschte, du wärst nicht gekommen. Noch einen Kaffee?«

»Nein, danke, ich habe genug. Und bitte keine Vorträge!«

Dewar lächelte. Es machte keinen Sinn, darüber zu streiten.

»Die Stadt wirkt auffallend ruhig«, sagte Karen, als Dewar von der Theke zurückkehrte, an der er einen schwarzen Kaffee bestellt hatte.

»Die Schotten kriegen so leicht keine Panik«, meinte Dewar lächelnd.

»Ich weiß, daß wir eher so sind, aber ich hätte erwartet, daß die Menschen bei so etwas wie Pocken doch etwas weniger lässig reagieren.«

»Bis jetzt hatten wir Glück«, sagte Dewar. »Das Problem beschränkt sich auf Muirhouse.«

»Du meinst, die Dinge lägen anders, wenn die Pocken in Morningside oder in Comely Bank ausgebrochen wären?«

»Nenn mich ruhig zynisch.«

Karen lächelte. »Du siehst müde aus«, sagte sie.

»Ich bin o.k.«

»Du hast gesagt, daß du Fortschritte gemacht hast?«

Dewar nickte. »Ich bin mehr oder weniger über die Ursache des Ausbruchs gestolpert. Ich habe die Viruskulturen gefunden, die die ganze Sache ins Rollen gebracht haben.« Er erzählte Karen die Geschichte von der Katzenrettungsaktion. »Das Problem ist, daß ich nur die Ampullen gefunden habe, die Kelly Hannan gegeben hat. Die anderen sind immer noch in Kellys Wohnung versteckt.«

»Dann hattest du also recht damit, daß das Institut die Quelle war. Gut gemacht. Ein Faustschlag ins Gesicht für das Institut! Wie haben sie reagiert?«

»Das Virus kam nicht aus dem Institut«, sagte Dewar.

»Du machst Witze!« rief Karen aus.

»Ich weiß, so unglaubwürdig es klingt, aber es kam nicht von dort.«

»Wo kam es dann …«

»Die Ampullen enthalten gefriergetrocknete Viren, die etwa vierzig bis fünfzig Jahre alt sind.«

»Gefriergetrocknet?«

»Eine der besten Methoden, Viren über lange Zeit aufzubewahren.«

»Ich weiß. Ich habe auch Medizin studiert!« sagte Karen. »Ich habe nur gerade überlegt, wer so etwas wohl gemacht haben könnte.«

»Steven Malloy meinte vielleicht das Verteidigungsministerium. Ich habe Sci-Med gebeten, herauszufinden, was für ein Interesse an Pockenviren das Verteidigungsministerium in der Vergangenheit hier wohl gehabt haben könnte.«

»Als ob die das zugeben würden«, sagte Karen.

»Macmillan hat einen ziemlichen Einfluß in Whitehall. Wenn es irgendwer herauskriegen kann, dann er.«

»Aber im Moment hast du keine Ahnung, woher diese Ampullen stammen könnten?«

»Auf lokaler Ebene schon. Kelly hat als Baggerfahrer auf einer Baustelle gearbeitet und ist von einem Mann angesprochen worden, der genau dort und unter der Hand etwas ausgegraben haben wollte. Kellys Freundin zufolge hat er ein ganzes Lager mit solchen Ampullen freigeschaufelt. Kelly wäre nicht Kelly, wenn er nicht angenommen hätte, daß sie Drogen enthielten. Er ist später dorthin zurückgekehrt und hat sich bedient. Den Rest kannst du dir denken.«

»Mein Gott. Er hat es sich injiziert?«

»Beide, er und sein Kumpel Tommy Hannan.«

»Gott, was für ein Alptraum! Also, wo ist dieses Versteck? Und der Mann? Wer war es?«

»Das versuche ich herauszufinden.«

Karen blickte auf die Uhr an der Wand. »Tut mir leid, aber es ist Zeit, aufzubrechen.«

Dewar bezahlte die Rechnung und fuhr Karen zum Gesundheitsamt. Auf dem Bürgersteig davor standen zahlreiche Freiwillige – mindestens dreißig – aus allen Landesteilen, die auf die einweisenden Worte von Mary Martin warteten. Karen sah ein paar Leute, die sie kannte, daher küßte sie Dewar schnell auf die Wange und gesellte sich zu ihnen. Dewar wollte gerade wieder losfahren, als er im Rückspiegel Mary Martin in ihrem Volkswagen Passat erblickte. Er stieg aus, um ein paar Worte mit ihr zu wechseln.

»Hat sich Malcolm Ross bei Ihnen gemeldet?« fragte sie, während sie ihr Auto zuschloß – ein schwieriges Unterfangen, da sie in der einen Hand einen Aktenkoffer und unter dem anderen Arm zahlreiche Ordner trug. Sie wirkte gehetzt, ein Eindruck, der durch die ihr ins Gesicht wehenden Haare noch verstärkt wurde.

»Hat er, aber unglücklicherweise hat er nicht gefunden, was ich gehofft hatte. Ich werde selbst in Kellys Wohnung gehen müssen.«

»Das können Sie nicht«, sagte Mary matt. »Sie liegt im Sperrgebiet der Randalierer.«

Während sie an ihm vorbeieilte, die Freiwilligen begrüßte und sich für ihr Zuspätkommen entschuldigte, blieb Dewar völlig erstarrt stehen. Karen, die sich wie die anderen umgedreht hatte, um Mary Martins Ankunft mitzubekommen, bemerkte den Ausdruck auf Dewars Gesicht und kam zu ihm zurück, während die Menge ins Gebäude drängte.

»Stimmt irgend etwas nicht?« fragte sie.

»Ich habe gerade erfahren, daß die Krawallmacher die Kontrolle über das Virus haben.«

»Ist das dein Ernst?«

»Mir war nicht bewußt, daß Kellys Wohnung im inneren Sperrgebiet liegt. Ich bin davon ausgegangen, daß sie sicher sei, nachdem die Leute von der Gesundheitsbehörde sich darum gekümmert haben. Jetzt kann jeder Rowdy, der gerade Lust dazu hat, dort einbrechen. Mit etwas Glück finden sie nicht, was dort versteckt ist. Trotzdem ändert das alles.«

»Was wirst du machen?«

Dewar schaute sie abwesend an. »Ich werde einen Weg finden müssen, da reinzukommen, um die Viren sicherzustellen.«

Auf dem Rückweg zum Scottish Office kam Dewar der starke Verkehr endlich einmal gelegen. Er brauchte Zeit zum Nachdenken. Er hatte nicht im Traum daran gedacht, daß Kellys Wohnung in dem Gebiet liegen könne, das von den Randalierern kontrolliert wurde. Er versuchte sich damit zu beruhigen, daß es für sie überhaupt keinen Grund gab, ausgerechnet dort einzubrechen. Auf der anderen Seite war Kelly ein bekannter Fixer und verkehrte mit anderen Drogenabhängigen. Vielleicht war einer von ihnen auf die Idee gekommen, er könne irgendwo Drogen versteckt haben und sie jetzt wahrscheinlich nicht mehr brauchen ... Es war zu riskant, die Sache dem Zufall zu überlassen. Er mußte so schnell wie möglich die Ampullen sicherstellen. Aber wie?

Statt zum Scottish Office zurückzufahren, machte er einen Umweg über das Polizeipräsidium und suchte dort nach Grant.

»Ich habe ein Problem«, sagte er.

»Willkommen im Club«, erwiderte Grant.

»Ich muß in das Sperrgebiet im Muirhouse-Viertel. Ich muß in Kellys Wohnung gelangen.«

»Dann brauchen Sie wohl eine Guerillatruppe«, sagte Grant sarkastisch.

»Das ist mein Ernst.«

»Das sehe ich«, sagte Grant. »Sind Sie sicher, daß das absolut unumgänglich ist? Ich meine, es geht um Leben oder Tod. Absolut keine Alternative?«

Dewar schüttelte den Kopf. »Glauben Sie mir, es gibt tausend Dinge auf dieser Welt, die ich lieber täte«, sagte er. »Kelly hat ein paar Glasampullen in seiner Wohnung versteckt. Sie enthalten reine, konzentrierte Pockenviren.«

Grant riß die Augen auf. »Wie zum Teu ...«

»Fragen Sie mich das nicht. Aber Sie verstehen jetzt hoffentlich, warum ich dorthin muß.«

»Verdammte Scheiße«, murmelte Grant. »Haben Sie unseren alten Freund Tulloch schon davon unterrichtet?«

Dewar schüttelte den Kopf. »Nein, ich wollte erst hören, was Sie dazu sagen.«

Grant seufzte und schwang seine Beine auf den Schreibtisch. Er dachte einen Augenblick lang nach, dann sagte er: »Tulloch würde nach dem Lehrbuch vorgehen; für ihn gibt es keinen anderen Weg. Unter den gegebenen Umständen hieße das vermutlich, bewaffnete Einheiten einzusetzen, die den Block stürmen. Wir könnten dabei allerdings große Verluste riskieren. Vielleicht den Dritten Weltkrieg. Der Abschaum besitzt vielleicht keine Gewehre, aber bei Gott, die werden mit Pflastersteinen, Flaschen und Molotowcocktails dagegenhalten. Lieber brennen die ihre Häuser nieder, als sie aufzugeben.«

»Das wäre paradoxerweise nicht das schlechteste«, sagte Dewar. »Zumindest würde das Feuer die Viren zerstören.«

»Vielleicht ist damit ein Problem gelöst«, sagte Grant. »Aber so wie ich die Sache einschätze, wird der Aufstand auch auf die anderen Viertel übergreifen. Bis morgen früh hätten wir dann überall Anarchie. Keine Rede mehr von Gesetz und Ordnung.«

»Wir müssen das Bißchen an Ordnung, das wir noch haben, unter allen Umständen wahren«, meinte Dewar. »Es ist lebenswichtig, das Impfprogramm durchzuziehen, oder wir können uns von dieser Stadt verabschieden.«

»Dann denken Sie also an eine verdeckte Aktion, an der nur ein paar Leute beteiligt sind«, sagte Grant.

»Ich schätze schon«, bestätigte Dewar. »Eigentlich denke ich sogar nur an zwei. Was halten Sie davon?«

Grant schaute Dewar mit unbeweglicher Miene an, dann sagte er: »Sie bitten mich, bei einer Undercover-Aktion mitzumachen, ohne vorher meinen Vorgesetzten davon in Kenntnis zu setzen, weil Sie wissen, daß der absolut dagegen ist?«

»Sie kennen die Wohnungen; Sie kennen die Leute dort; Sie können die Guten von den Schlechten unterscheiden, und vor allem kennen Sie ihre Denkweise«, sagte Dewar.

»Deswegen brenne ich noch lange nicht darauf, da reinzugehen.«

»Ich habe auf dem Weg hierher darüber nachgedacht. Ich habe vorhin gehört, daß die Chaoten Krankenwagen hineingelassen haben. Außerdem gab es einen Bericht über einen Arzt und eine Krankenschwester, die ein krankes Kind besuchen durften.«

Grant lächelte zynisch. »Klingt ganz nach denen«, sagte er. »Die meinen alle, verkappte Robin Hoods zu sein.«

»Wie dem auch sei, ich dachte, wir könnten uns einen Krankenwagen ausborgen und auf einen Notruf reagieren.«

»Könnte funktionieren«, stimmte Grant zu.

»Nun?«

Grant seufzte und schüttelte den Kopf, als sei es gegen seine innerste Überzeugung. »Ich weiß nicht«, sagte er. »Ist schon 'ne Weile her, daß ich in der Gegend gearbeitet habe, aber vielleicht erinnern sich einzelne noch an mich. Dann könnte es schlecht für uns aussehen.«

»Ich verstehe Ihre Haltung«, sagte Dewar. »Aber vielleicht mit einer Mütze und einer anderen Uniform ...«

»Ich muß verrückt sein, aber o.k., ich mach's«, sagte Grant. »Ich werde einen Krankenwagen und entsprechende Uniformen besorgen.«

»Wir müssen einen günstigen Zeitpunkt wählen«, sagte

Dewar. »Das bedeutet, erst mal abzuwarten, wie sich die Nacht anläßt.«

»Wenn die Chaoten heute nacht wieder aus ihren Löchern hervorkriechen und erneut loslegen, wird es vielleicht gar nicht mehr möglich sein«, sagte Grant. »Es könnte sein, daß sie Feuerbarrieren anlegen, um Übergriffe auf das, was sie für ihr Territorium halten, zu verhindern.«

»Sie beobachten die Dinge am besten von hier aus, ich werde das gleiche machen. Wir können uns ja jederzeit schnell treffen, falls es nach einer günstigen Gelegenheit aussieht.«

Dewar fuhr zum Scottish Office und fand dort eine Nachricht von Sci-Med aus London vor. Das Verteidigungsministerium hatte dieses Mal nicht gemauert, sondern kategorisch verneint, daß Pockenviren je in einer von ihnen initiierten Versuchsreihe benutzt worden sein sollten. Man habe zu keinem Zeitpunkt ernsthaft in Erwägung gezogen, Pocken als biologische Waffe einzusetzen, weder im Zweiten Weltkrieg noch in der darauffolgenden Ära des kalten Krieges. Sie bezeichneten die Existenz eines hochwirksamen Impfstoffes als ausreichenden Grund, um Pocken nicht als potentiellen Kampfstoff in Erwägung zu ziehen.

»Soso!« murmelte Dewar. »Und was bedeutet das für uns?«

Er suchte nach der anderen Nachricht, auf die er wartete, fand sie jedoch nicht. Es gab immer noch keine Antwort auf seine Anfrage, wo Michael Kelly zuletzt gearbeitet hatte.

Dewar stieß unten in der Einsatzzentrale auf Hector Wright, der gerade die neuesten Zahlen aus dem Krankenhaus auf die Karte über die Ausbreitung der Epidemie übertrug.

»Wie sieht es aus?«

»Schauen Sie selbst«, erwiderte Wright.

Dewar schaute sich die Karte des Muirhouse-Viertels genauer an, auf der jeder bestätigte Pockenfall mit einem roten Fähnchen gekennzeichnet war. Er fragte, wofür die blauen Markierungen standen.

»Schulen und Kirchen, die als Impfzentren genutzt werden können. Ein Großteil von Mary Martins Leuten hat den heutigen Tag damit zugebracht, sie vorzubereiten. Alles, was uns jetzt noch fehlt, ist der Impfstoff.«

»Und die schwarzen?«

»Temporäre Leichenhäuser, sollten wir sie brauchen. Momentan kommt das Krematorium noch mit.«

»Ungutes Gefühl?« fragte Dewar.

»Der Impfstoff muß heute nacht kommen, nicht nur aus praktischen, sondern vor allem auch aus psychologischen Gründen. Wenn wir nicht bald ein paar gute Nachrichten haben, wird die ganze Angst und Unsicherheit da draußen in Wut und Widerstand umschlagen.«

»Ich habe gehört, daß die Polizei den Leuten gesagt hat, ab morgen stünde der Impfstoff zur Verfügung«, sagte Dewar.

»Ich schätze, Tulloch wollte noch so eine Nacht wie die gestrige verhindern. Ganz schön heißes Spiel. Wenn der Impfstoff nicht eintrifft und deswegen morgen die Hölle losbricht, dann wird der Superintendent ab jetzt wohl viel Zeit mit seiner Familie verbringen können.«

»Ich hoffe allein schon aus persönlichen Gründen, daß er erfolgreich ist«, meinte Dewar. Wright sah ihn fragend an. »Ich muß heute nacht dort hinein.«

»Warum zum Teufel?« Dewar erzählte es ihm. »Schöne Scheiße, genau das, was uns noch gefehlt hat«, rief Wright aus. »Geisteskranke leiten ihre eigene Anstalt!«

»Vielleicht könnten Sie mir auf der Karte zeigen, wo genau Aberdour Court liegt.«

Wright wandte sich wieder der Karte zu und malte mit

seinem Stift ein kurvenreiches Muster in die Luft. An einem Punkt hielt er inne und schaute dann Dewar über den Rand seiner Brille hinweg an. »Genau in der Mitte des Sperrgebiets. Sie müssen verrückt sein! Wenn die Polizei von Ihren Plänen erfährt, würde sie natürlich ...«

»Das habe ich schon einkalkuliert«, unterbrach ihn Dewar. »Ich habe mit Grant im Polizeipräsidium gesprochen. Der Aufruhr, den ein Polizeieinsatz vermutlich auslösen würde, ließe die Lage auf lange Sicht nur noch schlimmer werden. Das Impfprogramm würde hoffnungslos durcheinandergebracht werden, und die Epidemie würde mit fast hundertprozentiger Wahrscheinlichkeit auf die anderen Stadtteile übergreifen.«

Wright schüttelte den Kopf, aber was Dewar sagte, leuchtete ihm ein. »Brauchen Sie Begleitung?« fragte er.

Dewar lächelte. »Eine nette und vor allem eine mutige Idee«, sagte er, »aber Grant und ich haben einen Plan ausgearbeitet, von dem wir annehmen, daß er funktionieren wird, vorausgesetzt, die Straßen sind nicht völlig blockiert.« Er erzählte Wright von seiner Idee, einen Krankenwagen zu benutzen.

Wright blickte ihn zweifelnd an. »So weit ich verstanden habe, haben die Randalierer die Krankenwagen tagsüber durchgelassen. Keiner hat es bislang nachts versucht.«

Der gleiche Gedanke war Dewar auch schon durch den Kopf gegangen. Er zuckte mit den Schultern und meinte: »Wenn wir es nicht versuchen, werden wir es nie erfahren.«

Für sieben Uhr war ein weiteres Treffen des Krisenstabs angesetzt worden, es dauerte indessen fast eine halbe Stunde länger, bis genügend Leute eingetroffen waren. Tulloch ließ sich entschuldigen, aber was ihn betraf, hatte die Nacht auch schon begonnen. Er wurde anderweitig gebraucht.

Mary Martin kam zu spät, weil sie die neuen Freiwilligen begrüßt und sie auf ihre morgigen Aufgaben vorbereitet hatte.

»Haben Sie genug Leute?« fragte Wright.

»Ich denke schon. Es haben sich viele gemeldet. Ich werde meine Leute weiterhin für die Betreuung neuer Patienten und Kontaktpersonen einsetzen, weil sie sich vor Ort auskennen. Die neuen Leute werden vor allem in den Impfzentren arbeiten. Es handelt sich ausschließlich um Fachpersonal, daher ist so gut wie keine Einweisung erforderlich. Sie können sofort loslegen.«

George Finlay traf als letzter ein. Er hielt sich gar nicht erst mit Entschuldigungen auf, sondern sagte lächelnd: »Ich hab' gerade die Nachricht erhalten, daß der Impfstoff unterwegs ist.«

In der Runde machte sich spürbare Erleichterung breit. Niemandem war es bisher so richtig aufgefallen, unter welcher Anspannung sie aufgrund der Verzögerung des Impfstoffes gestanden hatten. Nun löste sich dieses dumpfe, migräneartige Gefühl plötzlich in Luft auf.

»Die erste Ladung soll gegen dreiundzwanzig Uhr auf dem Flughafen eintreffen«, sagte Finlay. »Falls die Impfzentren einsatzbereit sind, bringen wir den Impfstoff direkt dorthin. Was meinen Sie?«

»Von meiner Seite aus keine Einwände«, sagte Mary Martin. »Sie sind alle fertig eingerichtet und warten nur auf den Startschuß. Hauptsache Superintendent Tulloch kann den Ärger auf das Sperrgebiet beschränken. Ich will nicht, daß meine Leute mit Steinen oder Molotowcocktails beschmissen werden.«

»Ich sage dem Superintendent am besten mal Bescheid, damit er weiß, daß sein Spiel aufgeht und er sich ein bißchen entspannen kann«, sagte Finlay. »Vielleicht kann er die Lautsprecherwagen heute abend noch durch die Straßen schicken. Könnte die Lage beruhigen.«

»Gute Idee«, sagte Dewar ohne größeres Interesse.

»Ab wann sollen wir die Impfzentren für die Bevölkerung öffnen?« fragte Finlay.

»Je eher, desto besser, denke ich«, sagte Rankin.

»Sofort morgen früh«, entgegnete Wright. »Wenn wir sie heute abend noch öffnen, sorgen wir lediglich dafür, daß sich eine Menge Leute noch nach Einbruch der Dunkelheit auf den Straßen herumtreiben. Ich glaube nicht, daß das Superintendent Tulloch gefallen würde.«

Da Wrights Ausführungen keine großen Meinungsverschiedenheiten auslösten, sagte Finlay: »Gut, also um halb acht morgen früh. Ich werde die Informationen an Superintendent Tulloch weitergeben. Mary, Sie werden vermutlich ihre Leute auf die Impfzentren verteilen wollen, damit für das Eintreffen des Impfstoffes alles bereit ist?«

»Mit Freuden«, antwortete Dr. Martin und lächelte zum ersten Mal seit Tagen wieder. »Ich werde nur schnell die Leute wieder zusammensuchen müssen, denen ich gerade erst eine gute Nacht gewünscht habe, und ihnen mitteilen, daß sie sich nun doch nicht hinlegen können. Glücklicherweise hat man sie alle im gleichen Hotel untergebracht.«

Finlay berichtete, daß der Tag keinerlei Überraschungen geboten habe, was die Zahl neuer Fälle betraf, und fügte hinzu, daß sich die Krankheit immer noch auf das eine Viertel beschränkte. ›Wir haben die Sache im Griff‹ war zwischen den Zeilen herauszuhören.

»Vielleicht ist uns das Glück doch noch hold«, sagte Wright.

Dewar rief die Sci-Med-Zentrale in London an und fragte nach, warum man ihm immer noch keine Antwort auf seine Anfrage nach Michael Kellys letzter Arbeitsstätte gegeben hatte.

Der diensthabende Beamte erstattete ihm Bericht. »Mr. Macmillan dachte sich schon, daß Sie anrufen würden«, sagte er und klang etwas verlegen. »Offensichtlich hat das Bauunternehmen ein kleines Problem mit seiner Buchführung ...«

»Sie meinen, Kelly ist gar nicht durch ihre Bücher gegangen«, sagte Dewar zynisch. »Man hat ihn tageweise als Gelegenheitsarbeiter beschäftigt und ihm den Lohn bar in die Hand gedrückt, und jetzt haben sie keine Idee, wo das zuletzt gewesen sein könnte.«

»So ungefähr. Sie haben versprochen, daß sie ihre eigenen Nachforschungen anstellen und die Vorarbeiter fragen werden, ob sie sich an ihn erinnern. So was in der Art.«

»Himmel«, murmelte Dewar. »Ich hoffe, jemand hat ihnen gesagt, daß sich das Finanzamt wie ein Wiesel durch ihre Buchhaltung arbeiten wird, wenn sie das nicht herauskriegen.«

»Ich schätze, Mr. Macmillan hat ähnliches verlauten lassen«, sagte der Beamte.

»Melden Sie sich, sobald Sie etwas gehört haben.«

Dewar ging nach unten in die Einsatzzentrale und stieß dort auf Hector Wright. »Momentan ist alles o.k.«, sagte er.

Dewar sah auf die Uhr. Es war halb neun. Er rief Grant an. »Scheint ruhig zu sein. Was meinen Sie?«

»Wenn das hier ein Western wäre, würde ich sagen zu ruhig. Mir gefällt das nicht«, erwiderte Grant. »Die Mistbande könnte irgend etwas im Schilde führen.«

»Vielleicht nimmt ihnen die gute Nachricht vom Eintreffen des Impfstoffes einfach die Luft aus den Segeln«, sagte Dewar.

»Schön wär's. Lassen Sie uns noch eine halbe Stunde abwarten, und wenn dann immer noch alles ruhig ist, wagen wir es. Ich hab' den Krankenwagen vor der Tür stehen.«

Dewar blieb unten in der Zentrale und versuchte, sich mit

Hilfe von Wrights Karte mit der Umgebung von Aberdour Court vertraut zu machen, während er auf den Polizeifunk lauschte, ob sich irgendwelche Veränderungen der Lage ergaben. Um zehn vor neun trafen Berichte ein, daß eine Polizeipatrouille am nördlichen Ende des Sperrgebietes mit Steinen beworfen worden sei.

»Nur Jugendliche«, lautete die Formulierung, an die sich Dewar klammerte. Das geschätzte Alter der Steinwerfer lag bei vierzehn Jahren. Die Polizei hielt sich zurück. Grant rief kurz nach neun an. »Ich bin soweit, wie steht's mit Ihnen?«

Dewar fuhr zum Polizeihauptquartier und zog sich dort einen grünen Overall über, wie ihn normalerweise die Rettungsfahrer trugen. Grant hatte sich bereits umgezogen. Er hielt ein Klemmbrett in der Hand und sah ganz fremd aus. Der Wagen parkte im Schatten auf der Rückseite des Gebäudes.

»Harry Field, mein Kumpel aus der Notrufzentrale, meint, wenn wir den kaputtfahren, müssen wir dafür zahlen«, sagte Grant. »Wer fährt?«

»Besser Sie. Sie kennen die Straßen. Ich werde das Reden übernehmen.«

Sie stiegen in den Krankenwagen und zogen ihre Mützen an. Grant machte sich mit dem Armaturenbrett vertraut, bevor er den Motor anließ. Beim Losfahren wandte er sich an Dewar und sagte: »Ich hoffe, Sie fühlen sich besser bei der Sache als ich.«

»Die Wörter ›Scheiß‹ und ›Angst‹ liegen mir auf der Zunge«, erwiderte Dewar.

»Dann bringen wir's hinter uns.«

»*Son et lumière*?« fragte Grant, als sie auf die Crew Road einbogen.

»Warum nicht?«

Mit Blaulicht und Sirenengeheul brausten sie die Crew

Road hinunter, bis sie die Straßenbarriere am Crew-Toll-Kreisverkehr sehen konnten. »Wird man uns anhalten?« fragte Grant laut.

»Dafür gibt es keinen Grund«, sagte Dewar. »Könnte auf dem Rückweg allerdings anders sein.«

Als sie nur noch zweihundert Meter entfernt waren, öffnete sich die gestreifte Schranke und sie wurden hindurchgewinkt. Dewar hob lässig dankend die Hand, während sie in das Viertel hineinrasten. »So weit, so gut«, meinte er. Wie er vorhergesagt hatte, gab es für die Soldaten keinen Grund, sie aufzuhalten; trotzdem war es beruhigend zu wissen, daß sie offensichtlich kein Schild vor sich hertrugen, auf dem stand »Dieser Krankenwagen ist nicht echt«.

Während sie durch die engen Straßen des Viertels navigierten, schalteten Sie die Sirene aus und verlangsamten das Tempo. Ab und zu trafen sie auf Polizeistreifen mit Lautsprechern, die die bevorstehende Ankunft des Impfstoffes verkündeten. Dewar hielt nach Karen Ausschau, als sie an einer Gemeindehalle vorbeikamen, vor der ein Minibus des Gesundheitsamtes parkte, dessen Ladung von einigen Leuten nach innen getragen wurde. Sie befand sich nicht unter ihnen.

»Hier wären wir«, sagte Grant, als sie einen Platz erreichten und vor sich eine Menge Polizeiwagen sahen, die die Straße etwa zweihundert Meter vor Beginn des Sperrgebietes blockierten. »Ich hoffe nicht, daß unser Freund Tulloch gerade ein Schwätzchen mit ihnen hält, sonst käme ich wohl etwas in Erklärungszwang.«

Grant verlangsamte das Tempo und fuhr auf etwa fünfundzwanzig Meter an die Polizeiwagen heran, in der Hoffnung, eine Befragung vermeiden zu können. Nach weiteren zehn Metern hielt er an, ließ den Motor im Leerlauf weiterlaufen und das Blaulicht stumm durch die Dunkelheit blitzen. Es funktionierte. Die Polizei, die von einer Gruppe

Journalisten und Kameraleuten beobachtet wurde, die neben der Straßenbarriere Quartier bezogen hatte, fuhr ihre Fahrzeuge zur Seite und winkte den Krankenwagen durch. Während sie sich vorsichtig hindurchschlängelten, trat ein Polizeibeamter an Dewars Seite. Dewar kurbelte die Scheibe hinunter.

»Sie werden weiter vorne angehalten werden. Wenn die Ihnen sagen, daß Sie nicht durchkönnen, dann diskutieren Sie nicht und versuchen Sie's auch nicht. Machen Sie einfach kehrt. Das ist die Sache nicht wert.«

»Verstanden«, antwortete Dewar.

Sie fuhren langsam weiter durch das Niemandsland, bis plötzlich eine Gruppe von fünf Männern aus der Dunkelheit auftauchte. Zwei von ihnen, in Lederjacken und Jeans, hoben die Hände.

»Wie Würmer, die aus ihren Löchern kriechen«, murmelte Grant.

»Was meint ihr wohl, wohin ihr wollt?« fragte ein dünner Jugendlicher mit abstehendem, schwarzem Haar. Er trug einen Baseballschläger. Während er redete, schlug er mit dem einen Ende in seine Handfläche und amüsierte sich über Grants Gesichtsausdruck. Die meisten seiner Vorderzähne fehlten, und wenn er seine dünnen Lippen öffnete, schaute man in ein schwarzes Loch.

»Wir haben einen Notruf vom Aberdour Court empfangen«, sagte Grant. »Ein krankes Kind, klingt nach Blinddarm. Also tretet bitte zurück.« Er begann die Scheibe hochzukurbeln.

»Wart mal 'ne Sekunde, Kumpel«, sagte die Zahnlücke mit drohendem Unterton. »Ohne mein O.K. fährst du nirgendwo hin.«

Dewar spürte, daß sich Grant nur mühsam beherrschen konnte und seine diplomatischen Fähigkeiten für diesen Job nicht gerade ideal waren. Er beugte sich zu ihnen hinüber, um einzugreifen, und fragte mit freundlichem Tonfall: »Wo liegt denn das Problem?«

»Öffnet eure hintere Tür.«

»Schau, das Leben eines Kind ist in Gefahr«, sagte Grant.

»Öffnet eure verdammte hintere Tür, oder *euer* verdammtes Leben ist in Gefahr«, zischte der zahnlose Rowdy vor Wut kochend.

»Ich mach's«, sagte Dewar und hielt Grant mit einem Arm zurück. Er stieg aus und fühlte sich in der Dunkelheit und umgeben von den näher rückenden Männern plötzlich sehr verwundbar. Drei von ihnen trugen Baseballschläger über der Schulter. Alle kauten Kaugummi. Ihm drängte sich dabei in Gedanken der lächerliche Vergleich mit wiederkäuenden Milchkühen auf. Dewar ging um das Fahrzeug herum und öffnete die hinteren Türen. Die Zahnlücke kletterte hinein, um den Innenraum zu inspizieren. Dewar sah, daß er diesen Moment genoß. Er sah zwar nicht so aus, aber er benahm sich wie ein deutscher Offizier, der in einem dieser alten Kriegsfilme nach einem verdächtigen Fluchttunnel sucht. Er klopfte die Wände und den Boden des Fahrzeugs ab, während Dewar äußerlich respektvoll dabeistand, innerlich hingegen dachte: »Wenn der überhaupt ein Gehirn hat, dann muß es klappern.«

Nachdem der Rowdy festgestellt hatte, daß es sich bei dem Krankenwagen nicht um ein trojanisches Pferd voller Polizisten handelte, die sich in den Radkästen versteckten, trat er zurück auf die Straße und fragte: »Was für Zeug habt ihr bei euch?«

»Zeug?«

»Drogen, du Blödmann.«

»Nicht viel«, Dewar zuckte mit den Schultern.

»Laß mich mal 'nen Blick drauf werfen.«

Dewar öffnete den Notfallkoffer, und der Rowdy wühlte darin herum. Was ihm gefiel, steckte er in seine Taschen.

»Vielleicht brauchen wir das«, sagte Dewar.

»Komm schon, Durie. Der Kerl hat recht, vielleicht braucht das Kind das«, sagte einer der umstehenden Kumpel.

»Halt die Schnauze!« brüllte die Zahnlücke.

Der Sprecher fiel in dümmliches Schweigen, während sich die Zahnlücke munter weiter bediente. Dann stieg er aus. »Los, ihr beide«, sagte er zu Dewar und Grant, »macht, daß ihr wegkommt. Und sprecht nicht mit Fremden.«

Er glaubte eine besonders witzige Bemerkung gemacht zu haben, zumindest brach er in Gelächter aus, drehte sich zu den anderen um und forderte sie zum Mitlachen auf.

Dewar lächelte. Er brauchte keine zweite Einladung, sondern schloß die hinteren Türen und stieg vorne neben Grant in den Wagen.

»Fünfzehn Millionen Jahre menschlicher Evolution für nichts und wieder nichts!« zischte Grant mit Ekel in der Stimme, während sie losfuhren.

»Vielleicht hatte er eine schlimme Kindheit«, meinte Dewar ironisch.

»Mir fallen garantiert noch schlimmere Sachen für den kleinen Mistkerl ein«, sagte Grant, und er umfuhr langsam einen ausgebrannten Ford Escort, den man zwar zur Seite gezogen hatte, der aber immer noch die Straße blockierte. »Da vor uns liegt Aberdour Court.«

Dewar schaute auf einen riesigen Wohnblock, der hoch in den nächtlichen Himmel hineinragte. Auf seiner Vorderseite wirkten die einzelnen erleuchteten Fenster wie Pockenpusteln, und auf vielen Balkonen hing noch Wäsche, die von dem plötzlich einsetzenden Regen am Nachmittag klatschnaß geworden war. Offensichtlich hofften einige Optimisten, der morgige Tag werde trockener.

»Scheint alles ruhig zu sein«, sagte Grant, als sie auf dem großen Teerplatz vor dem Vordereingang hielten.

»Mit etwas Glück ist es einfach: rein, raus und wieder weg«, sagte Dewar.

»Vorausgesetzt, sie lassen uns die Reifen«, bemerkte Grant, während er den Wagen abschloß, die Schlüssel in die Tasche steckte und Dewar folgte. Für den Fall, daß sie beobachtet wurden, nahmen sie eine Trage mit, um ihren Besuch so offiziell wie möglich aussehen zu lassen.

»Wohin gehen Sie, Mister?« fragte ein zehnjähriger Junge, der im Eingang stand. Er hielt lässig eine brennende Zigarette in der Hand und hätte gut Humphrey Bogart in *Casablanca* sein können.

»Was? Bist du noch nicht im Bett?« konterte Grant. »Du hast doch morgen Schule.«

»Keine Schule«, erwiderte der Junge. »Die ist geschlossen.«

»Stimmt«, entgegnete Grant. »Habe ich vergessen. Wenn du dir fünfzig Pence verdienen willst, dann behalt den Krankenwagen im Auge, o.k.?«

»Ein Pfund und Sie sind dabei.«

»Also gut, ein Pfund.«

»Im voraus.«

»Du glaubst wohl, ich sei völlig bescheuert!« rief Grant. »Vorausgesetzt, du bist noch hier, wenn wir zurückkommen, und der Wagen hat noch alle vier Räder und einen Motor, dann bekommst du dein Geld.«

»Kein Problem. Wenn einer hier Scheiße bauen will, hetze ich meinen Bruder auf ihn.«

Der Junge rannte los und stellte sich neben den Krankenwagen. Grant und Dewar nahmen den Aufzug in den achten Stock und gingen den Flur entlang bis zu Kellys Wohnung. Grant holte ein großes Schlüsselbund hervor und sagte: »Zum Glück war Kelly kein Dealer. Manche dieser Typen bauen Stahltüren ein, gegen die sogar Cruise Missiles nichts ausrichten können.«

Die Tür sprang mit dem dritten Schlüssel, den er ausprobierte, auf. »Wir sind im Geschäft«, sagte Grant.

23. Kapitel

Die Stromzufuhr zur Wohnung war abgedreht worden, doch das hatten sie einkalkuliert. Sie benutzten die Taschenlampen, die sie aus dem Krankenwagen mit nach oben genommen hatten. Dewar kniete sich vor der Spüle in der Küche hin und öffnete den kleinen Unterschrank. Er räumte verschiedene Flaschen und Reinigungsmittel aus und schichtete einen stinkigen Haufen Putzlumpen, Wischtücher, Staubtücher und Zeitungspapier neben sich auf. Dann legte er sich so hin, daß er um das Abflußrohr der Kunststoffspüle herumgreifen und die dahinter angebrachte Spanplatte erreichen konnte. Sie fühlte sich ermutigend locker an.

Er legte seine Taschenlampe hin, damit er mit beiden Händen nach innen greifen konnte, und schob die Platte mit seinen Handflächen zentimeterweise nach oben, aus Angst, sie könne plötzlich nachgeben und nach hinten kippen. Er wollte keine der Glasampullen zerbrechen, die vielleicht direkt dahinter lagen.

»Klappt es?« fragte Grant, der langsam ungeduldig wurde, weil er nichts anderes tun konnte, als im kalten, dunklen Raum einfach danebenzustehen und auf das Ticken der Uhr zu lauschen.

»Fast geschafft.«

Dewar fühlte, wie sich das Brett plötzlich aus seinen improvisierten Seitenaufhängungen löste. Vergeblich versuchte er es umzudrehen und es links unter dem Spülbecken wegzuziehen, doch es klemmte. Er versuchte es auf der rechten Seite, und dieses Mal entfuhr ihm ein Seufzer der Erleichterung, weil das Brett am Abflußrohr vorbeiglitt. Er reichte es Grant, der es neben den Schrank stellte. Dewar begann nun, den Hohlraum hinter den Rohren abzutasten. Einen schrecklichen Moment lang dachte er, es sei nichts da, doch dann fühlte seine Hand ein in Plastik eingewickeltes Päckchen. Vorsichtig ergriff er es und holte es langsam nach draußen. Wäre es Nitroglycerin gewesen, er wäre nicht vorsichtiger damit umgegangen.

»Ist es das, wonach Sie gesucht haben?« fragte Grant, als sich Dewar umdrehte, aufsetzte und die Taschenlampe auf das Päckchen hielt. Er konnte durch die durchsichtige Plastikhülle etwa fünfzehn der Ampullen erkennen, die er das erste Mal in Hannans Wohnung gesehen hatte.

»Das ist es, alles in Ordnung«, sagte Dewar. »Wir haben sie.«

»Gut. Dann lassen Sie uns hier verschwinden.«

Dewar steckte das Brett wieder zurück vor die Rohre und packte die Ampullen vorsichtig in einen metallenen Medizinkoffer, den er vom Krankenwagen mitgebracht hatte. Er benutzte Verbandsmull, um sie zusätzlich zu polstern und um sicherzugehen, daß sie gegen Erschütterungen und Stöße geschützt waren.

»Fertig«, sagte er.

Dewar trat auf den Flur und schaute über das Treppengeländer, während Grant die Tür wieder verschloß. Alles schien immer noch sehr ruhig zu sein. Er konnte den großen Bären am klaren Nordhimmel erkennen und weit unten neben dem Krankenwagen die winzige Figur des Jungen. Obwohl der Junge das einzige Lebewesen weit und breit zu sein schien, hatte er doch das ungute Gefühl, daß jeder ihrer Schritte beobachtet wurde.

»Wie am Schnürchen«, sagte Grant enthusiastisch, als sie zu den Aufzügen gingen. »Gott, ich wünschte, alle Einsätze verliefen so wie dieser. Wenn ich für jeden schiefgelaufenen Einsatz auch nur ein Pfund bekommen hätte, dann wäre ich jetzt ein reicher Mann.«

Dewar fühlte sich nicht so locker, und Grant spürte seine Anspannung. Keiner von beiden sprach ein Wort, während sie im Aufzug nach unten fuhren. Dewar beobachtete die Stockwerkanzeige; Grant las die Graffiti, die jeden Zentimeter der Wände bedeckten, bis auf die Stellen, an denen man geriffelte Metallplatten angebracht hatte, um genau dies zu verhindern. Die Türen öffneten sich, und sie traten in eine scheinbar verlassene Eingangshalle. Sie hatten beinahe die Eingangstür erreicht, als sie plötzlich von mehreren Gestalten umzingelt wurden, die einfach so aus der Dunkelheit aufgetaucht waren.

»Habt ihr Typen nicht etwas vergessen?« fragte ein dunkelhäutiger, dicklicher Mann mit fettigem, zurückgekämmtem Haar und einem leichten Sprachfehler, der jedem seiner Worte eine zischende Endung verlieh. »Zum Beispiel einen Patienten?«

»Falscher Alarm«, antwortete Dewar, der sich schnell von dem ersten Schrecken erholt hatte. »Passiert immer wieder. Wahrscheinlich irgendein Kind. Ganz schöne Nervensägen, manchmal. Bringen die Eltern denen heutzutage nichts mehr bei?«

»Kleine Mistkerle«, fügte Grant hinzu.

»Aber ihr seid in eine der Wohnungen gegangen und wart ziemlich lange da drin«, sagte die leise zischende Stimme.

Man hat uns beobachtet, dachte Dewar. Sie steckten in echten Schwierigkeiten. »Das müssen wir manchmal«, sagte er. »Der Anrufer hatte eine genaue Wohnungsnummer angegeben, deshalb mußten wir dort drinnen nachsehen, ob jemand bewußtlos ist oder nicht an die Tür kommen kann.«

»Wollt ihr uns erzählen, daß man euch inzwischen schon Generalschlüssel mitgibt?« fragte der Mann, der offensichtlich das Reden übernommen hatte. Seine Stimme schwankte zwischen Belustigung und Unglauben.

Dewar mochte den Mann nicht. Seine Stimme war etwas zu gleichmäßig, etwas zu kontrolliert und intelligent und mußte seiner Meinung nach jemandem gehören, der von Grund auf böse war.

»Wenn es sich um Sozialwohnungen handelt, ja«, sagte Grant, der ebenfalls schnell geschaltet hatte und nun das Gespräch an sich nahm. »Eine Initiative des Sozialamts; heutzutage leben einfach viel zu viele alte Menschen allein.«

»Bullshit!« keifte der Mann mit der zischenden Stimme.

»Wie bitte?«

»Bullshit«, wiederholte die zischende Stimme, allerdings wieder gleichmäßig und kontrolliert. »Ihr seid Bullen. Ich hab euch schon mal gesehen.« Er drehte sich, um sie besser anschauen zu können. »Grant, oder nicht? Der verfluchte Inspektor Grant.«

»Sie müssen sich irren«, brummte Grant. »Bitte gehen Sie jetzt zur Seite, damit wir weiter können. Wir haben noch mehr zu tun, als uns hier die Beine in den Bauch zu stehen.«

»Bleibt stehen!«

Drei Männer stellten sich Dewar und Grant in den Weg.

»Was könnte die Polizei wohl in Mike Kellys Wohnung suchen, was schätzt ihr, Jungs?« fuhr der Anführer fort. »Es muß etwas so Wichtiges sein, daß sie sich verkleiden … Böse Substanzen vielleicht? Es bedarf bestimmt einer beachtlichen Menge, damit sie einen Polizeiinspektor in eine solche Verkleidung stecken. Oder war das deine Idee, Grant? Wolltest ein bißchen Ruhm erringen? Wolltest deinen Namen in den Zeitungen lesen? ›Verdeckter Polizeieinsatz gegen den Drogensumpf‹? Ich glaube, wir werfen lieber mal einen kurzen Blick in den Koffer, den du da mit dir schleppst, mein Junge ...«

Als einer der Männer nach vorne trat, um Dewar den Koffer abzunehmen, stellte sich Grant dazwischen. »Also gut, ich vertrete das Gesetz, und ihr hindert gerade die Polizei daran, ihre Pflicht zu tun. Tretet zur Seite oder ich werde euch alle wegen Behinderung der Staatsgewalt festnehmen.«

»Schätze, wir sind wirklich in Schwierigkeiten«, sagte die zischende Stimme, um die anderen zum Lachen zu bringen. Dann sagte er mit hartem Ton: »Im Moment wirst du hier einen Dreck tun, Grant. Gib mir den Koffer!«

Dewar wußte, daß es nicht in Frage kam, die Viren stillschweigend zu übergeben. Es stand fünf gegen zwei, aber sie hatten keine Wahl. Grant eröffnete die Schlacht. Während des Gesprächs hatte er die Trage senkrecht gehalten. Plötzlich ließ er seine Hände nach unten bis zum Ende der Trage gleiten und schwang sie in hohem Bogen herum, um damit gleich zwei Gegner ins Gesicht zu treffen, bevor sie sich überhaupt bewegen konnten.

In dem darauffolgenden Gewirr aus um sich schlagenden Fäusten und Füßen stieg der Adrenalinspiegel gewaltig. Dewar war gezwungen, die sorgfältige Verpackung der Ampullen auf die Probe zu stellen, indem er den Metallkoffer als Rammbock benutzte, um die zwei Mann starke Barriere vor sich zu durchbrechen. Nachdem die beiden wie Kegel umgefallen waren, war einen Moment lang kein Hindernis zwischen ihm und der Tür.

»Lauf!« schrie Grant. »Mach, daß du hier rauskommst!« Er warf Dewar die Schlüssel vom Krankenwagen zu. Dewar fing sie mit einer Hand.

Eine Sekunde lang zögerte er. Grant hatte recht. Er mußte die Viren hier rausbringen, aber er haßte es, Grant alleine zurückzulassen. Er lief auf die Glastüren zu, stieß sie mit der Schulter auf und hielt dabei den Koffer mit beiden Händen an seinen Körper gedrückt, damit dieser keine unnötigen Stöße mehr abbekam. Er hastete über den Teerplatz bis zum Krankenwagen und hörte dabei die rennenden Schritte hinter sich. Allerdings drehte er sich nicht um, damit sich sein Tempo nicht verlangsamte.

Er versuchte das Türschloß aufzuschließen, aber seine Finger waren plötzlich völlig taub und ungeschickt. Schließlich fand er den richtigen Schlüssel und hatte die Tür schon halb geöffnet, als plötzlich der Junge, der das Fahrzeug bewacht hatte, schrie: »Hinter Ihnen, Mister!«

Instinktiv ließ sich Dewar auf den Boden fallen, so daß der Mann, der ihn verfolgt hatte, über ihn hinwegstürzte, mit Wucht gegen die Tür knallte und das Gleichgewicht verlor. Dewar kam als erster wieder auf die Beine und hieb mit seiner Faust mehrere Male auf den Mann ein, in der Hoffnung, ihn außer Gefecht setzen zu können, bevor er sich von seinem Sturz erholte. Doch dieser raffte sich schneller als erwartet wieder auf und knallte Dewar seine schinkengroße Pranke quer übers Gesicht, so daß er nun seinerseits zu Boden ging. Wie ein Feuerwerk explodierte der Schmerz in seinem Schädel. Dewar gelang es gerade noch, dem nachfolgenden Tritt auszuweichen und wieder auf die Füße zu kommen. Zum Atemholen blieb keine Zeit, denn sein Gegner rammte ihn erneut, packte ihn mit einem schraubartigen Griff und riß ihn wieder mit zu Boden.

Dewar spürte, wie die Hände des Mannes seine Kehle umschlangen. In einem verzweifelten Befreiungsversuch umkrallte er die Handgelenke seines Angreifers, doch zu seinem Entsetzen ließ sich der Griff des Mannes nicht lockern. Obwohl er seine ganze Kraft einsetzte, um die Pranken zu lösen, wurde der Druck auf seine Kehle immer größer. Er mußte sich eingestehen, daß er so keine Chance hatte, und setzte daher alles auf Risiko. Er ließ die Handgelenke des Mannes los und tastete nach dessen Fingern.

Trotz des plötzlich zunehmenden Drucks auf seiner Kehle, mit dem er gerechnet hatte und der ihm jeden Moment das Bewußtsein rauben konnte, gelang es ihm, die kleinen Finger des Angreifers zu finden und einen davon fest zu umgreifen. Mit all der ihm verbleibenden Kraft riß er ihn so stark er konnte nach hinten, bis er es knacken hörte. Der Mann schrie vor Schmerz laut auf und ließ Dewars Kehle los.

Dewar sog die Nachtluft tief in sich ein. Er wußte, daß ihm nur so lange die Initiative überlassen blieb, wie der Mann sich auf seinen gebrochenen Finger konzentrierte. Er rollte sich über den Boden weg, sprang auf die Beine und lancierte einen fürchterlichen Tritt gegen den Kopf des Mannes. Fragen der Menschlichkeit spielten im Moment keine Rolle. Diesen Kampf mußte er gewinnen. Der Mann versuchte sich zwar zu ducken, aber Dewars Fuß traf dennoch seinen Wangenknochen, der unter der Wucht des Trittes brach. Der Mann fiel in Ohnmacht und war plötzlich kein Hindernis mehr.

Dewar blickte auf und sah, daß ein weiterer Mann aus dem Wohnblock hinausrannte. Er hob den Metallkoffer auf, stieg ein und drehte den Schlüssel um. Er ließ den Motor aufheulen und schaltete in den ersten Gang, doch dann verharrte sein Fuß auf der Kupplung. Er wußte genau, was er zu tun hatte. Seine vorrangige Aufgabe bestand eindeutig darin, die Viren so schnell wie möglich aus dieser gottverdammten Hölle hinaus- und in sichere Gefilde hineinzubringen, aber er brachte es einfach nicht fertig. Er konnte Grant nicht alleine die Folgen dafür tragen lassen.

Grant war ein kräftiger Mann, ein erfahrener Polizist, der

auf der Straße zu Hause war und sich zu verteidigen wußte, aber die Übermacht gegen ihn war einfach zu groß. Die Schweinehunde brachten ihn wahrscheinlich um. Dewar ließ die Kupplung kommen, zog das Fahrzeug herum und fuhr über den Teerplatz auf den Wohnblock zu. Der Mann, der ihm entgegenrannte, mußte zur Seite springen, denn Dewar fuhr direkt auf ihn zu, ohne seinen Kurs zu ändern. Durch die Scheibe konnte er drei Personen erkennen, die auf etwas eintraten, das auf dem Boden lag.

»Mistkerle!« Er schaltete das Fernlicht ein, krachte mit dem Fahrzeug durch die Türen und landete in der Eingangshalle. Die Panzerglasfront barst in Millionen kleine Stücke und deckte die Schläger mit einer Wolke aus Glassplittern ein. Sie sprangen von Grants am Boden liegendem Körper zurück und teilten sich in zwei und einen auf. Dewar steuerte mit dem Fahrzeug auf das Paar zu, das ein größeres Ziel bot, und erwischte die Beine des einen, der nicht schnell genug aus dem Weg sprang. Zwei erledigt, blieben noch drei. Mit knirschendem Getriebe wendete Dewar den Wagen und raste über den Flur, um den anderen Mann zu verfolgen, bevor er schließlich erneut wendete und neben Grants leblosen Körper zum Stehen kam.

Er sprang heraus, rannte um den Kühler des Wagens herum, packte Grant an den Schultern und hievte ihn so schnell wie möglich ins Innere des Fahrzeugs. Doch das brauchte seine Zeit: Grant war schwer. Dewar hatte das Gefühl, jede Bewegung erfolge in Zeitlupe. Es schien eine Ewigkeit zu dauern, bis er Grants Körper endlich in den Wagen geschoben hatte und die Tür zuschmeißen konnte. Dann rannte er wieder um das Fahrzeug herum, um auf die Fahrerseite zu gelangen, stieß dort jedoch mit einem der Schläger zusammen – dem Mann, der ihm auf dem Teerplatz draußen ausgewichen war. Dewar griff nach dem Feuerlöscher des Krankenwagens, schwang ihn herum und rammte die Unterseite in das Gesicht des Neuankömmlings. Der Mann fiel nach hinten, Zähne und Blut spritzten ihm aus dem Mund, und seine Schreie erstickten in Gurgellauten. Dewar brachte den Motor auf Hochtouren, schoß durch die Eingangshalle und raste über den Teerplatz auf die Straße. Er schaltete Blaulicht und Sirene ein, drückte das Gaspedal voll durch und bewegte seinen Fuß nicht mehr davon herunter.

Adrenalin peitschte durch seinen Körper. Er mußte Hilfe für Grant organisieren, aber in Wahrheit war er sich nicht einmal sicher, ob der Polizist überhaupt noch lebte. Er schaute zu ihm hinüber und sah, daß sein Gesicht teilweise unkenntlich war. Übelkeit paarte sich mit seiner Wut. Er kurvte um den ausgebrannten Escort herum, ohne dabei seinen Fuß vom Gaspedal zu nehmen und raste den Hügel hinauf, der zu der Straßensperre führte, die von der Zahnlücke und seinen Freunden besetzt gehalten wurde. Wie bei der Herfahrt traten einige Personen auf die Straße und signalisierten ihm, er solle anhalten.

»Das klappt schon«, murmelte Dewar und raste mit voller Geschwindigkeit in japanischer Kamikazemanier auf sie zu.

Einer der Chaoten realisierte, daß er nicht anhalten würde, und entzündete etwas, das er in Händen hielt. Dewar sah den Bogen einer Flamme gegen den Nachthimmel auf sich zukommen. Der Molotowcocktail zersplitterte vor ihm auf der Straße, und das ausgelaufene Benzin entzündete sich zu einer gelben Feuerwand. Dewar fuhr so schnell, daß das kaum eine Rolle spielte. Was da schon eher ins Gewicht fiel, war der Pflasterstein, der durch die Windschutzscheibe krachte und ihn an der linken Schläfe traf.

Die Windschutzscheibe hatte die Wucht des Aufpralls abgefangen und dem Stein einen Teil seiner Schlagkraft genommen, dennoch spürte Dewar, daß ihm schwindelig wurde. Er versuchte, die Sicht wiederzuerlangen, indem er mit der Faust durch die zersplitterte Scheibe ein Loch hindurchhieb, durch das er freie Sicht hatte. Die ganze Zeit über hatte er den Fuß nicht vom Gaspedal genommen. Der Krankenwagen schleuderte wie verrückt von einer Seite auf die andere, während er versuchte, ihn wieder unter Kontrolle zu bringen. Schließlich gelang es ihm, den Wagen aus dem Sperrgebiet in das relativ sichere Gebiet dahinter zu steuern.

Dewar nahm den Fuß vom Gas und hob die Hand an seinen Kopf. Blut rann sein Gesicht hinunter, und er fühlte sich benommen. Er schaute auf den bewußtlosen Grant und sein zerschmettertes Gesicht und kapierte, wieviel Glück er gehabt hatte. »Dank dem lieben Gott, daß du noch lebst, alter Junge!« murmelte er, als er einige Fahrzeuge des Gesundheitsamtes vor sich auftauchen sah, die neben einer der zu Impfzentren umgerüsteten Schulen standen. Er wollte sich dahinterstellen, verschätzte sich allerdings etwas mit dem Abstand und stieß gegen die Stoßstange des letzten Fahrzeuges. Dann stieg er aus, um Hilfe zu suchen.

Als Dewar durch die Schwingtüren in die Eingangshalle trat, wurde ihm immer schwindeliger, und er mußte an der Wand nach Halt suchen. In diesem Moment tauchte vor ihm eine verschwommene Gestalt auf, und eine weibliche Stimme rief: »Adam! Mein Gott, was ist denn mit dir passiert? Du bist ja verletzt!« Es war Karen.

Karen half Dewar beim Hinsetzen und hieß ihn, erst mal den Kopf zwischen die Beine nehmen, damit sich die Blutzufuhr zu seinem Gehirn wieder verbessern konnte.

»Grant ..., er ist draußen im Krankenwagen«, stammelte er. »Du mußt ihm helfen ..., er ist schwer verletzt.«

Karen organisierte Hilfe für Grant und kehrte anschließend zu Dewar zurück. »Dein Kopf hat einen ganz schönen

Schlag abbekommen«, sagte sie. »Ich nehme an, ihr beide wart unterwegs, um das Etwas in Sicherheit zu bringen, das verschüttgegangen war?« Dewar nickte. »Erfolgreich?«

»Wir haben die Viren ... Der Koffer im Krankenwagen. Dort sind Ampullen drin ... Laß sie nicht dort. Ich muß sie holen ...«

Karen hielt ihn mit einer Hand auf seiner Schulter sanft zurück und sagte: »Ist schon gut. Ich werde ihn holen. Bleib hier einfach ein paar Minuten sitzen.« In weniger als einer halben Minute kehrte sie mit dem Koffer zurück und legte ihn neben Dewar. »Und? Fühlst du dich jetzt besser?« fragte sie lächelnd.

Dewar nickte. »Wie geht es Grant?« fragte er besorgt.

»Es hat ihn ganz schön erwischt. Sein Nasenbein und seine Wangenknochen sind zerschmettert, der Kiefer ist gleich an drei Stellen gebrochen, und mehrere Rippen sind kaputt. Sie können noch nichts über mögliche innere Verletzungen sagen, aber ein Krankenwagen ist unterwegs und wird ihn in die Notaufnahme des Royal-Krankenhauses bringen.«

»Wird er durchkommen?«

»Ich würde mein Gehalt nicht darauf verwetten, aber ich denke, ja. Superintendent Tulloch ist auf dem Weg hierher.«

»Tulloch? Genau der hat jetzt noch gefehlt!«

»Die anderen haben ihn angerufen, nachdem sie gesehen haben, in welchem Zustand sich Grant befindet. Es ist richtig, daß er Bescheid weiß«, sagte Karen.

»Wahrscheinlich hast du recht«, stimmte Dewar zu. »Aber vielleicht sollte ich besser hier weg sein, bevor er kommt.«

Er versuchte aufzustehen, aber Karen hinderte ihn daran. »Du gehst jetzt nirgendwohin«, sagte sie. »Du hast eine Gehirnerschütterung.«

»Ich war zu keinem Zeitpunkt wirklich ohnmächtig«, versuchte Dewar zu argumentieren.

»Das wirst du aber bald sein, wenn du nicht tust, was man dir sagt. Du bist nicht fit genug, um irgendwohin zu gehen. Was ist denn so wichtig, daß du es unbedingt jetzt tun mußt?«

»Ich wäre glücklicher, wenn die Ampullen weit weg wären«, sagte Dewar.

»Darum kann sich auch jemand anders kümmern. Ich denke wirklich, du solltest dich lieber mit Inspektor Grant zusammen ins Krankenhaus fahren lassen, damit sie dich dort kurz untersuchen können.«

Tulloch und der Krankenwagen trafen fast gleichzeitig ein. Tulloch schaute schweigend zu, wie Grants zerschmetterter und bewußtloser Körper in den hinteren Teil des Wagens geschoben wurde und die Türen sich hinter ihm schlossen. Dewar lehnte es ab, mitzufahren. Er hatte beschlossen, sich Tulloch direkt zu stellen.

»Was zum Teufel ist passiert?« tobte Tulloch. »Was haben Sie im Sperrgebiet gemacht? Das ist das Unverantwortlichste ...«

Dewars Kopf schmerzte, und er war nicht in der Stimmung, sich anfahren zu lassen. »Die Sache hatte nichts Unverantwortliches an sich!« widersprach er. »Glauben Sie wirklich, daß wir dort reingehen wollten? Glauben Sie, wir haben es aus Spaß gemacht? Als Mutprobe? Mann, benutzen Sie Ihr Hirn. Wir mußten da rein.«

»Aber um Gottes willen, warum denn?«

»Weil in Aberdour Court so viel von dem Pockenvirus versteckt war, daß es ausgereicht hätte, die ganze Stadt und den größten Teil des Umlands zu vernichten. Grant und ich sind da rein, um es sicherzustellen, und wir waren erfolgreich.«

Tulloch schaute Dewar an und war unsicher, was er sagen sollte. »Das alles ist einfach unglaublich. Ich werde abwarten, was Inspektor Grant dazu zu sagen hat, bevor ich weitere

Schritte unternehme, aber so wie ich die Sache sehe, wird das Disziplinarmaßnahmen zur Folge haben.«

Dewar antwortete kühl: »Vorausgesetzt, Grant überlebt, dann wird die einzige Maßnahme, die Sie ergreifen, darin bestehen, ihn für eine Tapferkeitsmedaille vorzuschlagen. Es ist hauptsächlich ihm zu verdanken, daß sich die Viren jetzt hier in diesem Koffer befinden und nicht mehr in einer Wohnung in irgendeinem Betonklotz inmitten eines von Chaoten kontrollierten Sperrgebiets. Und zu der Frage, warum es überhaupt ein Sperrgebiet gibt ...«

Dewar spürte, daß Tulloch ihn verstanden hatte. Er fuhr fort: »Momentan gibt es da draußen ein paar Vollidioten, die ziemlich stinkig darüber sind, daß zwei vermeintliche Polizisten in eine der Wohnungen eingebrochen sind und etwas mitgenommen haben, von dem sie nicht wissen, um was es sich handelt – das alles läßt sie vor den anderen ziemlich blöd dastehen. Vor diesem Hintergrund werden sie keinen Krieg anzetteln können, aber das Ganze hätte anders ausgesehen, wenn dort ein riesiges Polizeiaufgebot erschienen wäre.«

Tulloch konnte dem nichts entgegensetzen.

»Wie dem auch sei, ich denke, Sie täten gut daran, Verstärkung in die Umgebung der Straße zu schicken, die nach Aberdour Court führt. Es könnte heute nacht wieder ein ganz schönes Feuerwerk geben. Sie werden vermutlich die Straße völlig blockieren, um sicherzugehen, daß kein anderer mehr versucht, sich bei ihnen einzuschleichen, aber mit etwas Glück ist das alles.«

»Und die Viren?«

»Ich werde mich darum kümmern, aber ich brauche eine Transportmöglichkeit. Mein Auto steht vor dem Polizeipräsidium.«

»Wohin wollen Sie denn?«

»Zurück in die Einsatzzentrale. Vielleicht könnte einer Ihrer

Leute mit Dr. Malloy Kontakt aufnehmen und ihn bitten, mich dort zu treffen.«

Tulloch nickte. »Ich werde eine angemessene Eskorte organisieren.«

Nachdem sich Tulloch abgewandt hatte, kehrte Karen zurück und ermahnte Dewar erneut. Er hob beide Hände und sagte: »Ehrlich, es geht mir gut, und ich werde mich zur Einsatzzentrale bringen lassen, also brauche ich nicht selbst zu fahren. Ich will mich nur darum kümmern, daß die Ampullen Steven Malloy übergeben werden, dann kann ich mich ausschlafen.«

»Ich wünschte wirklich, du würdest heute nacht hierbleiben und ich könnte ein Auge auf dich werfen; wenn ich dich schon nicht überreden kann, ins Krankenhaus zu fahren, wo du eigentlich hingehörst.«

»Ich bin wirklich in Ordnung.«

Einen Moment lang sah Karen so aus, als wolle sie mit der Diskussion fortfahren, dann wurde ihr Blick sanfter und sie fragte: »Und du gehst sofort zu Bett, nachdem du die Ampullen übergeben hast?«

»Ich verspreche es.«

Sie küßten sich, wurden aber von dem Geräusch eines großen Lkws, der draußen vor der Tür parkte, unterbrochen.

»Der Impfstoff!« rief eine Stimme an der Tür.

»Gott sei Dank«, sagte Karen.

»Den Dank kriegt immer der liebe Gott«, murmelte Dewar. »Schade, daß niemand danach fragt, warum er die Pocken überhaupt erschaffen hat!«

Ein sicherer Polizeimannschaftswagen, der von vier Motorradfahrern eskortiert wurde, brachte Dewar zurück ins Scottish Office. Tief in Gedanken versunken und mit dem Koffer auf den Knien, saß er im hinteren Teil des Wagens. Der einzige Vorteil dieses Aufzugs – zumindest seiner Ansicht nach – bestand darin, daß ihn keiner der beiden vorne sitzenden Polizeibeamten über den Koffer oder dessen Inhalt befragen konnte. Offensichtlich hatten sie von Tulloch eine entsprechende Anweisung erhalten. Das war auch gut so: Ihm war nicht nach reden. Die Stille erlaubte ihm, über einen weiteren Aspekt der Last, die er bei sich trug, nachzudenken. Sie war nicht nur sehr gefährlich, sie war auch sehr wertvoll. In der Stadt befanden sich Personen, die wahrscheinlich bereit waren, mindestens eine Million Pfund dafür zu zahlen, und er würde sie jetzt einem arbeitslosen Wissenschaftler namens Steven Malloy aushändigen.

Dewar vertraute Malloy, aber er erinnerte sich an ein Gespräch mit ihm darüber, wozu Leute für große Geldsummen fähig wären und wozu nicht. Er erinnerte sich, daß Malloy gesagt hatte, er »hoffe«, er selbst würde jede Summe ablehnen, wenn er dafür gegen seine Prinzipien verstoßen müsse. Reichte Hoffnung in solch einem Fall aus?

Auf halber Strecke kam Dewar der Gedanke, daß die ihn begleitenden Polizeibeamten die Lösung seines Problems sein könnten. Er beugte sich vor und sagte, daß er mit Tulloch sprechen wolle. Der Beamte auf dem Beifahrersitz stellte eine Funkverbindung her und reichte Dewar das Mikrophon.

»Superintendent? Ich würde Ihre Beamten gerne für eine weitere Aufgabe beanspruchen. Ich möchte, daß sie den Koffer zu ihrem letzten Bestimmungsort begleiten und die Vernichtung des Inhalts überwachen.«

»Werden diese Ampullen nicht als Beweismaterial benötigt?«

»Man kann sie sterilisieren, ohne sie sichtbar zu zerstören. Niemand wird überprüfen, ob der Inhalt aus lebenden oder toten Viren besteht.«

»Ich bin nicht sicher, ob das nicht unter Beseitigung von Beweismaterial ...«

»Auf meine Verantwortung«, unterbrach ihn Dewar.

»Wie Sie meinen.«

»Bitte besprechen Sie das mit Ihren Männern.« Dewar reichte das Mikrophon wieder nach vorne und konnte hören, wie Tulloch den beiden Beamten Anweisung erteilte, sich von Dewar instruieren zu lassen.

»Sind Sie bewaffnet?« fragte Dewar.

»Dies ist ein gepanzerter Einsatzwagen, Sir.«

»Gut. Sobald wir das Scottish Office erreichen, werde ich diesen Koffer an Dr. Steven Malloy übergeben. Sie sollen Herrn Dr. Malloy zum Institut für Molekularbiologie der Universität begleiten und überwachen, daß er den Inhalt in einem Dampfsterilisator sterilisiert. Lediglich der Form halber betone ich noch einmal, daß Sie den Inhalt keinen Augenblick aus den Augen lassen dürfen. Verstanden?«

»Sir.«

»Der Sterilisator hat eine Temperaturanzeige. Sehen Sie zu, daß die Nadel auf mindestens 120°C klettert und das Gerät mindestens eine Viertelstunde diese Temperatur beibehält. Danach können Sie sich entspannen und zu Ihrem normalen Dienst zurückkehren.«

»Heißt das, es besteht die Möglichkeit, daß Dr. Malloy den Vorschriften des Sterilisationsverfahrens eventuell nicht nachkommt, Sir?« fragte der Beamte.

»Eine sehr geringe Möglichkeit.«

»Und was dann?«

»Dann teilen Sie ihm mit, daß Sie bewaffnet sind, zeigen Sie ihm Ihre Waffen und fordern Sie ihn auf, Ihnen den Inhalt des Koffers zu übergeben. Bringen Sie den Koffer hierher zurück.«

»Und wenn er sich weigert?«

»Erschießen Sie ihn, und nehmen Sie den Koffer an sich. Dann bleiben Sie, wo Sie sind, und rufen mich an.«

»Verdammt unangenehm.«

»Verdammt unangenehm wird es erst, wenn der Inhalt des Koffers verlorengeht. Ist das klar?«

»Sir.«

Der Rest der Fahrt verlief schweigend, und einer der Beamten hielt Dewar die Tür auf, als dieser am Bestimmungsort ausstieg. Er wurde nach drinnen eskortiert. Hector Wright empfing ihn.

»Gut gemacht, Adam«, sagte Wright. »Sieht aus, als hätten Sie dabei ganz schön was abgekriegt.«

»Ich werd's überleben«, sagte Dewar, um keine Verlegenheit aufkommen zu lassen.

»Ist Malloy schon eingetroffen?«

»Bis jetzt noch nicht. Dafür ist der Impfstoff vor einer halben Stunde eingetroffen.«

»Das weiß ich bereits. Ich habe bei einem der Impfzentren des Viertels Station gemacht.«

Dewar nahm den Koffer mit nach oben und öffnete ihn, um die Ampullen, die er aus Tommy Hannans Wohnung geholt hatte, zu dem in Verbandsmaterial gehüllten Päckchen zu legen. Er fügte noch mehr Verbandsmaterial hinzu und umwickelte das Ganze mit mehreren Schichten Leukoplast. Anschließend nahm er alles andere aus dem Koffer heraus, legte die Ampullen wieder hinein und brachte ihn nach unten, wo Malloy inzwischen auf ihn wartete.

»Hallo, Steve«, sagte er. »Wir haben sie alle zurück.«

»Gut gemacht. Und wofür brauchen Sie mich?«

»Ich möchte, daß die Ampullen sterilisiert, aber nicht zerstört werden: Vielleicht werden sie noch als Beweismaterial benötigt. Ich dachte, Sie könnten sie im Institut sterilisieren.«

»Klar, wenn Sie wollen? Jetzt sofort?«

»Ist das ein Problem?«

»Nein«, erwiderte Malloy.

»Diese beiden Polizeibeamten werden Sie rüber ins Institut fahren und hinterher nach Hause bringen.«

»Nicht nötig«, sagte Malloy. »Mein Auto steht draußen.«

»Ich fürchte, wir müssen uns an die Vorschriften halten«, entgegnete Dewar. »Außerdem, wann wird man schon mal von einer bewaffneten Eskorte zur Arbeit begleitet?« Er öffnete den Koffer und zeigte Malloy und den beiden Beamten den Inhalt. »Sie können es, so wie es ist, in den Sterilisator tun«, sagte er.

An Malloys Gesichtsausdruck erkannte Dewar, daß er alle Schlüsselworte begriffen hatte. Die beiden Polizeibeamten sollten ihn nicht aus den Augen lassen; sie waren bewaffnet, und es bestand für ihn kein Grund, das Päckchen zu öffnen.

Malloy blickte Dewar in die Augen und sagte vorwurfsvoll: »Ich habe damit kein Problem, Adam. Suchen Sie immer noch nach einem schwarzen Mann im Institut?«

»Reine Formsache, Steve«, sagte Dewar, aber er fühlte sich mies dabei.

24. Kapitel

Dewar blieb allein in seinem Zimmer, bis er von der Polizei davon unterrichtet wurde, daß die Ampullen ohne Zwischenfälle sterilisiert worden waren. Die Erleichterung über diese Nachricht und die Gewißheit, daß damit die eigentliche Quelle der Epidemie vernichtet worden war, ließen ihn seine Müdigkeit plötzlich so stark spüren, daß er kaum noch die Augen aufhalten konnte. Allerdings war ihm wohl bewußt, daß die Angelegenheit längst noch nicht ausgestanden war. Er hatte die gestohlenen Ampullen sichergestellt, aber es waren immer noch welche in Umlauf, die von einem unbekannten Mann von einem unbekannten Ort an einen anderen unbekannten Ort geschafft worden waren. Da half es auch nichts, aus dem Fenster zu starren. Es hatte gerade angefangen zu regnen.

Er kontrollierte den Posteingang seines Laptops. Sci-Med hatte immer noch nichts über Kelly verlauten lassen. Was dachten die sich bloß? Er hieb eine Nachricht in die Tasten, um sie an die Dringlichkeit seiner Anfrage zu erinnern, und schickte sie sofort los, indem er ungeduldig mit dem Finger auf SEND drückte. Die Nachricht verschwand vom Bildschirm und hinterließ in seinem Kopf ein Gefühl der Leere. Jetzt konnte er nichts mehr tun als abzuwarten. Er erwog, Steven Malloy anzurufen, um die Dinge zwischen ihm und sich richtigzustellen, beschloß aber, daß es dazu vielleicht noch etwas zu früh sei. Er schaute auf die Uhr und rief das Krankenhaus an, um sich nach Ian Grants Zustand zu erkundigen. Grant lag auf der Intensivstation, doch sein Zustand war inzwischen stabil.

Dewar ließ den Hörer sinken und stieß einen lauten Seufzer aus. Einen Moment lang starrte er die Wand an und ließ das Wort »stabil« auf sich wirken, ohne weiter an das Wort »Intensivstation« denken zu wollen. »Stabil« klang einfach freundlicher.

Es war spät. Dewar war erschöpft. Er wußte, daß er sich ausruhen mußte, hatte jedoch das Gefühl, es sei unrecht, zu schlafen, wo doch noch so vieles getan werden mußte. Kompromißbereit beschloß er, einen letzten Anruf zu tätigen und mit Simon Barron zu sprechen. Nichts hatte sich geändert. Die Iraker schienen immer noch auf etwas zu warten. Wie bisher war der einzige Ort, wo sie hingingen, das Bookstop Café um die Ecke. Inzwischen wurden sie dort nicht nur vom Personal, sondern auch von anderen Stammkunden freundlich begrüßt.

»Offen gesagt, langweilen wir uns alle zu Tode«, beschwerte sich Barron. »Vielleicht sollten wir ihnen in dem Café einfach Gesellschaft leisten. Es ist schwer, Leute zu motivieren, wachsam zu sein, wenn um sie herum weniger passiert als bei einem Museumswächter. Sind Sie wirklich sicher, daß diese Typen hinter den Pocken her sind?«

»Ja«, erwiderte Dewar. »Das bin ich.«

Immer noch vollständig bekleidet, legte sich Dewar auf das Bett und fiel sofort in tiefen Schlaf.

8. Tag

Um sieben klingelte das Telefon, und Dewar verwünschte es. Während er den Hörer ans Ohr hob, rieb er sich seinen steifen Nacken.

»Wie geht es dir heute morgen?« fragte Karen.

»Ich bin o.k.«, versicherte Dewar ihr. »Du bist ganz schön früh auf«, fügte er mit einem Blick auf die Uhr hinzu.

»Wir fahren jetzt zur Impfstation. Ich dachte, ich rufe dich vorher noch schnell an, um zu hören, wie es dir geht. Wahrscheinlich habe ich später keine Gelegenheit mehr dazu.«

»Das schätze ich auch. Du kannst nicht viel Schlaf gehabt haben. Um wieviel Uhr habt ihr gestern abend aufgehört?«

»Um kurz nach eins haben wir den letzten Impfstoff abgeladen. Um halb acht öffnen wir die Pforten. Sie warten draußen auf mich. Ich mach' mich lieber auf die Socken und hoffe, daß du es heute ruhig angehen läßt.«

»Eventuell tue ich das wirklich. Paß auf dich auf. Ich melde mich später.«

In Dewars Kopf schwirrten zwei widersprüchliche Stimmen durcheinander. Die eine sagte ihm, er solle sich wieder hinlegen, die andere meinte, da er bereits wach sei, solle er gefälligst auch aufstehen; wahrscheinlich würde er doch keinen Schlaf mehr finden. Die zweite Stimme gewann die Oberhand. Er drehte die Dusche auf und tastete vor dem Badezimmerspiegel die Beule auf seiner Stirn ab, bis das Wasser heiß genug war. Die Verfärbung sah gar nicht so schlimm aus, obwohl die Stelle, an der ihn der Pflasterstein getroffen hatte, höllisch weh tat. »Mistkerle«, brummte er, mußte dabei jedoch gleich an Grants Zustand denken. Sobald er sich fertig geduscht und angezogen hätte, würde er das Krankenhaus anrufen.

Nach einer ausgiebigen Dusche fühlte er sich weniger steif und deutlich besser. Er zog sich frische Sachen über und wählte die Nummer der Intensivstation. Grant hatte eine unruhige Nacht gehabt, aber sein Zustand war weiterhin stabil. Im Verlauf des Vormittags sollte er eine Reihe von Untersuchungen durchlaufen.

Dewar ging nach unten und machte sich auf die Suche nach Kaffee. Er mußte feststellen, daß Hector Wright ihm zuvorgekommen war. Mit einem Taschenrechner in der Hand und einer Brille auf der Nase untersuchte er bereits die eingegangenen Zahlen von den neuen Fällen der vergangenen Nacht. Dewar schüttete sich aus einer Thermosflasche einen Becher starken, schwarzen Kaffee ein und gesellte sich zu ihm.

»Wie sieht es aus?«

»Ich hätte nicht erwartet, Sie heute morgen auf den Beinen zu sehen«, sagte Wright. »Sie sahen gestern abend halbtot aus.«

»Mir geht's gut. Was ist passiert?«

»Glücklicherweise nichts, was wir nicht auch vorausgesagt haben. Die Zahlen der Neuzugänge und der Todesfälle stimmen mit der Statistik überein. Es gibt keinerlei Anzeichen für eine zweite Quelle. Laut Polizeibericht war es letzte Nacht recht ruhig. Ein paar Feuer im Sperrgebiet, aber kein größeres Problem.« Wright schaute auf die Uhr. »Die Impfaktion müßte ungefähr jetzt beginnen.«

Dewar nickte. »Lassen Sie uns hoffen, daß alles ruhig über die Bühne geht. Ist für heute morgen ein Treffen angesetzt?«

Wright schüttelte den Kopf. »Der frühe Beginn des Impfprogramms führt dazu, daß jeder alle Hände voll zu tun hat.«

»Taten sind auch besser als leeres Geschwätz.«

»Wie Sie meinen«, sagte Wright lächelnd.

Kurz nach halb zehn piepte Dewars Laptop, um die Nachricht anzukündigen, auf die er so sehnsüchtig gewartet hatte. Die Baufirma Holt, bei der Michael Kelly beschäftigt gewesen war, hatte einen Vorarbeiter ausfindig machen können, der sich daran erinnern konnte, Kelly auf seiner Baustelle gehabt zu haben. Es hatte sich herausgestellt, daß Kelly bei der

Erstellung einer Neubausiedlung im Südwesten der Stadt mitgeholfen hatte. Die Wohnanlage »The Pines« war inzwischen fertiggestellt und vollständig bewohnt. Sie lag eine halbe Meile östlich der Redford-Siedlung zwischen der Firhill High School und dem Morningside-Viertel.

Dewar spürte seinen Adrenalinspiegel steigen. Er griff nach seiner Jacke, rannte nach unten und hielt nur kurz an, um Hector Wright zu sagen, wohin er unterwegs war.

Dewar fuhr vom Westen her auf »The Pines« zu und hielt auf einer kleinen Erhebung kurz an, um sich das Gelände von dort aus anzusehen. Die Neubausiedlung glich in vielem den herkömmlichen Wohnsiedlungen, wirkte aber dennoch angenehm und freundlich. Es handelte sich überwiegend um große, komfortable Häuser, deren Gärten allerdings noch nicht angelegt waren, wodurch es ihnen an einer gewissen Privatsphäre mangelte. Sie standen auf nackter Erde, waren von allen Winkeln aus einsehbar und von den Nachbarhäusern nur durch äußerst niedrige Gartenzäune getrennt.

Dewar beobachtete eine junge Mutter, die aus einer Terrassentür heraustrat und über einen provisorischen Pfad aus flachen Gehplatten stakte, um ihre Wäsche auf einer runden Wäschespinne aufzuhängen. Ein kleines Mädchen versuchte ihr vergeblich auf seinem Dreirad zu folgen, doch schon am zweiten Stein blieb sie hängen. Daher versuchte sie es mit noch weniger Erfolg über die lockeren Erdklumpen und kippte dabei um. Ihrem Geschrei, das weithin durch die Morgenluft schallte, konnte man anhören, daß sie sich nicht verletzt hatte, sondern lediglich wütend war.

Dewar beschloß, daß es Zeit sei, auszusteigen und sich umzusehen. Er öffnete seinen Aktenkoffer und entnahm ihm ein Klemmbrett, das er lediglich mitgebracht hatte, um die Leute zu täuschen. Von Menschen, die ein Klemmbrett mit sich herumtrugen, nahm der Rest der Gesellschaft normalerweise an, daß sie etwas Gesetzliches und Wichtiges taten. Sie konnten an den merkwürdigsten Orten herumschleichen und sich ein paar Notizen machen, wohingegen Leute ohne Klemmbrett in ähnlicher Umgebung schnell die Aufmerksamkeit der Polizei auf sich zogen. Dewar gab gerne zu, daß er nicht der erste war, der erkannt hatte, welche Möglichkeiten der Gebrauch eines Klemmbretts mit sich brachte. Er hatte Menschen in Universitäten oder Ministerien kennengelernt, die nur Karriere gemacht hatten, weil sie ständig ein Klemmbrett und einen gespitzten Bleistift mit sich herumtrugen, Fragen stellten, Listen anlegten und Ergebnisse ordneten, die später niemanden mehr interessierten.

Denise Banyon war nicht in der Lage gewesen, ihm irgendwelche Informationen darüber zu geben, an welcher Stelle des Baugrundstücks Kelly hatte graben sollen, nur, daß die Stelle recht nah bei den Häusern gewesen war. Aber auf welcher Seite? Dewar begann herumzulaufen. Im Süden standen Bäume, hauptsächlich Pinien, die der Siedlung wahrscheinlich ihren Namen gegeben hatten. Im Norden befand sich eine Straße, und dahinter lagen weitere Neubauten. Die Ostseite konnte er nicht richtig einsehen, denn das Pinienwäldchen erstreckte sich auf über eine Viertelmeile östlich der Stelle, an der er sich gerade befand. Er beschloß, erst einmal um die gesamte Wohnanlage herumzugehen und begann mit einem Bogen um die Nordseite.

Er verließ den Bürgersteig und schaute sich einen zirka fünfundzwanzig Meter breiten Erdstreifen etwas genauer an, der zwischen den Pinien und der Straße Richtung Norden lag und sich bis auf einige Straßenzufahrten über fast die gesamte Länge der Siedlung erstreckte. Während Dewar im Zickzack in Richtung Osten über den Streifen lief, wurde ihm schnell klar, daß diese Menge Erde einen einzelnen Mann einfach überforderte. Trotzdem beschäftigte er sich für den Fall, daß er beobachtet wurde, weiter mit seinem Klemmbrett, suchte aber in Wirklichkeit nach Hinweisen auf ein erst kürzlich aufgefülltes Loch und auf Brandspuren.

Da die Zeit verstrich und er kaum Fortschritte machte, begann er sich zu fragen, warum er das überhaupt tat. Das Loch zu finden würde lediglich bestätigen, daß Denise ihm die Wahrheit gesagt hatte, und er glaubte ohnehin nicht, daß sie irgendeinen Grund zum Lügen gehabt hatte. Auch würde ihn diese Suche kaum dem Mann näher bringen, der Kelly um Hilfe gebeten hatte und der die Ampullen besaß. Er hielt an und starrte erneut auf sein Klemmbrett, mußte sich allerdings eingestehen, daß er das nur tat, weil ihm nichts Besseres einfiel.

Dewar bemerkte, daß er beobachtet wurde. Ein Mann mit einem Hut à la Sherlock Holmes hörte auf, seinen frisch angelegten Garten umzugraben, und starrte zu ihm herüber. In der Hoffnung, der Mann verliere das Interesse an ihm, fuhr Dewar damit fort, den Streifen kreuz und quer abzusuchen; doch diesen Gefallen tat ihm der Mann nicht. Statt dessen ließ er den Spaten sinken und kam zu ihm herüber.

»Ärger?« fragte er neugierig.

»Eigentlich nicht«, erwiderte Dewar lächelnd. »Kabelfernsehen. Ich schaue mich nur nach den besten Zugangsmöglichkeiten um.«

»Wäre es nicht sinnvoller gewesen, die Kabel wären während der Bauphase der Neubausiedlung verlegt worden?« fragte der Mann mißbilligend.

»Nicht meine Entscheidung, fürchte ich«, antwortete Dewar bescheiden.

»Nun, meine Frau und ich wollen das verdammte Ding sowieso nicht. Wir sitzen so gut wie nie vor der Glotze.«

Außer für Nachrichten und Dokumentarsendungen, dachte Dewar bei sich.

»Abgesehen von Nachrichten und gelegentlichen Dokumentarfilmen.«

Dewar machte sich eine kleine Notiz auf seinem Klemmbrett. »Und Ihr Name, Sir?«

»Pennel-Brown.«

»Mit einem Bindestrich?«

»Ja.«

Dewar setzte auf seinem Klemmbrett einen Bindestrich zwischen »eingebildeter« und »Fatzke«. »Recht haben Sie, Mr. Pennel-Brown, ich kümmere mich darum, daß unsere Leute Sie nicht belästigen.«

Pennel-Brown kehrte zu seiner Schaufel zurück, und Dewar fuhr damit fort, den Boden abzusuchen. Am Ende der Nordseite schmerzte ihm bereits der Rücken, dabei mußte er sich jetzt wieder südwärts wenden, um die östliche Seite des Streifens abzugehen. Er hielt an, um zu sehen, was sich im Osten der Wohnanlage befand, doch der Blick wurde durch wildwachsende Sträucher immer noch stark eingeschränkt. Ab und zu schimmerte ein Maschendrahtzaun durch das Gebüsch durch, über den noch eine Spirale von Stacheldraht verlief.

Er wollte gerade damit beginnen, die Ostseite der Siedlung hinunterzulaufen, als er zwischen dem Gestrüpp einen Schornstein erspähte. Es handelte sich um einen runden, roten Backsteinschornstein, wie er auf alten Industriegeländen häufig das Kesselhaus zierte. Konnte er etwas mit dem zu tun haben, wonach er suchte? Ein Gebäude hinter Stacheldraht, das nahe der Wohnsiedlung stand?

Dewar wollte sich schon ins Gebüsch schlagen, als er einen Postboten erblickte, der um die Ecke kam. Er sah, daß der Postbote ihn bemerkt hatte.

»Guten Morgen«, grüßte er freundlich lächelnd und mit leicht erhobener Hand.

Der Postbote hielt an, erwiderte das Lächeln jedoch nicht.

Dewar ging zu ihm hinüber. »Ich würde gerne wissen, ob Sie mir sagen können, was das dort drüben ist«, fragte er und wies mit dem Kinn in Richtung Gebüsch und Schornstein.

Der Postbote sah ihn mißtrauisch an.

Dewar hielt sein Klemmbrett hoch. »Ich bin Gutachter. Mein Klient interessiert sich für das Haus, das dort drüben zum Verkauf steht.« Dewar wies vage auf die Wohnanlage. »Ich überprüfe gerade, ob es hier in der Nachbarschaft keine bösen Überraschungen gibt, bevor ich meinen Bericht abschließe.«

»Ein zum Verkauf stehendes Haus? In den ›Pinien‹? Jetzt schon? Die Leute sind doch gerade erst eingezogen«, sagte der Postbote verwundert.

»Das turbulente und wechselhafte Leben eines Geschäftsmannes, schätze ich«, seufzte Dewar.

»Eher ein Haufen gieriger Schmarotzer. Verlangen wahrscheinlich noch zehntausend Pfund mehr, als sie bezahlen mußten.«

Dewar war sich nicht sicher, ob er dieser scharfsinnigen ökonomischen Analyse zustimmen konnte, nickte aber nichtsdestotrotz. »Vermutlich haben Sie recht. Was das da drüben angeht ... ?«

»Keine Ahnung, Kumpel. Es liegt verlassen da, seit ich hier angefangen habe, auszutragen.«

»Also, keine unangenehmen Gerüche«, sagte Dewar und notierte sich etwas. »Vielen Dank.« Er wartete, bis der Postbote außer Sicht war, dann kämpfte er sich durch das Gestrüpp, um bis zum Zaun zu gelangen. Jetzt konnte er erkennen, daß die Gebäude in einem sehr schlechten Zustand waren – eine Ansammlung kleiner Nebengebäude aus rotem Backstein, die ein größeres Gebäude mit einem hohen, zentralen Schornstein umgaben. Unkraut wucherte über das

Pflaster, das mit zerbrochenem Glas und rostigen Metallteilen übersät war.

Dewars erster Eindruck, daß der Schornstein zu einem Kesselhaus gehörte, schien zuzutreffen, aber welchen Nutzen mochte es wohl gehabt haben? Es gab keine Schilder oder Namenszüge, die Aufschluß darüber hätten geben können, wozu der Gebäudekomplex einst gedient hatte. Nachdem Dewar sich das Gelände ein paar Minuten lang angeschaut hatte, versuchte er, noch näher heranzukommen. Er begann nach einer Lücke im Zaun zu suchen. Es stand außer Frage, über den Stacheldrahtzaun zu klettern, denn obschon rostig, sah er immer noch danach aus, als könne er demjenigen, der verrückt genug wäre, es zu versuchen, einigen Schaden zufügen. Der sich darunter befindliche Maschendrahtzaun wirkte hingegen an einigen Stellen brüchig, vor allem unten, wo die Pfahlbefestigungen weggerostet waren. Dewar fand eine besonders anfällige Stelle und zerrte den Maschendraht vom Pfahl weg. Nachdem er dreimal ordentlich daran geruckt hatte, löste sich der Zaun vom Pfosten und ließ sich nach oben biegen. Mit einem letzten Blick über die Schultern, um sicherzugehen, daß ihn niemand sehen konnte, ließ er sich auf den Boden sinken und schob sich auf dem Rücken liegend unter dem Zaun hindurch. Als ein freies Zaunende gegen die Beule an seinem Kopf stieß, stöhnte er vor Schmerz. Er mußte kurz innehalten, bis sich der rote Nebel vor seinen Augen verflüchtigt hatte. Auf der anderen Seite des Zauns stand er auf und versuchte, die erneut blutende Kopfwunde zu stillen. Er klopfte sich die Erde aus der Kleidung und näherte sich den Gebäuden.

Er hatte recht gehabt: Das Gebäude war ein altes Kesselhaus. Die Überreste zweier immenser, rostiger Dampfkessel bezeugten das, aber er fand immer noch keinen Hinweis darauf, was sie beheizt hatten. Dewar folgte den Rohren, die aus der Rückwand des Gebäudes kamen. Er unterbrach seine

Suche, als er auf eine leere Bierdose stieß, die auf einem kleinen Mauervorsprung stand; es war eine Dose der Marke Tennent's Super Lager, und sie sah neu aus. Die Tatsache, daß sie aufrecht auf der niedrigen Mauer stand, schloß die Möglichkeit aus, daß sie von der Straße aus über den Zaun geworfen worden war. Er tippte auf Teenager. Ein solcher Ort war für Halbwüchsige sicherlich äußerst interessant, allerdings gab es nur diese eine Dose und keine weiteren Anzeichen für samstagabendliche Gelage.

Dewar folgte dem Rohr, das vermutlich als Hauptleitung aus dem Kesselhaus gedient hatte. Erst nach gut zwanzig Metern verschwand es östlich der Gebäude zwischen weiterem Gestrüpp senkrecht in der Erde. Das konnte nur bedeuten, daß das Rohrleitungssystem unterirdisch verlegt worden war. Er begann, sich nach einem möglichen Zugang umzusehen und stieß auf eine Metallabdeckung, die von wuchernden Rankpflanzen fast vollständig bedeckt war. Dewar fand den Griff und zog an dem schweren Deckel. Zu seiner Überraschung ließ er sich erstaunlich leicht heben. Er hatte erwartet, daß er ziemlich fest sitzen würde.

Dewar blickte in einen Schacht, der zunächst etwa zwei Meter senkrecht in die Erde ging und dann waagerecht durch einen Bogen hindurch nach rechts in einen unterirdischen Tunnel führte. Er konnte der Versuchung nicht widerstehen und folgte den Metallsprossen im senkrechten Teil des Schachts nach unten, allerdings ließ er den Lukendeckel offen. Er hatte vor, nur einen kurzen Blick in die Tunnelöffnung hineinzuwerfen, bevor er eine Taschenlampe aus seinem Auto holen wollte, doch zu seiner Überraschung konnte er auch so etwas im Tunnel erkennen. Es gab zwar keine Lampen, dafür aber eine Reihe kleiner Lichtschächte aus Panzerglas in der Decke, durch die gerade genug Tageslicht drang, um sich dort unten zurechtfinden zu können.

Er fand seine Vermutungen über das Rohrleitungssystem bestätigt. An der Decke und den Seitenwänden des Tunnels verliefen lange Metallrohre, die durch gelegentliche Druckventile unterbrochen wurden. Die Rohre waren kalt und durch das Kondenswasser feucht; die Druckanzeigen standen auf Null. Als ihm plötzlich eine Ratte aus der Dunkelheit entgegensprang und über seine Füße huschte, um an ihm vorbeizukommen, mußte er vor Schreck kurz nach Luft schnappen. Er war also nicht allein hier unten.

Er folgte dem Tunnelverlauf und versuchte sich auszurechnen, wo er sich im Verhältnis zu der Wohnsiedlung befinden mußte. Er vermutete, daß er in etwa das östliche Ende erreicht haben mußte, als der Tunnel aufhörte. Die Steine der Backsteinmauer vor ihm schienen neueren Datums zu sein als die der Außenwände. Wahrscheinlich hatten die Bauarbeiter den alten Tunnel zugemauert, als sie an den Fundamenten für die Neubauten der Siedlung gearbeitet hatten. Es war jedoch nicht das Ende der Tunnelanlage, denn ein schmalerer Tunnel führte nach links weiter.

Wieder reichte das Licht gerade aus, um den Weg zu erkennen. Nach weiteren zwanzig Metern hielt er erneut an. Er roch etwas. Er schnupperte noch einmal, um sicherzugehen. Da war es wieder: Zigarettenrauch. Es mußte sich eine weitere Person hier unten befinden.

Dewar ging vorsichtig weiter, doch sein Puls schlug deutlich schneller als zuvor. Der Geruch wurde stärker, seine Schritte langsamer. Der Tunnel weitete sich zu einer quadratischen Nische aus, in der er schemenhaft Maschinen erkennen konnte, die seiner Meinung nach zu einer ehemaligen Ausweichpumpstation gehören mußten. Er wollte sie sich gerade eingehender anschauen, als sich zwei Hände von hinten um seine Kehle schlossen.

»Hab' ich dich, du Mistkerl!« ertönte eine krächzende

Stimme an seinem Ohr. »Du wirst mich nicht töten, so wie du es mit Tam gemacht hast.«

Dewar hieb beide Ellbogen in den Bauch seines Angreifers, worauf dieser aufstöhnte und seine Kehle losließ. Er wirbelte herum, wurde allerdings vom Kopf seines Angreifers so ins Gesicht getroffen, daß er vor Schmerzen rückwärts taumelte. Wieder war der andere Mann über ihm, eine schemenhafte Mischung aus zotteligem Haar und schlechtem Atem, aber augenscheinlich von Haß getrieben.

Dewar hieb seine Fäuste gegen den Kopf des Mannes und gewann die Oberhand zurück. Um sicherzugehen, boxte er ihn noch einmal gewaltig in den Magen, so daß der Mann wie ein nasser Sack zu Boden ging.

»Also, von was zum Teufel redest du?« fragte Dewar.

Das Licht reichte gerade aus, um zu erkennen, daß der Angreifer einen schiefgeknöpften Regenmantel trug, vermutlich über mehreren Schichten von Kleidung. Er besaß eine wilde dreckige Haarmähne und einen Bart, der aus allen Winkeln seines Gesichts zu sprießen schien. Alles deutete darauf hin, daß es sich um einen Obdachlosen handelte, der illegal in dem Tunnel lebte. Jetzt ergab auch die Bierdose draußen einen Sinn.

»Du hast Tam umgebracht, du Bastard, und jetzt ... wirst du mich töten«, röchelte der Mann. Er rang nach Luft, wimmerte und hielt sich den Bauch. Dewar tat es leid, ihn so hart getroffen zu haben.

»Ich habe keine Ahnung, wer du bist«, sagte Dewar. »Und wer ist Tam?«

»Erzähl mir keinen Scheiß. Wem zum Teufel haben wir schon geschadet? He? Sag's mir!«

»Was ist das für ein Ort?« fragte Dewar.

»Hör doch auf mit dem ...«

Der Mann brach mitten im Satz ab, weil ihn Dewar ungeduldig am Kragen packte und sein Gesicht ganz nah zu sich heranzog. Er zischte: »Beantworte einfach die Frage!«

»Die Tunnel.«

»Was für Tunnel?«

»Die Tunnel des Stadtkrankenhauses, du Blödmann.«

In Dewars Kopf schrillten die Alarmglocken. »Des Stadtkrankenhauses?« wiederholte er. »Du meinst, diese Häuser dort draußen wurden auf dem ehemaligen Gelände des Stadtkrankenhauses gebaut?«

»Das weiß doch jeder Idiot.«

Dewar wurde es aufgrund der Bedeutung dieser Neuigkeiten ganz schwindelig. Er hatte zwar keine geheimen Regierungseinrichtungen gefunden, dafür aber die Fundamente eines alten Krankenhauses, und dieses Krankenhaus war die städtische Klinik für Infektionskrankheiten gewesen. Das wußte er, weil George Ferguson es ihm in Steven Malloys Labor erzählt hatte! Plötzlich paßten so viele Puzzlesteine zusammen. Ferguson hatte dreißig Jahre dort gearbeitet, und dies war die Stelle, an der die Pockenviren ausgehoben worden waren. Es paßte alles zusammen. Ferguson war das fehlende Verbindungsglied zum Institut! Der gute alte George Ferguson!

Die Viren waren weder eine hochtechnologische Rekonstruktion des Instituts, noch stammten sie aus einem geheimen Kriegsforschungszentrum: Sie kamen aus einem alten Klinikum für Infektionskrankheiten, einem Ort, der die meisten Krankheiten gesehen hatte, die seinerzeit die Menschheit befallen hatten.

»Erzähl mir von Tam«, sagte er zu dem Mann auf dem Boden.

»Wir haben hier mehr als drei Jahre lang zusammen gelebt. Es war warm, und selbst als die Heizung aufhörte, war es immer noch besser, als für einen Teller Suppe vor den Kirchen auf dem Arsch rumzukriechen.«

»Und was ist dann passiert?«

Der Mann hob langsam den Arm und zeigte in eine bestimmte Richtung. »Da durch«, sagte er. »Die hier wirst du dafür brauchen.« Er warf Dewar eine Streichholzschachtel zu. Dewar runzelte die Stirn, folgte aber vorsichtig den Anweisungen des Mannes. Er war auf der Hut, schließlich konnte es sich um eine Falle handeln. Zu seiner Linken befand sich ein dunkler Nebenraum, und plötzlich überkam ihn das Gefühl, nicht länger alleine zu sein. Seine Nackenhaare standen zu Berge, während er ein Streichholz hervorholte und es anzündete. Vor ihm saß, wie eine weggeworfene Lumpenpuppe aufrecht gegen die Wand gelehnt, die schwarze, verkohlte Leiche eines Mannes. Der Schädelknochen leuchtete im Schein des Streichholzes, und die Finger der rechten Hand bewegten sich, als eine Ratte davon abließ und in der Dunkelheit verschwand.

»Großer Gott«, murmelte Dewar und bedeckte seinen Mund mit der Hand. Er zitterte am ganzen Körper.

»Warum hast du ihn hiergelassen?« fragte er, als er zu dem Mann auf dem Boden zurückgekehrt war.

»Konnte mich für keinen Sarg entscheiden«, lautete die lakonische Antwort. »Hätte ich das gemeldet, wäre ich meinen Unterschlupf los gewesen.«

»Was ist passiert?«

»Eines Nachts kam der Bagger und fing an zu arbeiten. Wir dachten, die Bauarbeiter wollten auch dieses Stück vom Tunnel zuschütten, deswegen haben Tam und ich uns zurückgezogen, doch dann haben sie aufgehört und sind weggegangen, also sind wir wieder zurückgekehrt. In der folgenden Nacht kam dann so ein Arschloch, hat Benzin durch ein Loch gekippt und alles hier abgefackelt, während wir schliefen. Sie haben Tam bei lebendigem Leibe verbrannt, den armen Kerl.«

»Wo genau haben sie das Benzin runtergeschüttet?«

»Dort drüben.«

Wieder folgte Dewar dem ausgestreckten Arm des Mannes. Er durchquerte den Nebenraum, ging an seinem schauerlichen Bewohner vorbei und gelangte an einen Erdwall, der ihm den Weg versperrte. Die Erde konnte noch nicht lange dort liegen. Sie war immer noch feucht und roch so frisch wie ein Garten nach einem Regenschauer, doch gleichzeitig stank es dort auch verbrannt. Dewar begann die Erde mit den Füßen wegzuscharren, wurde aber rasch ungeduldig, weil er nur langsam vorankam. Er stieß auf ein Stück Metall, das einst als Rohrhalterung gedient hatte, und funktionierte es zu einem Grabwerkzeug um. Als erstes Anzeichen eines Erfolgs spürte er einen leichten, frischen Luftzug auf der Wange.

Sein Ehrgeiz war geweckt, und es gelang ihm, den Weg nach draußen freizulegen. Er zog sich hinauf in das Gras und blieb dort einen Moment lang sitzen, um in das Loch hineinzustarren, das Michael Kelly mit seinem Bagger gegraben hatte. Er stand auf und schaute sich um, um sich zu orientieren. Er erkannte, daß er sich am nordöstlichen Ende der Wohnanlage befand, etwa fünfundzwanzig Meter nördlich des letzten Hauses. Das sollte ausreichen, um auf den Bauplänen der alten Klinik herausfinden zu können, welches Gebäude an der Stelle gestanden hatte, an der er sich jetzt befand; allerdings glaubte er mit ziemlicher Sicherheit, die Antwort bereits zu kennen. Er konnte ein Vermögen darauf verwetten, daß dies die Stelle war, an der das alte mikrobiologische Labor gestanden hatte, in dem George Ferguson so lange gearbeitet hatte. Das Labor selbst war abgerissen worden, aber der unterirdische Versorgungstrakt mit den Heizungs- und Dampfrohren war unberührt geblieben, da die Architekten diese Stelle nicht hatten bebauen wollen. Ferguson mußte von einem alten Aufbewahrungsort für

Virenkulturen gewußt und beschlossen haben, sie zu Geld zu machen.

Dewar entschied sich, den gleichen Weg zurückzugehen, den er gekommen war. Er mußte sich etwas wegen des Obdachlosen einfallen lassen. Er wollte ihm versichern, daß niemand absichtlich seinen Freund getötet, sondern daß es sich um einen Unfall gehandelt hatte; doch gleichzeitig konnte er dort unten nicht weiter wohnen bleiben. Das gesamte Tunnelsystem mußte untersucht werden, schließlich bestand die Möglichkeit, daß Fergusons Feuer nicht alles vernichtet hatte, was zurückgeblieben war; und dann würde man wahrscheinlich alles zuschütten. Dewar ließ sich zurück in den Tunnel gleiten und schüttete die lose Erde hinter sich so auf, daß es für jemanden, der dort mit seinem Hund spazierenging, wie eine kleine Mulde aussehen würde. Als er die Stelle erreichte, an der er den Obdachlosen zurückgelassen hatte, war dieser verschwunden. Er überlegte, ob er ihn suchen sollte, entschied sich aber dagegen. Der Kerl lebte außerhalb der Gesellschaft; er wollte es so, also konnte es auch ruhig so bleiben. Schließlich hatte er dringlichere Probleme, um die er sich kümmern mußte. Er ging zurück zu dem verlassenen Kesselhaus und kletterte durch die Luke nach oben. Dann holte er sein Handy hervor und rief Steven Malloy an.

Malloy klang, wie nicht anders zu erwarten, kurz angebunden, doch die Zeit war zu knapp, um sich für den gestrigen Abend zu entschuldigen. Dewar fragte: »Sind Sie allein?«

»Ja«, antwortete Malloy verwirrt. »Warum?«

»Weil George Ferguson der Mann ist, hinter dem wir her sind. Ist er irgendwo im Institut?«

»Was?« rief Malloy aus. »Wie zum Teufel ...«

»Ist er heute da?«

»Er ist krank geschrieben.«

»Was?« rief Dewar.

»Seit einigen Tagen ist er nicht mehr er selbst. Ich habe ihm gesagt, er solle ein paar Tage frei nehmen, um mit seinen Problemen fertig zu werden.«

»Gütiger Himmel«, sagte Dewar. »Ich weiß, was ihm Probleme verursacht hat. Haben Sie seine Adresse?«

»Natürlich.«

»Ich hole Sie am Institut ab, und wir fahren rüber, um ihn zur Rede zu stellen. Auf dem Weg schildere ich Ihnen die Einzelheiten.«

»Ich kann einfach nicht glauben, daß George irgend etwas damit zu tun ...«

»Vertrauen Sie mir einfach«, sagte Dewar. »Er ist der Schuldige.«

Dewar wollte gerade wieder unter dem Draht hindurchkriechen, als ihm einfiel, daß es einen einfacheren Weg nach draußen geben mußte, nämlich den, den der Obdachlose und sein Kumpel benutzt hatten. Er ging an der Innenseite des Zauns entlang und untersuchte sämtliche Pfosten, bis er einen fand, der unten lose war und an dem ein Drahtende des Zauns aufhörte sowie ein weiteres begann. Er zog ihn hinaus und konnte ihn vor- und zurückschwingen wie ein Tor.

»Danke, Jungs«, murmelte er, steckte den Pfosten wieder in den Boden und eilte zu seinem Auto.

25. Kapitel

Malloy wartete bereits auf den Stufen vor dem Institut, als Dewar vorfuhr.

»Sie sehen aus, als kämen Sie gerade aus irgendeiner Schlacht zurück«, sagte er, nachdem er eingestiegen war und die Tür zugeschmissen hatte.

»So ungefähr könnte man den Tag bezeichnen«, antwortete Dewar. »Welche Richtung?«

»Baberton Hill Rise, Nummer siebzehn.«

»Sagt mir nichts.«

»Halten Sie sich westwärts. Es ist in einer Siedlung am anderen Ende von Colinton. Sind Sie sich wirklich sicher? George hat schon genug Sorgen, der kann nicht noch mehr Scheiße um die Ohren gebrauchen.«

Dewar erzählte, was er in ›The Pines‹ herausgefunden hatte.

»Großer Gott, warum zum Teufel hat er das getan?« seufzte Malloy.

»Wie wär's mit Geld«, schlug Dewar trocken vor.

»Aber warum sollten sich die Iraker gerade an George herangemacht haben? Die konnten von den vergessenen Viren oder von dem alten Krankenhaus doch gar nichts wissen.«

»Ganz richtig. Ferguson muß sich daher an sie herangemacht haben. Ich vermute, daß Ali Hammadi ihn eingeweiht hat, als er aufgefordert wurde, das Virus im Labor zu rekonstruieren. Die beiden waren doch befreundet, oder?«

Malloy nickte. »Sie sind gelegentlich mal zusammen ein Bier trinken gegangen.«

»Als Ali sich umgebracht hat, muß Ferguson seine Chance gewittert und den Irakern angeboten haben, ihnen das Gewünschte zu beschaffen – wenn auch aus einer anderen Quelle.«

»Und das ganze Zeug hat dort so einfach unter der Erde gelegen? Jesus! Wenn man sich das überlegt.«

»Vor dreißig Jahren gab es noch keine Vorschriften darüber, welches medizinische Labor was verwahren durfte. Jedes Krankenhauslabor hatte seine eigenen Regeln und traf selbständige Entscheidungen. Einzelne Berater kümmerten sich um die Sicherheitsangelegenheiten, keine Komitees oder Regierungsbestimmungen. Ich vermute, daß mit der Zeit beziehungsweise mit der Pensionierung und dem Tod der ehemaligen Mitarbeiter die alten Aufbewahrungsorte für Virenkulturen vergessen wurden, vor allem, wenn sie sich an abgelegenen Plätzen befanden, wie in Kellern oder auf Speichern. Früher sind Krankenhäuser häufig wie mittelalterliche Burgen gebaut worden. Ferguson muß sich an das alte Kellerversteck unter dem Labor des städtischen Krankenhauses erinnert haben.«

»Hier müssen Sie links fahren«, sagte Malloy, als sie eine Kreuzung erreichten.

Dewar fuhr langsamer und bog in eine Wohnstraße ein, die auf beiden Seiten von Reihenhäusern gesäumt wurde.

»Ungefähr in der Mitte rechts«, sagte Malloy. »Grüne Tür.«

»Sie waren schon mal hier?«

»Ich habe George ein paarmal nach Hause gefahren, wenn wir im Labor gefeiert haben. George macht nie halbe Sachen.«

Dewar hielt kurz vor dem Haus an und fragte: »Sind Sie für diese Sache gerüstet, oder wollen Sie, daß ich Polizeiverstärkung anfordere?«

»George und ich sind immer gut miteinander klargekommen«, sagte Malloy leise. »Ich würde gerne seine Sicht der Dinge erfahren, bevor Sie weitere Schritte unternehmen.«

Während sie durch den Vorgarten auf das Haus Nummer 17 zugingen, mußte Dewar darüber nachdenken, wie verrückt die ganze Situation war. Sie schritten auf die Tür eines kleinen Reihenhauses zu, um einen Mann des Verbrechens zu überführen, Pocken, die Geißel der Menschheit, wieder aus der Versenkung geholt zu haben, und so Teil einer Verschwörung geworden zu sein, die den Mittleren Osten in einen Krieg stürzen sollte.

Eine kleine grauhaarige Frau öffnete die Tür und lächelte, als sie Malloy erkannte. »Steven! Was führt dich denn her? Du hast George gerade verpaßt. Ist es etwas Wichtiges?«

»Verpaßt?«

Das Lächeln verschwand aus dem Gesicht der Frau, als sie bemerkte, wie angespannt Malloy wirkte. »Vielleicht kommt ihr besser rein«, sagte sie.

Die beiden Männer wurden in ein kleines Wohnzimmer geführt, das mit Möbeln völlig zugestellt war. Dieser Eindruck entstand hauptsächlich durch eine mächtige, altmodische Chesterfield-Garnitur, auf der ein Jugendlicher mit verstrubbelten Haaren und vorgestreckter Zunge saß. Er war gut einen Meter achtzig groß und recht breit gebaut, aber ganz offensichtlich geistig zurückgeblieben.

»Beachten Sie Malcolm nicht«, sagte Joyce Ferguson mit schwachem Lächeln. »Er ist glücklich, wenn er Fernsehen gucken kann.«

»Das hier ist Dr. Dewar«, sagte Malloy. »Er ist aus London

gekommen, um die Ursache der Pockenepidemie zu untersuchen.«

»Wie geht es Ihnen?« fragte Joyce höflich.

»Wohin ist George gefahren, Joyce?« fragte Malloy.

»Ich weiß es nicht genau, aber er schien sich über irgend etwas sehr zu freuen. Er sagte…« Joyce' Stimme brach ab. »Er steckt in Schwierigkeiten, nicht wahr? O mein Gott, was ist passiert? Was hat er getan?«

»Was hat er gesagt, Mrs. Ferguson?« fragte Dewar, in der Hoffnung, sie würde den angefangenen Satz beenden.

Joyce Fergusons Blick schweifte ab. »Er sagte… es sei geschafft. Alle unsere Probleme seien jetzt vorüber. Keine Sorgen mehr wegen irgendwas…«

Dewar und Malloy sahen sich an. »Und du hast keine Ahnung, wo er hin ist? Gar keine?«

Joyce schüttelte den Kopf. Malcolm lachte laut über etwas, das ihn im Fernsehen amüsiert hatte. Joyce wandte ihren Blick nicht von den beiden Männern ab.

»Hat er irgend etwas mitgenommen, als er gegangen ist?« fragte Dewar.

Joyce' Augen schienen zu fragen, wie Dewar das hatte wissen können. »Er hat etwas getragen, eine Schachtel, die er aus der Garage geholt hat, aber ich habe keine Ahnung, was da drin war.«

Malloy sah sie an. Sie reagierte: »Irgend etwas, an dem er gearbeitet hat.«

»Aber du hast keine Ahnung, was es war?«

Wieder schüttelte sie den Kopf.

»Wo hat er daran gearbeitet, was auch immer es sein sollte?« fragte Dewar.

»In der Garage.«

»Können wir uns die mal ansehen?«

»Sie ist verschlossen. In einer ganzen Reihe von Häusern

hier ist eingebrochen worden, und ...« Die Worte erstarben auf ihren Lippen.

»Hast du den Schlüssel?«

»George verwahrt ihn. O mein Gott, was hat er getan?«

Malloy legte seinen Arm um Joyce Ferguson. »Joyce, hast du irgendwelches Werkzeug im Haus?«

»Im Flurschrank.«

Dewar schaute nach und kam mit Schraubenschlüssel und hydraulischem Wagenheber zurück. Mit einem Nicken wies er Malloy an, daß er bei Joyce bleiben sollte, während er sich draußen um das Schloß kümmerte. Mit dem Wagenheber ließ sich das Vorhängeschloß der Seitentür leicht aufbrechen. Er öffnete die Tür, machte einen Schritt in die Garage und tastete nach dem Lichtschalter. Er befand sich mit einem Mal inmitten eines kleinen, gut ausgestatteten Labors.

Malloy kam und blieb wie zur Salzsäule erstarrt stehen. »Kein Wunder, daß wir die Stiftungsgelder immer völlig ausgereizt haben«, murmelte er.

»Sagen Sie mir, daß das nicht wahr ist«, sagte Dewar. »Sagen Sie mir, daß er das Pockenvirus hier nicht züchten konnte.« Die beiden Männer traten näher, um die Arbeitsplatte an der hinteren Wand besser in Augenschein nehmen zu können.

Malloy schaute sich die Ausrüstung an und verzog das Gesicht. »Ich fürchte, genau das hat er getan. All das sind Dinge, die man für die Züchtung von Virussubkulturen benötigt. Er muß die alten Ampullen benutzt haben, um neue Kulturen zu züchten. Es ist relativ einfach, große Mengen des Virus herzustellen, wenn man weiß, wie – und George wußte, wie. Wenn man das Virus erst mal hat, braucht man nicht mehr viel dazu. Pocken sind nicht sehr anspruchsvoll.«

»Aber die Gefahr, die damit einhergeht?«

»George ist ein erstklassiger Labortechniker. Er hatte jahrelang mit Viren zu tun. Einfache Subkulturen zu vermehren, ist nicht halb so riskant wie der Versuch, das Virus aus DNS-Fragmenten zusammenzusetzen.«

Dewar besah sich die Auswahl von Laborgefäßen und Reagenzgläsern. An der Wand standen mehrere Flaschen, die eine durchsichtige Flüssigkeit enthielten, sowie ein paar kleinere Flaschen mit gelblicher Flüssigkeit. Zusammengenommen würden diese Substanzen nicht einmal den Inhalt eines Chemiebaukastens für Kinder ergeben. »Wo ist das Virus?«

»Hier nicht«, erwiderte Malloy. »Diese Flaschen enthalten sterile Puffer- und Nährlösungen. Keine davon wird mit dem Virus infiziert sein. Aber schauen Sie hier.«

Dewar beugte sich vor, um in ein Becherglas voll roter Flüssigkeit zu schauen. Er konnte mehrere zerbrochene Glasampullen darin erkennen.

»Desinfektionslösung«, sagte Malloy. »Er hat die alten Ampullen hier hineingetan, nachdem er sie nicht mehr brauchte, aber wo sind die neuen Kulturen?«

»Gütiger Himmel, die sind vermutlich in der Schachtel«, rief Dewar. »Das muß er gemeint haben, als er seiner Frau sagte, sie bräuchten sich nun keine Sorgen mehr machen. Er hat die Viren mitgenommen. Er ist unterwegs, um sie den Irakern zu übergeben!«

»Aber wo?«

Dewar holte sein Telefon hervor und rief Barron an. »Das ist ein Notfall! Passiert bei euch gerade irgend etwas?«

»Bis jetzt ist heute noch keiner zum Vorschein gekommen, wenn Sie das meinen, aber es ist auch noch ein bißchen früh. Normalerweise gehen sie erst nach drei ins Café.«

»Sie sind absolut sicher, daß keiner der Iraker das Gebäude verlassen hat?«

»Absolut. Warum? Was wissen Sie, was ich nicht weiß?«

»Das Virus ist auf dem Weg. Die Übergabe findet heute statt.«

»Wo?«

»Das weiß ich nicht. Es liegt jetzt an Ihnen und Ihren Leuten, jedem Iraker zu folgen, der das Haus verläßt – und um Himmels willen, laßt sie nicht aus den Augen!«

»Verstanden. Ich rufe Sie an, falls irgend etwas passiert.«

»Und was jetzt?« fragte Malloy.

»Besitzt Ferguson ein Auto?«

»Einen Ford Escort.«

»Dann muß er ihn genommen haben. Er steht nicht vor dem Haus. Besorgen Sie sich von seiner Frau das Kennzeichen. Ich alarmiere die Polizei.«

Malloy ging davon, und Dewar sah sich noch ein letztes Mal in der Garage um, bevor er schließlich versuchte, das Vorhängeschloß so gut er konnte wieder anzubringen. Er hatte genügend Zeit: Malloy schien ewig zu brauchen. Als er endlich wieder auftauchte, sagte er: »Tut mir leid. Sie konnte sich nicht an das Kennzeichen erinnern. Sie ist völlig außer sich. Sie mußte erst den Fahrzeugschein suchen.«

Dewar gab der Polizei die Beschreibung des Fahrzeugs durch und wies sie an, seinen Aufenthaltsort so schnell wie möglich zu ermitteln und durchzugeben. Auf keinen Fall sollten sie den Wagen anhalten, oder den Fahrer verfolgen. Dewar wiederholte diese Anweisung, um Mißverständnisse auszuschließen. Er wollte verhindern, daß Ferguson mit der Fracht, die er mit sich führte, irgend etwas Unüberlegtes tat.

Dewar und Malloy fuhren zurück in Richtung Innenstadt, unsicher, was zu tun sei, so ganz ohne Kunde über Fergusons Aufenthaltsort oder mögliche Initiativen der Iraker. Mit jeder Minute, die verstrich, wurde Dewar ungeduldiger. Er sah auf die Uhr. »Was macht die Polizei bloß?« beschwerte er sich. »Inzwischen müßten sie doch längst das Auto gefunden haben.« Er rief im Polizeipräsidium an, um noch einmal nachzufragen. Das Fahrzeug war bislang nirgends gesichtet worden.

»Vielleicht ist es gar nicht auf der Straße«, schlug Malloy vor.

»In einem Parkhaus, meinen Sie?« fragte Dewar. Er rief erneut die Polizei an und bat darum, alle Parkhäuser und Parkplätze der Stadt zu überprüfen. »Diese Angelegenheit besitzt höchste Dringlichkeitsstufe!«

Eine halbe Stunde verstrich, während der Dewar und Malloy einfach durch das Stadtzentrum fuhren und auf Neuigkeiten warteten. Um zwanzig vor vier rief Barron an.

»Siddiqui und Abbas haben gerade das Gebäude verlassen.«

»Verliert sie nicht aus den Augen!«

»Das ist nicht schwer«, erwiderte Barron. »Sie sind zu Fuß.«

»Was?«

»Sieht so aus, als gingen sie nur wie üblich um die Ecke ins Café.«

»Scheiße!« sagte Dewar. Es stand für ihn außer Frage, daß die Iraker etwas mit der Sache zu tun haben mußten. Er stützte seinen Ellenbogen auf den Fensterrahmen seiner Autotür, faßte sich an die Stirn und dachte nach. »Ich hab's!« rief er.

»Was?« fragte Malloy.

»Das Café! Das Bookstop Café! Dort findet die Übergabe statt. Es ist der einzige Ort, der absolut keinen Verdacht erregt. Sie haben das inszeniert, indem sie jeden Tag dort hingegangen sind! Sie sind Stammgäste! Ferguson wird sie dort treffen! Los!«

Malloy fuhr. Dewar rief Barron an.

»Die Übergabe wird im Bookstop Café stattfinden. Die Kontaktperson der Iraker heißt George Ferguson, männlich, weiße Hautfarbe, etwa einen Meter achtundachtzig groß, rötliches Haar, Anfang Fünfzig. Ist er bereits eingetroffen?«

Es entstand eine lange Pause. Malloy bog in die Hanover Street ab und hielt an der Ampel.

»Verstanden. Eine männliche Person, auf die diese Beschreibung paßt, befindet sich zur Zeit im Café.«

»Steht sein Wagen draußen?« fragte Dewar. Er war sich nicht sicher, ob Ferguson die Viren bei sich trug oder sie im Auto gelassen hatte. »Ein weißer Ford Escort.« Er gab das Kennzeichen durch.

»Negativ«, sagte Barron. »Was sollen wir tun?«

»Ferguson und die Iraker dürfen nicht entkommen. Unternehmen Sie nichts, solange sie dort bleiben beziehungsweise bis wir das Auto gefunden haben. Mit etwas Glück befinden sich die Viren im Kofferraum. Sowie wir die haben, können Sie zugreifen.«

Dewar rief erneut die Polizei an und bat sie, ihre Suche nach Fergusons Auto auf das Gebiet um das Bookstop Café herum zu konzentrieren, aber auf keinen Fall sollten sich die Beamten vor dem Café blicken lassen. Zehn Minuten verstrichen, ohne daß das Auto gesichtet wurde. Dewar fühlte, wie ihm der Schweiß von der Stirn rann. »Kommt schon, kommt schon«, sagte er ungeduldig. Sie standen jetzt auf der Forest Road, nur einen Block vom Café entfernt. Die Ungeduld trieb Dewar aus dem Wagen und bis zum Ende der Straße. Er konnte Barron sehen, der das Café beobachtete, und rief ihn über Handy an.

»Immer noch da drinnen?«

»Sie lachen und reden wie immer.«

»Und Ferguson?«

»Hat sich zu ihnen gesellt. Vor ihm auf dem Tisch liegen ein paar Bücher, die er gerade erstanden hat. Nach außen hin sieht es so aus, als trinke er vor dem Gehen nur noch eine

Tasse Kaffee und rede mit ein paar Leuten am Nachbartisch.«

»Nur Bücher? Keine Schachtel oder ein Paket?«

»Nicht, soweit ich es erkennen kann.«

Dewar schaute noch einmal zu Barron hinüber und bemerkte, daß er das Gebäude der medizinischen Fakultät auf der anderen Straßenseite benutzte, um das Café unbemerkt beobachten zu können. Die medizinische Fakultät! dachte er. Vermutlich hatte die Polizei den Parkplatz im Hof des Gebäudes nicht überprüft. Es war gut möglich, daß Ferguson sein Auto dort abgestellt hatte. Er berichtete dies Barron.

»Wollen Sie, daß ich das überprüfe?«

»Nein, Sie beobachten weiter das Café. Vielleicht versuchen sie zu verschwinden. Ich gehe um die Ecke und überquere die Straße. Ich werde nur ein paar Sekunden lang zu sehen sein. Solange sie alle im Café bleiben und sich unterhalten, sollte es klappen.«

Dewar schlug den Kragen hoch, steckte die Hände in die Taschen und ging bis zum Teviot Platz an der Ecke. Genau in dem Augenblick, als ein Bus vorbeifuhr, rannte er über die Straße und eilte auf den Eingang der medizinischen Fakultät zu. Der Bus schützte ihn dabei vor möglichen Blicken aus dem Café. Er schaute sich die auf dem Hof geparkten Autos an. Ein uniformierter Mann ging herum und schaute hinter den Windschutzscheiben nach Parkberechtigungsausweisen. Dewar suchte mit den Augen die ganze Reihe ab. Am anderen Ende, ganz dicht am Gebäude, stand ein weißer Ford Escort. Er konnte das Nummernschild nicht erkennen, aber er war sich sicher, daß es der richtige war. Er lief hinüber und stellte fest, daß das Kennzeichen stimmte.

Dewar informierte Barron und die Polizei. Er brauchte so schnell wie möglich Hilfe, um ins Innere des Fahrzeugs zu gelangen, aber gleichzeitig wollte er auch verhindern, daß

Streifenwagen mit Sirenengeheul in den Hof gerast kamen oder überall Beamte in Uniform herumrannten.

Barron sagte, er würde einen seiner Männer vorbeischicken. Er trage Zivilkleidung, würde gut zu einem Ford Escort passen und keinerlei Verdacht erregen.

»Wie lange?« fragte Dewar.

»In ungefähr dreißig Sekunden«, erwiderte Barron. »Er beobachtet mit mir zusammen das Café.«

Der Geheimdienstmitarbeiter benötigte weitere dreißig Sekunden, um Fergusons Wagen aufzubrechen. Dewar suchte den Innenraum ab, fand aber nichts. Er entriegelte den Kofferraum und eilte um das Fahrzeug herum, um den Kofferraumdeckel zu öffnen. Der Kofferraum war leer bis auf eine Reisedecke, ein paar Werkzeuge und einen Klappstuhl.

»Verdammt, verdammt, verdammt«, rief Dewar. »Er hat das Haus damit verlassen. Er muß es bei sich haben.«

»Im Café, meinen Sie?« fragte der Geheimagent.

Dewar nickte. Er rief Barron an.

»Auch das noch!«

»Aber Sie sagten doch, daß er nichts bei sich zu haben scheint.«

»Ich kann nur die Tischoberfläche sehen. Aber er könnte ja eine Tasche oder eine Schachtel neben seinen Füßen stehen haben.«

»O Scheiße!« rief der Geheimagent neben Dewar.

Dewar schaute in die Richtung, in die der Mann blickte. Der alte Mann, der die Parkscheine kontrolliert hatte, beobachtete sie und hielt ein Telefon ans Ohr.

»Er ruft die Polizei an«, sagte der Agent. »Er denkt, daß wir den Escort stehlen wollen.«

Dewar rief die Polizei an und versuchte, den Einsatz aufzuhalten, aber der Klang der Polizeisirenen war bereits zu hören und wurde immer lauter. »Ruft sie zurück«, brüllte er ins Telefon, aber es war zu spät.

Zwei Streifenwagen kamen über den Teviot Platz gerast, und prompt zogen die Leute im Café daraus die falschen Schlüsse. Siddiqui und Abbas erhoben sich und wollten gehen.

Barron befahl seinen Männern, sie daran zu hindern, das Café zu verlassen. Dewar rannte zur Vorderseite der medizinischen Fakultät und überließ es dem Agenten, mit der Polizei fertig zu werden. »Holt die Viren!« brüllte er Barron zu. »Vergeßt alles andere. Holt nur die Viren!«

Dewar betrat als letzter das Café. Ferguson saß wie gelähmt in einer Ecke, weiß wie ein Bettlaken. Einer von Barrons Männern hielt eine Schachtel in den Armen, die er unter dem Tisch hervorgeholt hatte, und schützte sie mit seinem Körper. Barrons Männer hatten die Waffen gezückt. Siddiqui saß wieder unbeteiligt auf seinem Stuhl, als sei nichts passiert. Abbas, der ebenfalls wieder Platz genommen hatte, schien sich sichtlich unwohler zu fühlen.

»Ist es das, hinter dem Sie her sind?« fragte Barron Dewar. Der Geheimdienstbeamte trat zurück und ließ Dewar die Schachtel untersuchen.

Dewar öffnete sie und sah, daß sie sechs einzelne Fläschchen enthielt. »Ich denke schon«, erwiderte er. Er schaute Ferguson an und fauchte: »Habe ich recht? Enthalten sie das Pockenvirus?«

Ferguson nickte unterwürfig und starrte auf den Boden.

Dewar hockte sich vor Siddiqui hin und sagte: »Nun, Professor? Was haben Sie zu sagen?«

Siddiqui schaute ihn verächtlich an und erwiderte: »Ich bin irakischer Staatsangehöriger und lediglich hier, um zu den Studenten meines Landes Verbindung zu halten. Ich habe nichts zu sagen.«

»Und Ihre Beziehung zu Mr. Ferguson hier?« fragte Dewar.

Siddiqui schaute Ferguson an und sagte: »Ich habe diesen Mann nie zuvor gesehen. Er kam hier herein, während ich mit meinem Freund einen Kaffee trank, was wir nachmittags um diese Zeit immer zu tun pflegen. Ich möchte jetzt gerne gehen.«

»Verdammter Lügner«, sagte Ferguson.

Dewar hob den Koffer auf, der neben Siddiquis Stuhl gestanden hatte, und ließ auf dem Tisch die Schlösser aufschnappen.

»Ich protestiere«, setzte Siddiqui an, doch sein Widerspruch stieß auf taube Ohren.

Dewar hob den Deckel an und starrte in einen Koffer voll mit englischen Banknoten. »Nun«, sagte er, »soweit ich mich erinnere, ist der Kaffee hier gar nicht so teuer. Sie werden das hier doch noch etwas näher erläutern müssen.«

Siddiqui behielt die Nerven, doch Abbas drehte durch. Er sprang auf, hechtete hinüber zur Theke, ergriff ein Messer und hielt es an die Kehle der jungen Frau, der das Café gehörte und die das ganze Geschehen bisher etwas verwirrt beobachtet hatte.

Siddiqui fauchte ihm nicht gerade freundlich etwas auf arabisch zu, doch Abbas schien entschlossen zu sein, um seine Freiheit zu kämpfen. »Laß Susan los«, sagte Siddiqui nun auf Englisch. »Sie hat uns immer höflich behandelt. Vielleicht verzeiht sie dir sogar dieses Mißverständnis, wenn du sie wieder losläßt!«

»Waffen fallen lassen«, befahl Abbas, der Siddiqui völlig ignorierte und inzwischen den gehetzten Blick eines wilden Tieres hatte, das in eine Falle geraten war.

»Tut mir leid«, sagte Barron. »Aber das kommt nicht in Frage.«

»Ich werde sie töten!« drohte Abbas.

»Ich hoffe nicht, aber wir werden unsere Waffen nicht niederlegen.«

»Im Fernsehen läuft das immer ganz anders!« beschwerte sich Susan mit erstickter Stimme, denn Abbas Arm drückte ihr die Kehle zu.

»Ich mache Ernst!« drohte Abbas.

»Ich auch«, fuhr Barron fort. »Wir sind für die Viren verantwortlich. Die Waffen niederzulegen würde bedeuten, diese Verantwortung fahrenzulassen. Mein Befehl verbietet das. Wenn Sie die junge Frau töten, erreichen Sie gar nichts. Ich werde Sie anschließend höchstens erschießen.«

»Ich will das Virus nicht! Es war Siddiquis Plan. Das Ganze war allein Siddiquis Plan!«

»Schnauze!« sagte Siddiqui, zum erstenmal aus der Ruhe gebracht.

Dewar versuchte mit der Besitzerin des Cafés Blickkontakt aufzunehmen, während Barron und Abbas ihren Schlagabtausch fortsetzten. Schließlich hatte er Erfolg und versuchte nun, ihre Aufmerksamkeit auf die Kaffeekannen zu lenken, die vor ihr auf der Theke standen. Dampf stieg aus den Tüllen auf. Sie hatte gerade nachschenken wollen, als hier die Hölle ausgebrochen war. Dewar erkannte, daß sie verstanden hatte, was er beabsichtigte.

»Die Waffen nieder!« wiederholte Abbas immer verzweifelter.

»Kommt nicht in Frage«, sagte Barron.

Dewar nickte, und die junge Frau ergriff eine der Kaffeekannen und schleuderte den Inhalt in Abbas Gesicht. Er schrie vor Schmerz laut auf, als die kochende Flüssigkeit seine Augen traf, und ließ das Messer fallen. Dewar sprang mit einem Hechtsprung über die Theke und riß ihn zu Boden, wo ihn schließlich zwei von Barrons Männern übernahmen.

»Alles in Ordnung?« fragte er die Cafébesitzerin, die sich die Hände vors Gesicht hielt. Sie nickte stumm.

»Zeit, die beiden hier wegzuschaffen«, sagte Barron und blickte Dewar an.

Dewar nickte. »Aber lassen Sie Ferguson hier.«

Barron und seine Männer eskortierten die Iraker nach draußen zu den wartenden Fahrzeugen. Dewar hob die Schachtel hoch und stellte sie auf die Theke, bevor er die einzelnen Fläschchen herausnahm.

»Bringen Sie ihn?« fragte Barron in der Tür stehend.

Dewar nickte. Malloy schlüpfte durch die Tür, bevor sie geschlossen wurde. »Sieht aus, als hätte ich alles verpaßt.«

»Es ist vorbei«, bestätigte ihm Dewar mit schwacher Stimme.

»Warum?« fragte Malloy Ferguson, der immer noch mit dem Kopf in den Händen auf seinem Stuhl saß.

Er sah aus, als sei er in der letzten halben Stunde um zwanzig Jahre gealtert. Seine Schultern hingen herab, und er wirkte wie ein Mann, der zum Galgen geführt wurde. »Ich brauchte das Geld«, erwiderte er.

»Aber großer Gott! Pocken!« rief Malloy.

Ferguson schüttelte den Kopf. »Der Plan war ein ganz anderer«, sagte er. »Aber alles ist schiefgelaufen.«

»Wie meinst du das?«

»Ich hatte nie die Absicht, ihnen das Variola major zu geben«, sagte Ferguson. »In den Fläschchen ist Alastrim.«

»O Gott«, sagte Malloy.

Dewar schaute ihn fragend an.

»Alastrim ist eine milde Pockenform. Durch Laboranalysen läßt sie sich kaum von den richtigen Pocken unterscheiden, aber sie ist längst nicht so wirkungsvoll. Der gesamte Plan der Iraker wäre fehlgeschlagen.«

»Ich habe die Alastrim-Ampullen mitgenommen und wollte

die Variola-major-Kulturen mit den anderen Vorräten im Keller lassen, bis ich die Zeit gehabt hätte, sie zu zerstören. Ich hätte im Traum nicht daran gedacht, daß irgend jemand sie stehlen könnte.«

»Der Kerl mit dem Bagger dachte, die Ampullen enthielten Drogen, deswegen hat er ein paar davon für sich auf die Seite geschafft.«

»Scheiße.«

»Dann war es einfach ein böser Zufall, daß er die Pockenampullen erwischt hat!« sagte Malloy.

»Schätze ich auch«, stimmte ihm Dewar zu. »Es hätte auch Typhus, Tuberkulose, Cholera oder Gott weiß was noch alles sein können. Dennoch sind Sie für die Pockenepidemie verantwortlich«, beschuldigte Dewar Ferguson. »All die Menschen, die gestorben sind, die Menschen, die erblindet sind und die Tatsache, daß das Pockenvirus wieder in der Welt herumschwirrt. Und alles nur, weil Sie Geld brauchten.«

»Ich brauchte es wirklich!« erwiderte Ferguson heftig. »Die Schweine setzen mich nach dreißig Jahren einfach auf die Straße mit einer Rente, die nicht einmal ausreicht, die verdammte Gasrechnung zu bezahlen. Joyce hat Krebs, und wer wird sich um Malcolm kümmern, wenn wir nicht mehr da sind? Er braucht ständige Pflege. Das kostet Geld; Geld, das ich nicht habe!«

Weder Dewar noch Malloy wußten, was sie darauf sagen sollten. Nach einer langen Pause sagte Dewar schlicht: »Gehen wir.«

Dewar fuhr. Malloy saß mit Ferguson auf der Rückbank. Sie fuhren den Mound in Richtung Polizeipräsidium hinab, als Ferguson plötzlich bettelte: »Laßt mich Joyce und Malcolm noch ein letztes Mal sehen. Bitte! Nur für ein paar Minuten, dann komme ich mit und werde bereitwillig aussagen.«

Dewar dachte einen Augenblick lang nach, dann sagte er: »Fünf Minuten, nicht länger.«

»Danke. Sie sind ein netter Kerl.«

Sie fuhren schweigend rüber nach Baberton, und Dewar hielt vor Fergusons Haus an. Er konnte sehen, daß Joyce ans Fenster gekommen war. Sie wirkte klein und zerbrechlich.

Malloy sagte: »Wir haben dein Wort?«

»Ich verspreche es«, sagte Ferguson. »Ich werde nicht versuchen zu fliehen.«

»Fünf Minuten«, erinnerte ihn Dewar.

Während Ferguson Joyce in die Arme nahm und mit ihr im Haus verschwand, warteten Dewar und Malloy im Auto. Fünf Minuten verstrichen, ohne daß er zurückkam. »Noch zwei Minuten«, sagte Dewar.

»Los«, sagte er, nachdem zehn Minuten um waren. »Holen wir ihn.«

Dewar klingelte. Keine Antwort. Er versuchte es erneut. Nichts.

Die beiden Männer rannten zur Rückseite des Hauses in der Erwartung, die Hintertür offen vorzufinden und Ferguson weit über alle Berge, aber die Tür war verschlossen. Dewar zuckte mit den Achseln und warf sich mit der Schulter dagegen. Beim zweiten Anlauf gab die Tür nach.

Ferguson, Joyce und Malcolm lagen auf dem Wohnzimmerboden. Der Fernseher lief, doch sie waren tot. Ein chemischer Geruch hing in der Luft.

»Zyanid«, flüsterte Dewar, während er die kleine braune Flasche, die Ferguson immer noch umfaßt hielt, aus seinen Fingern löste. »Armer Kerl. Ich schätze, das war schon die ganze Zeit über sein Ersatzplan. Die Iraker haben ihn einfach ein paar Wochen lang davon abgehalten.«

»O George«, flüsterte Malloy.

Zehn Tage später

»Versprich mir, daß es jetzt wirklich vorbei ist«, sagte Karen, als sie und Dewar Richtung Süden nach London zurückfuhren. Ian Grant war auf dem Weg der Besserung, die Epidemie in Edinburgh unter Kontrolle. Die Menschen wurden in einem immer größer werdenden Radius um das Epidemiezentrum herum geimpft, um eine Ausbreitung des Virus so gut wie unmöglich zu machen. Mit etwas Glück würde man es ganz eindämmen und die Erde wieder davon befreien können.

»Es ist vorbei«, antwortete Dewar lächelnd.

»Und was geschieht mit den Irakern?«

»George Fergusons Tod liefert der Regierung eine gute Ausrede, einen öffentlichen Prozeß zu vermeiden. Ohne Geständnis von George kein Prozeß gegen Siddiqui und folglich auch keine Blamage für unser Establishment. Alle kommen bei dieser Affäre ungeschoren davon.«

»Dann wird die ganze Angelegenheit einfach unter den Teppich gekehrt?«

»Das ist zumindest meine Einschätzung.«

»Aber es wird doch mit Sicherheit Nachforschungen geben?« hakte Karen nach.

»Für einige Politiker gehört es zum Alltag, Anträge auf öffentliche Anhörungen zu stellen. Sie machen das so häufig, daß niemand mehr Notiz davon nimmt. Man wird ihre Anfragen abschmettern, und Heerscharen von Pseudowissenschaftlern werden dahingehend aussagen, daß sich alle Welt mit dem Ende der Epidemie und der Vernichtung des Virus zufriedengeben wird. Das Ganze wird sich in Händeschütteln und Dankesfeiern auflösen.«

»Macht dich das nicht wütend?«

»Nur abgestumpft.«

»Wirst du Urlaub bekommen?«

»Morgen früh präsentiere ich meinen Bericht im Innenministerium, danach gehöre ich ganz dir. Wie sieht es bei dir aus?«

»Mein Urlaub hat heute morgen begonnen.«

»Sollen wir ein paar Tage wegfahren?«

»Wohin?«

»Ins schottische Hochland? Wenig Menschen und viel frische Luft.«

»Abgemacht«, sagte Karen lächelnd.

Als Dewar seinen Bericht über die Ereignisse in Edinburgh beendet hatte, sah er sich einer Wand bestürzten Schweigens gegenüber. Im Raum befanden sich etwa dreißig Personen. Der Innenminister und der Verteidigungsminister saßen in der ersten Reihe neben Macmillan.

»Dr. Dewar, ich glaube, wir sind Ihnen zu großem Dank verpflichtet«, sagte der Verteidigungsminister. »Dank Ihrer Bemühungen konnte eine mögliche Katastrophe im Mittleren Osten verhindert werden. Es gibt bereits Anzeichen dafür, daß Saddam Hussein klein beigeben und den UNSCOM-Inspektoren erlauben wird, ihre Arbeit fortzusetzen.«

»Bis zum nächsten Mal«, sagte Dewar.

»Ich fürchte, das ist nur allzu wahr. Doch ich bin sicher, daß wir aus dieser Erfahrung lernen können.«

»Ich muß gestehen, daß ich entsetzt bin, wie dicht er dran war, die Viren zu bekommen. Ich dachte, wir hätten alle nur möglichen Sicherheitsvorkehrungen in bezug auf Mikroorganismen getroffen«, sagte einer der Politiker aus der zweiten Reihe. »Es schien am Ende … fast leicht zu sein.«

»Das war es«, stimmte Dewar zu.

»Dr. Dewar, wollen Sie damit sagen, daß all unsere Gesetze, all die Bestimmungen, die wir über die Lagerung und den Umgang mit gefährlichen Viren und Bakterien eingeführt haben, zu nichts nütze sind?« fragte ein Beamter des Gesundheitsministeriums.

»In diesem Fall, Sir, hatten sie keine Wirkung«, sagte Dewar. »Die abschließende Analyse zeigt, daß es nur eines einzelnen Labortechnikers und einiger Glasflaschen in seiner Garage bedurfte, um uns einen biologischen Alptraum zu bescheren.«

»Wie viele dieser alten Kliniken für Infektionskrankheiten existieren wohl noch da draußen?« fragte der Innenminister.

»Mehrere Hundert, Sir«, kam die Antwort aus einer der hinteren Reihen.

»Und wie viele davon sind abgerissen worden?«

»Fast alle, Sir; sie werden nicht mehr gebraucht. Die Epidemien von einst sind verschwunden ...«

Es entstand eine sehr bedeutungsschwangere Pause, nach der sich der Innenminister an Dewar wandte und fragte: »Ist es vorstellbar, daß sich dort ebenfalls noch Vorräte von Viren und Bakterien befinden?«

»Diese Möglichkeit besteht«, bestätigte Dewar.

»Dann sind unsere ganzen Bemühungen, gefährliche Mikroorganismen unter strenger Kontrolle zu halten ... ?«

»... exzellent, dort, wo sie angewandt werden, Sir.«

»Was bedeutet das?«

»Damit meine ich, Sir, daß die Tiere im Zoo absolut sicher sind. Um die im Urwald müssen wir uns Sorgen machen.«

Ein Thriller, der mit einer Katastrophe beginnt: Bei einer Explosion in der Wall Street fliegen 14 Bankgebäude in die Luft. Dadurch wird eine amerikanische und schließlich weltweite Krise ausgelöst, die den Schwarzen Freitag und seine Folgen zu übertreffen droht.
Archer Carrol, Spezialist für Terrorismusbekämpfung, muß alles versuchen, das Verbrechen aufzuklären und die Terroristen daran zu hindern, weitere Anschläge zu verüben. Ein dramatischer Wettlauf mit der Zeit beginnt. Aber je näher Archer Carrol der Lösung kommt, in um so größere Gefahr gerät er – und nicht nur er, sondern auch die beiden Menschen, die er über alles liebt: seine kleine Tochter und Caitlin Dillon, die Wall-Street-Expertin, die ihn auf seinen Reisen nach Paris, London und Dublin begleitet. Sie gerät in eine tödliche Falle ...

Der Roman Black Market, Bestseller in den USA, wurde in zahlreiche Sprachen übersetzt.

James Patterson

Black Market
Roman

»Eine halsbrecherische Geschichte von außergewöhnlicher Spannung.«
Booklist

Econon | Ullstein | List

B08